Luisa Valentin
Ich liebe dich ... *und dich*

Buch

Melanie führt mit Jonas eine glückliche Beziehung. Der attraktive Architekt ist ihr absoluter Traummann. Umso mehr verwirrt es sie, als ihr im Englischen Garten ein Mann begegnet, den sie nicht mehr vergessen kann. Auch für Tom ist diese Begegnung etwas Besonderes. Der Drehbuchautor ist seit einer Weile Single und fühlt sich von den Blicken der Frau im Park wie magisch angezogen.

Jonas ist verrückt nach Melanie. Er liebt die junge Frau, wie er noch nie in seinem Leben einen Menschen geliebt hat. Als er ihr schließlich von seinen geheimsten Wünschen erzählt, die er bisher noch nie jemandem verraten hat, weiß Melanie nicht, was sie davon halten soll. Bis sie Tom wieder trifft…

Autorin

Luisa Valentin lebt, liebt und arbeitet in der Nähe von München. Über die Irrungen und Wirrungen der Liebe veröffentlichte sie unter anderem Namen bereits erfolgreich mehrere Romane und schreibt Theaterstücke. Sie ist der festen Überzeugung, dass das Leben viele unglaubliche Überraschungen bereit hält, wenn man offen und mutig durch die Welt geht.

Luisa Valentin

Ich liebe dich …
und dich

Roman

blanvalet

Verlagsgruppe Random House FSC® N001967
Das FSC®-zertifizierte Papier *Holmen Book Cream* für dieses Buch
liefert Holmen Paper, Hallstavik, Schweden.

1. Auflage
Originalausgabe Juni 2014
Copyright © 2014 by Blanvalet Verlag, München,
in der Verlagsgruppe Random House GmbH
Dieses Werk wurde vermittelt durch die
Literarische Agentur Thomas Schlück GmbH, 30827 Garbsen.
Das Zitat von Hermann Hesse stammt aus
»Wer lieben kann, ist glücklich«,
erschienen 1986 im Suhrkamp Verlag.
Umschlagillustration: © Johannes Wiebel | punchdesign,
unter Verwendung von shutterstock.com
Redaktion: Alexandra Baisch
AVe · Herstellung: sam
Satz: Uhl + Massopust, Aalen
Druck und Einband: GGP Media GmbH, Pößneck
Printed in Germany
ISBN: 978-3-442-38294-1

www.blanvalet.de

Für meine große Liebe

Den Sinn erhält das Leben einzig durch die Liebe.
Das heißt: Je mehr wir zu lieben und uns hinzugeben
fähig sind, desto sinnvoller wird unser Leben.

Hermann Hesse (1877–1962)

1

Jonas öffnete schlaftrunken die Augen. Eine träge Schwüle lag in der Luft, und es war dunkel im Zimmer. Nur das Licht eines Reklameschriftzuges vom Dach des gegenüberliegenden Hauses warf schwache rötliche Streifen durch die halbgeschlossenen Jalousien an die Wand.

Bis er realisierte, dass ihn das leise Summen seines Handys geweckt hatte, war es auch schon wieder verstummt. Verdammt, er hatte mal wieder vergessen, das Gerät über Nacht auszuschalten. Allerdings waren ihm ganz andere Gedanken durch den Kopf gegangen, als Melanie ihm einige Stunden zuvor ungeduldig die Jeans nach unten gestreift hatte. Jetzt schlief sie tief und fest, eng an ihn gekuschelt. Ihr nackter, draller Hintern drückte sich verführerisch gegen seinen Schoß. Und natürlich löste diese Berührung schon wieder eine Reaktion bei ihm aus. Er lächelte bei dem Gedanken an die letzten Stunden und gab ihr einen zärtlichen Kuss auf die Schläfe.

»Alles okay?«, fragte Tom leise.

»Ja. Sorry. Ich wollte dich nicht wecken«, flüsterte Jonas entschuldigend. Inzwischen hatten sich seine Augen an die Dunkelheit gewöhnt. Er sah, wie Toms schlanker Körper näher an Melanie heranrückte, die in der Mitte des überdimensional großen Bettes zwischen den beiden Männern lag.

»Hast du nicht, ich war schon wach. Und ich muss sowieso bald raus, sonst schaffe ich mein Pensum heute nicht.«

»Sie schläft wie eine Tote«, bemerkte Jonas amüsiert und streichelte über Melanies sanft geschwungene Hüften.

»Kein Wunder, nach der wilden Nacht.«

Jonas erahnte Toms Lächeln mehr, als er es sah.

Auch Tom begann, den kurvigen Körper von Melanie zu streicheln. Dabei berührten sich die Hände der Männer immer wieder. Bis ihre Finger sich schließlich wie von selbst ineinander verschränkten. Sie schauten sich in die Augen.

»Sollen wir sie wecken?«, fragte Jonas mit vor Verlangen heiserer Stimme. Inzwischen hatte er den frühmorgendlichen Anruf völlig vergessen.

»Hm, ja. Sonst beschwert sie sich später, dass wir uns ohne sie vergnügt haben.« Tom lachte leise und strich sich eine dunkelblonde Strähne aus dem Gesicht.

Melanie ahnte womöglich, was ihr gleich bevorstand, denn sie drehte sich im Schlaf um und lag jetzt mit leicht gespreizten Schenkeln einladend auf dem Rücken. Ihre dunklen Haare bildeten eine Art ramponierten Heiligenschein um ihren Kopf.

Bevor die Männer sich daran machten, den Körper ihrer Freundin gemeinsam auf eine lustvolle Reise zu schicken, nahmen sie sich Zeit für einen Kuss.

2

Im Morgengrauen saß Tom frisch geduscht in abgeschnittener Jeans und einem schwarzen T-Shirt an seinem Schreibtisch und versuchte, einen einigermaßen vernünftigen Text hinzubekommen. Am Mittag war Deadline für die Abgabe der Dialogfassung des Drehbuches. Und wie jedes Mal, reizte er diesen festen Termin am Freitag bis zum letzten Drücker aus. Seit vier Jahren war er jetzt schon Dialogautor bei der täglich ausgestrahlten Erfolgsserie »Klinik im Walde«. Er war einer der wenigen Schreiber, die regelmäßig mindestens zwei Bücher pro Monat ausarbeiten durften. Das war ein Glücksfall und sicherte ihm ein relativ geregeltes Einkommen, solange die Serie erfolgreich lief. Und die konstant guten Zuschauerquoten und eine treue Fangemeinde ließen erwarten, dass er sich auch in naher Zukunft keine Sorgen machen musste. Trotzdem hielt ihn dieser Job davon ab, die Drehbücher zu schreiben, die ihm eigentlich am Herzen lagen. Seit Jahren lagen Dutzende von Ideen und einige bereits detailliert ausgearbeitete Exposés für Krimis und Komödien in der virtuellen Schublade seines Rechners. Es hatte natürlich schon Produzenten gegeben, die an dem ein oder anderen Stoff interessiert waren. Doch immer wenn es darum ging, Nägel mit Köpfen zu machen, schob Tom plötzlich seine Arbeit bei »Klinik im Walde«

vor, die ihm vermeintlich keine Zeit für andere Projekte ließ. Zugegeben, er wollte es auf keinen Fall riskieren, seine sichere Einnahmequelle zu verlieren, denn es war schwer genug, in der Filmbranche seine täglichen Brötchen zu verdienen. Doch noch etwas anderes hielt ihn davon ab, seine eigenen Ideen als Drehbuch umzusetzen: Angst. Eine zermürbende Angst, es am Ende nicht gut genug zu machen und von Kritikern und Publikum womöglich verrissen zu werden.

Und seit etwa einem halben Jahr hatte er noch eine andere Ausrede dafür, dass er abgelenkt war: Melanie und Jonas. Er konnte es immer noch nicht fassen, dass er mit den beiden eine Beziehung hatte.

Sechs Monate vorher

Es war schon weit nach Mittag, als Tom sich aus dem Bett quälte. Das widerlich pelzige Gefühl in seinem Mund war neben den pochenden Kopfschmerzen ein klarer Hinweis darauf, dass er gestern eindeutig zu tief ins Glas geschaut hatte. Oder besser gesagt: in zu viele Gläser. Er beeilte sich, ins winzig kleine Bad zu kommen, um sich gründlich die Zähne zu putzen und den ekligen Geschmack mit reichlich Mundwasser zu vertreiben. Dann klatschte er sich so lange kaltes Wasser ins Gesicht, bis er sich einigermaßen wach fühlte.

Während er mit einem Stück Klopapier die kleinen Wassertropfen am Spiegel wegwischte, fiel ihm auf, wie fahl sein Gesicht unter den Bartstoppeln wirkte. Dunkle Ringe hoben das Hellblau seiner Augen unnatürlich hervor. Heute sah er älter aus, als er mit seinen achtunddreißig Jahren war. Und daran war nicht nur der gestrige Abend schuld. Tom hatte das Haus seit Wochen nur dann verlassen, wenn es beruflich erforderlich war. Und beim Gang zum Supermarkt um die Ecke bekam er auch nicht sonderlich viel Sonne und Frischluft ab.

»Du siehst ganz schön scheiße aus, mein Freund«, sagte er laut und zog eine Grimasse. Seitdem er alleine wohnte, hatte er sich angewöhnt, Selbstgespräche zu führen.

Er hasste dieses Gefühl am Morgen nach einer durchzechten Nacht. Deswegen trank er eigentlich nur sehr selten.

Doch gestern war einer dieser Tage gewesen, an denen er sich hatte gehen lassen. Dabei hatte er noch nicht einmal einen Anlass dafür gehabt. Zumindest keinen aktuellen. Denn die Trennung von seiner langjährigen Freundin Sybille lag schon einige Wochen zurück. Er war weitgehend darüber hinweg, dass sie ihn mit einem der Schauspieler aus der Serie betrogen hatte. Für sie war das kein Glücksgriff gewesen. Denn genau wie in seiner Rolle als Anästhesist Dr. Jan Roberts, hechelte Martin Herberger auch im wahren Leben jedem Rock hinterher. Und es kam, wie es kommen musste. Nachdem Sybille den TV-Liebling mit der Putzfrau beim frivolen Liebesspiel auf der Wendeltreppe in ihrer eigenen Wohnung ertappt hatte, war sie wieder heulend bei Tom aufgeschlagen. Er hatte Mitleid mit ihr gehabt und versucht, sie zu trösten. Aber für ihn war ihre Beziehung zu Ende. Selbst wenn Sybille ihm an manchen Tagen noch ziemlich fehlte. Wie auch gestern. Vier Jahre hatten sie zusammengelebt. Waren fast jeden Abend gemeinsam ins Bett und morgens miteinander aufgestanden. Er wusste nicht, ob er Sybille immer noch liebte. Wahrscheinlich nicht. Aber er spürte schmerzhaft, dass ihm der Alltag mit ihr fehlte. Zurzeit wohnte er in einem kleinen Appartement in der Nähe der Münchner Freiheit, das er vorübergehend von einem Schauspielerkollegen untergemietet hatte, der für ein halbes Jahr in den Staaten war. Die Vorstellung, dort einen weiteren Abend alleine zu verbringen, war einfach unerträglich gewesen. Nach der monatlichen Drehbuchbesprechung hatte es ihn deswegen absolut nicht nach Hause gezogen.

»*Kommst du noch mit auf ein Bier, Tom?*«, *hatte der junge Producer Helge Strecker freundlich gefragt, ohne wirklich mit einer Zusage zu rechnen. Tom machte sich normaler-*

weise wenig daraus, auch privat etwas mit den Kollegen zu unternehmen.

»Klar«, kam die knappe und überraschende Antwort. Und wenig später saßen sie zu sechst in einem alteingesessenen Wirtshaus im Münchner Glockenbachviertel.

Lissy, eine der neuen Autorinnen im Team, war ebenfalls mit dabei. Tom kannte die Mittvierzigerin mit dem rot gefärbten Pagenkopf schon ein paar Jahre. Sie hatten sich bei einem Drehbuchseminar kennengelernt und seither einen lockeren Kontakt gehalten, der hauptsächlich von ihr ausging. Lissy tauchte nämlich bei so ziemlich jedem Event auf und schaffte es immer wieder, sich auch ohne Einladungen auf Premierenfeiern oder Filmpartys zu schmuggeln. Ihr selbst fiel es vermutlich gar nicht auf, doch mit ihrer aufdringlichen Art und der ständigen Präsenz verscherzte sie es sich bei den meisten Produzenten.

»Gut, dass man die Lissy schon von Weitem an ihren Haaren erkennt und ihr so aus dem Weg gehen kann«, waren noch die harmlosesten Scherze unter Filmleuten.

Obwohl sie in verschiedene Projekte involviert war, war es ihr seit über zehn Jahren noch immer nicht gelungen, in der Branche richtig Fuß zu fassen. Sie musste sich mit allerlei Gelegenheitsjobs über Wasser halten.

Tom kannte einige ihrer Drehbücher, die sie ihn hatte lesen lassen, um seine Meinung dazu zu hören. Sie war talentiert – zweifellos. Aber ihren Geschichten fehlte das wichtige, zündende Fünkchen, das einen Produzenten oder Redakteur zum Brennen brachte.

Tom hatte sich für sie eingesetzt und gönnte ihr den Job bei »Klinik im Walde« von Herzen. In letzter Zeit war er allerdings nicht sonderlich begeistert, sie deswegen nun öfter zu sehen, denn seit sie von der Trennung von Sybille wusste, machte Lissy keinen Hehl daraus, dass sie auf den acht Jahre jüngeren Kollegen stand.

Nach zwei Gläsern Wein auf nüchternen Magen versuchte sie, ihm näherzukommen. Er ignorierte sie zunächst und unterhielt sich hauptsächlich mit Helge. Irgendwann fiel ihm jedoch auf, dass Lissy heute viel lockerer und weniger getrieben wirkte als sonst. Und das machte sie zur Abwechslung auf eine sympathische Art sehr unterhaltsam. War sie sonst nur auf irgendein Filmprojekt fixiert, so plauderte sie heute entspannt über ihren vergangenen Urlaub auf Island und erzählte von ihrer Kindheit in Hamburg. Nach dem dritten Weißbier waren Tom und Lissy so vertieft in ein Gespräch über seine Überlegung, sich einen Hund anzuschaffen, dass er kaum wahrnahm, wie die anderen sich grinsend verabschiedeten. Irgendwann bestellte Lissy Tequila.

Und zwei Stunden später vögelten sie sich in ihrem Schlafzimmer die Seele aus dem Leib.

Das Klingeln des Handys unterbrach Toms Erinnerung an die vergangene Nacht. Lissy. Er stöhnte genervt, warf ein Handtuch auf das Handy und verließ das Badezimmer. Würde er sie jetzt etwa wegen dieser einen Stunde Sex dauerhaft am Hals haben? Das war nicht seine Absicht gewesen. Es war das erste Mal, dass er sich nach der Trennung auf eine andere Frau eingelassen hatte. Zum Teil war das einem rein körperlichen Bedürfnis geschuldet – um den Druck in seinen Lenden wieder mal loszuwerden –, doch er war Lissy auch auf andere Art nähergekommen. Seit letzter Nacht nahm er sie nicht mehr nur als Kollegin wahr – er hatte begonnen, sie zu mögen. Andernfalls hätte er auch gar nicht mit ihr schlafen können. Allerdings wollte er sich absolut nicht vorstellen, eine richtige Beziehung mit ihr einzugehen, so weit war er noch nicht. Tom musste unbedingt klare Verhältnisse schaffen, bevor sie sich in etwas verrannte. Das würde er tun, sobald er den Kopf wieder frei hatte.

Obwohl sein Schädel dröhnte, schlüpfte er in Jogginghose und Laufschuhe und machte sich auf den Weg in den Englischen Garten. Nach der Trennung hatte er sich eine ganze Zeit lang nur gehen lassen – doch das war jetzt vorbei. Er musste wieder etwas für sich tun. Dabei konnte er nur von Glück sagen, dass die sitzende Tätigkeit am Schreibtisch ihm nicht auch noch überflüssige Pfunde beschert hatte.

Kalter Wind fegte um seine Ohren, und ein feiner Nieselregen weckte seine Lebensgeister. Nachdem Tom sich mit leichten Stretchübungen aufgewärmt hatte, trabte er los und steigerte langsam das Tempo.

Doch sein williger Geist und sein vom Alkohol geschundener Körper waren heute eindeutig nicht im Einklang. Nach einer Viertelstunde rebellierte sein Magen. Tom übergab sich hinter einem Wildrosenbusch. Oh Gott, wie peinlich ihm das war! Glücklicherweise waren wegen des schlechten Wetters heute nicht allzu viele Leute unterwegs. Eben wollte er sich mit dem Ärmel seines dunkelblauen Sweatshirts notgedrungen den Mund abwischen, da nahm er wahr, dass jemand hinter ihm stand.

»Ist alles in Ordnung mit dir?«, fragte eine weibliche Stimme.

Er senkte den Arm und schloss kurz die Augen. Das hatte ihm gerade noch gefehlt, dass ihn jemand in diesem Zustand ansprach.

»Ja«, sagte er nur, ohne sich umzudrehen.

»Hier!« Neben ihm tauchte eine Hand mit einem Papier-

taschentuch auf. Zögernd griff er danach und wischte sich damit über den Mund.

»Danke.«

»Brauchst du noch eins?«

»Nein. Es geht schon so.«

Wohl oder übel musste er sich jetzt doch umdrehen. Das Erste, was ihm auffiel, war der besorgte Blick aus ungewöhnlich hellen bernsteinfarbenen Augen. Im Gegensatz dazu wirkte das schulterlange, stufig geschnittene und vom Regen feuchte Haar fast schwarz. Das Gesicht war ungeschminkt und vom Laufen gerötet. Sie war hübsch, doch als attraktiv hätte er sie nicht bezeichnet. Dafür war ihr Mund für seinen Geschmack etwas zu breit und die Lippen zu voll. Er schätzte sie auf Ende zwanzig. Sie war nicht sonderlich groß, etwa einen halben Kopf kleiner als er mit seinen 1,80 m. Über ihre Figur konnte er nicht viel sagen, da ihr Körper in einer unförmigen dunkelroten Regenjacke steckte. Doch ihre vollen Wangen deuteten darauf hin, dass sie kein Hungerhaken war.

Tom stopfte das Taschentuch in seine Hosentasche.

»Geht's wieder?«

Irgendwie fand er es nett, dass jemand da war, der sich um ihn kümmerte. Die meisten Leute wären achtlos an ihm vorbeigelaufen. Wer wollte auch etwas mit einem Mann zu tun haben, der sich am helllichten Tag in die Hecke übergab.

»Ich hab gestern wohl zu viel getrunken«, gestand er beschämt.

»Na ja, besser ein Kater als eine Magen-Darm-Grippe.«

»Aber dümmer«, sagte er kleinlaut und grinste schief.

»Du verträgst wohl nichts.« Das war eher eine Feststellung als eine Frage.

»Nicht sonderlich viel und schon gar keinen Tequila. Bin da eher ein Mädchen.«

Seine unverblümte Antwort zauberte ein warmes Lächeln auf ihre Lippen, das durch das Strahlen ihrer Augen noch verstärkt wurde. Und dadurch wirkte auch ihr Gesicht auf einmal ganz anders.

Tom revidierte seine Meinung von vorhin. Diese Frau war nicht hübsch. Das Lächeln hatte sie in eine ungewöhnliche Schönheit verwandelt, wie er sie bisher selten gesehen hatte. Ihr voller Mund wirkte plötzlich so verlockend, dass er sie am liebsten hier und jetzt geküsst hätte.

»Dann würde ich an deiner Stelle die Lippen davon lassen.«

»Meine Lippen?«, fragte er schnell und fühlte sich ertappt.

»Na, vom Alkohol. Wenn du ihn nicht verträgst!«

»Ach so... ich werde darüber nachdenken.« Er lächelte jetzt ebenfalls.

Mit einem fröhlichen Zwinkern drehte sie sich um und lief langsam los.

»Mach das... Ciao.« Sie winkte ihm zu, bevor sie hinter einer Kurve verschwand.

»Danke noch mal!«, rief er ihr nach und ärgerte sich, weil er sie nicht nach ihrem Namen gefragt hatte.

3

Melanie verrieb sorgfältig wohlduftendes Duschgel auf ihrem Körper, während das heiße Wasser auf sie herabprasselte. Als sie sich vorsichtig zwischen den Beinen wusch, spürte sie ein schmerzhaftes, aber süßes Brennen. Ihre Brustwarzen waren dunkelrot und fühlten sich leicht wund und geschwollen an. Alles Zeichen einer leidenschaftlichen Nacht. Die Erinnerung daran ließ ihren Puls höher schlagen. Sie lächelte glücklich.

Dann drehte Melanie das Wasser ab, drückte die nassen Haare aus und griff nach einem Badetuch.

Eine halbe Stunde später kam sie mit zwei großen Tassen dampfend heißem Kaffee aus der Küche. Sie trug eine leichte hellbraune Sommerhose und eine beige Bluse, war dezent geschminkt, und die Haare fielen locker geföhnt auf ihre Schultern.

Heute war der letzte Arbeitstag vor ihrem Urlaub. Melanie war seit zweieinhalb Jahren in einer internistischen Arztpraxis angestellt, obwohl sie eigentlich eine ausgebildete Krankenschwester war. Doch das Arbeitsklima in den Krankenhäusern war in den letzten Jahren rauer geworden. Der bürokratische Aufwand stahl immer mehr Zeit, und das Menschliche in der Betreuung und Pflege der Patienten blieb dabei auf der Strecke.

Hatten sie früher in einer Schicht zu viert Dienst auf einer Station geschoben, so mussten jetzt zwei Leute reichen. Manchmal sogar eineinhalb. Alleine schon, dass man Mitarbeiter auf dem Papier in Hälften zum Dienst einteilte, stieß Melanie sauer auf. Die Devise lautete: sparen – und das ging auf Kosten der Patienten und des Personals. Die immer größer werdende Belastung im Beruf, die Verantwortung für die Gesundheit und das Leben der Patienten und dazu noch der unregelmäßige Schichtdienst – das brachte sowohl Melanies Kollegen als auch die Ärzte an den Rand der Erschöpfung. Nachdem sie selbst einmal wegen Übermüdung fast ein Medikament verwechselt hätte, hatte sie beschlossen, das nicht mehr länger mitzumachen. Und obwohl sie in der Arztpraxis deutlich weniger verdiente, machte ihr die Arbeit Spaß, und sie hatte einigermaßen geregelte Arbeitszeiten.

Es war das erste Mal, dass sie drei Wochen am Stück freihaben würde. Und auch Jonas und Tom hatten sich Zeit freigeschaufelt, damit sie endlich gemeinsam Urlaub machen konnten. Jonas hatte sich von einem Kollegen aus dem Architekturbüro ein Wohnmobil ausgeliehen. Am Sonntag würden sie in Richtung Süden losfahren. Sie hatten kein festes Ziel gewählt, sondern wollten während der Fahrt entscheiden, wo die Reise hinging. Hauptsache Sonne, Strand und Meer. Und dazwischen ein wenig Kultur. Vielleicht in Barcelona oder in Florenz? Alles war offen und schon allein deswegen spannend.

Vorsichtig, damit sie nichts verschüttete, drückte Melanie mit dem Ellbogen die Türklinke zu Toms Zimmer nach unten. Er saß am Schreibtisch und war so in seine Arbeit vertieft, dass er sie nicht bemerkte. Sein schlanker Körper auf dem alten Bürostuhl, von dem er sich nicht trennen wollte, wirkte angespannt.

»Der Kaffee ist fertig!«, schnurrte sie in der Melodie des gleichnamigen Liedes von Peter Cornelius und klang dabei – wie es der Text vorgab – unglaublich zärtlich.

Er drehte sich zu ihr um und lächelte überrascht.

»Melli… du bist meine Rettung!«

Melanie schmunzelte. Er nannte sie nur Melli, wenn sie alleine waren. Ansonsten sprach er sie mit ihrem kompletten Vornamen an, genau wie Jonas auch. Ob Tom das unbewusst tat? Das konnte Melanie sich nicht vorstellen. Gerade weil sie wusste, wie viel Wert er als Autor Worten und ihrer Bedeutung beimaß, auch im Subtext. Sie vermutete, dass er innerhalb ihrer ungewöhnlichen Dreierbeziehung mit dem Kosenamen eine besondere Verbindung zu ihr schaffen wollte. Sie ließ es zu, auch wenn sie deswegen der Hauch eines schlechten Gewissens Jonas gegenüber plagte.

Sie trat neben Tom und stellte die Tasse auf dem Schreibtisch ab.

»Ich rette dich immer wieder sehr gerne«, sagte sie und streichelte durch seine zerzausten blonden Haare, die mal wieder geschnitten werden könnten. Er schloss für einen Moment die Augen und schien ihre Zärtlichkeit zu genießen.

»Kommst du voran?«

»Nicht wenn du neben mir stehst«, flachste er.

Sie zog spielerisch an seinem Ohr.

»Aua!«, jammerte er.

»Mädchen«, neckte sie ihn und lächelte bei dem Gedanken an ihre erste Begegnung.

4

Seit einer Woche joggte Melanie jeden Tag in ihrer Mittagspause durch den Englischen Garten, in der Hoffnung, den Mann wiederzusehen, dem sie aufgrund seines Zustandes bei ihrem ersten Aufeinandertreffen insgeheim den Namen »Herr Kater« verpasst hatte. Dabei konnte sie sich nicht erklären, warum sie ihn wiedersehen wollte. Sie war seit zwei Jahren in einer glücklichen Beziehung mit Jonas, ihrem absoluten Traummann.

Kennengelernt hatte sie Jonas, als er als Patient in die Praxis gekommen war. Schon beim Ausfüllen der Anmeldungsunterlagen hatte es zwischen den beiden so heftig geknistert, dass es nicht nur ihrer Kollegin, sondern auch ihrer Chefin aufgefallen war.

»Fall ja nicht über ihn her, wenn du ihm Blut abnimmst«, hatte Dr. Annik Binder ihr ins Ohr geflüstert. Melanie war knallrot geworden und so fahrig gewesen, dass sie ihre Kollegin gebeten hatte, den gutaussehenden Patienten ins Labor zu begleiten. Sie glaubte sich nicht in der Lage, mit der Kanüle in der zitternden Hand die Vene in seiner Armbeuge zu treffen. So etwas war ihr bis dahin noch nie passiert.

Doch dieser Jonas Winter war auch ein ganz besonders attraktives Exemplar von einem Mann. Seine kurz geschnittenen Haare waren wie seine Augen sehr dunkel. Das markante, sonnengebräunte Gesicht war frisch rasiert und erinnerte Melanie ein wenig an den amerikanischen Schauspieler Matt Dillon, vor allem wenn er lächelte. Er war groß, bestimmt über eins neunzig, mit einem sportlichen, durchtrainierten Körper. Und er hatte kräftige, gepflegte Hände, was ihr bei einem Mann ganz besonders gut gefiel. Nach einem Blick auf die Anmeldungsunterlagen wusste Melanie, dass er genauso alt war wie sie: Einunddreißig.

»Ich würde heute gerne mit dir ausgehen. Hast du Lust?«, hatte er sie ganz direkt gefragt, nachdem er aus dem Sprechzimmer gekommen war. Dabei hatte er frech gegrinst, als ob er die Frage nur pro forma gestellt hätte und mit nichts anderem als einer Zusage rechnete. Bei jedem anderen Mann hätte sie das sofort in Rage versetzt. Nicht so bei Jonas. Sie hatte sich Hals über Kopf in ihn verliebt.

»Ja! Wann denn?«, hatte sie wie aus der Pistole geschossen gefragt.

Schon zwei Monate später waren sie zusammengezogen. Melanie war immer noch so verrückt nach Jonas wie am ersten Tag. Oder vielleicht sogar noch ein wenig mehr. Warum nur wollte sie dann unbedingt diesen Herrn Kater wiedersehen? Sie musste ein wenig wirr sein. Oder liebte sie Jonas etwa nicht mehr? Unsinn, schalt sie sich selbst bei diesem Gedanken. Ihre Gefühle hatten sich nicht verändert. Im Gegenteil. Die Liebe zu ihm war in den letzten beiden Jahren tiefer und inniger geworden.

Melanie joggte nach Hause und nahm sich vor, in der nächsten Zeit eine andere Strecke zu laufen.

Daheim wartete zu ihrer Überraschung Jonas auf sie. Er stand in einer modisch ausgewaschenen Jeans und einem weißen Hemd in der Küche und trank einen Espresso.

»*Du bist schon da?*«, *fragte Melanie freudig, nachdem sie im Flur die Laufschuhe abgestreift hatte.*

»*Ich hab heute früher Mittag gemacht*«, *antwortete er lächelnd. Er stellte die Tasse ab, griff nach ihrer Hand und zog sie an sich.* »*Weil ich dich unbedingt vernaschen muss, bevor du wieder in die Praxis gehst.*«

»*Du willst mich vernaschen?*«, *fragte sie frech.*

»*Ja. Mit Haut und Haaren.*« *Er begann, an ihrem Hals zu knabbern.*

»*Ich dachte, ihr habt so viel zu tun?*«

»*Was soll ich denn machen? Ich konnte mich nicht mehr konzentrieren*«, *murmelte er und drängte sich an sie. Melanie löste sich etwas von ihm.*

»*Ich bin total verschwitzt, lass mich erst unter die Dusche*«, *schlug sie vor.*

»*So lange kann ich nicht warten*«, *raunte er ihr ins Ohr. Er hielt ihr Gesicht mit beiden Händen fest und presste seine Lippen auf ihren Mund. Seine samtige Zunge drang fordernd in sie ein. Er schmeckte nach Kaffee. Während er sie leidenschaftlich küsste, wanderte seine Hand nach unten, schob sich unter den Bund ihrer Jogginghose und umfasste ihre rechte Pobacke. Melanie spürte, wie ihr Körper auf seine vertrauten Berührungen reagierte und sich ein brennendes Verlangen in ihrem Schoß breitmachte.*

»*Dann lass uns nicht länger warten*«, *flüsterte sie zurück, als sich seine Lippen für einen Moment von ihrem Mund lösten. Jonas packte den Saum ihres T-Shirts, zog es über ihren Kopf und warf es achtlos auf einen Küchenstuhl. Dann schob er ihre Hose nach unten. Sie stieg rasch aus der Hose und hob sie mit dem Fuß ebenfalls auf den Stuhl. Jetzt stand sie nur noch in eher praktischer als aufreizender weißer Sportunterwäsche vor ihm. Doch sie wusste, dass ihm das völlig egal war. Und tatsächlich: Melanie konnte tragen, was sie wollte, sie war für Jonas immer der Inbegriff von erregender Weiblichkeit.*

Jonas sah sie mit seinen funkelnden dunklen Augen verlangend an. »Tisch oder Bett?«, fragte er heiser, und seine Worte jagten Schauer durch ihren Körper.

»Tisch!«

Er grinste. Ihre Wahl schien genau nach seinem Geschmack zu sein, und er verlor keine Zeit. Er fasste sie an den Schultern, drehte sie um und zog dann mit einem Ruck ihren Slip nach unten. Während Melanie sich nach vorne beugte und sich mit den Unterarmen auf dem großen quadratischen Tisch abstützte, öffnete er seine Hose und schob sie samt den schwarzen Boxershorts nach unten. Wenige Sekunden später drang er auch schon langsam in sie ein.

Melanie stöhnte auf und genoss es, wie er sich Zentimeter für Zentimeter in sie bohrte, bis er endlich ganz tief in ihr war. Eine Hand lag auf ihrer Hüfte, mit der anderen Hand holte er ihre Brüste aus dem BH. Als er ihren rechten Nippel zwischen Zeigefinger und Daumen drückte, wimmerte Melanie vor Lust. Jonas wusste genau, wie er sie berühren musste, um sie verrückt zu machen. Schon nach wenigen Minuten spürte sie, wie sich in ihrem Schoß alles zusammenzog. Nur noch wenige Stöße, und sie würde kommen. Jonas zog sich jedoch aus ihr zurück, umfasste die zweite Brust und knetete sie ein wenig fester.

»Bitte ... bitte ...«, flehte Melanie. Ihr Herz raste, und sie bettelte darum, dass er sie zum Höhepunkt brachte. Sein Glied drückte sich hart und nass an ihren Hintern.

»Du willst meinen Schwanz in dir?«, fragte er heiser an ihrem Ohr.

»*Ja*...«

»*Sag mir, was du willst, Melanie*... *sag es mir. Ich will es hören.*« Er presste die Finger noch etwas fester zusammen. Sie stöhnte auf.

Noch immer fiel es ihr schwer, die Worte in den Mund zu nehmen, die er gerne von ihr hören wollte. Gleichzeitig machte sie dieses verbale Spiel total an.

»*Jonas, bitte*...«

»*Du musste es sagen!*«, forderte er sie drängend auf.

»*Bitte fick mich!*«, brach es endlich aus ihr heraus. Endlich!

»*Ja! Genau das wollte ich von dir hören.*« Er stieß in ihre nasse, heiße Höhle. Melanie verschlug es fast den Atem. Und schon nach wenigen Stößen überrollte sie ein überwältigender Orgasmus. Gleich darauf kam auch Jonas und verströmte sich stöhnend in ihr.

»*Ich liebe dich!*«, keuchte er und zog sie fest an sich. Melanie griff nach seiner starken Hand, zog sie an ihren Mund und drückte einen Kuss darauf. Dann drehte sie den Kopf langsam zur Seite und suchte seine Lippen. Es war ein sanfter Kuss. Vorsichtig glitt er aus ihr, und Melanie spürte, wie sein Samen langsam an ihrem Schenkel herabrann. Sie drehte sich zu ihm um. Er streichelte ihr Gesicht und lächelte sie an. Auch dafür liebte sie ihn. Er war ein sehr leidenschaftlicher, sexuell anspruchsvoller Mann. Doch je wilder der Sex war, desto liebevoller und zärtlicher war er hinterher zu ihr. Unvermittelt stiegen ihr Tränen in die Augen, die sie sich nicht erklären wollte. Sie schmiegte sich rasch an ihn, damit er sie nicht sah. Er hielt sie fest und streichelte ihren Rücken.

»*Und irgendwann wirst du mir auch meinen Wunsch erfüllen, nicht wahr, Süße?*«, bat er leise.

Sie biss sich auf die Lippen. Schlagartig musste sie an den Mann im Englischen Garten denken.

»Vielleicht«, flüsterte Melanie so leise, dass sie nicht sicher war, ob er sie gehört hatte.

5

Noch etwas verschlafen schwang Jonas die langen, muskulösen Beine aus dem Bett und strich sich mit den Händen durch die Haare. Er gähnte herzhaft, fühlte sich aber trotz seiner Müdigkeit ausgesprochen gut. Reflexartig griff er nach seinem Handy, nur um festzustellen, dass der Akku leer war. So ein Mist! Das Aufladekabel hatte er im Büro vergessen, und Tom und Melanie hatten Geräte, deren Anschlüsse nicht kompatibel waren.

»Was soll's!« Jonas zuckte mit den Schultern und legte das Handy wieder zurück auf den kleinen runden Hocker, der ihm als Nachttisch diente. Er stand auf. Wie eine zufriedene Katze reckte er seinen nackten Körper, schlüpfte in Boxershorts und machte dann seine üblichen fünfzig Liegestützen am Morgen und ebenso viele Sit-ups. Es war ihm wichtig, seinen Körper in Schuss zu halten. Und es reichte inzwischen aus, dafür täglich einige Minuten Zeit zu investieren.

Als Junge war Jonas ein schüchternes, zu groß geratenes Pummelchen gewesen und hatte sich deswegen oft den Spott von Mitschülern und auch einigen Lehrern anhören müssen. Bei seiner Mutter hatte er keine Unterstützung gefunden. Im Gegenteil. Sie blendete die Schwierigkeiten ihres Sohnes komplett aus und stopfte ihn mit Essen voll. Anscheinend konnte sie ihre Liebe zur Familie nicht anders zum Ausdruck bringen als damit, sie übermäßig zu bekochen. Jonas erlebte seine Mutter fast ausschließlich in der großen Wohnküche, in der ein kleiner Fernseher stand, der buchstäblich Tag und Nacht lief. Mit der üppigen, kohlehydratreichen Kost, den vielen Mehlspeisen, dem fetten Fleisch und den Sahnesoßen hatte sie sich letztendlich ihr eigenes Grab geschaufelt. Sie starb mit über sechzig Kilo Übergewicht im Alter von nur achtunddreißig Jahren an einem Herzinfarkt. Das Leben des damals fünfzehnjährigen Jonas hatte sich daraufhin schlagartig geändert. Sein Vater, ein vielbeschäftigter Bauunternehmer, der dem Treiben seiner Frau bisher hilflos zugesehen hatte, bestand nach ihrem Tod darauf, dass Jonas mehrmals in der Woche Sport machte. Eine Haushälterin wurde eingestellt, die dem Jungen vermittelte, dass auch gesundes Essen gut schmecken konnte. Materiell mangelte es Jonas an nichts, doch die Beziehung zu seinem Vater verbesserte sich nicht wesentlich.

Karatetrainer Roman war derjenige, der letzten Endes maßgeblich zu einer Veränderung von Jonas beigetragen hatte. Einfühlsam hatte er sich des Jungen angenommen und ihm durch Training und Gespräche nicht nur zu einem anderen Körpergefühl, sondern auch zu einem besseren Selbstbewusstsein verholfen; etwas, das seine Mutter ihm nie hatte vermitteln können. Genauso wenig wie sein Vater, der nur für sein Geschäft lebte und sich auch jetzt kaum Zeit für ihn nahm.

Nur ein Jahr nach dem Tod seiner Mutter hatte sich der unsichere Dickmops in einen gut aussehenden, jungen Mann verwandelt, der mit einem Mal seinen Platz in der Schulgemeinschaft eroberte. Niemals hätte er mit einem solchen Wandel gerechnet. Plötzlich flogen ihm die Herzen der Mädchen nur so zu, und er amüsierte sich mit ihnen. Verliebtheit war aber bei keiner im Spiel. Zumindest nicht von seiner Seite aus. Trotzdem standen sie auf ihn. Doch die vielen Jahre des Mobbings hatten ihre Spuren hinterlassen. Jonas wusste noch ganz genau, welche Mädchen ihn am meisten verspottet hatten. Und er zahlte es ihnen auf seine Weise heim. Er konnte es kaum fassen, dass den meisten egal war, wie er sie behandelte, nur weil er jetzt ein optischer Leckerbissen war. Tief in seinem Inneren war er immer noch der unsichere Junge von damals, der sich mehr denn je nach Liebe und Halt sehnte.

Um sich zu rächen, verletzte er sie mit seiner Distanz, einer gehörigen Portion Arroganz und seiner Weigerung, sich auf eine feste Freundin einzulassen. Und auch wenn es nach außen hin anders aussah und man den Eindruck gewinnen konnte, als wäre Jonas jetzt in die Schulgemeinschaft integriert, so war er jetzt zu einem emotionalen Außenseiter geworden. Innerlich fühlte er sich einsamer als je zuvor, weil er nicht mehr unterscheiden konnte, wer ihn – den Menschen Jonas – wirklich mochte. Er ging nicht länger ins Training, weil er sich vor Roman schämte, dem das Treiben seines Schützlings absolut nicht gefiel.

Die Wut, die in Jonas nagte und eigentlich seiner Mutter galt, weil sie ihn so früh verlassen hatte, ließ er mehr und mehr an den Mädchen aus.

Bis zu dem einen Tag kurz vor den Weihnachtsferien, als seine Mitschülerin Jessica sich auf dem Speicher der Schule umbringen wollte. Allein der Umstand, dass der Kaminkehrer an diesem Tag die große Jahresmessung durchführen musste, rettete ihr buchstäblich in letzter Minute das Leben.

Als die Sanitäter das totenbleiche Mädchen mit den aufgeschlitzten Pulsadern auf der Trage eilig durch das Schulhaus zum Ausgang brachten, war Jonas sofort klar, dass er die Schuld dafür trug. Jessica hatte ihn tags zuvor mit einer romantisch inszenierten Liebeserklärung überrascht. Er hatte sich über sie lustig gemacht und sie eiskalt abserviert. Eine Faust schlang sich um sein Herz, und er hatte das Gefühl zu ersticken. Obwohl der Unterricht noch lange nicht zu Ende gewesen war, war er ohne Jacke aus dem Schulhaus verschwunden. Er war gerannt und gerannt, bis seine Lungen brannten. Aber nicht einmal dann blieb er stehen. Erst eine Baumwurzel brachte ihn zu Fall. Er lag auf der dünnen, hart gefrorenen Schneedecke am Rande eines brachliegenden Feldes, und sein Körper stand vor Schmerzen in Flammen. Er weinte wie ein kleines Kind, rollte sich auf dem Boden zusammen und krallte seine Hand in die dreckige Erde, als müsste er sich festhalten, um nicht ins Bodenlose zu fallen. Schmerzlich vermisste er seine Mutter, die ihn viel zu früh alleine gelassen hatte, und fühlte sich schuldig wegen Jessica, die sich seinetwegen das Leben nehmen wollte. Und am liebsten würde er sich jetzt ebenfalls umbringen, einfach verschwinden, um vor dieser schmerzenden Leere in sich zu flüchten.

Im Grunde genommen wollte er aber gar nicht sterben, er wusste im Moment nur einfach nicht mehr weiter.

Zitternd vor Kälte hatte er sich irgendwann aufgerappelt und mit dem Hemdsärmel die Tränen aus dem

Gesicht gewischt. Die Arme fest um sich geschlungen, torkelte er wie betrunken nach Hause.

Doch der Zusammenbruch hatte etwas in ihm gelöst und zurechtgerückt. Jetzt wusste er, dass er mit der Vergangenheit Frieden schließen musste, um selbst ein erfülltes Leben haben zu können. Und um endlich Liebe zulassen zu können – ihr eine Chance zu geben. Denn ohne Liebe war das Leben nichts wert.

Lange war er unter der Dusche gestanden und hatte sich die Kälte und den Dreck von seinem Körper, aber auch von der Seele gewaschen. Danach war er zum Training gegangen. Roman hatte ihm die Hand auf die Schulter gelegt und ihn besorgt angeschaut. Die Sache mit Jessica hatte sich bereits herumgesprochen.

»Willst du nachher mit mir reden?«, hatte Roman ihn gefragt.

Jonas hatte nur genickt. Das Gespräch mit dem Trainer war für Jonas nicht einfach gewesen, aber es hatte ihm gutgetan und ihn zusätzlich motiviert, sein Leben nun in eine andere Richtung zu lenken.

Sobald es ihm erlaubt wurde, besuchte er Jessica im Krankenhaus und sprach sich mit ihr aus.

Jonas war kaum außer Atem, nachdem er sein Sportprogramm absolviert hatte. Es war kurz vor neun Uhr, und er hatte noch jede Menge Zeit, bevor er ins Architekturbüro Leermann und Partner musste, in dem er seit drei Jahren angestellt war. Eigentlich wäre gestern sein letzter Arbeitstag vor dem Urlaub gewesen. Doch für heute Mittag stand noch eine wichtige Besprechung mit einem Vertreter des Münchner Baureferates an, und Jonas hatte versprochen, dabei zu sein. Danach würde er das Wohnmobil abholen und vor der Abfahrt gründlich durchchecken.

Jonas öffnete den rechten Teil eines großen Flügelfensters, und noch vor der frischen Luft drang der Lärm der Großstadt ins Schlafzimmer. Der Himmel war dunstig, aber es sah danach aus, als würde es wieder ein heißer Tag werden. Und das Ende September.

Als er sich zur Tür wandte, entdeckte er auf dem dunklen Parkettboden einen hellblauen Slip. Melanies Slip. Er hob ihn auf und drückte das zarte Gewebe an sein Gesicht. Er lächelte und spürte ein wohliges Glücksgefühl in sich aufsteigen. Zusammen mit seiner Traumfrau und Tom durfte er endlich ein Lebensmodell genießen, über das die meisten Menschen den Kopf schütteln und für das sie viele verachten oder gar verurteilen würden. Doch in der weitgehenden Anonymität der Großstadt München, in der Wohngemeinschaften an der Tagesordnung waren, konnten sie ihr Leben unbehelligt genießen. Bis auf wenige Menschen wusste niemand von ihrer Ménage-à-trois. Und sogar das hatte bereits zu einigen Problemen geführt. Natürlich war es bedauerlich, dass ihre Beziehung weitgehend im Verborgenen stattfinden musste. Doch das war wohl der Preis für diese ungewöhnliche Liebe. Ein Preis, den sie alle bereit waren zu zahlen, nachdem sie endlich zusammengefunden hatten.

6

Jonas und Melanie saßen auf der Rückbank eines Taxis und fuhren durch das nächtliche München. Er trug eine braune Lederjacke zu seiner Jeans, Melanie einen dunkelblauen Trenchcoat über ihrem Kleid und hochhackige Lederstiefel. Ihr Gesicht war stärker geschminkt als sonst. Doch der Fokus lag wie immer auf ihren Lippen, die sie mit einem dunklen Rot in Szene gesetzt hatte. Als wären die kräftigen Farben der Ausdruck einer persönlichen Kampfansage an die Angst vor dem, was heute noch geschehen würde. Jonas betrachtete seine Freundin und bewunderte ihr sinnliches und doch so verletzlich wirkendes Profil.

Er griff nach ihrer Hand und drückte sie sanft.

Melanie drehte den Kopf zu ihm, versuchte zu lächeln und strich sich mit der freien Hand fahrig eine Strähne aus dem Gesicht. Sie war unglaublich nervös. Er zwinkerte ihr aufmunternd zu.

»Hey. Alles ist gut«, beruhigte er sie.

»Klar.«

Er beugte sich zu ihr und flüsterte: »Hab keine Angst, Melanie. Ich werde auf dich aufpassen.«

Jonas wirkte sehr ruhig, doch auch er war aufgeregt. Nervös und erregt. Nachdem er sie seit Monaten darum gebeten hatte, mit ihm in einen Swingerclub zu gehen, hatte sie gestern überraschend eingewilligt.

»Aber wenn, dann gleich morgen, sonst überlege ich es

mir wieder anders«, *hatte sie ihm leise, aber entschlossen verkündet, während sie in einem italienischen Restaurant zu Abend aßen. Jonas war so überrumpelt gewesen, dass er sich kaum noch auf das Essen konzentrieren konnte. Und auch jetzt spürte er die Vorfreude deutlich in seinen Lenden.*

»Siebzehn Euro zehn«, verlangte der Taxifahrer, nachdem er in einer kleinen Seitenstraße in einem Münchner Außenbezirk angehalten hatte.

Jonas drückte ihm einen Zwanziger in die Hand, stieg aus und öffnete die Wagentür für Melanie. Hand in Hand gingen sie schweigend die Straße entlang. Nach tagelangen Regenfällen lag jetzt eine drückende Schwüle in der Luft. Ungewöhnlich für Anfang April. Jonas schwitzte in seiner Jacke, und doch behielt er sie an. Schon bald standen sie vor einem unscheinbaren Gebäude. »Lustlagune« stand klein, in eher unauffälligen blauen Buchstaben neben der Eingangstür. Die Leute, die hierherkamen, brauchten keine schreiende Werbetafel.

»Bist du bereit?«, fragte er, und Melanie nickte rasch.

Jonas drückte zweimal kurz hintereinander auf die Klingel, und nur wenige Sekunden später öffnete sich die Tür.

»Hi. Schön, dass ihr da seid! Ich bin Eddi.«

Ein schmächtiger Endvierziger mit einer rotblonden Lockenmatte à la Atze Schröder hieß sie in der »Lustlagune« willkommen.

Melanie trat reflexartig einen Schritt zurück. Doch Jonas legte einen Arm um sie und führte sie in den mit indirektem Licht angenehm beleuchteten, geschmackvoll dunkelblau gefliesten Eingangsbereich des exklusiven Swingerclubs.

»Das ist meine Freundin Stella. Ich bin Markus«, stellte Jonas sie unter falschen Namen vor, und Melanie ent-

spannte sich ein wenig. »*Es ist unser erster Besuch heute.*« *Jonas holte ein Kuvert aus der Jackentasche und drückte es dem Mann diskret in die Hand. Ohne nachzuschauen, faltete der den Umschlag einmal zusammen und steckte ihn in seine Hemdtasche.*

»*An euch beide hätte ich mich auch sicher erinnern können*«, *gackerte Eddi vergnügt und zwinkerte Stella anzüglich zu.*

»*Hier geht's zur Umkleide mit den Schließfächern.*« *Er deutete auf eine Tür rechts neben dem Eingang.* »*Von dort aus könnt ihr gleich in den Barbereich gehen.*«

»*Für Damen oder Herren?*«, *fragte Melanie, und ihre Stimme klang belegt.*

»*Stella Schätzchen, hier gibt es nur einen Umkleideraum für alle*«, *erwiderte Eddi lachend.*

»*Danke, Eddi. Wir kommen jetzt klar.*« *Jonas schob Melanie sanft hinein. Der Raum erinnerte an die Umkleidekabine in einer Schulsporthalle. Einfache Holzbänke, darüber Kleiderhaken und eine Wand mit Schließfächern.*

Sie waren alleine.

»*Wehe, wenn dieser Typ versucht, mich anzufassen!*«, *zischte Melanie und öffnete den Gürtel ihres Mantels. Darunter trug sie ein schulterfreies schwarzes Kleid, das gerade noch ihren Po bedeckte. Jonas hatte es für diesen Besuch vorgeschlagen.*

Er legte ihr die Hände auf die Schultern.

»*Wird er nicht. Versprochen*«, *sagte er, um sie zu beruhigen. Er spürte, dass Melanie plötzlich eine Abwehrhaltung eingenommen hatte.*

»*Unter einem exklusiven Club stelle ich mir etwas anderes vor.*«

»*Du hast ja reichlich Erfahrung!*«, *neckte er sie.*

Doch anscheinend war sie viel zu angespannt, um auf seinen Scherz einzugehen.

»Um so einen schmierigen Typen zu beurteilen, braucht es keine Erfahrung, sondern einfach nur gesunden Menschenverstand!«

Sie löste sich von ihm und hängte den Mantel an einen Haken.

»Wer ist denn diejenige, die immer sagt, dass man einen Menschen nicht nur nach dem Äußeren beurteilen darf?«

»Mit schmierig meinte ich nicht sein Aussehen!«

Jonas atmete einmal tief ein. »Wenn du willst, gehen wir wieder«, bot er ihr an.

»Ich kneife nicht!«, brummte sie verbissen und schüttelte den Kopf.

Jonas musterte sie fragend. Obwohl er meinte, sie inzwischen gut zu kennen, konnte er nicht wirklich einschätzen, was gerade in ihr vorging. Allerdings war sie unübersehbar gereizt.

»Natürlich nicht.« Er zog ebenfalls seine Jacke aus.

Die Tür öffnete sich, und zwei Männer betraten den Raum, die Jonas auf Ende dreißig schätzte und die beide dunkle Anzüge trugen.

»Hey, hallo!«, grüßte einer der beiden freundlich, ein gutaussehender Blonder mit Dreitagebart.

»Neue Gesichter. Das wird heute aber eine spannende Nacht!«, meinte der andere, ein Glatzkopf mit der Figur eines zu klein geratenen Sumoringers und grinste sie unverblümt an.

Melanie murmelte einen Gruß und öffnete ihre Handtasche, in der sie scheinbar nach etwas suchte. Sie vermied es krampfhaft, zu den beiden Männern zu blicken, die sich gerade ungeniert auszogen.

Noch bis vor ein paar Minuten hatte Jonas gedacht, ein Abenteuer im Club wäre auch für Melanie irgendwie verlockend und sie würde ihre Scheu ablegen, wenn sie erst einmal hier wäre. Zu Hause hatten sie noch herumgealbert, und Melanie hatte große Sprüche gerissen, wie viele Männer sie denn wohl an einem Abend schaffen könnte. Was natürlich nicht allzu ernst gemeint war.

Doch eben war ihm klar geworden, dass sie so nur versucht hatte, ihre Unsicherheit und Angst zu überspielen, und ihm wurde bewusst, dass dieser Abend für sie die reinste Tortur darstellte. Sie hatte sich nur darauf eingelassen, um ihm einen Gefallen zu tun. Weil sie ihn liebte.

Er hängte seine Lederjacke über den Arm, nahm ihren Mantel vom Haken und legte ihn um ihre Schultern.

»Was ist denn?«, fragte sie irritiert.

»Wir gehen.«

»Aber ich hab dir doch versprochen...«, protestierte sie schwach.

»Ein anderes Mal.«

Jonas lag schon seit einer halben Stunde im Bett und wartete darauf, dass Melanie aus dem Badezimmer kam. Endlich öffnete sich die Tür, und sie kam herein, abgeschminkt und in einem baumwollenen Schlafanzug mit karierter Schlabberhose. Eindeutiger hätte sie ihm nicht signalisieren können, dass sie keine Lust auf Sex hatte.

Sie schlüpfte ins Bett und knipste das Licht aus.

»Nacht!«

»Gute Nacht, Melanie!«

Sie drehte ihm den Rücken zu.

Eine Weile herrschte Stille. Jonas hatte darauf gehofft, dass sie mit ihm darüber reden würde, doch nichts der-

gleichen geschah, und er spürte plötzlich einen Anflug von Ärger in sich aufsteigen. Schon auf der Rückfahrt hatte sie kaum ein Wort gesprochen. Und nun gab sie ihm noch nicht einmal einen Gutenachtkuss – das erste Mal, seit sie zusammen waren. War sie etwa wütend auf ihn? Dabei hatte er doch verständnisvoll reagiert und sie aus dem Swingerclub gebracht, ohne darauf zu pochen, dass sie ihr Versprechen einlöste. Über den dreistelligen Eintrittspreis, den er zum Fenster rausgeworfen hatte, wollte er gar nicht nachdenken.

Das Schweigen im Raum lastete schwer wie eine Bleidecke auf seiner Brust. So konnte und wollte er nicht einschlafen. Doch noch bevor er etwas sagen konnte, drehte Melanie sich um und setzte sich auf.

»Warum willst du unbedingt, dass ich mit einem anderen Mann schlafe?«, fauchte sie wütend. »Ist dir unser Sex zu langweilig?«

Jonas setzte sich ebenfalls und wollte das Licht anknipsen.

»Lass es aus!«

Okay. Sie wollte diese Unterhaltung also im Dunkeln führen. Vielleicht fiel es ihr so leichter, darüber zu sprechen. Es sollte ihm recht sein, auch wenn er ihr gerne ins Gesicht gesehen hätte.

»Unser Sex ist alles andere als langweilig«, begann er vorsichtig, »aber es gibt einfach Dinge, die ich gerne mit dir gemeinsam ausprobieren möchte.«

»Aha. Jetzt soll mich also irgendein Mann vögeln, und als Nächstes holen wir dann noch ein paar Weiber mit ins Bett. Oder wie?« Ihre Wortwahl zeigte ihm, wie aufgebracht sie war.

»Eine andere Frau im Bett zu haben reizt mich nicht.

Es sei denn, du möchtest es mal ausprobieren.« Und das meinte er wirklich so. Er hatte vor Melanie genug andere Frauen gehabt.

»Möchte ich ganz bestimmt nicht!«, sagte sie bockig.

Plötzlich kam ihm ein Verdacht.

»Du willst deshalb nicht in den Club, weil du Angst hast, dass ich dann auch mit anderen Frauen schlafen möchte?«, fragte er und war sich plötzlich sicher, dass genau das der Knackpunkt war.

Statt einer Antwort legte sie sich wieder hin und zog die Decke bis zum Kinn.

»Melanie. Du bist eifersüchtig.« Er sagte es amüsiert.

»Bin ich nicht!«

»Doch, allein der Gedanke daran macht dich eifersüchtig!« Er rutschte zu ihr und schmiegte sich eng an ihren Rücken. »Hey Süße, ich hab keine Lust auf eine andere Frau. Nur auf dich«, schnurrte er und ließ seine Hand unter ihren Schlafanzug gleiten.

Doch sie schob seine Hand weg und setzte sich wieder auf. »Wie kannst du dann nur zuschauen wollen, wie ein anderer Mann mit mir schläft? Bist du denn keinen Funken eifersüchtig? Bin ich dir so egal?«, schniefte sie plötzlich.

Er hatte sich getäuscht. Es ging nicht nur darum, dass sie Angst davor hatte, er würde eventuell auch Frauen in ihr Liebesspiel einbeziehen wollen.

»Ach Quatsch! Du weißt, dass du mir absolut nicht egal bist. Du bist meine Freundin!« Er würde verrückt werden, wenn ein anderer Mann sich ohne sein Wissen an Melanie ranmachen würde.

»Ganz genau. Ich bin deine Freundin, und ich will nicht von einem anderen angefasst werden!«

»Warum hast du mir nicht gleich gesagt, dass es für

dich absolut nicht in Frage kommt? Ich dachte immer, du wärst auch neugierig, würdest dich aber einfach nur nicht trauen!«, sagte er verwirrt.

»*Vielleicht war ich auch neugierig*«, bekannte sie ein wenig kleinlaut. »*Aber... nein, ich kann das nicht. Nicht mit irgendwelchen Typen. So bin ich nicht!*«

Jetzt knipste sie das Licht an und schaute ihn an. Tränen schwammen in ihren Augen.

»*Ich versteh es nicht, Jonas*«, sagte sie leise. »*Sag mir, warum du das willst.*«

Vermutlich sollte er jetzt sagen, dass es eine Schnapsidee war und er sie nie wieder darum bitten würde. Aber dieses Versprechen brachte er nicht über die Lippen. Denn er wollte es nach wie vor. Vielleicht noch mehr denn je. Jetzt wäre es ihm lieber gewesen, sie hätte das Licht ausgelassen. Er legte einen Arm um sie und zog sie an seine Brust, um ihr nicht in die Augen sehen zu müssen.

»*Dieser Wunsch schlummert schon so lange in mir, Melanie*«, gestand er schließlich leise.

»*Bist du... schwul?*«, fragte sie zögerlich, und ihm fiel auf, wie schwer ihr diese Frage fiel.

Jonas schloss kurz die Augen. Nein, er war nicht schwul. Dafür fühlte er sich schon immer eindeutig zu sehr zu Frauen hingezogen. Vor allem zu Melanie. Trotzdem gab es etwas in seiner Vergangenheit, das ihn irritierte.

»*Nein. Bin ich nicht. Das dürftest du doch schon gemerkt haben, oder?*«, sagte er leise und lächelte kurz. *Und ohne eine Antwort von ihr abzuwarten, fuhr er fort:* »*Aber ich hatte während meiner Zeit in der Bundeswehr ein Erlebnis, das ich nicht vergessen kann.*«

»*Du hattest Sex mit einem Mann?*«

»*Nein. Aber ich hätte mir vorstellen können, mit diesem*

Mann Sex zu haben.« Er war damals kurz davor gestanden. Doch im letzten Moment hatte er buchstäblich den Schwanz eingezogen und das Ganze danach einfach als Spinnerei abgetan und verdrängt.

»Und deswegen möchtest du, dass noch ein Mann das Bett mit uns teilt?« Melanie stellte diese Frage ganz sachlich, so als ob sie sich damit selbst schützen wollte.

Und in diesem Moment erkannte Jonas, dass es ihm genau darum ging. Die Vorstellung, dass ein anderer Mann mit Melanie in seiner Anwesenheit schlief, hatte ihn zwar als eine erotische Spielvariante sexuell erregt. Doch der eigentlich aufregende Gedanke dabei war, dass er so ebenfalls Kontakt zu einem Mann haben könnte. Nur hatte er sich das bisher nicht eingestehen wollen. In diesem Moment der Erkenntnis fühlte er sich so verletzlich wie seit langer Zeit nicht mehr.

»Ja«, sagte er nur und nickte schwach.

Melanie legte eine Hand auf sein Gesicht und sah ihn flehend an.

»Würde ich dich an einen Mann verlieren?«, fragte sie leise, und jetzt kullerten Tränen über ihre Wangen. »Bitte sag mir, dass du mich nicht verlassen wirst!«

»Nein, mein Liebling. Du wirst mich nicht verlieren. Ich liebe dich doch«, versicherte er ihr aus tiefstem Herzen. Melanie war sein Glück. Nie war er einem Menschen so nah gewesen wie ihr.

Sie schien zu spüren, dass er es ehrlich meinte. Langsam presste sie ihre Lippen auf seinen Mund. Er schmeckte das Salz ihrer Tränen und spürte ihren warmen Atem. Sie küsste ihn zärtlich, ganz vorsichtig. So, als ob sie ihn ganz neu entdecken müsste. Und wahrscheinlich war das ein Stück weit auch so. Jonas ließ es geschehen, obwohl er sie am liebsten in seine Arme gerissen und fest an sich gedrückt hätte. Doch er spürte instinktiv, dass er ihre Liebe mit seinem Geständnis auf die Probe gestellt hatte, und er durfte das zarte Band, das sie gerade zusammenhielt, nicht zerreißen. Also zügelte er sein brennendes Verlangen, sie wild zu küssen und ihr zu zeigen, wie sehr er sie liebte und begehrte.

Langsam löste sich Melanie von ihm und legte ihre Hände wieder an seine Wangen.

»Bitte…«, begann sie heiser, »bitte lass niemanden sonst in unsere Beziehung, Jonas.«

»Melanie…«

»Bitte versprich es mir«, bat sie. »Ich kann dich nicht teilen.«

Ihre großen Augen schimmerten feucht und bettelten nach den richtigen Worten. Er wollte sie nicht verlieren.

»Niemand wird sich zwischen uns drängen. Ich verspreche es dir.« Er sagte es ganz leise und nahm sie in den Arm. Aber sie schüttelte den Kopf und machte sich los.

»Lass mich…«

Wortlos zog sie ihren Schlafanzug aus und löschte das Licht. Er schlüpfte ebenfalls aus Shorts und T-Shirt. Dann legte sie die Hände auf seine Brust und drückte ihn sanft nach hinten. Er lag jetzt erwartungsvoll auf dem Rücken. Melanie beugte sich über ihn und überzog seinen Körper mit Küssen. Jonas schloss die Augen und gab sich ihren Liebkosungen hin.

7

Tom starrte auf den Bildschirm. Bluescreen!

»Verdammte Scheiße!«, rief er und schlug mit der Hand auf den Schreibtisch. Das durfte einfach nicht wahr sein! Eben hatte er die letzten Dialoge geschrieben, und gerade als er das Dokument abspeichern wollte, stürzte der Rechner ab. Er warf einen Blick auf die Uhr. Nur noch zwei Stunden bis Mittag. Spätestens dann musste das Drehbuch auf dem Schreibtisch beziehungsweise im Posteingang des Producers liegen. Und er hatte es noch nicht einmal Korrektur gelesen.

»Verdammte Scheiße!«, wiederholte er, stand auf und strich sich mit den Händen die Haare aus dem Gesicht. Am liebsten hätte er dem Rechner einen Tritt gegeben.

»Tom?«

Er drehte sich um. Jonas stand in der Tür. In einem Bademantel und mit feuchten Haaren.

»Der Rechner ist abgeschmiert.«

»Hast du gesichert?«

»Natürlich nicht! Zumindest nicht die letzten Stunden!« Tom ärgerte sich am meisten über sich selbst. Wie blöd konnte man nur sein? Dabei war es nicht das erste Mal, dass ihm das passierte.

Jonas trat an den Schreibtisch und setzte sich. Im Gegensatz zu Tom war er ziemlich fit in Sachen Computer.

Er schaltete den Rechner aus und startete ihn neu.

»Danke!« Tom war erleichtert, dass Jonas sich der Sache annahm.

»Vielleicht solltest du doch mal drüber nachdenken, dir einen zuverlässigeren Rechner zuzulegen.« Jonas sagte das ohne einen Vorwurf in der Stimme. Tom war jedoch bewusst, dass sein Freund über seine mangelnde Professionalität insgeheim den Kopf schütteln musste. Der Rechner war sein einziges Handwerkszeug, und er kümmerte sich kein bisschen darum. Zudem war sein Computer nicht mehr der jüngste. Doch Tom hatte irgendwie nicht den Nerv, sich mit dem Gerät zu befassen und notwendige Updates oder regelmäßige Sicherungen durchzuführen.

»Du hast ja recht. Nach dem Urlaub kauf ich mir einen neuen. Kriegst du es wieder hin?«, fragte er, obwohl er kaum zu hoffen wagte, dass die Daten noch auffindbar waren.

»I will do my very best!«, witzelte Jonas und fing an, verschiedene Befehle einzutippen. Tom wollte am liebsten gar nicht zuschauen.

»Aber du musst doch gleich ins Büro, oder?«

Jonas nickte knapp. »Eine Stunde hab ich noch Zeit.«

»Ich mach mal Kaffee. Willst du auch einen?«, fragte Tom, um einen Grund zu haben, aus dem Zimmer zu gehen.

»Gern«, murmelte Jonas. Seine Augen starrten gebannt auf den Bildschirm. Er war hier völlig in seinem Element, es reizte ihn, das Dokument wiederherzustellen.

Tom ging in die Küche und hantierte an der ultramodernen Kaffeemaschine herum, die ihm immer noch suspekt war. Jonas hatte das Ding vor einer Woche angeschleppt, weil die alte den Geist aufgegeben hatte. Das Teil hatte mehr gekostet, als Tom in seinem Leben bisher insgesamt für Kaffeemaschinen ausgegeben hatte. Ihm war sie viel zu kompliziert.

Tom liebte es, wenn sein Leben einfach zu handhaben war. In allen Bereichen, und dazu gehörte auch das einfache Bedienen von irgendwelchen Geräten.

Als Kind war er in einem männerlosen Haushalt aufgewachsen. Seine Mutter Gabi hatte seinen Vater noch vor Toms Geburt aus der gemeinsamen Wohnung geworfen, weil er die Finger nicht von anderen Frauen lassen konnte. Die ersten drei Jahre hatte sich der frischgebackene Vater kaum blicken lassen. Bis Gabi darauf bestanden hatte, dass er regelmäßig alle zwei Wochen einen Tag mit dem Jungen verbrachte. Was er dann auch tat, wenn auch auf seine Weise. Tom erlebte seinen Vater fast ausschließlich in diversen Vergnügungsparks, in Cafés, Schwimmbädern oder im Kino.

Das Zusammenleben mit seiner Mutter war ruhig und harmonisch und niemals langweilig. Gabi kümmerte sich um alles und verwöhnte den Jungen nach Strich und Faden, ohne auf die Bedenken ihrer Familie oder Freunde zu hören, die der Meinung waren, dass sie ihm damit nicht unbedingt einen Gefallen tun würde. Gabi war völlig anderer Ansicht und ließ sich nicht in ihre Erziehung reinreden.

In der Schule war Tom ein mittelmäßiger Schüler. Dabei hätte er ohne Weiteres einen besseren Abschluss als die Realschule geschafft, wenn sie ihn ein wenig mehr angespornt hätte. Doch für Gabi waren Noten nicht so ausschlaggebend, sie wollte, dass ihr Sohn sich unbeschwert entwickelte und glücklich war. Und genau das war Tom. Er liebte es, ihren spannenden Geschichten zu lauschen oder gemeinsam mit ihr gemütliche Stunden auf dem Sofa zu verbringen und Filme anzuschauen. Außerdem unterstützte sie ihn von klein auf in seiner Kreativität, da er gerne malte und Klavier spielte. Und schon früh verschlang Tom Bücher und schrieb selbst kleine Geschichten. Auseinandersetzungen und Streit gab es zwischen Mutter und Sohn so gut wie nie. Mit seiner ausgeglichenen und freundlichen Art war er auch bei den meisten Mitschülern und Lehrern beliebt. Und noch heute ging Tom Diskussionen am liebsten aus dem Weg.

Doch nach dem Schulabschluss hatte ihn dann die Realität eingeholt. Plötzlich stand er als einer der wenigen aus der Klasse ohne Ausbildungsplatz da. Und auch Gabi schien langsam zu dämmern, dass ihr Sohn endlich in der realen Welt ankommen musste.

Nach längerem Suchen fand er schließlich noch einen Ausbildungsplatz im Büro eines großen Automobilhändlers. Eine Ausbildung, die ihm wenig Spaß machte, die er jedoch tapfer durchzog.

Tom hatte etwas an sich, das in der Damenwelt Beschützerinstinkte weckte. Die Kolleginnen nahmen dem immer gut gelaunten, höflichen Blondschopf gerne einiges an lästiger Arbeit ab, ohne dass er darum bitten musste. Er nutzte diese Hilfsbereitschaft nicht wissentlich aus, sondern nahm sie als gegeben an. So wie die Fürsorge seiner Mutter für ihn etwas ganz Selbstverständliches war.

Nachdem er die Ausbildung abgeschlossen hatte,

war ihm allerdings klar, dass er in einem Büro niemals glücklich werden würde. Er kündigte und hielt sich zunächst mit Gelegenheitsjobs über Wasser. Um das Schreiben, seine Leidenschaft, zum Beruf zu machen und davon leben zu können, verschlang er Bücher über kreatives Schreiben, belegte Kurse und nahm schließlich einen Job als »Mädchen für alles« bei einer größeren Münchner Produktionsfirma an. Bis er eines Tages mit einem Treatment für ein bayerisches Drama das Interesse eines Produzenten gewinnen konnte. Die Geschichte wurde zwar nie verfilmt, doch Tom bekam die Chance, sich als Autor für eine Reality-Doku einzubringen. Das war zwar nicht das, was er eigentlich wollte, aber er konnte davon leben und ahnte, dass er diesen Weg gehen musste, wenn er als Drehbuchautor Fuß fassen wollte. Und er sollte recht behalten. Als die Idee für »Klinik im Walde« entwickelt wurde, holte man ihn von Anfang an mit ins Boot.

»Nur vom Anschauen alleine spuckt die Maschine aber keinen Kaffee aus!«, unterbrach Jonas plötzlich seinen Gedankengang.

»Oh. Äh, ja. Irgendwie komm ich mit dem Ding einfach nicht klar.«

»Lass mich mal.« Jonas grinste und schob Tom sanft zur Seite. Mit wenigen Handgriffen brachte er die Maschine zum Laufen.

»Du hast es hingekriegt«, interpretierte Tom den vergnügten Blick seines Freundes richtig.

»Ja. Hab's dir auch noch gleich auf einen Datenstick gesichert.« Jonas drehte sich zu Tom um und lächelte.

»Danke... Ja, ja. Ich weiß. Ich werde in Zukunft besser aufpassen«, sagte Tom etwas beschämt, aber unendlich erleichtert, dass er sein Drehbuch pünktlich abliefern konnte.

Jonas legte ihm den Arm um die Schulter und drückte ihn sanft. »Mach das, sonst…«, er sprach nicht weiter, sondern zog nur mit einem diabolischen Grinsen die Augenbrauen hoch.

Tom spürte plötzlich ein ziehendes Prickeln in den Lenden, das ihn verwirrte. Bisher hatte es keinen Sex gegeben, wenn Melanie nicht dabei war. Was an Tom lag. Denn er hatte sich nur wegen Melanie auf Jonas und diese ungewöhnliche Dreierbeziehung eingelassen und fühlte sich immer noch ein wenig befangen, wenn er mit Jonas alleine war.

Doch die vergangene Nacht und dieser Kuss, während Melanie schlief, hatte irgendetwas Neues in Tom geweckt.

»Sonst?«, fragte er leise und biss sich unbewusst auf die Unterlippe.

»Sonst… muss ich mir eine angemessene Strafe für dich einfallen lassen.«

8

Tom und Lissy lagen nebeneinander auf Isomatten an einem Kiesstrand an der Isar und dösten in der warmen Maisonne. Ihre Fahrräder lehnten aneinandergekettet an einem Baum in der Nähe.

Obwohl Tom Lissy bald nach ihrer gemeinsamen Nacht erklärt hatte, dass er sie mochte, sich jedoch keine Beziehung mit ihr vorstellen konnte, waren sie noch einige Male miteinander ausgegangen. Und gelegentlich hatten sie auch Sex. Tom plagte deswegen ein schlechtes Gewissen. Lissy wiederum behauptete, ihr ginge es nur darum, ab und zu etwas zusammen zu unternehmen und ihren Hormonhaushalt am Köcheln zu halten. Aber er nahm ihr nicht so ganz ab, dass sie nicht doch dabei war, sich in ihn zu verlieben. Denn er kannte diese Blicke, die sie ihm zuwarf, wenn sie sich unbeobachtet fühlte. Es waren die Blicke einer verliebten Frau, die sich nach einer festen Beziehung sehnte. Und es wäre sehr bequem gewesen, sie als Partnerin zu haben, denn Lissy war erstaunlich unkompliziert. Auch dass sie ein paar Jahre älter war als er, machte ihm nichts aus. Aber der Funke wollte einfach nicht überspringen. Er war nicht in sie verliebt und wusste, er würde es auch nie sein.

Gerne wäre Tom dem Rätsel um die Magie der Liebe auf den Grund gegangen. Was war der Auslöser, der die Schmetterlinge zum Tanzen brachte? Der diese wunderbare Sehn-

sucht nach einem anderen Menschen zum Brennen brachte und die Seele in einen Ausnahmezustand versetzte? Sicher, darüber gab es genügend Theorien. Angefangen von der Chemie des speziellen Duftes eines Menschen über verrückt spielende Hormone bis hin zu einer Seelenverwandtschaft, die aus Begegnungen in vergangenen Leben stammen sollte. Aber letztendlich gab es wohl keine allgemeingültige Erklärung für die Anziehungskraft der Liebe. Sie passierte – oder eben nicht. Und bei ihm und Lissy tat sich nichts. Er musste mit Lissy unbedingt einen Gang zurückschalten, denn er wollte sie nicht verletzen. Selbst wenn er befürchtete, dass es dafür inzwischen schon zu spät war.

Als eine Wolke sich plötzlich vor die Sonne schob, fröstelte es Tom. Lissy war auf dem Bauch liegend eingeschlafen und atmete tief und gleichmäßig. Tom holte ein T-Shirt aus seinem Rucksack und zog es an. Da er vergessen hatte, ein Buch mitzunehmen, griff er nach der Zeitschrift, die Lissy vor ihrem Nickerchen gelesen hatte. Lustlos blätterte er durch Beiträge über die aktuelle Frühjahrsmode, Diättipps für frischgebackene Mütter und den neuesten Klatsch und Tratsch aus der Promiwelt. Für Tom war es unverständlich, dass diese Art Zeitschrift, in der sich in schöner Regelmäßigkeit alle Beiträge wiederholen, nach wie vor so regen Absatz fand.

»Das ist doch ein schöner Platz. Bleiben wir hier?«, vernahm er eine Stimme, die ihm irgendwie bekannt vorkam und ihm sofort ein angenehmes Prickeln verursachte. Tom hob den Kopf und sah ein Paar, das keine zehn Meter entfernt dastand und sich umsah. Obwohl sie diesmal keine unförmige Regenjacke trug und die dunklen Haare mit einem Tuch aus dem Gesicht gebunden hatte, erkannte er

die junge Frau aus dem Englischen Garten sofort wieder. Mit einem Mal schlug sein Herz schneller.

»Okay!«, antwortete der attraktive muskulöse Mann an ihrer Seite und holte eine große Decke aus einer rotweiß gestreiften Badetasche. Sie warf ihrem Begleiter einen liebevollen Blick zu und half, die Decke ordentlich auszubreiten.

In dem Moment überkam Tom ein brennendes Gefühl des Bedauerns. Es gefiel ihm gar nicht, dass diese Frau ganz offensichtlich nicht Single war.

Tom drehte sich auf die Seite. Er wollte nicht, dass sie ihn bemerkte. Auch wenn sie ihn wahrscheinlich ohnehin nicht mehr erkennen würde. Dieser Gedanke gefiel ihm dann aber erst recht nicht. Plötzlich war es ihm wichtig, dass sie ihn ansah. Und dass sie ihn erkannte. Er drehte sich wieder um und blickte in ihre Richtung.

Was ist nur los mit dir?, fragte er sich selbst, verwirrt über seine Gedanken. Du kennst die Frau doch gar nicht! Aber seit dieser kurzen Begegnung hatte er immer wieder an sie gedacht und gehofft, ihr wieder über den Weg zu laufen.

Das Paar hatte sich inzwischen bis auf die Badebekleidung ausgezogen. Genau wie er bei der ersten Begegnung vermutet hatte, war die Frau kein Magermodel, doch sie war schlanker, als er gedacht hatte. In ihrem ockerfarbenen Bikini zeigte sie eine weibliche Figur mit geschwungenen Hüften, einem runden Po und einer ansehnlichen Oberweite. Ihr sanft gebräunter Körper wirkte straff und gleichzeitig weich und einladend. Für seinen Geschmack waren ihre Proportionen nahezu perfekt. Bedauerlich, dass ein anderer Mann das Vergnügen hatte, diesem Körper nah zu sein.

Tom beobachtete, wie sie die Sonnencreme aus der Tasche holte, etwas davon zwischen den Händen verrieb und dann bedächtig den Rücken des Mannes eincremte. Langsam, fast sinnlich glitten ihre Hände über seinen Körper. Wieder mal ein Typ, der seine Freizeit im Fitness-Club zubringt, dachte Tom etwas abwertend. Dabei hätte er selbst nichts gegen einen so durchtrainierten Körper gehabt. Doch der Aufwand, den er dafür betreiben müsste, war ihm einfach zu groß.

Gerade verstrich sie die letzten Reste der Creme im Lendenbereich ihres Begleiters und reichte ihm dann die Tube.

Tom schluckte und spürte, wie er in seiner Badehose hart wurde. Dass eine fremde Frau ihn so unerwartet heftig erregte, war ihm schon lange nicht mehr passiert. Eigentlich nicht mehr seit der Pubertät, als ihm die junge Nachbarin, die immer sehr offenherzig angezogen war, ganz ungeniert schöne Augen gemacht hatte. Damals hatte es schon gereicht, wenn er das Treppenhaus betrat und an ihrer Wohnungstür vorbeiging, dass seine Hose eng wurde.

Sieh mich an!, forderte er die Frau aus dem Englischen Garten in Gedanken auf. Doch nun saß sie mit dem Rücken zu ihm und ließ sich von ihrem Freund eincremen. Tom beobachtete, wie der Mann seine Hand unter den Verschluss ihres Bikinis schob, dann mit der Hand seitlich nach vorne fuhr, und er ahnte, dass er ihre Brust berührte. Wie gerne würde er jetzt selbst hinter ihr knien und sie ganz langsam ...

»Hmmm ... wie spät ist es denn?« Lissy drehte verschlafen den Kopf zu Tom und unterbrach seine erotischen Gedankenspiele. Instinktiv zog er die Zeitschrift über seinen Schoß, auch wenn seine Erregung in den weiten Shorts unter dem T-Shirt nicht zu sehen war. Er schaute auf seine Armbanduhr.

»Gleich halb eins.«

Lissy setzte sich auf und strich ein paar kleine Steinchen von ihren Schenkeln, die sich in die Haut gedrückt hatten.
»So spät schon? Puh, ist das heiß.« Und tatsächlich war die Sonne schon seit einer Weile wieder hinter den Wolken hervorgekommen. »Gehen wir uns abkühlen?«

9

»Danke!« Melanie gab Jonas einen Kuss und drehte sich zu ihrer Badetasche um, um die Sonnencreme wieder einzupacken. Dabei fiel ihr Blick auf das Paar, das sie vorhin nur vage wahrgenommen hatte. Die Frau, in einem dunkelgrünen Badeanzug, mit roten Haaren und auffälligem Haarschnitt stand vor dem blonden Mann und griff nach seiner Hand.

Der Kater! Melanie erkannte ihn sofort.

»Komm schon, Tom!«, trieb die Rothaarige ihren Begleiter an und versuchte, ihn hochzuziehen.

Tom ist also dein Name, dachte Melanie. Tom Kater. Sie musste ein aufsteigendes Kichern unterdrücken.

Langsam stand er auf und schaute in ihre Richtung. Melanie war sofort klar, dass auch er sie erkannt hatte. Als ihre Blicke sich trafen, schien für einen Moment die Zeit stillzustehen. Melanie bekam Herzklopfen. Sie räusperte sich und zupfte etwas verlegen an ihrem kleinen goldenen Ohrstecker. Sie bemerkte jedoch augenblicklich, wie seltsam sie sich verhielt, und versuchte, sich nicht anmerken zu lassen, wie sehr diese unverhoffte Begegnung sie aus der Fassung brachte.

Tom schaute sie weiterhin bewegungslos an.

»Hi!«, *rief sie in seine Richtung, um einen neutralen Ton bemüht, was jedoch gründlich schiefging. Ihre Stimme klang in ihren Ohren ungewöhnlich hoch. Wieder räusperte sie sich.*

»Hallo!«, antwortete er und lächelte sie an.

Jonas drehte sich neugierig um, um zu sehen, wen Melanie da grüßte.

»Wer ist das denn?«, fragte er leise. »Ein Patient?«

Melanie schüttelte den Kopf, ging aber nicht weiter auf seine Frage ein.

»Kommst du jetzt mit ins Wasser, Tom?«, fragte die Rothaarige.

»Geh doch schon mal vor. Ich komme gleich«, antwortete dieser und ging langsam auf Melanie zu. »Toll, dass ich noch mal eine Gelegenheit habe, mich bei dir zu bedanken.«

»Ach. Das war doch selbstverständlich. Wie geht es dem Kater?«, fragte sie und spürte, wie sie etwas rot wurde.

Tom grinste schief. »Der hat sich glücklicherweise seitdem nicht mehr blicken lassen.«

»Braver Kater!«, rutschte es Melanie heraus, in der Zwischenzeit brannten ihre Wangen. Am liebsten wäre sie aufgesprungen und ins Wasser gelaufen, um sich abzukühlen. Sie spürte die fragenden Blicke, mit denen Jonas sie und den Mann abwechselnd bedachte. Sie hatte keine Ahnung, wie sie Jonas vorstellen sollte. Doch das übernahm er kurzerhand selbst.

»Hallo, ich bin Jonas!« Sein Ton war freundlich, doch ihm war anzumerken, dass er gerne gewusst hätte, was die beiden miteinander zu tun hatten.

»Ich heiße Tom. Deine Frau hat mir kürzlich im Englischen Garten aus der Patsche geholfen.«

»Ah ja?«

»Freundin. Wir sind nicht verheiratet. Ich heiße Melanie.«

Sie streckte ihm die Hand entgegen. Tom ergriff sie und hielt sie länger fest, als sich eigentlich gebührte.

»Freut mich, Melanie!«, sagte er. Und sie fragte sich, ob es *womöglich die Tatsache war, dass sie nicht mit Jonas verheiratet war, die ihn freute. Ach, Unsinn! Was denkst du nur, Melanie?, schalt sie sich insgeheim.*

Melanie löste den Griff als Erste, obwohl sie die Berührung der warmen, für einen Mann eher feingliedrigen Hand als sehr angenehm empfand.

Sie gab sich Mühe, sich so normal wie möglich zu verhalten. Doch der neugierige Blick aus seinen blauen Augen verwirrte sie immer mehr. Sie konnte sich überhaupt nicht erklären, warum dem so war. Neben ihr saß der Mann, den sie liebte. Da sollte ein anderer Mann sie doch völlig kalt lassen. Oder?

Und was nun? Melanie wurde zunehmend nervös. Tom machte keine Anstalten, zu seiner Freundin zu gehen, die inzwischen durch das klare, eiskalte Wasser der Isar watete. Sie war doch seine Freundin?

Melanie warf einen bewundernden Blick auf die groß gewachsene, schlanke Frau. Sie gehörte zu der Sorte des weiblichen Geschlechtes, die ihr immer etwas Respekt einflößte, weil sie ein Selbstbewusstsein ausstrahlte, das Melanie sich manchmal auch für sich selbst wünschte.

Melanie war das dritte von vier Geschwistern und mit ihrer Familie in einer viel zu kleinen Wohnung in einem Randbezirk von München aufgewachsen. Ihre Eltern hatten zwar nie viel Geld gehabt, doch sie hatten sich immer sehr darum bemüht, dass es ihren Kindern an nichts fehlte und sie eine gute Ausbildung bekamen. Und sie waren stolz, dass aus allen ihren Sprösslingen etwas geworden war. Auch wenn sie mit der Entscheidung der ältesten Tochter Franziska, ins Kloster zu gehen, anfangs nur schwer klargekommen waren.

Melanie war von klein auf das Pummelchen in der Fa-

milie gewesen. Vor allem in ihrer Pubertät wurde sie deswegen oft gehänselt und litt sehr darunter. Und auch später, als sie abgenommen hatte, sah sie sich selbst immer noch als wenig attraktiv. Erst Jonas half ihr dabei, dass sie sich nach und nach annehmen konnte. Dass sie zu einer Frau wurde, die sich akzeptierte und sich so gefiel, wie sie war – zumindest meistens. Denn auch heute noch fühlte sie sich etwas zu klein und eigentlich auch immer noch zu üppig für das gängige Modeideal. Wenn man einmal dick war, dann bekam man diesen ganzen Wahnsinn scheinbar nicht mehr aus dem Kopf.

Ein Schrei riss Melanie aus ihren Gedanken, und aus den Augenwinkeln nahm sie wahr, wie die Rothaarige stolperte und ins Wasser fiel.

»Lissy!«, rief Tom und rannte ins Wasser.

So wie es aussah, konnte Lissy nicht allein aufstehen. Ihr Gesicht war schmerzhaft verzerrt. Tom fasste sie am Arm und zog sie hoch.

Jonas stand auf. »Braucht ihr Hilfe?«

Ohne eine Antwort abzuwarten, eilte auch er in die Isar. Tom versuchte inzwischen, Lissy aus dem Wasser zu führen. Doch Lissy humpelte, rutschte auf den glatten Kieselsteinen aus und zog Tom dabei mit ins Wasser, das zwar nicht tief, dafür aber reißend war.

Melanie war klar, dass Lissy sich verletzt haben musste, und sie griff sofort nach ihrer Badetasche, in der sie immer ein Erste-Hilfe-Set dabeihatte.

Zu zweit hatten Tom und Jonas Lissy inzwischen aus dem Wasser gebracht und auf die Isomatte gesetzt. Melanie sah, dass sie am Fuß leicht blutete.

»Was ist passiert?«, fragte sie.

»Ich glaube, sie ist in eine Glasscherbe getreten«, erklärte Tom und legte ihr ein Handtuch um den Fuß.

»Ohhh. Scheiße. Tut das weh!«, jammerte Lissy laut und wippte mit dem Oberkörper hin und her. Was Melanie ihr nicht verdenken konnte. Gerade an den Füßen war der Mensch überaus schmerzempfindlich.

»Lass mich mal sehen«, sagte sie und kniete sich neben die verletzte Frau. *»Ich bin Krankenschwester.«*

»Da hab ich ja Glück im Unglück«, scherzte Lissy mit zusammengebissenen Zähnen.

Melanie wickelte das Handtuch vorsichtig wieder ab und besah sich die Wunde. Direkt unter dem großen Zehenballen war eine braune Glasscherbe in die Haut eingedrungen, von der nur noch ein kleines Stück herausschaute.

»Ich ziehe den Splitter raus. Das wird aber wehtun.«

»Schon gut«, sagte Lissy und griff nach Toms Hand. Der hielt sie fest und redete beruhigend auf sie ein.

Melanie holte ein paar Einweghandschuhe aus der kleinen Tasche und streifte sie über. Dann öffnete sie eine Plastikhülle, in der eine Pinzette eingeschweißt war. Sie nahm ein Desinfektionsspray und drückte es Jonas in die Hand.

»Hältst du mal, bitte?«, bat sie ihn.

Dann schaute sie Tom an.

»Bitte gut festhalten!«, sagte sie leise. Er nickte nur.

Lissy holte tief Luft und drehte den Kopf zur Seite.

Melanie hielt den Fuß am Knöchel fest und setzte die Pinzette an. Mit ruhiger Hand zog sie die Scherbe heraus. Lissy zuckte leicht zusammen und jammerte leise.

Die Wunde war tief, aber glücklicherweise nur wenige Millimeter breit. Sie blutete jetzt heftig.

»Brauchst du das Spray?«, fragte Jonas.

Melanie nickte. Als sie die Wunde mit dem Desinfek-

tionsspray reinigte, konnte Lissy sich ein lautes Stöhnen nicht verkneifen, und sie zuckte heftig mit dem Fuß. Melanie umgriff Lissys Knöchel fester und streichelte sie dann beruhigend an der Wade.

»Ssst… Schon gut. Alles gut. Gleich ist das Schlimmste vorbei. Ich lasse es noch ein wenig bluten, damit der Dreck mit rausgeht«, erklärte Melanie. »Bist du gegen Tetanus geimpft?«

Lissy nickte mit zusammengebissenen Zähnen. »Ja. Erst vor einem halben Jahr.«

Melanie lächelte ihr aufmunternd zu. »Gut. Trotzdem musst du es noch heute von deinem Hausarzt anschauen lassen.«

»Werde ich machen. Danke dir!«

»Erstaunlich, wie gut du ausgerüstet bist«, bemerkte Tom anerkennend.

»Ich scheine Menschen anzuziehen, die sich verletzen. Letzten Sommer waren es allein hier an der Isar drei Wespenstiche, einmal Glasscherbe und ein Kreislaufkollaps. Deswegen habe ich in der Badetasche immer was für eine Erstversorgung dabei.«

»Melanie könnte eine mobile Krankenversorgung aufmachen. Help to go oder so«, meinte Jonas und zwinkerte seiner Freundin zu.

Melanie lachte. »Das wär doch mal eine Geschäftsidee. Help to go. Hört sich gut an. Aber bestimmt gibt es so was schon.«

Mit sachkundigen Griffen säuberte sie währenddessen Lissys Fuß und verband ihn.

»Schmerztabletten hast du nicht zufällig dabei? Es tut nämlich höllisch weh.«

»Doch.« Melanie lächelte. Sie streifte die Handschuhe ab

und steckte sie in einen Beutel. Dann holte sie eine kleine Schachtel mit Tabletten aus der Tasche und gab Lissy welche davon.

»Danke!«

»*Scheinbar bist du immer zur Stelle, wenn ich Hilfe brauche*«, *sagte Tom erleichtert.*

»*Na ja. Diesmal warst du es ja nicht selbst.*«

»*Trotzdem…*«

»*Den Abend heute kann ich auf jeden Fall vergessen*«, *sagte Lissy, und erst jetzt schossen ihr Tränen in die Augen.*

»*Was hattest du denn vor?*«, *fragte Jonas.*

»*Tom und ich sind auf eine Filmpremiere eingeladen. Aber mit dem Fuß hier… da komme ich ja in keinen vernünftigen Schuh.*«

»*Filmpremiere?*« *Jonas warf einen überraschten Blick zu Lissy und Tom.*

»*Ja. Für ›Herbstlila‹.*«

»*›Herbstlila‹? Aber das ist doch die Verfilmung dieses Bestsellers, oder?*« *Melanie hatte den Roman gelesen und war von der anrührenden Liebesgeschichte zwischen zwei deutschen Krankenpflegerinnen in einem Lazarett in Frankreich während der Wirren des ersten Weltkrieges ganz begeistert gewesen.*

»*Tom und ich sind Drehbuchautoren. Deswegen sind wir an die Einladung gekommen*«, *erklärte Lissy.*

Drehbuchautoren? Damit hatte Melanie absolut nicht gerechnet. Sie hätte Tom eher in die Schublade für Sozialberufe gesteckt. So konnte man sich täuschen.

»*Ihr habt ja einen spannenden Job*«, *sagte Jonas.*

»*Na ja. Wir schreiben für ›Klinik im Walde‹. Das ist jetzt nicht soo aufregend*«, *erklärte Tom.*

»Gerade deshalb hatte ich mich besonders auf heute Abend gefreut.«

»So wichtig ist das auch wieder nicht. Sind eh nur dieselben Köpfe dort, die man immer sieht«, wollte Tom Lissy aufmuntern.

Melanie war sich immer noch nicht im Klaren, ob die beiden zusammen waren. Aus der Nähe betrachtet war es nicht zu übersehen, dass Lissy einige Jahre älter war als Tom. Aber das war ja kein Ausschlusskriterium für eine Beziehung. Jedenfalls gingen sie sehr vertraut miteinander um.

»Von wegen. Diesmal sind es eben nicht dieselben Köpfe. Endlich mal ein international besetzter Film«, warf Lissy ein.

»Ich kann ja bei den Kollegen rumfragen, ob jemand mitgehen mag«, meinte Tom. Doch genau darüber schien Lissy nicht sonderlich glücklich zu sein. Melanie packte inzwischen ihre Sachen zusammen.

»Hast du vielleicht Lust, für mich einzuspringen?«, fragte Lissy Melanie unvermittelt. »Als Dankeschön für deine Hilfe.«

Tom grinste. »Gute Idee.«

»Ich? Zu einer Filmpremiere?«, fragte Melanie überrascht.

»Ja. Und hinterher gibt es noch eine Party im Bayerischen Hof«, erklärte Lissy und seufzte. Man konnte ihr das Bedauern, nicht dabei sein zu können, deutlich ansehen.

»Ich weiß nicht.« Melanies Herz klopfte plötzlich vor Aufregung wie wild. Doch gleichzeitig wusste sie, dass sie nicht mitgehen würde. Wegen Jonas.

»Nein. Das ist nichts für mich«, winkte sie ab. »Außerdem haben Jonas und ich heute Abend schon was vor.« Sie legte

eine Hand auf den Unterarm ihres Freundes und lächelte ihm zu.

»Klar. Da kann man nichts machen«, meinte Tom verständnisvoll, jedoch mit einem leicht bedauernden Unterton.

»Ach was. Natürlich gehst du mit, Melanie. Zum Essen können wir auch morgen Abend gehen. Wann hat man denn schon mal die Gelegenheit, auf einer Filmpremiere zu sein? Ich weiß doch, wie sehr dir der Roman gefallen hat.«

Melanie schaute Jonas erstaunt an. Damit hatte sie absolut nicht gerechnet. Wollte er tatsächlich, dass sie mitging?

»Wirklich?«

»Klar. Ich hab ohnehin noch einiges zu tun. Dann mache ich das heute.«

»Ja, wenn du meinst...« Melanie spürte ein freudiges Kribbeln im Magen. Und gleichzeitig auch einen Anflug von schlechtem Gewissen. Sie war sich absolut nicht sicher, ob es eine gute Idee war, mit Tom Kater, wie sie ihn in Gedanken immer noch nannte, auf diese Veranstaltung zu gehen.

»Super! Dann ist das geregelt. Und du brauchst nicht mehr rumzufragen, Tom.« Lissy schien sich wirklich zu freuen, dass Melanie Tom begleiten würde. Was Melanie etwas seltsam vorkam.

»Aber ich habe ja nichts zum Anziehen für so einen Anlass!«

»Ihr Frauen immer...«, Jonas lachte und legte einen Arm um sie, »aber bei diesem Problem werden wir schnellstens für Abhilfe sorgen!«

10

»*Das ist zu eng. Gibt es das Kleid auch eine Nummer größer?*«, *rief Melanie aus der Umkleidekabine.*

»*Zeig mal*«, *Jonas zog den Vorhang zur Seite. Melanie war eben dabei, wieder aus dem dunkelblauen Kleid zu schlüpfen.*

»*Hey! Mach zu!*«, *beschwerte sie sich und zog das Kleid rasch wieder hoch.*

»*Na komm… Es sieht dich doch niemand.*«

Doch sie zog den Vorhang vor seiner Nase zu. Lächelnd schüttelte Jonas den Kopf. Melanie war in manchen Situationen sehr prüde. Er hoffte, dass er ihr auch das irgendwann endgültig austreiben konnte.

Er wartete, bis sie ihm das Kleid durch den Spalt im Vorhang reichte. Dann ging er zu dem Kleiderständer und suchte nach der passenden Größe.

»*Tut mir leid, dass es so lange gedauert hat*«, *entschuldigte sich die Verkäuferin, die heute alleine in der kleinen Boutique arbeitete und bis jetzt mit einer älteren und äußerst anspruchsvollen Kundin beschäftigt war.*

»*Kein Problem. Das Kleid hier. Gibt es das noch eine Nummer größer?*«, *wollte er wissen.*

Sie schüttelte den Kopf. »*Leider nicht… Soll es für einen bestimmten Anlass sein?*«

»*Ja. Für eine Filmpremiere.*«

»*Oh… Warten Sie.*« *Sie suchte zwischen den Kleidern.*

»Hier ist es ... was sagen Sie denn zu diesem hier?« Sie hielt ihm ein schlicht geschnittenes schwarzes Etuikleid entgegen.

»Ich weiß nicht.« Jonas zögerte. Spektakulär sah dieses Kleid nicht gerade aus.

»Ich sag Ihnen was. Wenn man die richtige Figur dafür hat, schaut es angezogen absolut umwerfend aus!«

Jonas lächelte. »Na dann wollen wir mal sehen.« Er nahm das Kleid und brachte es zur Umkleidekabine.

»Ich bin's«, warnte er sie vor und schlüpfte dann in die Kabine. Melanie stand in schwarzer Unterwäsche vor dem Spiegel. Und sah zum Anbeißen aus. Die Sonne der letzten Tage hatte einen warmen Ton auf ihren Körper gezaubert. Sie griff nach dem Kleid, aber Jonas hängte es mit dem Bügel an einen Kleiderhaken, nahm sie an der Hand und zog sie an sich.

»Jonas ...!«

»Ssst ...«, flüsterte er ihr ins Ohr. *»Sei leise! Sonst hört uns die Verkäuferin.«*

»Aber ...«, mehr konnte sie nicht sagen, denn im nächsten Moment küsste Jonas sie auch schon. Er war bereits den ganzen Tag scharf auf sie gewesen. Und dann diese seltsame Begegnung an der Isar mit diesem Typen und seiner rothaarigen Freundin. Melanies Unsicherheit war ihm natürlich aufgefallen. Sie hatte sich in Anwesenheit der beiden irgendwie eigenartig verhalten. Fast konnte man meinen, sie wäre an diesem Tom interessiert, auch wenn Jonas sich das nicht wirklich vorstellen konnte. So war Melanie nicht.

Der Gedanke, dass Melanie den Abend heute mit Tom verbringen würde, nagte dennoch an ihm. Er konnte sich selbst nicht erklären, warum er ihr zugeredet hatte, mit zu dieser Filmpremiere zu gehen. Sicherlich würde er kaum an etwas anderes denken können, wenn sie weg war.

Und dann wurde ihm klar, warum er das getan hatte. Es war ein Test. Ja. Das war es! Er wollte testen, ob sie ihm treu war.

Während er sie stürmisch küsste, öffnete er den Verschluss ihres BHs. Melanie schien vergessen zu haben, wo sie waren, denn sie presste ihren Unterkörper fest an ihn, und ihre Zunge tanzte verlangend in seinem Mund.

»Kommen Sie zurecht?«, fragte die Verkäuferin.

Jonas löste sich von ihren Lippen, fasste Melanie aber gleichzeitig mit einer Hand an die Brust und knetete die harte Spitze.

»Bin noch nicht soweit!«, krächzte Melanie und wurde knallrot. Sie warf ihm einen tadelnden Blick zu.

Er grinste frech und drückte fester zu. Sie biss sich auf die Unterlippe und schloss für einen Moment die Augen. Dann schob sie seine Hand jedoch weg.

»Wenn wir nach Hause kommen, machen wir da weiter, wo wir jetzt aufhören«, flüsterte er ihr verführerisch ins Ohr. Er würde sie nicht ausgehen lassen, bevor er nicht mit ihr geschlafen hatte.

»Das machen wir«, hauchte Melanie und gab ihm einen kurzen Kuss auf die Wange. Dann schlüpfte sie rasch in das Kleid.

Jonas half ihr, den Reißverschluss am Rücken zu schließen.

Es reichte knapp bis zu den Knien und umspielte ihren kurvigen Körper perfekt.

»Was meinst du?«, fragte Melanie und drehte sich kritisch vor dem Spiegel hin und her.

»Wow!« Sie sah absolut umwerfend aus. Und sie hatte genau die richtige Figur für dieses Kleid. Er stand hinter ihr und legte seine Hände auf ihre Schultern. Während er

sie weiterhin im Spiegel betrachtete, begann er, ihren Hals zu küssen. Sie duftete frisch nach dem Duschgel, das sie immer verwendete. Ihr Puls raste. Ihre Wangen waren noch immer von einem schwachen Rot überzogen, und ihre Augen glänzten.

»Ich liebe dich«, flüsterte er ihr leise ins Ohr und sah dabei ihrem Spiegelbild in die Augen.

»Ich liebe dich«, formte sie tonlos mit den Lippen.

Von draußen war ein lautes Räuspern zu vernehmen. Sie lächelten sich verschwörerisch zu.

»Wir erlösen sie besser«, schlug er leise vor. Melanie nickte zustimmend.

Jonas zog den Vorhang beiseite. Die Verkäuferin stand mit einem edlen schwarzen Chiffonschal um den Unterarm da.

»Das Kleid steht Ihnen ganz großartig!« Falls sie ahnte, was Jonas und Melanie eben in der Kabine gemacht hatten, ließ sie es sich nicht anmerken.

»Legen Sie sich doch mal den Schal dazu um!« Sie drapierte das zarte Gewebe, das mit Spitzen verziert war, die ihrerseits von goldenen Fäden durchzogen waren, um Melanies Schultern.

»Perfekt!« Jonas war begeistert. »Absolut perfekt!«

Und er ahnte, dass dieser Abend für ihn kein leichter sein würde.

11

Tom stand unschlüssig vor dem Badezimmerspiegel und hielt den Rasierapparat in der Hand. Normalerweise wäre er mit seinem Dreitagebart zur Filmpremiere gegangen, denn er fand, dass dieser Look ihn männlicher wirken ließ – und damit interessanter machte. Und im Filmgeschäft konnte man nicht interessant genug sein. Aber für heute lagen die Dinge ganz anders. Melanie würde ihn begleiten. Die Frau, die er seit der ersten Begegnung nicht mehr aus dem Kopf bekam. Auch wenn er wusste, dass sie einen Freund hatte und zwischen ihm und ihr ganz bestimmt nichts laufen würde, so wünschte er es sich doch. Vielleicht war ja ein Kuss drin? Und falls dieser unwahrscheinliche Umstand eintreffen sollte, wollte er mit seinen rauen Bartstoppeln keine verräterischen roten Spuren auf ihrer Haut hinterlassen. Verdammt! Diese Frau brachte ihn total durcheinander, obwohl er sie eigentlich überhaupt nicht kannte. Doch er konnte kaum mehr an etwas anderes denken als daran, jeden Zentimeter ihres Körpers zu berühren und in dem Blick ihrer ungewöhnlichen Augen zu versinken.

Tom gehörte nicht zu den Typen von Männern, die anderen ihre Frauen ausspannten. Er wollte auf keinen Fall so werden wie sein Vater, den es niemals interessiert hatte, ob eine Frau Single war oder nicht. Für Tom waren Frauen in einer Beziehung normalerweise immer tabu. Doch bei Melanie… Er seufzte.

Er kam sich vor wie ein Teenager, der zum ersten Mal verliebt war. Wobei er nicht wusste, ob es sich tatsächlich um ein Verliebtsein handelte oder einfach nur um eine ungewöhnlich intensive Form von wildem Verlangen. Ob es wirklich so eine gute Idee war, heute mit Melanie zur Premiere zu gehen?

Als Lissy den Vorschlag an der Isar gemacht hatte, hätte er sie am liebsten dafür umarmen mögen. Dabei wusste er genau, dass sie es nicht ihm zuliebe getan hatte. Lissy hatte es nur vorgeschlagen, weil sie sich mit Melanie an seiner Seite keine Sorgen zu machen brauchte. Und zwar in zweierlei Hinsicht. Zumindest ging sie davon aus. Denn Melanie war in einer festen Beziehung und damit aus Lissys Sicht vermutlich keine Konkurrenz, die ihr Tom aus ihrer – wenn auch nicht festen – Beziehung ausspannen könnte.

Doch noch wichtiger war Lissy, dass Melanie nichts mit der Filmbranche zu tun hatte und ihr so keinen potenziellen Auftrag wegschnappen konnte. Auch wenn diese Gedankengänge noch so konfus waren, die Angst vor der Konkurrenz saß Lissy so sehr im Nacken, dass sie manchmal nicht mehr normal zu denken schien.

Doch wer war er, um sich über ihre egoistischen Gedanken aufzuregen? Seine Motive waren ebenfalls nicht frei von Eigennutz. Wenn auch völlig anderer Art.

Entschlossen schaltete er den Elektrorasierer ein. Und wenn er schon dabei war, würde er sich auch noch die Brusthaare entfernen.

12

Ein großes Aufgebot an Fotografen und Fernsehteams wartete gemeinsam mit zahlreichen Schaulustigen vor dem Mathäser-Filmpalast auf die Ankunft der Stars und des Regisseurs aus dem Film »Herbstlila«.

Tom war sehr zeitig gekommen, um Melanie nicht warten zu lassen.

Eine Weile hatte er mit einem befreundeten Schauspieler geplaudert, der eine kleine Rolle in dem Film bekommen hatte, auf die er mächtig stolz war. Jetzt stand Tom wieder ein wenig abseits und sah sich um.

Inzwischen hatte der Andrang vor dem Kino enorm zugenommen. Die beiden weiblichen Hauptdarstellerinnen waren eingetroffen, und die Fotografen gingen nicht gerade zimperlich mit ihren Kollegen um, um die besten Fotos zu schießen.

»Rosalie! Gib mir dein Lächeln!«

»Marie! Here! Come on!«

So und so ähnlich schrien sie den jungen Schauspielerinnen zu, die lächelnd posierten und sich jede Mühe gaben, sich bestmöglich in Szene zu setzen.

Tom achtete jedoch kaum darauf, sondern sah sich immer wieder um. Wo Melanie nur blieb? Er warf einen Blick auf die Uhr. Vor einer Viertelstunde hätte sie hier sein sollen.

Womöglich hatte sie schon versucht, ihn zu erreichen, und wunderte sich, warum er nicht ans Handy ging. Aber in der ganzen Aufregung hatte er es doch tatsächlich zu Hause liegen lassen. Er hätte sich ohrfeigen können für seine Schusseligkeit. Ausgerechnet heute!

Tom war nervös wie ein kleiner Schuljunge. Und das lag nicht daran, dass gerade in diesem Augenblick der männliche Hauptdarsteller direkt an ihm vorbeiging. Er war in natura viel kleiner und auch zierlicher, als er im Film wirkte.

Hoffentlich schafft sie es noch rechtzeitig, bevor der Film losgeht, dachte Tom. Wobei, eigentlich war es ihm egal, wenn sie zu spät kam, solange er nur den Abend mit ihr verbringen würde.

»Hi, Tom. Wie geht's?«, sprach ihn ein Produzent an, den Tom vor zwei Jahren auf einer Party kennengelernt und mit dem er sich privat angefreundet hatte.

»Karl. Danke, alles gut bei mir. Und selbst?«

»Es läuft.« Der Produzent grinste. »Melde dich doch mal nächste Woche, Tom. Ich würde gerne über ein ziemlich spannendes Projekt mit dir sprechen.«

»Klar. Mach ich.«

Karl hatte immer ziemlich spannende Projekte im Kopf. Er würde ihn anrufen. Sicher würde es auch ein Treffen geben. Ob letztlich etwas dabei herauskommen würde, wagte Tom jedoch zu bezweifeln.

Plötzlich sah er sie. Sie stand auf der anderen Straßenseite und schaute sich suchend nach ihm um.

Bei ihrem Anblick wurde ihm flau im Magen. Sie sah bezaubernd aus in ihrem schlichten schwarzen Kleid. Die Haare fielen ihr ganz locker auf die Schultern, um die ein filigraner schwarzer Schal lag.

Er hob den Arm und winkte in ihre Richtung. Als sie ihn

entdeckte, tauchte auf ihren roten Lippen ein bezauberndes Lächeln auf. Sie trat auf die Straße und übersah dabei einen Wagen, dem das Warten in der Schlange wohl zu lange gedauert hatte und der deswegen aus der zweiten Reihe heraus an den Bürgersteig fuhr, um seine Fahrgäste dort aussteigen zu lassen.

»*Melanie!*«, *rief Tom erschrocken, schaute sich um und eilte über die Straße. Doch er war nicht schnell genug bei ihr.*

Er sah, wie ein älterer Passant Melanie in letzter Sekunde am Arm packte und zurückzog. Gerade noch rechtzeitig, bevor das Auto sie erfasst hätte.

»*Vorsicht, junge Dame.*«

»*Oh lieber Gott!*« *Melanie hielt sich erschrocken am Arm des Mannes fest, um in den hohen Schuhen nicht das Gleichgewicht zu verlieren.*

»*Der rücksichtslose Idiot da hatte es wohl besonders eilig*«, *schimpfte der ältere Herr mit einem vorwurfsvollen Blick auf den Fahrer des Wagens, aus dem eben ein junges Paar ausstieg. Gleich darauf fuhr er schnittig wieder los.*

»*Vielen Dank*«, *wandte sich Melanie an ihren Retter.*

»*Melanie! Tom hätte sie vor Erleichterung darüber, dass ihr nichts passiert war, am liebsten in die Arme gerissen.*

»*Hallo, Tom*«, *sagte sie und lächelte ihn an.*

»*Passen Sie mal ein wenig besser auf Ihre hübsche Frau auf*«, *ermahnte der ältere Herr ihn.*

»*Werde ich ganz bestimmt*«, *versprach Tom und hielt Melanie den Arm hin. Sie hängte sich bei ihm ein, und gemeinsam überquerten sie die Straße.*

»*Tut mir leid, dass ich so spät dran bin*«, *entschuldigte sich Melanie,* »*aber Jonas musste mich ziemlich weit hinten aussteigen lassen, weil es einen Auffahrunfall gab. Wir kamen einfach nicht näher ran.*«

»*Kein Problem. Hauptsache, du bist da.*« *Tom sah sie lächelnd an.*

»*Und sogar noch in einem Stück*«, *witzelte Melanie.*

»*Ja, das war knapp! Ich muss wohl wirklich auf dich aufpassen.*«

Sie grinste ihn an, und ihre Augen blitzten schelmisch.

»*Natürlich. Ich bin ja deine Frau.*«

»*Und ausgesprochen hübsch dazu.*«

»*Danke!*« *Ihre zart geröteten Wangen wurden noch etwas dunkler.*

Scheinbar hatte er sie mit dem Kompliment verlegen gemacht, denn sie zupfte nervös an ihrem Schal.

»*Bitte ... Vorsicht!*«

Tom legte ihr einen Arm um und zog sie ein Stück zur Seite, um einem Kamerateam Platz zu machen, das sich rücksichtslos nach vorne drängte. Er bemerkte, dass sie sich etwas verspannte, und ließ sie gleich wieder los.

»*Entschuldige ...*«

»*Kein Problem.*«

»*Heute ist das Gedränge besonders groß.*«

»*Verständlich. Das ist ja alles sehr spannend hier*«, *meinte sie und sah sich staunend um.*

Obwohl Melanie hübsch genug war, um mit den hier anwesenden weiblichen Stars und Sternchen mitzuhalten, schienen die Fotografen instinktiv zu spüren, dass sie mit der Filmbranche nichts zu tun hatte. Und somit nicht wichtig genug war, fotografiert zu werden.

»*Wir beeilen uns jetzt besser, damit wir rechtzeitig reinkommen.*«

Zehn Minuten später saßen sie ganz vorne in der zweiten Reihe rechts außen im Kino.

»*Tut mir leid, dass wir so weit vorne sitzen*«, entschuldigte Tom sich.

»*Ach was. Das ist wirklich völlig okay*«, sagte Melanie und konnte sich kaum sattsehen an den vielen Promis, denen sie noch nie so nah gewesen war.

Tom beobachtete sie schmunzelnd, während sie sich fast den Hals verrenkte. Die Zeiten, in denen die Schauspieler ihn noch so beeindruckt hatten, lagen schon etwas zurück.

»*Ich kann dir ja später den Nacken massieren*«, bot er an.

»*Mir den Nacken massieren?*«

»*Ja. Ich meine, wenn du dich vom Hochschauen verspannst.*«

Sie lachte und zupfte wieder verlegen an ihrem Schal. »*Ach so.*«

Er merkte ihr an, dass sie mindestens genau so nervös war wie er. Und das gefiel ihm.

»*Außerdem ist der Platz gar nicht so schlecht. Wir werden nämlich später ganz nah dran sein.*«

»*Nah an was?*«

»*Na nah am Filmteam*«, sagte er.

Passend zu dieser Bemerkung ging der französische Regisseur an ihnen vorbei auf die Bühne, wo ein Mikrofon wartete. Im Saal wurde es still. Er begrüßte die Gäste mit wenigen Worten in holprigem Deutsch zur Deutschlandpremiere des Films und wünschte einen angenehmen Abend. Die Zuschauer klatschten begeistert, und dann ging das Licht im Saal aus.

Melanie beugte sich zu Tom und flüsterte ihm ins Ohr: »*Danke, dass du mich mitgenommen hast, Tom.*«

Der zarte Duft ihres Parfüms stieg ihm betörend in die Nase, und ihre leise Stimme trieb seinen Pulsschlag deutlich in die Höhe.

»Danke, dass du mitgekommen bist«, flüsterte er ebenso leise zurück. Er ahnte ihr Lächeln mehr, als er es sah.

Dann drehte sie den Kopf nach vorne, und der Film ging los.

Es war erstaunlich. Obwohl das erst ihre dritte Begegnung war, hatte Tom das Gefühl, Melanie schon sein Leben lang zu kennen. Dass sie jetzt hier neben ihm saß, fühlte sich für ihn so richtig an. Wie gerne würde er einfach seine Hand auf ihren Oberschenkel legen und sie zärtlich streicheln. Puh, allein bei dem Gedanken wurde ihm ganz heiß.

So unauffällig wie möglich rutschte Tom in seinem Stuhl hin und her, um eine einigermaßen bequeme Position zu finden. Seit sie hier waren, hatte er eine Erektion. Damit war das Sitzen in der eng geschnittenen Hose nicht gerade angenehm. Er fürchtete, dass sich das bis zum Ende des Filmes nicht wesentlich bessern würde. Was machte diese Frau nur mit ihm?

13

Melanie war gefesselt von der ungewöhnlichen Liebesgeschichte der beiden Krankenschwestern vor ihr auf der Leinwand. Doch gleichzeitig ließ die Nähe zu Tom ihre Sinne vibrieren. Dieser Mann hatte etwas an sich, das sie völlig durcheinanderbrachte. Und das war nicht gut. Wenn sie Jonas liebte, dann durfte sie solche Empfindungen eigentlich gar nicht haben.

Zweimal hatten sie Sex gehabt, bevor sie losgefahren waren. Einmal sofort, nachdem sie vom Einkaufen nach Hause gekommen waren, im Schlafzimmer und dann noch einmal unter der Dusche. Beide Male waren wild und leidenschaftlich gewesen. Melanie spürte immer noch ein leichtes Brennen zwischen den Beinen, das sich auf eine erregende Weise verstärkt hatte, seit Tom so dicht neben ihr saß. Im Gegensatz zu Jonas, der gerne teures Rasierwasser auftrug, nahm sie bei Tom nur einen leichten, frischen Duft nach Duschbad und Shampoo wahr, der für sie jedoch nicht weniger betörend war.

Plötzlich spürte sie, wie sein Knie ganz leicht gegen ihr Bein drückte. War das ein Versehen? Langsam rückte sie etwas von ihm weg. Doch nur wenig später war sein Knie wieder da. Er machte das ganz eindeutig absichtlich! Das durfte sie nicht zulassen.

Entschlossen drehte sie sich nun noch weiter weg und war froh darüber, ganz außen zu sitzen. Sie nahm sich vor, sich nur mehr auf den Film zu konzentrieren. Und das gelang ihr sogar eine Weile. Die dramatischen Geschehnisse auf der Leinwand zogen sie in ihren Bann. Schonungslos wurden die schrecklichen Seiten des Krieges gezeigt, in denen Kameradschaft, Loyalität und Liebe umso kostbarer waren. Als die beiden Krankenschwestern einem jungen Mann im Todeskampf leise das Schlaflied »Müde bin ich, geh zur Ruh« vorsangen, hörte man im Saal Schniefen und Hüsteln. Auch Melanie kämpfte mit sich, um nicht loszuheulen. Wenig später untermalten die zart gesungenen Strophen des unschuldigen Kinderliedes die grausamen Bilder der kämpfenden und sterbenden Männer auf dem Schlachtfeld. Und nun konnte sie die Tränen nicht länger zurückhalten. Bevor sie nach ihrer Tasche greifen konnte, spürte sie Toms Hand. Er reichte ihr ein Papiertaschentuch.

Dankbar nickte sie ihm in der Dunkelheit zu. So leise wie möglich putzte sie sich die Nase.

Während der restlichen Vorstellung unternahm er keinen weiteren Versuch, sie zu berühren. Was sie insgeheim ein wenig bedauerte.

Nach der Vorführung holte der Regisseur unter dem begeisterten Applaus der Zuschauer die Darsteller und sonstigen anwesenden Leute der Filmcrew nach vorne und bedankte sich mit Unterstützung einer jungen Dolmetscherin bei allen. Dabei bemerkte Melanie erst, dass der männliche französische Hauptdarsteller die ganze Zeit genau hinter ihr gesessen hatte. Jonas würde Augen machen, wenn sie ihm das erzählte.

Nachdem der letzte Applaus verklungen war, ließen Tom und Melanie sich Zeit, das Kino zu verlassen. Sie war so beeindruckt von dem Film und auch von der Leistung der

Darsteller, dass es ihr schwerfiel, Worte zu finden. Dabei war sie vorher etwas skeptisch gewesen, ob eine Adaption des grandiosen Romans in einen Spielfilm überhaupt gelingen konnte.

Auf dem Weg nach draußen wurde Tom von Leuten gegrüßt, die Melanie weitgehend unbekannt waren. Ein paar kannte sie aus dem Fernsehen. Und war das da nicht eine der Finalistinnen aus einer der letzten Staffeln von »Germany's Next Topmodel«? Sie wirkte in echt noch größer und dünner als auf dem Fernsehbildschirm.

Eine junge Schauspielerin, die im letzten Winter in einer romantischen TV-Komödie eine Hauptrolle gespielt hatte, plauderte lachend mit Tom. Mit ihr und ihrem Begleiter machten sie sich gemeinsam auf den kurzen Weg zum Bayerischen Hof, in dem die Premierenparty stattfand.

Doch als sie vor dem Eingang standen und Tom sich kurz mit einem Kameramann unterhielt, fühlte sich Melanie plötzlich äußerst fehl am Platz. Die Vorstellung, sich den restlichen Abend zwischen den Leuten aus der Filmbranche zu bewegen und gar nicht zu wissen, worüber sie mit ihnen reden sollte, verunsicherte sie. Das hier war so gar nicht ihre Welt. Was tat sie hier eigentlich? Als sie dann auch noch unsanft von einem Fotografen zur Seite geschoben wurde, weil sie ihm im Weg stand, als der Regisseur und eine der jungen Schauspielerinnen an ihr vorbeigingen, sagte sie zu Tom: »Tom, bitte sei mir nicht böse, aber ich fahre jetzt lieber heim.« Irgendwie konnte sie ihm dabei nicht in die Augen sehen. Natürlich lag es nicht nur an den Filmleuten, dass sie nach Hause wollte, sondern auch an der ständig wachsenden Anziehungskraft, die von Tom ausging und die ihr immer gefährlicher wurde.

»Du möchtest nicht mitkommen?«, fragte er überrascht.

Sie schüttelte den Kopf. »Ich danke dir sehr, dass du mich ins Kino mitgenommen hast. Aber es ist besser, wenn ich jetzt nach Hause fahre.« Zu Jonas, setzte sie im Stillen noch hinzu.

Tom fasste sie sanft am Oberarm. »Was hältst du davon, wenn wir noch kurz auf ein Glas Wein irgendwo hingehen? Ich habe selber auch keine große Lust, da jetzt reinzugehen.«

Sie sah ihn erstaunt an. »Aber das ist doch wichtig für deinen Job?«

Er winkte ab. »Ach was. Die feiern sicher noch länger. Vielleicht schau ich später noch rein. Komm, ich weiß ein nettes Lokal.«

Obwohl sie ein schlechtes Gewissen dabei hatte, saß sie jetzt mit Tom an einem kleinen runden Tisch in der Ecke des Weinlokals.

Amüsiert stellte sie bei der Bestellung fest, dass Tom denselben Rotwein wie sie bevorzugte, einen jungen Bardolino.

Er prostete ihr zu, dann nahmen sie den ersten Schluck.

»Du bist erstaunlich, Melanie«, stellte er fest.

»Warum?«

»Die meisten Frauen würden alles dafür geben, auf so eine Filmparty zu kommen.«

Melanie ließ sich mit einer Antwort Zeit und spielte mit dem Stiel des Weinglases. Dann schaute sie in seine blauen Augen.

»Womöglich liegt es daran, dass die Filmbranche beruflich so weit von mir entfernt ist. Vorhin kam ich mir irgendwie vor wie eine Hochstaplerin, die sich dazuschmuggelt, ohne wirklich dazuzugehören.«

»Aber du warst meine Begleitung«, warf er ein. »Viele

Ehepartner haben mit der Filmbranche nichts zu tun und sind mit dabei.«

»*Aber ich bin nicht deine Freundin oder Ehefrau.«*

»*Was sehr schade ist.« Tom lächelte.*

Sie griff zum Glas und nahm wieder einen Schluck. Und sie spürte, dass der Rotwein ihr bereits zu Kopf stieg.

»*Wie lange seid ihr denn schon zusammen, du und Jonas?«, fragte Tom plötzlich.*

»*Zwei Jahre. Und du mit Lissy?«*

»*Das zwischen Lissy und mir… nun, wir haben keine feste Beziehung.«*

Melanie war froh, das zu hören. Obwohl es ihr ja eigentlich egal sein konnte. Trotzdem ahnte sie, dass zwischen den beiden etwas war, das über eine reine Freundschaft hinausging. Deswegen konnte sie sich nicht verkneifen zu fragen: »*Weiß Lissy das auch?«*

Er lachte kurz auf. »*Ja. Lissy weiß das auch. Ich versuche, möglichst nicht mit den Gefühlen anderer Menschen zu spielen.«*

»*Aber ihr habt Sex miteinander«, rutschte ihr heraus.*

Grinsend zog er eine Augenbraue nach oben, und sie spürte, wie sie schlagartig rot anlief.

»*Entschuldige. Das geht mich gar nichts an«, sagte sie, bevor er antworten konnte, und nahm noch einen großen Schluck Wein.*

»*Hey, ja, ich gebe es zu. Wir sind beide Singles und haben ab und zu Sex miteinander.«*

»*Das ist ja völlig okay, Tom.« Melanie spürte, wie ihre Ohren heiß wurden. Sie fühlte sich gleichzeitig unglaublich aufgedreht und trotzdem wie gelähmt.*

»*Meine Freundin und ich haben uns vor einigen Monaten getrennt. Wir waren ziemlich lange zusammen. Jetzt brauche ich erst mal ein wenig Zeit für mich. Das mit Lissy, nun ja, sie ist einfach da, und es ist unkompliziert«*, erklärte er mit einem schiefen Grinsen.

»Du brauchst dich wirklich nicht vor mir zu rechtfertigen. Ich war einfach nur neugierig«, gestand sie.

Er lächelte sie an. Ohne ein Schönling im herkömmlichen Sinn zu sein, sah er in diesem Moment unglaublich attraktiv aus. Die blonden Haare fielen ihm auf einer Seite etwas verwegen ins schmale Gesicht, und um seine Augenwinkel waren sympathische, kleine Lachfältchen zu sehen. Er hatte schön geschwungene Lippen und ein kleines Muttermal links am Kinn.

»Erzähl mir doch ein wenig von deiner Arbeit«, bat sie ihn, um auf ein anderes Thema zu kommen.

»Nein.«

»Nein?« Mit dieser Antwort hatte sie nicht gerechnet.

»Nein. Ich möchte jetzt nicht über meine Arbeit sprechen. Aber du kannst mich ansonsten gerne alles fragen, was dich beschäftigt.«

Melanie fühlte sich ertappt wie ein kleines Mädchen. Denn sie hatte tatsächlich noch einige andere Fragen im Kopf. Die sie aber nicht stellen durfte. Weil sie zu persönlich waren.

»Also?«, hakte er nach.

»Tja, ich weiß auch nicht ...«, begann sie und kam sich ziemlich albern vor, weil sie keine vernünftige Unterhaltung zustande brachte.

»Es geht dir wie mir, oder?«, fragte er leise und schaute sie mit seinen blauen Augen eindringlich an.

»Wie meinst du das denn bitte?« Ihr Puls begann plötzlich zu rasen. Eigentlich wollte sie gar nicht hören, was er ihr zu sagen hatte. Und gleichzeitig aber doch.

»Es ist schwer zu erklären, weil ich so etwas noch nie erlebt habe. Obwohl ich dich kaum kenne, fühl ich mich total von dir angezogen. Oder besser gesagt: ausgezogen. Ich habe das Gefühl, nackt vor dir zu sein, Melli.« Es war das erste Mal, dass er sie so ansprach.

»Nackt?« Ihre Stimme war ungewöhnlich hoch geworden. Sie räusperte sich.

»Ja. Nackt. Es kommt mir vor, als ob du mich mit deinen Blicken ausziehen würdest.«

Melanie erschrak über seine Worte. Weil sie der Wahrheit ziemlich nahe kamen. Trotzdem hätte er das nicht laut sagen dürfen. Schließlich wusste er, dass sie einen Freund hatte. Überhaupt wurde ihr das Ganze hier jetzt etwas zu heiß. Sie stand auf. *»Ich glaube, da hast du etwas völlig missverstanden, Tom«*, sagte sie und versuchte dabei, so kühl wie möglich zu klingen.

»Habe ich das?«

»Ja! Das hast du!« Sie nickte entschieden und schnappte sich ihre Handtasche. *»Ich finde dich sympathisch, und dein Beruf macht mich neugierig. Mehr gibt es da nicht. Ich danke dir für die Einladung. Und wünsche dir eine gute Nacht.«*

14

Jonas saß auf dem dunkelgrauen Sofa im Wohnzimmer und gab sich redlich Mühe, seine Gedanken auf die Arbeit zu konzentrieren, die er aus dem Büro mitgebracht hatte. Doch vergeblich. Immer wieder schweiften sie zu Melanie ab. Er fragte sich, was sie in diesem Moment wohl machte. Ob sie sich gut unterhielt oder eher etwas abseits stand und das Geschehen um sie herum beobachtete? Wie gerne wäre er bei ihr! Gedankenverloren nahm er einen Schluck Bier aus der Flasche. Dann schaute er auf seine Armbanduhr. Kurz vor Mitternacht. Er klappte sein Notebook zu und nahm die Fernbedienung in die Hand. Vielleicht kam ja noch etwas Spannendes im Fernsehen, das ihn ein wenig ablenken konnte. Eine Weile zappte er gelangweilt durch die Programme. Wirklich fesseln konnte ihn nichts.

Plötzlich hörte er die Wohnungstür. Kurz darauf kam Melanie ins Zimmer.

»Du bist schon da?«, fragte er überrascht.

»Soll ich wieder gehen?« Sie lächelte und schlüpfte aus den Schuhen.

»Natürlich nicht. Komm her!« Er streckte die Hand nach ihr aus. Sie zog den Schal von ihren Schultern und legte ihn über einen Sessel. Doch sie blieb stehen.

»Wie war's denn?«, wollte er wissen.

»Ein wundervoller Film. Den müssen wir uns unbedingt gemeinsam noch mal anschauen.«

Während sie sprach, griff sie nach hinten und zog den Reißverschluss nach unten.

»*Vorhin war kurz was in den Nachrichten dazu. Einige Premierengäste wurden befragt, und alle waren sehr begeistert. Ich hatte gehofft, dich auch zu sehen.*« *Er schaute ihr neugierig dabei zu, wie sie aus ihrem Kleid schlüpfte.*

»*Und?*«

»*Keine Melanie weit und breit. Wieso bist du eigentlich schon zurück? War die Party nicht gut?*«

In Unterwäsche und Strumpfhose ging sie nach nebenan in die Küche und rief ihm dabei zu: »*Du, da war so viel los. Wir hätten stehen müssen, und meine Schuhe haben so mörderisch gedrückt, dass ich das nicht ausgehalten hätte.*«

Er hörte, wie sich die Kühlschranktür kurz öffnete und gleich wieder schloss. Was hatte sie vor?

Mit einer Flasche Sekt und zwei Gläsern kam sie zurück ins Wohnzimmer.

»*Das kommt davon, weil du sie zu selten trägst*«, *sagte er und spürte, wie er schon wieder scharf auf sie wurde. Manchmal hatte er das Gefühl, nie genug von ihr zu bekommen. Er brauchte diese Frau, wie die Luft zum Atmen.*

»*Wir haben nach dem Film nur noch ein Glas Wein in einem Lokal getrunken, und dann wollte ich nach Hause.*«

Sie sagte das so betont beiläufig, während sie die Sektflasche öffnete, dass er sie genauer musterte. Irgendwie kam sie ihm verändert vor. Auch wenn er nicht genau sagen konnte, warum.

»*Und wie ist dieser Tom so?*«

»*Du, der ist ganz nett. Aber diese Filmleute sind doch eine ganz eigene Spezies.*«

»*Wie meinst du das?*«

»*Na ja, so ein wenig abgehoben.*«

Sie schenkte ein.

»So kam er mir aber gar nicht vor.«

»War ich mit ihm unterwegs oder du?«

Jonas spürte einen leicht genervten Unterton. Und deswegen beließ er es dabei. Sie setzte sich und reichte ihm den Sekt.

Sie stießen an. Jonas nahm nur einen kleinen Schluck, doch sie leerte das Glas bis zur Hälfte. Dann nahm sie ihm seines ab und stellte beide Gläser auf den Tisch.

»Ich freue mich, dass du schon hier bist«, sagte er leise.

Ohne zu antworten, beugte sie sich zu ihm, presste ihre Lippen auf seinen Mund und begann, ihn wild zu küssen. Ihre Zunge drängte sich tief in seinen Mund. Gleichzeitig spürte er, wie sie eine Hand unter seinen Pulli schob und verlangend über seine Brust streichelte. Er umfasste ihren Kopf und erwiderte ihren Kuss. Ihre Hand wanderte weiter nach unten. Sie öffnete seine Hose, und gleich darauf spürte er, wie sie ihn sanft streichelte. Sie machte ihn noch wahnsinnig. Atemlos löste sie sich schließlich von ihm und schaute ihm in die Augen.

»Fick mich, Jonas!«

Bei ihren Worten stöhnte er lustvoll auf. Sie hatte das noch nie von selbst zu ihm gesagt. Wildes Verlangen zuckte durch seinen Körper, und er musste sich beherrschen, sie nicht an sich zu reißen und hemmungslos über sie herzufallen.

15

Tom lag währenddessen schlaflos in seinem Bett und starrte an die Decke. Mit seinen direkten Worten hatte er Melanie vergrault. Dabei war er sich so sicher gewesen, dass sie ähnlich empfand wie er. Er hatte sich offensichtlich getäuscht. Melli hatte einen tollen Freund, warum also sollte sie an ihm interessiert sein?

Er hatte sich vielleicht aber auch ungeschickt angestellt, da war es kein Wunder, dass sie so abrupt gegangen war.

»Ich habe das Gefühl, nackt vor dir zu sein«, hörte er sich selbst sagen und schüttelte den Kopf. Einen solchen Satz hätte er dem Helden in einem Drehbuch nicht in den Mund gelegt. Zumindest noch nicht auf den ersten Seiten. So einen Satz schrieb man erst, wenn es gegen Ende des zweiten Aktes auf den Höhepunkt zuging. Wenn etwas Wichtiges auf dem Spiel stand und nicht schon am Anfang, wenn der Spielstand noch völlig offen war. Beziehungsweise wenn man noch nicht einmal genau wusste, wer überhaupt mitspielte.

Tom griff nach seinem Handy. Sie hatte vor der Premiere tatsächlich versucht, ihn zu erreichen, und eine Nachricht auf der Mailbox hinterlassen.

»Hi, Tom. Hier ist Melanie. Leider werde ich mich verspäten. Wir stecken im Stau. Hoffentlich schaffe ich es noch rechtzeitig. Tja also – bis gleich ... und ich freu mich.«

Dreimal hintereinander hörte er sich ihre Nachricht an und seufzte dann. Sie klang so aufgeregt, so freudig. Das konnte doch nicht nur daran liegen, dass sie sich auf die Filmpremiere freute? Und ihr Strahlen, als sie ihn gesehen hatte! Das hatte er sich doch alles nicht eingebildet!

Tom mochte bisher nur wenige Frauen in seinem Leben gehabt haben, aber er war schon immer ein guter Beobachter von Menschen gewesen. Melli hatte sich verhalten wie eine Frau, die sehr nervös war. Und zwar nicht wegen der Filmleute um sich herum. Das wurde ihm in diesem Moment klar. Im Gegenteil. Unterwegs zum Bayerischen Hof hatte sie ganz ungezwungen mit der jungen Schauspielerin und deren Freund geplaudert. So, als ob sie die beiden schon ewig kennen würde. Erst als sie mit Tom allein war, war sie wieder nervös geworden. Deswegen konnte es für ihn nur eine einzige Schlussfolgerung geben: Melanie interessierte sich durchaus auch für ihn, doch sie wollte oder konnte sich das nicht eingestehen, weil sie eine feste Beziehung mit Jonas hatte. Wäre es anders gewesen, hätte sie im Lokal viel gelassener auf ihn reagieren können.

Ein Lächeln huschte über sein Gesicht. Er war ihr nicht gleichgültig.

Sollte er ihr eine Nachricht schreiben?

Er war versucht, eine SMS zu tippen, um sich für seine ungeschickten Worte zu entschuldigen. Aber ob er damit womöglich noch mehr kaputtmachte? Was, wenn ihr Freund die SMS las und es deswegen Ärger gab? Tom legte das Handy wieder zurück auf den Nachttisch und starrte weiter an die Decke.

Am besten wäre es wohl, Melanie zu vergessen. Aber das konnte er nicht. Zumindest nicht so schnell. Sie hatte etwas an sich, das ihn magisch zu ihr hinzog. Plötzlich setzte er sich im Bett hoch. Er wollte noch nicht aufgeben, und überhaupt – jetzt hatte er ohnehin nichts mehr zu verlieren. Er musste versuchen, sie wiederzusehen. Und diesmal würde er sich besser anstellen.

16

Melanie befestigte die Elektroden für das Dauer-EKG-Gerät am mageren Oberkörper des Patienten und half dem alten Mann dann, in das karierte Hemd zu schlüpfen.

»Bitte tun Sie genau das, was Sie sonst auch immer machen, Herr Fischer.«

Sie lächelte ihm aufmunternd zu, während er mit leicht zitternden Fingern das Hemd zuknöpfte.

»Sie meinen, ich darf auch meine Hildegard ärgern?«, fragte er mit schwacher Stimme, jedoch mit einem frechen Augenzwinkern. Sie lachte.

»Aber klar. Alles wie immer. Damit wir richtige Messergebnisse bekommen. Und morgen Vormittag kommen Sie bitte vorbei, dann nimmt Ihnen Sandra das Gerät wieder ab.«

»Ist das neu, dass ihr am Samstag auch Sprechstunde habt?«, fragte Herr Fischer neugierig.

»Nein. Und morgen ist auch keine reguläre Sprechstunde. Aber meine Kollegin macht die Quartalsabrechnung fertig, weil wir ab Montag im Urlaub sind. Deswegen ist sie bis Mittag da.«

»Hoffentlich lebe ich noch, wenn Sie wieder aus dem Urlaub zurück sind, Fräulein Melanie.« Er sagte es mit einem Schmunzeln, obwohl er es durchaus ernst meinte. Melanie fand es insgeheim reizend, wenn er sie mit Fräulein Melanie ansprach. Schrecklich altmodisch, aber reizend.

»Das will ich Ihnen aber raten, Herr Fischer! Schließlich möchte ich Ihnen erzählen, wohin es uns überall verschlagen hat.«

Melanie mochte den alten Mann sehr, der noch bis vor wenigen Jahren einen kleinen Spielzeug- und Schreibwarenladen in der Innenstadt geführt hatte. Als Kind hatte sie viele Stunden dort verbracht, auch wenn sie nur selten etwas kaufen konnte.

Und ab und zu hatte Herr Fischer ihr etwas geschenkt. Wie zum Beispiel einen kleinen Stoffhasen, der ein Auge verloren hatte, oder einen Satz Pumuckl-Quartettkarten, dessen Verpackung aufgerissen war, sodass er das Spiel nicht mehr verkaufen konnte. Als »Bezahlung« musste sie ihm eine ihrer Geschichten erzählen, die sich Melanie als Kind häufig ausgedacht hatte. Meist waren es abenteuerliche Märchen von kleinen Elfen, Trollen und Kobolden. Herr Fischer hörte stets aufmerksam zu, und so wurden die Stunden im Spielzeuggeschäft für sie zu etwas Besonderem. Doch irgendwann wurden ihre Besuche dort immer seltener. Warum das so war, konnte sie inzwischen gar nicht mehr sagen. Wahrscheinlich war es die beginnende Pubertät. Bis sie schließlich gar nicht mehr hinging.

Als sie neu in die Praxis gekommen war und er als Patient plötzlich im Wartezimmer saß, hatte sie sich gefreut, ihn wiederzusehen. Und auch er hatte sie nach all den Jahren sofort erkannt.

Melanie hoffte inständig, dass er sich von den Auswirkungen der schweren Bronchitis, die ihn während der letzten Wochen fest im Griff gehabt und sein Herz geschwächt hatte, bald wieder erholen würde.

»Hilfst du mir dann bitte im Labor?«, bat Sandra sie, als sie mit Herrn Fischer zurück zur Rezeption kam.

»Klar!«

Die jüngere Kollegin war erst seit wenigen Wochen in der Praxis und hauptsächlich für Verwaltung und Buchhaltung zuständig. Da Melanie jedoch eine Woche länger Urlaub hatte, als die Praxis geschlossen sein würde, müsste Sandra mehr als üblich im Labor einspringen.

»Ich muss dann gleich der kleinen Sina Blut abnehmen, und du weißt ja, wie sehr sie sich vor Nadeln fürchtet…«

»Das kriegen wir schon hin, keine Sorge… Wiedersehen, Herr Fischer!« Sie winkte ihm hinterher. Dann schnappte sie sich seine Patientenakte und trug die aktuellen Daten ein.

»Sag mal, Melanie. Dieser Tom, der bei euch wohnt… ist der noch Single?«

Melanie hob überrascht den Kopf.

»Äh, ja.« Warum wollte Sandra das denn wissen?

Die zierliche Blondine, die vor einem halben Jahr von ihrem Verlobten verlassen worden war, schien sich über die Antwort zu freuen.

»Er ist nett.«

Sandra hatte die drei vor Kurzem in einer Kneipe getroffen und den restlichen Abend mit ihnen verbracht. Es war Melanie schwergefallen, sich nicht durch Berührungen und Blicke zu verraten. Sie wollte auf keinen Fall, dass ihre Kollegin von ihrer besonderen Dreierkonstellation erfuhr. Sie wollte überhaupt nicht, dass irgendwer davon erfuhr.

»Ja. Tom ist nett, aber eigentlich gibt es da schon jemanden…«

»Also was jetzt? Ja oder nein? Ich finde ihn nämlich ziemlich süß.«

Das finde ich auch. Und wenn du wüsstest, wer seine Freundin ist, würdest du wahrscheinlich ziemlich empört den Kopf über mich schütteln, dachte Melanie. Sie überlegte, was sie Sandra sagen sollte, damit diese sich keine Hoffnungen machte.

»Er hat eine Freundin.«

»Aber du sagtest doch eben…«

»Es ist ein wenig kompliziert«, unterbrach Melanie sie.

»Wenn es kompliziert ist, dann hält es sowieso meist nicht lange.« Sandra lächelte. »Und wenn er wieder Single ist, dann sag mir bitte Bescheid.«

»Äh. Klar.« Melanie nickte und lächelte.

»Kenne ich sie? Ich meine die komplizierte Freundin.«

»Ich will nicht gestochen werden!«, riss die kleine Sina sie lautstark aus ihrem Gespräch und ersparte Melanie somit eine Antwort. Das Mädchen versuchte, sich aus dem Griff der Mutter zu befreien. Dabei waren ihm alle Mittel recht.

»Hör auf, mich zu treten!«, protestierte die Mutter und versuchte, das Kind irgendwie festzuhalten.

Melanie und Sandra schauten sich an und nickten sich zu.

»Und los geht's!«

17

Jonas hatte gespürt, dass Tom vorhin in der Küche kurz davor gewesen war, ihn zu küssen. Doch dann war er mit der Kaffeetasse in seinem Zimmer verschwunden, um das gerettete Drehbuch fertig zu überarbeiten und abzuschicken.

Schade, dachte Jonas. Doch gleichzeitig freute er sich, dass er etwas in Toms Augen gesehen hatte, das bis zur vergangenen Nacht noch nicht da gewesen war. Dieser Kuss, während Melanie schlief, war für Jonas der eigentliche Höhepunkt der letzten Nacht gewesen. Er war jetzt überzeugt davon, dass auf ihrer Reise in den nächsten drei Wochen vieles möglich war. Und er freute sich sehr darauf.

Jonas warf einen Blick auf die Uhr. In einer Viertelstunde musste er los. Plötzlich bekam er Sehnsucht nach Melanie. Er hatte noch geschlafen, als sie die Wohnung verlassen hatte. Er musste ihre Stimme hören. Jetzt. Als er nach seinem Handy griff, fiel ihm wieder ein, dass der Akku leer war.

»Mist«!, schimpfte er.

Einen festen Telefonanschluss gab es in der Wohnung nicht, und Tom wollte er jetzt nicht stören. Doch sein Verlangen, sie zu sehen, wurde immer stärker. Wenn er sich beeilte, würde er es schaffen, noch schnell in der Praxis vorbeizufahren, um ihr in dem kleinen Aufenthaltsraum für die Mitarbeiter einen Kuss zu stehlen.

Rasch griff er nach seinem Schlüsselbund und dem Handy und verließ die Wohnung. Er holte das Fahrrad aus dem Kellerabteil und brach im Vorgarten vor der Wohnanlage noch schnell eine spätblühende zart rosafarbene Rose ab.

Nur wenige Minuten später betrat er die Arztpraxis. Melanie saß hinter der Anmeldung und erklärte einem älteren Patienten geduldig, wie er seine Medikamente einnehmen musste. Sie hatte ihn noch nicht bemerkt.

Jonas warf einen Blick in das überfüllte Wartezimmer, und plötzlich überfielen ihn Zweifel, ob es wirklich eine gute Idee gewesen war hierherzukommen. Er wollte schon wieder gehen, da entdeckte sie ihn.

»Jonas!« Sie lächelte überrascht.

»Ich weiß, du hast ziemlich was um die Ohren, aber hast du kurz eine Minute Zeit?«

»Im Moment...«, begann sie. Da kam Sandra aus einem der Sprechzimmer.

»Ich bin schon da«, meinte sie und lächelte Jonas zu. Dabei überzog eine leichte Röte ihr Gesicht. Das passierte jedes Mal, wenn sie ihn oder Tom sah. Jonas musste sich ein Grinsen verkneifen.

»Danke, Sandra. Das ist lieb von dir«, sagte er charmant und zwinkerte ihr zu.

Melanie stand auf, und Jonas folgte ihr in den kleinen Personalraum. Sie drehte sich zu ihm um.

»Ist irgendwas passiert?«

»Ja. Du hast heute früh vergessen, mir einen Abschiedskuss zu geben«, sagte er leicht vorwurfsvoll.

»Was...?«

Bevor sie weiterreden konnte, nahm er sie in den Arm und küsste sie. Es war ein kurzer, aber intensiver Kuss. Dann löste er sich von ihr und drückte ihr die Rose in die Hand.

»Jonas...«, sagte sie heiser.

»Das musste jetzt sein. Bis später!«

Er warf ihr noch einen Luftkuss zu und verließ zufrieden die Praxis. Jetzt musste er sich aber wirklich beeilen.

18

Melanie war auf dem Nachhauseweg vom Supermarkt, in dem sie eingekauft hatte. Davor war sie noch bei ihrer Mutter gewesen, um sich ein paar frische Kräuter aus deren kleinem Gemüsegarten zu holen. Heute war ihr Jahrestag, und sie wollte Jonas mit einem besonderen Abendessen überraschen. Dafür hatte sie sich den Nachmittag extra freigenommen. Zuerst war sie im Friseursalon ihrer Tante gewesen und hatte sich die Haare schneiden lassen. Dann war sie einkaufen gegangen.

Vier Wochen waren seit der Filmpremiere vergangen. Melanie versuchte, nicht mehr an Tom zu denken. Doch das war vergebliche Liebesmüh. Immer wieder ertappte sie sich dabei, wie er durch ihre Gedanken spukte. Und obwohl sie Jonas gegenüber deswegen ein ziemlich schlechtes Gewissen hatte, waren viele dieser Gedanken nicht ganz jugendfrei.

Allerdings profitierte Jonas unwissentlich davon. Denn sie hatte noch mehr Lust auf Sex. Und sie war jetzt viel aktiver beim Liebesspiel als zuvor. Warum und wie Tom das ausgelöst hatte, konnte sie sich nicht erklären.

Und obwohl sie eigentlich froh darüber hätte sein müssen, dass er sich seither nicht mehr gemeldet hatte, fand sie es insgeheim ein bisschen schade.

Vielleicht gehörte er ja zu der Sorte Mann, die auf alle Frauen stand, und baggerte bereits eine andere an? Eigent-

lich schätzte sie ihn aber nicht so ein. Von der ersten Begegnung an war etwas Besonderes zwischen ihnen gewesen.

Zum hundertsten Mal fragte sie sich, wie der Abend verlaufen wäre, wenn sie nicht gegangen wäre. Ob er sie geküsst hätte? Ja. Das hätte er bestimmt, wenn sie es zugelassen hätte. Die entscheidende Frage war: Hätte sie es zugelassen? Sie konnte die Frage weder mit Ja noch mit Nein beantworten. Und das war gleichzeitig erschreckend und erregend.

Einige Male war sie versucht gewesen, ihm eine SMS zu schicken, um nachzufragen, wie es Lissy mit dem Fuß ging. Oder wie er mit dem Schreiben vorankam. Doch sie wollte ihn nicht glauben lassen, dass sie an ihm interessiert wäre oder dass er Chancen bei ihr hätte. Sie durfte sich nicht mehr bei ihm melden, denn wohin würde das führen?

Zurück in der Wohnung schaltete sie das Radio ein und räumte die Lebensmittel aus dem Einkaufskorb. Sie öffnete den Kühlschrank und musste plötzlich laut lachen.

Zwischen Joghurtbechern, angebrochenen Gläsern mit Gewürzgurken und Oliven und verschiedenen Käsepäckchen stand auf zwei kleinen Plastikfüßchen ein knallrotes Herz mit schwarzen Mickymaus-Ohren, aufgemalten Augen und einer lustigen, dicken Nase. Melanie nahm das Herz heraus und entdeckte, dass man es öffnen konnte. Im Inneren lag eine Nachricht von Jonas: Ich liebe dich.

Melanie schluckte und war ganz gerührt. Jonas war ein wundervoller Mann. Sie liebte ihn auch. Und so paradox es sich anhörte, vielleicht sogar noch mehr, seit sie Tom begegnet war.

Sie stellte das Herz auf die Anrichte und machte sich als Erstes an die Nachspeise, eine Bayerische Creme, die vor dem Servieren einige Stunden im Kühlschrank fest werden musste. Jonas liebte dieses Dessert. Dazu hatte sie frische Erdbeeren gekauft, von denen sie einige bereits beim Kochen naschte. Servieren würde sie die Nachspeise mit viel frischer Minze aus dem Garten ihrer Mutter.

Während sie Gemüse für eine Minestrone schnippelte, sang sie laut zur Musik mit. Sie briet die Gemüsewürfel an und goss sie mit Weißwein und Brühe auf. Dann schmeckte sie mit Gewürzen, etwas Essig und frischen Kräutern ab.

Als Letztes umwickelte sie zwei große Lachsfilets mit Speckstreifen, die sie kurz vor dem Servieren anbraten würde. Dazu wollte sie dann später auch noch einen Gurkensalat anmachen. Als sie mit den Vorbereitungen fertig und die Küche aufgeräumt war, schaute sie auf die Uhr.

Bis Jonas heimkam, hatte sie noch genug Zeit, ein entspannendes Bad zu nehmen und sich dann umzuziehen. Sie wollte das neue Sommerkleid tragen, dass sie sich extra für diesen Abend gekauft hatte. Sie hoffte, dass es Jonas gefiel. In den letzten Stunden nahm er ihre Gedanken wieder ganz für sich ein, ohne dass Tom darin auftauchte. Sie freute sich auf einen schönen Abend mit ihrem Freund.

Der Tisch im Wohnzimmer war hübsch gedeckt, die Suppe köchelte auf dem Herd, das Brot war aufgeschnitten und der Gurkensalat angemacht. Doch Jonas war immer noch nicht da. Ausgerechnet heute musste er sich verspäten! Melanie hatte sich bereits das zweite Glas Weißwein eingeschenkt und wartete ungeduldig. Gerade als sie zum Handy griff, um ihn anzurufen, hörte sie, wie er die Wohnungstür aufsperrte. Na endlich!

»Nein. Du, das ist völlig okay…«, hörte sie ihn sagen. Telefonierte er?

»Melanie, ich habe Besuch dabei!«, rief er ihr aus dem Flur zu. Gleich darauf stand Jonas lächelnd in der Tür und hinter ihm – Tom!

Melanie spürte, wie ihr Puls schlagartig in die Höhe schnellte. Was machte Tom hier?

»Hallo«, sagte sie und musste sich kurz räuspern.

»Tag, Melanie. Ich hoffe, ich störe nicht?«, fragte der unerwartete Gast mit einem Blick auf den für zwei Personen gedeckten Tisch.

»Ehrlich gesagt, habe ich nicht damit gerechnet, dass Jonas Besuch mitbringt ... aber komm doch rein«, fügte sie hinzu, um nicht unhöflich zu sein.

Jonas ging zu Melanie und gab ihr zur Begrüßung einen Kuss auf die Wange. »Hallo, Süße. Tut mir leid, dass ich mich verspätet habe.«

»Schon okay«, antwortete sie.

»Setz dich doch!«, forderte Jonas Tom auf, und die beiden nahmen am Tisch Platz.

»Hast du Lust mitzuessen?«, fragte sie, obwohl die Hauptspeise eigentlich nur für zwei Personen gedacht war. Sie würde den Lachs wieder aus dem Speckmantel wickeln und in kleinere Portionen aufteilen müssen, falls Tom blieb.

»Nur wenn es wirklich keine Umstände macht.«

»Nein. Tut es nicht!« Sie holte Geschirr und Besteck aus dem Schrank und deckte für ihn auf. Dabei streifte ihr Handrücken seine Hand. Es fühlte sich an wie ein Stromstoß. Beide zuckten leicht zurück und schauten sich irritiert an. Währenddessen schenkte Jonas Wein ein und schien nichts davon zu bemerken.

»Tom und ich haben uns auf dem Nachhauseweg zufällig getroffen. Und stell dir vor, er will mich überreden, dass ich beim Casting für eine Rolle in seiner Serie mitmache.«

»Was? Aber du bist doch gar kein Schauspieler!«, entfuhr es Melanie überrascht.

»Früher habe ich mal im Schultheater mitgespielt und viel Applaus bekommen«, sagte Jonas.

»War das, als du einen Kürbis gespielt hast?«, fragte sie schmunzelnd.

»Immerhin...«, meinte Jonas grinsend. *»Es ist nur eine ganz kleine Rolle. Ein Patient. Und es gibt nur zwei Sätze zu sprechen«*, erklärte Jonas. *»Das traue ich mir gerade noch zu.«*

»Na ja. Wenn es dir Spaß macht, warum nicht? Ich hole mal die Suppe«, sagte Melanie und verschwand in die Küche.

Sie brauchte unbedingt ein paar Minuten, um sich zu fangen.

Doch gleich darauf trat Jonas in die Küche und legte ihr die Hände auf die Schultern. Sie drehte sich zu ihm um.

»Ich hoffe, du bist nicht böse?«, fragte er leise.

Sie schüttelte den Kopf. »Nein. Wieso sollte ich böse sein?«, flüsterte sie zurück.

»Na ja, es ist unser Tag heute und...«, er lächelte schief, *»den verbringen wir normalerweise nur zu zweit.«*

»Er wird ja nicht ewig hierbleiben.«

»Eben...«

Er griff in seine Hosentasche und holte etwas heraus, das sie nicht sehen konnte. Dann stellte er sich hinter sie. Melanie spürte, wie sich etwas Zartes um ihren Hals legte. Sie sah nach unten und erblickte einen kleinen Anhänger, der an einer silbernen Kette genau am oberen Ansatz zwischen ihren Brüsten lag. Sie nahm ihn in die Hand. Es war eine filigrane kleine Sonne mit einem kleinen Diamanten in der Mitte.

»Für dich, mein Sonnenschein!«

»Oh, wie wunderhübsch... Aber trotzdem, Jonas, wir haben doch ausgemacht, uns nichts zu schen...«

Er verschloss ihre Lippen mit einem Kuss, ehe sie den Satz zu Ende sprechen konnte. Melanie war gerührt über das unerwartete Geschenk, trotzdem fühlte sie sich bei ihrem Kuss nicht so ganz wohl, weil Tom nebenan war. Langsam löste sie sich von ihm.

»Danke... und auch für die Überraschung im Kühlschrank.«

Er folgte ihrem Blick zu dem Herz, das jetzt auf einem Regal stand.

»Ich weiß, es ist ein wenig kitschig, aber...«

Jetzt war sie diejenige, die seine Lippen mit einem Kuss verschloss und ihn so am Weiterreden hinderte.

»Nein. Es ist süß.« Sie lächelte.

»Komm. Wir sollten unseren Gast nicht zu lange alleine lassen«, flüsterte er ihr ins Ohr.

19

Tom hatte Schwierigkeiten, die Suppe mit dem knusprigen Weißbrot ganz aufzuessen. Nicht, weil es ihm nicht schmeckte – ganz im Gegenteil –, sondern weil sein Magen wie zugeschnürt war. Er konnte immer noch nicht glauben, dass er hier saß.

Natürlich war die Begegnung mit Jonas keineswegs zufällig gewesen. Er hatte ihn ganz bewusst abgepasst, um so wieder Kontakt zu Melanie zu bekommen. Es zahlte sich aus, dass er als Drehbuchautor sehr gut im Recherchieren war. Denn obwohl Melanie an jenem Abend nicht allzu viel über sich und Jonas erzählt hatte, konnte er doch sehr schnell herausfinden, in welcher Arztpraxis sie arbeitete.

Er war ihr vor einigen Tagen unbemerkt nach Hause gefolgt, auch wenn er deswegen ein schlechtes Gewissen hatte. Doch es war der einzige Weg gewesen herauszufinden, wo sie wohnte. Am nächsten Morgen stand er bereits sehr früh an einem Tisch in einer kleinen Bäckerei, trank zwei Becher schwarzen Kaffee und aß ein Croissant, während er durch das große Schaufenster ihre Haustür auf der anderen Straßenseite beobachtete. Und er fragte sich zum wiederholten Male, was zum Teufel er hier eigentlich zu suchen hatte. Er war doch kein Stalker! Doch seit er Melanie kannte, tat er Dinge, die er niemals für möglich gehalten hätte. Kurz vor acht Uhr kam Jonas heraus und schwang sich dann auf ein Fahrrad. Tom verließ rasch die Bäckerei, stieg in seinen alten Toyota Corolla, den er vor dem Café geparkt hatte, und folgte Jonas unauffällig. Als er Jonas in einem großen Gebäude verschwinden sah, in dem mehrere Büros angesiedelt waren, machte er kehrt und fuhr nach Hause.

Heute hatte er Jonas dort abgepasst und angesprochen und so getan, als ob sie sich rein zufällig begegnen würden. Doch so ganz wohl war ihm dabei nicht, dass er den beiden etwas vorspielte.

»Möchtest du noch Suppe, Tom?«, riss Melanie ihn aus seinen Gedanken.

»Oh nein, danke. Es war hervorragend.«

»Dann geh ich mal in die Küche und brate den Fisch an«, sagte sie und stand auf.

»Für mich aber bitte wirklich nur eine kleine Portion«, bat Tom.

»Okay…«, sagte sie lächelnd.

»Brauchst du Hilfe?«, wollte Jonas wissen.

»Nein. Alles gut.« Sie ging hinaus.

Tom schaute ihr bewundernd hinterher. Das hellgrüne Kleid, das sie heute trug, stand ihr ausgezeichnet. Es umspielte sanft ihre Kurven und zeigte ein verlockendes Dekolleté. Wie gerne hätte er ihr ein Kompliment gemacht! Aber er war sich nicht sicher, wie das bei Jonas ankommen würde.

Jonas nahm die Weinflasche und schenkte nach. »Wann ist denn dieses Casting eigentlich?«

»Kommenden Samstag. Im Produktionsbüro. Ich schicke dir die Daten am besten per Mail.«

»Gute Idee. Danke. Und gibt es irgendwas, das ich beachten muss?«

Tom schüttelte den Kopf. »Nein. In der Geschichte passiert ein Unfall während des Sportunterrichts. Um den

Lehrer zu spielen, suchen sie einen großen, gutaussehenden Typen in deinem Alter mit einem muskulösen Körperbau.«

Dass er die Filmfigur genau auf Jonas zugeschrieben hatte, erwähnte er natürlich nicht. Er kam sich selbst albern dabei vor.

»Danke für das gutaussehend und muskulös«, sagte Jonas und grinste.

»Hey, so steht es im Drehbuch«, verkündete Tom augenzwinkernd und griff dann zu seinem Weinglas.

»Prost!«

»Prost!«

Tom war hin- und hergerissen. Einerseits konnte er den Gedanken kaum ertragen, dass Jonas mit Melli zusammen war, andererseits fand er ihn wirklich sympathisch. Wäre sie nicht gewesen, hätte er sich sogar eine Freundschaft mit ihm vorstellen können.

Bis Melanie zurückkam, unterhielten sie sich über einige Schauspieler, die bei der Serie mitspielten.

»Ich platze gleich«, stöhnte Tom etwa eine Stunde später und winkte ab, als Melanie ihm Nachschlag von der Bayerischen Creme geben wollte. »Esst ihr jeden Abend so ausgiebig?«

Jonas lachte. »Nein. Natürlich nicht. Aber heute ist ein besonderer Tag.« Er lächelte Melanie zu.

»Sagt jetzt bloß nicht, dass ich in einen Geburtstag geplatzt bin? Und das auch noch ohne Geschenk!«, rief Tom, und es war ihm plötzlich unangenehm, dass er hier war. Das hätte ihm aber auch gleich auffallen müssen. Der hübsch gedeckte Tisch, das Kleid, der Wein.

»Nein. Kein Geburtstag. Nur ein besonderes Datum. Keine Sorge, du hast nichts falsch gemacht«, sagte Melanie,

verriet jedoch nicht, um welchen besonderen Tag es sich handelte. Und auch Jonas klärte ihn nicht auf.

»Ich hol uns mal was für die Verdauung.« *Jonas stand auf, nahm einen Teil des Geschirrs und verschwand damit in der Küche.*

Tom und Melanie waren zum ersten Mal an diesem Abend allein. Endlich. Darauf hatte er die ganze Zeit gewartet.

»Es tut mir leid, Melli, ich hätte das nicht sagen sollen«, *sagte er leise und schaute ihr in die Augen. Er wusste, dass sie verstand, worauf er anspielte.*

»Was tust du hier?« *Sie flüsterte so leise, dass Tom die Worte mehr von ihren Lippen ablas, als dass er sie hörte.*

»Mich zum Narren machen?« *Und genau so fühlte er sich. Er machte sich eindeutig zum Narren.*

Er stand unvermittelt auf und bemerkte nicht, dass Jonas in diesem Moment das Wohnzimmer wieder betrat. »Ich geh jetzt besser nach Hause und ...«

»Unsinn! Nur weil wir heute unseren Jahrestag haben, brauchst du doch nicht zu gehen«, *sagte Jonas.*

Damit war Tom jetzt auch klar, was die beiden zu feiern hatten. Er hätte es kaum unpassender treffen können. Umso mehr verwunderte es ihn, dass sie ihn nicht schon längst freundlich hinauskomplimentiert hatten.

»Jetzt gibt es einen Schnaps.«

20

Jonas stellte drei Gläser und eine Flasche eisgekühlten Haselnussbrand auf den Tisch und setzte sich wieder zu den beiden. Natürlich hatte er bemerkt, dass zwischen Melanie und Tom eine seltsame Stimmung herrschte. Und das nicht erst, seitdem er kurz in der Küche verschwunden war. Er fragte sich zum wiederholten Mal, was da zwischen den beiden war. Zu gerne hätte er gewusst, was auf der Filmpremiere passiert war, ob überhaupt etwas zwischen ihnen passiert war. Und gleichzeitig wusste er, dass er Melanie vertrauen konnte, dass sie nicht fremdgehen würde. Trotzdem war da etwas zwischen den beiden, das er sich nicht erklären konnte.

Als er vor dem Büro fast buchstäblich über Tom gestolpert war, war ihm sehr schnell klar geworden, dass die Begegnung kein Zufall war. Tom hatte dieses Aufeinandertreffen bewusst eingefädelt. Und er würde herausfinden, warum.

Inzwischen hatte er eingeschenkt.

»Auf diesen Abend!«, sagte er und prostete zuerst Melanie, dann Tom zu.

»Auf diesen Abend«, wiederholten die beiden, dann kippten sie den Schnaps weg.

»Boh, ist der scharf!« Melanie hustete und verzog das Gesicht. Die Männer lachten.

Als Jonas ihr nachschenken wollte, schob sie das Glas weg.

»*Oh nein, nein! Einer ist genug. Ich trink lieber noch ein Glas Wein.*« *An ihrer Aussprache bemerkte Jonas, dass sie ohnehin nicht mehr ganz nüchtern war. Auch er spürte bereits, dass ihm der Alkohol leicht zu Kopf stieg.*

»*Ich mach mal Musik an*«, *sagte Melanie und stand auf.*

»*Aber wir nehmen noch einen, nicht wahr, Tom?*«

Bevor dieser antworten konnte, schenkte Jonas auch schon ein.

»*Da bleibt mir wohl nichts anderes übrig*«, *sagte Tom und grinste schief.*

»*Gib ihm nicht zu viel. Tom verträgt nichts Starkes*«, *riet Melanie augenzwinkernd.*

»*Ach, der eine geht schon noch*«, *antwortete Jonas.*

Sie leerten die Gläser, doch ein weiteres lehnte Tom entschieden ab. Und auch Jonas schenkte sich nicht mehr nach.

Inzwischen lief im Hintergrund leise eine CD von Adele.

»*Wie geht's eigentlich Lissy mit ihrem Fuß?*«, *fragte Melanie, nachdem sie sich wieder an den Tisch gesetzt hatte.*

»*Ich denke, dass alles gut verheilt ist*«, *antwortete Tom,* »*wir haben uns allerdings schon eine Weile nicht mehr gesehen.*«

»*Ach. Sie ist gar nicht deine Freundin?*« *Jonas war überrascht.*

»*Nein. Ist sie nicht. Sie ist nur seine Sexgespielin*«, *erklärte Melanie und musste dabei kichern.*

»*So würde ich es nun nicht ausdrücken*«, *meinte Tom und schob ein paar Krümel auf dem Tisch hin und her.*

»*Wie dann?*«, *fragte sie nach. Jonas bemerkte, dass sie Tom neugierig anschaute, und war verwundert, dass Melanie Lissy auf diese Weise zum Thema gemachte hatte. Das war normalerweise nicht ihre Art.*

»Hey, Süße. Du machst unseren Gast ja ganz verlegen!«, warf er ein.

Tom lachte. »Schon gut. Sie macht mich nicht verlegen … und vielleicht hat Melanie auch recht. Ab und zu ist Lissy meine Sexgespielin. Auch wenn ich es selbst so nicht ausdrücken würde.«

»Wie würdest du es denn ausdrücken?« Melanie gab nicht auf.

Tom lachte kurz auf und zuckte mit den Schultern. »Ich weiß es nicht. Normalerweise muss ich mit niemandem darüber reden, dass ich mit Lissy ab und zu Sex habe.«

»Er fragt uns ja auch nicht über unser Sexleben aus«, warf Jonas ein, obwohl das Thema Sex ihm gerade sehr reizvoll erschien.

»Oh, wir haben sehr viel Sex. Nicht wahr, Jonas?«, sagte Melanie und lächelte ihren Freund dabei vielsagend an.

21

Was sag ich denn da?, fragte sich Melanie und schlug sich erschrocken die Hand auf ihren vorlauten Mund.

Es war, als ob ein kleines Teufelchen auf ihrer Schulter säße und ihr diese Dinge ins Ohr flüsterte. Anders konnte Melanie sich nicht erklären, warum sie so gewagt über Sex redete. Doch seit Tom bei ihnen am Tisch saß, hatte sie ihr Mundwerk offensichtlich nicht mehr im Griff. Nun ja, vermutlich lag es auch etwas am Alkohol, dass ihre Zunge lockerer als sonst saß.

Sie spürte, wie sich unter dem Tisch eine Hand auf ihren Oberschenkel legte. Und da Tom weiterhin mit den Bröseln auf dem Tisch spielte, konnte es nur Jonas sein, der sie da sanft streichelte. In Gegenwart ihres Freundes würde sich Tom so etwas auch bestimmt nicht trauen. Da war sie sich sicher.

Sie sollte sich eigentlich besser wieder auf ihre Rolle als Gastgeberin besinnen, die restlichen Teller abräumen und den Tisch abwischen. Aber sie hatte im Moment eine geradezu dekadente Lust, die Unordnung einfach zu belassen.

»Beneidenswert«, sagte Tom plötzlich und es dauerte einen Moment, bis Melanie realisierte, auf welchen Satz sich das bezog.

»So oft ist Lissy wohl nicht deine Sexgespielin?«, resümierte Jonas feixend und schenkte sich einen weiteren

Schnaps ein, ohne dabei aufzuhören, Melanies Schenkel zu streicheln.

»*Wie gesagt, ich habe sie schon eine Weile nicht mehr gesehen*«, *sagte Tom.*

Melanie spürte, wie es in ihrem Bauch zu kribbeln begann, als ein Gedanke sich immer mehr in den Vordergrund drängte, den sie bisher erfolgreich abgeblockt hatte. Jonas wünschte sich, dass ein weiterer Mann mit ihnen im Bett war. Erst vor ein paar Tagen hatte er sie wieder darauf angesprochen. Wenn er wirklich einen Dreier wollte, dann wäre Tom doch genau der Richtige dafür! Und außerdem der Einzige, mit dem sie sich abgesehen von Jonas vorstellen konnte, intim zu werden.

Doch obwohl der Alkohol sie enthemmt hatte, traute sie sich nicht, einen Vorstoß in diese Richtung zu machen.

»*Ich könnte auf regelmäßigen Sex nicht verzichten*«, *bekannte Jonas da offen.*

Melanie schaute ihn fragend an. »*Ach. Bedeutet das, dass du mir fremdgehen würdest, wenn ich zum Beispiel mal eine Weile alleine verreist wäre?*«

»*Nein. Das bedeutet, dass du nicht ohne mich verreisen sollst, Süße.*« *Er beugte sich zu ihr und küsste sie.*

Aus den Augenwinkeln konnte Melanie sehen, wie Tom sie dabei beobachtete. Sein Gesicht wirkte ausdruckslos.

Jonas löste sich wieder von ihr. »*Sorry, Tom. Aber manchmal kann ich mich einfach nicht zurückhalten.*«

Tom setzte ein Lächeln auf, das nicht ganz echt wirkte.

»*Lasst euch von mir nicht aufhalten. Vielleicht ist es jetzt auch wirklich Zeit, dass ich gehe. Ich will euch doch nicht vom Sex abhalten.*«

»*Nein!*«, *rief Melanie laut. Sie wollte nicht, dass er jetzt ging. Die beiden Männer schauten sie fragend an.*

»Ich meine, es ist doch noch gar nicht so spät jetzt. Und du hältst uns nicht vom Sex ab«, setzte sie erklärend hinzu.

Tom blieb sitzen. Und griff nach der Schnapsflasche. Er schenkte sich ein. »Na dann, auf euer Sexleben!«, *prostete er Jonas und Melanie zu und kippte den Schnaps in einem Zug weg.*

Wenn die beiden weiter so tranken, dann würden sie bald unter dem Tisch liegen, ging es Melanie durch den Kopf.

»*Melanie, was würdest du davon halten, wenn wir Tom in unser Bett einladen?«, fragte Jonas plötzlich und schaute Melanie mit seinen dunklen Augen erwartungsvoll an.*

Melanie bekam schlagartig weiche Knie, und ihre Kehle wurde eng. Jonas hatte genau das ausgesprochen, was sie sich wünschte. Trotzdem hatte sie jetzt Angst davor. Unsicher blickte sie zu Tom, um zu sehen, wie er den Vorschlag aufnahm.

22

Tom überlegte, ob er richtig gehört und Jonas eben einen Dreier vorgeschlagen hatte oder ob er da etwas missverstanden hatte. Doch ein Blick in Melanies Gesicht verriet ihm, dass er es durchaus richtig verstanden hatte.
Melanie sagte immer noch nichts.

Mit einem Mal wurde ihm bewusst, dass er vielleicht kurz davor stand, mit der Frau zu schlafen, die sein Denken seit Wochen auf geradezu verrückte Art beherrschte. Aber wollte er das? So, auf diese Weise, zu dritt?
»Das meinst du jetzt nicht ernst, oder?«, fragte er Jonas mit rauer Stimme, um noch mal auf Nummer sicher zu gehen und sich zu vergewissern, dass er auch wirklich nichts falsch verstanden hatte.
»Doch. Er meint es ernst«, antwortete Melanie, bevor Jonas etwas sagen konnte. Ihre Wangen waren inzwischen knallrot, und das kam eindeutig nicht nur vom Alkohol.
»Es geht rein um Sex und Spaß. Und es muss klar sein, dass Melanie und ich das Paar sind«, sagte Jonas, und Tom spürte, dass dieser Hinweis eine Art Warnung an ihn war. Er schaute zwischen Jonas und Melanie hin und her.
»Habt ihr das schon öfter gemacht?« Während er die Frage stellte, ging ihm durch den Kopf, dass das wahrscheinlich tatsächlich der Fall war. Vielleicht war das ja auch Melanies Masche, und sie hatte ihn bewusst ange-

macht, damit er mit ihnen im Bett landete? Und er war darauf reingefallen!? Diese Vorstellung versetzte ihm einen Stich, und am liebsten wäre er einfach aufgestanden und gegangen.

»*Nein.*«

Dieses eine kurze Wort hielt ihn zurück.

»*Es wäre das erste Mal*«, *ergänzte Jonas.* »*Und ich weiß auch gar nicht, ob Melanie das überhaupt möchte.*«

Die beiden Männer schauten sie an. Ein erotisches Knistern lag in der Luft, das fast körperlich spürbar war.

Einen Moment sagte niemand etwas, nur Adele sang leise im Hintergrund: »*Should I give up, or should I just keep chasing pavements…*«

»*Wenn Tom dazu bereit ist, dann könnten wir es probieren*«, *sagte Melanie schließlich mit leicht zittriger Stimme.*

Tom schluckte. Wenn er jetzt ginge, würde er es sicher bedauern. Was sollte er tun? Einerseits wollte er nichts lieber, als mit dieser Frau zu schlafen, andererseits wusste er nicht, wie er damit umgehen sollte, dass ihr Freund dabei wäre. Doch das Verlangen, Melanies Körper zu erkunden, war größer als seine Einwände.

»*Okay. Ich lass mich auf diese verrückte Geschichte ein, auch wenn ich keine Ahnung habe, wohin das führt.*«

23

Jonas wusste, dass es ein Spiel mit dem Feuer war. Er ahnte instinktiv, dass zwischen Melanie und Tom mehr war als nur sexuelle Anziehung. Auf irgendeine Weise waren bei ihnen auch Gefühle im Spiel. Trotzdem hatte er diesen Vorschlag gemacht. Oder besser gesagt, genau deswegen hatte er diesen Vorschlag gemacht. Denn wenn er eines in der letzten Zeit erkannt hatte, dann, dass sich Melanie nie und nimmer auf einen Dreier mit irgendeinem Mann einlassen würde.

Wenn er diese erotische Variante mit ihr erleben wollte, dann gab es nur diesen Weg über Tom. Auch wenn ihm ein wenig mulmig dabei zumute war.

Doch es gab noch einen anderen Grund, warum er dieses Wagnis einging. Auch er fand Tom anziehend, und der Gedanke, mit ihm gemeinsam Sex mit Melanie zu haben, erregte ihn schon den ganzen Abend.

»Dann gehen wir vielleicht besser ins Schlafzimmer«, sagte er, und seine Stimme klang heiser.

Ohne ein weiteres Wort standen alle drei auf, und Jonas fasste Melanie an der Hand. Doch bevor sie das Schlafzimmer betraten, verschwand Melanie im Badezimmer.

Jonas öffnete die Tür und ließ Tom eintreten. Er öffnete eine Schublade, holte ein Feuerzeug heraus und zündete die Kerzen an dem fünfarmigen Leuchter auf der Kommode an.

Tom stand unschlüssig da und schaute ihm dabei zu. »Sollen wir uns inzwischen schon ausziehen, oder wie geht es weiter?«, erkundigte er sich unsicher und schaute Jonas dabei fragend an.

Jonas zuckte mit den Schultern. »Ich weiß auch nicht so recht.«

Plötzlich mussten beide lachen, und die Anspannung löste sich etwas.

»Vielleicht bis zur Unterwäsche...«, schlug Jonas dann vor und öffnete den Knopf an seiner Jeans. Doch bevor er den Reißverschluss aufmachte, zögerte er. Vielleicht sollte er doch besser warten, bis Melanie zurück war. Er hatte bereits einen ziemlichen Ständer und wusste nicht, wie Tom darauf reagieren würde.

»Hoffentlich blamiere ich mich nicht vor dir«, meinte Tom und schlüpfte aus seinem dunkelblauen T-Shirt.

»Wie meinst du das?«

»Ich weiß nicht, ob ich ihn hochkriege, wenn ein Mann dabei ist.«

Jonas fand Toms Offenheit sehr sympathisch. »Hey, das ist kein Wettbewerb. Wir wollen einfach Spaß haben. Und glaub mir, Melanie wird schon dafür sorgen, dass er dir steht.«

Beide lachten wieder unsicher.

Jonas betrachtete Tom interessiert. Tom hatte einen schlanken, glattrasierten Oberkörper, der jedoch nach Jonas' Geschmack ein wenig mehr Sport vertragen konnte. Trotzdem fand er ihn sehr attraktiv. Während Jonas darüber nachdachte, knöpfte er sein Hemd auf und zog es aus.

In diesem Moment trat Melanie ins Zimmer. Sie hatte ihr Kleid ausgezogen und trug einen hellgelben Bademantel.

Sie schaltete das Licht aus, sodass der Raum nur vom sanften Schein der Kerzen erleuchtet wurde.

»Möchtet ihr Musik?«, fragte Jonas.

Melanie schüttelte den Kopf.

Und Tom zuckte mit den Schultern. »Brauch ich nicht unbedingt.«

Jonas war es recht so. Er fand es ohnehin viel erregender, in der Stille Sex zu haben. Jetzt traute auch er sich, aus der Jeans zu schlüpfen. Sein Penis drückte deutlich sichtbar gegen den Stoff seiner Shorts. Tom stand bereits in weißen Boxershorts neben dem Bett und schien unschlüssig darauf zu warten, wie es weiterging.

Irgendwie ahnte Jonas, dass er die Regie hier übernehmen musste. Denn weder Melanie noch Tom bewegten sich.

Er ging zu Melanie und öffnete langsam ihren Bademantel. Dabei sah er ihr intensiv in die Augen.

»Willst du es wirklich?«, fragte er leise.

24

Ihr Herz schlug so wild, dass Melanie glaubte, man müsste es hören. Jonas stand vor ihr und schaute sie erwartungsvoll an. Noch konnte sie »nein« sagen, ohne dass etwas passiert wäre, was nicht wieder rückgängig zu machen war.

»Ja«, antwortete sie schließlich und streckte die Hand nach Tom aus. »Komm.«

Langsam bewegte Tom sich auf sie zu, während Jonas hinter sie trat. Er zog ihr den Bademantel aus und warf ihn über einen Stuhl. Sie spürte einen kühlen Windhauch auf ihrem nackten Körper, der vor Aufregung zu glühen schien. Dann stand Tom direkt vor ihr und betrachtete sie von oben bis unten. Ob ihm gefiel, was er sah?

»Du bist wunderschön«, flüsterte er und beantwortete damit ihre Frage. Nach einem letzten Blick zu Jonas beugte er sich zu ihr und begann, ihre Lippen sanft zu küssen. Langsam schob sich seine Zunge in ihren Mund, und sie spürte, wie er sie vorsichtig erkundete. Sein Kuss war völlig anders als die Küsse von Jonas, die meist von einer eher wilden, fordernden Zärtlichkeit waren.

Gleichzeitig spürte sie, wie Jonas dicht hinter sie trat, sodass sein Glied hart gegen ihren Rücken drückte. Er fasste um ihren Körper und umschloss ihre Brüste. Dabei knetete er mit Daumen und Zeigefinger ihre Brustwarzen. Sie stöhnte leise und spürte, wie Tom darauf reagierte. Sein Kuss wurde etwas drängender, blieb dabei jedoch immer noch zärtlich. Während Jonas weiter mit ihren Brüsten spielte und gleichzeitig ihren Nacken küsste, erkundeten Toms Hände ihren Körper und wanderten schließlich zwischen ihre Schenkel.

Melanie spürte, wie Schauer der Lust durch ihren Körper jagten. Ihre Beine fingen an zu zittern. Tom bemerkte das wohl, denn er löste sich von ihr.

»Vielleicht machen wir besser im Bett weiter«, schlug er vor.

»Gute Idee.« Jonas hob Melanie hoch und trug sie zum Bett.

Jetzt lag sie in der Mitte des großen Bettes und schaute die beiden Männer mit enger Kehle an.

»So ist es aber unfair«, sagte sie leise.

»Unfair?«, fragte Tom.

»Wenn nur ich ganz nackt bin.«

»Unfair wollen wir nicht sein, oder, Tom?«

»Natürlich nicht.«

Die Männer grinsten nervös und schlüpften dann aus ihrer Unterwäsche, wobei sich Tom etwas mehr Zeit ließ als Jonas. Melanie sah ihnen ganz erregt dabei zu. Jonas war ziemlich gut gebaut, aber Tom brauchte sich auch nicht zu verstecken. Sein Penis war zwar etwas kleiner, aber schön gerade geformt.

»Besser so?«, fragte Jonas.

»Ja! Viel besser.«

Beide Männer begannen, ihren Körper zu streicheln und sie überall zu küssen. Es war unglaublich lustvoll, und als sie sich über ihre Brüste beugten und ihre Nippel mit den Lippen berührten, schnappte sie nach Luft. Sie streichelte wild durch die Haare der Männer, während Jonas zu saugen begann und Tom mit der Zunge ihre Brustspitze umkreiste.

Gleichzeitig schob sich eine Hand zwischen ihre Beine, und sie wusste nicht, wer von den beiden langsam einen Finger in ihr versenkte. Doch das war ihr in dem Moment auch völlig egal.

Während Tom mit der Hand über ihre Hüften streichelte, blickte er suchend in ihre Augen. Und für einen kurzen Augenblick hatte sie das Gefühl, mit ihm alleine zu sein. Zärtlich streichelte sie ihm durch die Haare. Doch gleichzeitig brannte ihr Körper vor Lust. Und als Jonas sie gekonnt mit zwei Fingern bearbeitete, explodierte sie ganz unerwartet. Ihr lautes Stöhnen wurde von Tom unterdrückt, der sie in wildem Verlangen küsste. Seine warme Zunge füllte ihren Mund aus, während die letzten Wellen des Orgasmus noch durch sie zuckten.

Sie spürte, wie Jonas die Finger aus ihr zog und sich von ihr entfernte. Gleich darauf löste sich auch Tom etwas von ihr, und für einen Moment fühlte sie sich alleine.

»Hier!«, sagte Jonas und reichte Tom ein kleines Päckchen. Tom riss es auf und holte ein Kondom heraus. Die beiden Männer warfen sich einen Blick zu.

»Du bist unser Gast. Du darfst zuerst.« Jonas nickte Tom aufmunternd zu.

Melanie öffnete ihre Schenkel einladend, und Tom rutschte über sie. Sie schauten sich in die Augen, während er ganz langsam in sie eindrang. Melanie stöhnte leise, und als er sie ganz ausfüllte, bewegte sie lustvoll ihr Becken.

Sie konnte es kaum fassen, aber es war Tom, der jetzt mit ihr schlief. Davon hatte sie schon seit Wochen geträumt. Und es fühlte sich unglaublich gut an.

Jonas kniete etwas abseits, während Tom Melanie langsam zu einem zweiten Höhepunkt brachte und nach seinem Gesichtsausdruck zu urteilen selbst nicht mehr weit davon entfernt war, sich in ihr zu verströmen. Während ihr Körper vor Lust schier verrückt wurde, war ihr Verstand mit einem Mal ganz klar. Es fühlte sich richtig an, mit diesen beiden Männern zu schlafen, denn unerklärlicherweise empfand sie für beide sehr viel.

25

Jonas sperrte rasch sein Fahrrad im Hof des Gebäudes ab, in dem das Architekturbüro war, und betrat es dann durch den Hintereingang.

»Na komm schon!«, sagte er ungeduldig, nachdem er auf den Knopf des Fahrstuhls gedrückt hatte. Endlich ging die Tür auf, und er fuhr nach oben.

Keine Minute später betrat er die Anmeldung des Büros.

»Hallo Frau Schneider. Sind schon alle da?«, fragte er die Sekretärin mit dem modischen grauen Kurzhaarschnitt, die bereits in zwei Jahren in Rente gehen würde.

»Ja. Sie warten schon auf Sie.«

»Aber ich bin noch nicht zu spät, oder?«

»Nein«, sagte sie und lächelte. »Sie haben noch exakt vier Minuten.«

Sie reichte ihm eine Mappe mit Unterlagen.

»Danke! Sie sind ein Schatz.«

Frau Schneider errötete zart, tat dann aber wieder sehr geschäftig.

»Übrigens, die Haushälterin Ihres Vaters hat schon zweimal angerufen. Sie konnte Sie am Handy nicht erreichen.«

»Lotte hat hier angerufen?«, fragte er verwundert. Das hatte sie noch nie getan. Normalerweise rief sie ihn immer am Sonntag an. Und das schon, seit er vor Jahren zum Studium nach München gezogen war.

Jonas und Lotte hatten eine ganz besondere Beziehung. Die kinderlose Frau, die noch sehr jung Witwe geworden war, hatte Jonas sofort ins Herz geschlossen, als sie nach dem Tod seiner Mutter ins Haus geholt worden war. Jonas hätte es kaum besser treffen können, als diese warmherzige Frau um sich zu haben, auch wenn er es damals vor lauter Trauer um seine Mutter nicht sofort erkannt hatte. In den ersten Wochen und Monaten hatte er ihr das Leben nicht gerade einfach gemacht. Doch ihre Geduld hatte sich ausgezahlt.

Lotte wollte immer auf dem Laufenden sein und wissen, wie es ihrem Schützling ging, der für sie eine Art Ersatzsohn geworden war. Sie erzählte dann auch immer von seinem Vater, obwohl Jonas eigentlich gar nicht daran interessiert war. Aber Lotte versuchte, die Kommunikation, die zwischen Vater und Sohn nur sehr sporadisch stattfand, mit ihren Telefonaten ein wenig auszugleichen. Damit konnte sie zumindest sicherstellen, dass jeder etwas vom anderen erfuhr. Vermutlich hatte sie ausnahmsweise heute angerufen, weil er ja am Sonntag bereits mit dem Wohnmobil unterwegs sein würde. Jonas nahm sich fest vor, Lotte nach dem Urlaub zu besuchen.

»Ja. Aber sie hat nicht gesagt, worum es geht. Nur dass es dringend sei.«

»Okay... ach ja, mein Handy!« Er holte es aus der Hosentasche und reichte es Frau Schneider. »In meinem Büro ist das Kabel dazu. Wären Sie bitte so lieb und würden es mir aufladen?«

»Aber natürlich.« Frau Schneider lächelte.

»Und falls sich Lotte noch mal meldet, sagen Sie ihr bitte, ich rufe sie gleich nach der Besprechung zurück.«

Mit den Unterlagen in der Hand ging er in Richtung Konferenzzimmer.

26

Tom hatte sein Drehbuch rechtzeitig abgegeben und saß jetzt mit seiner Mutter in einem kleinen Café. Seitdem er bei Tom und Melanie wohnte, hatte er sie nicht mehr gesehen. Gabi war vor zwei Jahren zu ihrem neuen Lebensgefährten Siegfried nach Landshut gezogen und kam nur noch selten nach München.

Doch diese Entfernung hatte keinen Einfluss auf das gute Verhältnis, das die beiden schon immer hatten. Tom und Gabi fühlten sich nicht nur als Mutter und Sohn, sondern auch als gute Freunde.

»Hast du jetzt eigentlich wieder eine Freundin?«, fragte seine Mutter plötzlich und nahm einen Schluck Kaffee, den sie schwarz und ohne Zucker trank, seit er denken konnte.

»Es gibt eine Frau, aber es ist alles ein wenig umständlich.«

»Erzähl!«, forderte sie ihn auf und schaute ihn neugierig an.

Wie gerne würde er ihr von Melli erzählen. Und auch von Jonas. Wahrscheinlich würde sie ihn sogar verstehen. Seine Mutter war in ihren Ansichten sehr liberal. Außerdem war ihre beste Freundin eine Lesbe.

Trotzdem traute er sich nicht anzusprechen, dass er zugleich mit einer Frau und mit einem Mann zusammen war.

»Dann muss es schon sehr umständlich sein, wie ich dich kenne«, sagte sie. »Aber ich merke schon, du willst mir nicht mehr verraten.«

»Bald erzähle ich es dir, Mama. Wenn ich selbst mehr weiß.«

Er nahm ihre Hand und lächelte. Genau das liebte er so sehr an ihr. Sie drängte ihn niemals, etwas zu tun oder zu sagen, wofür er nicht bereit war.

»Aber es wär schön, wenn ich irgendwann mal Omi würde.«

Er lachte. »Ach so. Darum geht es dir also!«

»Freilich. Was denkst du denn?« Sie schmunzelte liebevoll.

»Nach einer Oma siehst du aber absolut nicht aus.«

Und es stimmte. Mit ihren achtundfünfzig Jahren war sie eine attraktive Frau, die sehr jugendlich wirkte, ohne es bewusst darauf anzulegen.

»Das sind die guten Gene meiner Eltern. Doch auch ich werde nicht jünger, Tom.«

»Irgendwann werde ich dich ganz bestimmt zur Oma machen. Das verspreche ich dir!«

Als er das sagte, hatte er jedoch ein schlechtes Gewissen. Denn momentan waren seine Lebensumstände nicht so, dass er in absehbarer Zeit Vater werden konnte.

»Gut. Ich nehme dich beim Wort.« Sie lächelte.

Insgeheim erlaubte er sich kurz den Gedanken, wie es wäre, ein Kind zu haben. Gemeinsam mit Melli und Jonas. Ob man das einem Kind zumuten durfte? Wahrscheinlich nicht.

»Ich bin mit einer Frau und mit einem Mann zusammen!«, platzte es plötzlich doch aus ihm heraus. Irgendwie wollte er endlich mit jemandem darüber reden. Und der einzige Mensch, dem er wirklich vertraute, war seine Mutter.

Gabi legte den Kopf schief und schaute ihn völlig verblüfft an.

»Du bist was?«, fragte sie.

»Sie heißen Melanie und Jonas... Wir leben zusammen.«

»Puh«, seine Mutter schluckte, »also ganz ehrlich, damit hätte ich nicht gerechnet. Das ist allerdings etwas... ungewöhnlich.«

Mit einem Mal überkamen Tom Zweifel, ob es richtig gewesen war, es ihr zu sagen. Er schaute sie besorgt an.

»Du kommst doch damit klar?«

»Na ja, mir wird vermutlich nichts anderes übrig bleiben, oder? Es ist dein Leben.«

Tom atmete erleichtert auf. Seine Mutter war einfach eine ganz besondere Frau. Vermutlich gab es nicht viele Eltern, die derart ruhig und besonnen auf ein solches Geständnis reagierten. Er beugte sich über den Tisch und gab ihr einen Kuss auf die Wange. »Danke, Mama. Du bist einfach großartig.«

»Nein. Nur etwas verrückt.«

Sie lachten.

»Noch vor ein paar Wochen hätte ich selbst so etwas nie für möglich gehalten. Aber weißt du, es ist etwas Besonderes, was mir da gerade passiert. Wirklich.«

Einer plötzlichen Eingebung folgend, holte er sein Handy aus der Tasche und zeigte ihr einen Schnappschuss von Melanie und Jonas.

Gabi nahm das Handy in die Hand und schaute das Foto lange an.

Dann hob sie den Kopf. »Du hast Geschmack.«

Tom grinste. »Danke!« Doch plötzlich wurde sein Blick nachdenklich. »Aber, dich zur Oma machen... ich weiß nicht, ob wir das in dieser Konstellation hinkriegen. Darf man einem Kind so etwas zumuten?«

Nun wurde auch ihr Blick ernst. »Tom. Wenn genügend Liebe im Spiel ist, dann ist vieles möglich. Aber überlegt es euch gut.«

Er nickte. Wie kam er überhaupt dazu, mit seiner Mutter über dieses Thema zu sprechen, wenn er gar nicht wusste, wie Melanie und Jonas dazu standen? Lag es daran, dass er in einem Jahr vierzig wurde? Das Thema Kinder hatte bisher keine große Rolle in seinem Leben gespielt. Sybille hatte nie welche gewollt, und ihm war das auch recht gewesen. Doch in letzter Zeit dachte er immer öfter darüber nach. Und ganz plötzlich wusste er auch, warum. Melli erinnerte ihn ein wenig an Gabi. Sicher wäre sie auch eine wundervolle Mutter.

»Wann stellst du mir die beiden vor?«, riss Gabi ihn aus seinen Gedanken.

»Vielleicht nach unserem Urlaub.« Tom versuchte, sich die Gesichter von Melli und Jonas vorzustellen, wenn er ihnen vorschlug, seine Mutter auf einen Kaffee zu besuchen.

»Gut...« Gabi schmunzelte. »Ich hätte nie gedacht, dass ich auch mal einen Schwiegersohn bekommen würde.«

Tom schaute sie liebevoll an. »Wenn nur alle Menschen so wären wie du.«

»Oh Gott, Junge. Mit seinen Wünschen sollte man immer vorsichtig sein.«

27

Melanie verließ in der Mittagspause die Praxis. Am liebsten wäre sie nach Hause gegangen, um sich kurz aufs Ohr zu legen, denn sie wusste, dass bis zum Abend noch ziemlich viel los sein würde vor dem Urlaub. Der Schlafmangel der letzten Tage machte sich inzwischen deutlich bemerkbar. So ein kurzes Schläfchen... Doch sie widerstand der Versuchung. Schließlich hatte sie vor der Reise noch einiges zu erledigen.

Vor allem musste sie sich einen neuen Bikini besorgen.

Viele Frauen hatten Spaß daran, im Urlaub shoppen zu gehen, Melanie gehörte definitiv nicht dazu. Sie wollte mit genau den Sachen losfahren, in denen sie sich wohlfühlte, und nicht gleich nach der Ankunft im Urlaubsort als Erstes durch die Läden ziehen müssen. Generell schien dieses weibliche Shopping-Gen bei ihr nicht vorhanden zu sein. Was daran schön sein sollte, Kleiderständer nach geeigneten Größen zu durchforsten und sich dann in engen Kabinen, die meist nach Schweiß und muffigen Füßen stanken, in Kleider zu zwängen, die selten auf Anhieb passten, während draußen schon ungeduldig Leute warteten, war ihr schleierhaft. Außer Jonas ist mit in der Kabine, ging ihr plötzlich durch den Kopf, und sie grinste verschmitzt.

Als sie in der Sportabteilung eines großen Kaufhauses die Bademode durchstöberte, war nicht zu übersehen, dass der Sommer schon vorbei war. Die schönsten Stücke waren bereits weg. Trotzdem fand sie noch zwei Teile, einen roten Bikini und einen schwarzen Badeanzug, die nicht nur richtig gut saßen, sondern auch noch erfreulich stark im Preis reduziert waren. In unerwarteter Kauflaune schaute sie nun auch zur Herrenbademode.

»Kann ich Ihnen helfen?«, fragte eine ältere Verkäuferin mehr pflichtbewusst als freundlich.

»Ich brauche Badehosen für meine... meinen Freund«, sagte Melanie und biss sich auf die Zunge, weil sie sich fast verplappert hätte.

»Welche Größe?«

Und nun musste sie tatsächlich lachen. Die Verkäuferin schaute sie konsterniert an.

»'tschuldigung«, murmelte Melanie und riss sich zusammen. »Größe sieben.« Zumindest für Jonas, dachte sie, für Tom reichte Größe sechs.

Sie musste ein Glucksen unterdrücken. Die Verkäuferin hätte sicher wenig Verständnis dafür, wenn sie ihr verraten würde, dass sie eine Beziehung mit zwei Männern hatte. Obwohl, vielleicht würde sie nicht mehr so verbissen dreinschauen, wenn sie ebenfalls aufregenden Sex mit zwei Männern hätte. Bei dieser Vorstellung konnte sie nicht mehr an sich halten und prustete laut los. Oh je, war ihr das peinlich.

»Sie kommen sicher alleine zurecht!«

Die Verkäuferin hatte offensichtlich keinen Sinn für Humor, schaute sie böse an und ging dann kopfschüttelnd weg.

Es dauerte eine Weile, bis Melanie sich wieder beruhigt hatte.

Und dann fand sie tatsächlich zwei Badeshorts für Jonas und Tom, die ebenfalls stark reduziert waren.

Insgesamt hatte sie nicht mehr bezahlt, als sie normalerweise für einen anständigen Badeanzug im Frühjahr hingelegt hätte. Sie hatte wunderbare Schnäppchen gemacht und ausnahmsweise einmal Spaß dabei gehabt. Plötzlich schaute sie auf die Uhr und erschrak. Für gewöhnlich war ihre Mittagspause immer viel länger, doch heute musste sie gleich zurück, damit sie Sandra noch helfen konnte, die Unterlagen für die Abrechnung vorzubereiten, bevor es mit den Patienten weiterging.

28

Jonas beobachtete die beiden mit einer Art ambivalenter Faszination. Genau das war es, was er sich erotisch immer von Melanie gewünscht hatte. Und es war zweifellos geil, den beiden zuzusehen. Aber es versetzte ihm trotzdem einen eifersüchtigen Stich, als Melanie lustvoll stöhnte, weil ein anderer Mann sie zum Höhepunkt gebracht hatte.

Jonas beobachtete Tom, der seinen schlanken Körper immer schneller bewegte und dann unüberhörbar ebenfalls kam.

Er wusste nicht, wie er sich verhalten sollte, und hatte das Gefühl, in diesem Moment völlig fehl am Platz zu sein. Fast so, als ob er ein Eindringling in seinem eigenen Schlafzimmer wäre. Gleichzeitig hatte er ein brennendes Verlangen, Melanie – und Tom – zu küssen! Diese unterschiedlichen Emotionen verwirrten ihn zutiefst.

In diesem Moment griff Melanie nach seiner Hand und drückte sie an ihre Lippen. Sie hauchte einen Kuss darauf und schaute ihn mit einem Blick aus ihren bernsteinfarbenen Augen an, den er noch nie bei ihr gesehen hatte. Er war intensiv und berührte ihn tief in seinem Inneren. Obwohl sie eben mit einem anderen Mann geschlafen hatte, gab sie ihm gerade zu verstehen, dass er keine Angst zu haben brauchte. Dass sie ihn liebte und begehrte. Und in diesem Moment war das, was er für sie empfand, so stark, dass es ihm fast die Luft nahm.

Tom zog sich langsam aus ihr zurück und rückte etwas von Melanie ab.

Am liebsten hätte Jonas sich jetzt auf seine Freundin geschoben und sie leidenschaftlich geliebt. Doch er wollte ihr eine kleine Verschnaufpause gönnen.

Melanie drehte sich zur Seite, mit dem Gesicht in Toms Richtung, griff dann jedoch nach Jonas und zog ihn an sich, sodass er genau hinter ihr lag. Sie drehte den Kopf zu ihm.

»Jetzt bist du an der Reihe«, sagte sie leise. Scheinbar wollte sie keine Pause.

Das brauchte sie ihm nicht zweimal zu sagen. Jonas spürte, wie sie ihren Po gegen seinen Schoß drückte. Er rutschte ganz dicht an sie heran und hob ihren Schenkel leicht an, um von hinten in sie einzudringen. Sobald er an ihrem nassen Eingang war, schob er sich mit einem Ruck in ihr heißes Fleisch.

Er stöhnte und genoss das unbeschreibliche Gefühl, endlich in ihr zu sein. Auch Tom rückte wieder näher zu Melanie und begann, sie zu streicheln. Und Melanie streichelte Tom. Das zu sehen törnte Jonas total an. Fast meinte er, die Berührungen ihrer Hände auf seinem Körper zu spüren. Er stöhnte erregt und stieß schneller zu. Am liebsten hätte er jetzt auch selbst die Hand nach Tom ausgestreckt und ihn gestreichelt, während er Melanie einen weiteren Höhepunkt bescherte.

29

Obwohl er sich erst vor wenigen Minuten in Melanie verströmt hatte, hatte Tom das Gefühl, vor Sehnsucht nach ihr zu vergehen.

Er versuchte, Jonas irgendwie auszublenden, doch das war natürlich nicht möglich. Mellis Körper wurde von seinen Stößen rhythmisch gegen Tom gedrückt. Er wollte gleichzeitig aufspringen und aus dem Zimmer rennen und andererseits Melli an sich ziehen und sie fest in seinen Armen halten.

Um ihr so nahe wie möglich zu sein, hörte er nicht auf, sie zu streicheln, und suchte dann ihre Lippen. Langsam schob er seine Zunge in ihren Mund. Sie legte ihre Hand an seine Wange und erwiderte den Kuss wild und atemlos. Irgendwann stöhnte sie auf, als ein weiterer Orgasmus sie schüttelte.

Melli war eine unglaublich erotische Frau. Das hatte Tom schon bei ihrer ersten Begegnung gespürt. Sie schien sich körperlich fallen lassen zu können, wie er es noch nie bei einer Frau erlebt hatte. Es faszinierte ihn zu sehen, wie unbefangen sie ihre Leidenschaft auslebte.

Tom bemerkte, wie Jonas ihn mit seinen dunklen Augen anschaute, während er von hinten in Melanie stieß. Rasch senkte Tom den Blick und hörte dann nur, wie Jonas laut stöhnend kam.

Bewegungslos lagen die drei im Bett, und nach und nach wurden ihre Atemzüge wieder langsamer. Eine der Kerzen flackerte unruhig und ging dann mit einem leisen Zischen aus.

Keiner sagte ein Wort.

Tom sah Melanie an und zügelte sein Verlangen, sanft eine Haarsträhne aus ihrem verschwitzten Gesicht zu streichen. Er fühlte sich von Jonas beobachtet, und diese kleine Geste der Zuneigung vor den Augen ihres Freundes empfand er in dem Moment intimer als die Tatsache, dass er vorher mit Melli geschlafen hatte.

Melanie schaute ihn an und formte mit den Lippen lautlos drei Wörter.

Tom schloss rasch die Augen, damit Jonas nicht sehen konnte, welch tiefes Verlangen in ihm geweckt wurde. Sie liebte ihn!

Das war alles völlig verrückt! Absolut verrückt!

Sie lag in den Armen ihres Freundes und sagte ihm, Tom, dass sie ihn liebte? Tom musste noch betrunkener sein, als er gedacht hatte. Und nicht nur er! Anders konnte er sich das alles nicht erklären.

Doch was hatte er eigentlich erwartet, als er die Begegnung mit Jonas und Melanie gesucht hatte? Sicherlich keinen Dreier!, sagte er sich und fühlte sich schlagartig auf bedrückende Weise völlig leer.

Jonas streichelte träge über Melanies Hüfte, und plötzlich spürte Tom dessen Handrücken an seinem Bauchnabel.

Erschrocken zuckte er zurück. Mit einem Mal löste sich die Starre in seinem Körper. Er setzte sich hoch und schwang die Beine aus dem Bett.

»Tom?«, fragte Melanie.

»Ich muss jetzt los«, sagte er lauter, als er eigentlich wollte.

Im Schein der letzten beiden Kerzen suchte er rasch seine Sachen zusammen. Wo war nur seine Unterhose?

»Willst du nicht lieber hier schlafen?«, fragte Melanie zögernd.

»Es ist besser, wenn ich jetzt gehe.«

»Soll ich dir ein Taxi rufen?« Jonas setzte sich im Bett auf.

»Schon okay. Es ist nicht weit. Ich gehe zu Fuß.«

Tom hatte das Gefühl, keine Luft mehr zu bekommen. Endlich hatte er seine Shorts gefunden. Er musste raus hier. Und zwar schnell.

30

Melanie saß wie ein Häufchen Elend im Bademantel am kleinen Küchentisch und starrte in die volle Kaffeetasse. In der Spüle hinter ihr stapelte sich das schmutzige Geschirr von gestern. Doch sie war noch nicht in der Lage gewesen, es in den Geschirrspüler zu räumen. Ihr Kreislauf schlug Kapriolen, ihr Magen rumorte, und ihr Kopf pochte wie wild. Doch es war nicht nur der Alkohol, der für ihren desolaten Zustand verantwortlich war. Dass es ihr jetzt so schlecht ging, war vor allem der Scham über ihr Verhalten in der vergangenen Nacht zuzuschreiben. Im Rausch der Sinne war ihr alles so richtig erschienen, doch jetzt hatte sie das Gefühl, etwas Schmutziges getan zu haben.

Nachdem Tom so abrupt gegangen war, hatten Jonas und sie sich noch zweimal wild und leidenschaftlich geliebt. Es war, als ob sie nicht genug bekommen könnte. Je öfter sie kam, desto unersättlicher schien ihr Körper nach einer weiteren Erfüllung zu gieren. So etwas hatte sie noch nie zuvor erlebt. Doch schließlich war sie völlig erschöpft in einen tiefen Schlaf gefallen, aus dem sie im Morgengrauen mit wild klopfendem Herzen erwacht war.

»Oh Gott! Was habe ich nur gemacht?«, fragte sie sich mit einem quälenden, unguten Gefühl. An Schlaf war ab da nicht mehr zu denken.

Sie hielt es nicht länger im Bett aus und stand leise auf, um Jonas ja nicht zu wecken. Sie hätte es nicht ertragen, wenn er sie jetzt angeschaut oder gar mit ihr gesprochen hätte. Melanie musste unbedingt alleine sein.

Zuerst nahm sie ein heißes Bad, das sie aber nur noch unruhiger machte und auch ihrem Kreislauf nicht sonderlich guttat. Nach und nach wurde ihr so richtig bewusst, was letzte Nacht geschehen war. Sie hatte hemmungslos mit zwei Männern geschlafen! Und – oh Gott – sie hatte Tom gesagt, dass sie ihn liebte!

Bei diesem Gedanken wurde ihr vor lauter schlechtem Gewissen Jonas gegenüber so übel, dass sie schnell aus der Wanne steigen musste und es gerade noch schaffte, sich in die Toilette zu übergeben.

Langsam rührte sie in der Tasse. Der Kaffee war inzwischen lauwarm. Doch das bemerkte sie gar nicht.

Ich hätte das nicht tun dürfen!, ging ihr wieder und wieder durch den Kopf. Es kam ihr so vor, als ob sie Jonas betrogen hätte. Und in gewisser Weise hatte sie das auch getan. Auch wenn sie ihm mit dem Dreier einen lang ersehnten Wunsch erfüllt hatte. Doch es waren zu viele Gefühle im Spiel gewesen. Sie hatte nicht nur aus dem Grund mit Tom geschlafen, weil es ein erotisches Spiel war, sondern vor allem auch, weil sie etwas für ihn empfand.

Du hast ihm gesagt, dass du ihn liebst!, flüsterte ihr eine vorwurfsvolle Stimme wie ein Mantra zu, und ihr wurde ganz heiß. Warum nur tat man solche Dinge, wenn man betrunken war? Wobei sie sich ehrlich gesagt schon seit Wochen in einer Art Rauschzustand befand, der in der letzten Nacht seinen Höhepunkt gefunden hatte. Jetzt war sie, wenn auch noch nicht körperlich, so doch emotional völlig ernüchtert und suchte nach Gründen für ihr Verhalten.

Sie hoffte inständig, dass Tom ihre lautlos gesprochenen Worte nicht verstanden hatte. Doch warum sonst sollte er kurz darauf so überstürzt aufgestanden und verschwunden sein?

Melanie hatte gespürt, dass er richtiggehend aus dem Bett geflohen war. Doch in der Nacht hatte sie sich keine Gedanken darüber gemacht, weil Jonas sie sofort in seine Arme gezogen hatte, kaum dass Tom aus der Tür war.

Melanie nahm das Handy und starrte auf das Display. Keine Nachricht von Tom. Sie legte es zurück auf den Tisch.

Aber was hätte er ihr auch schreiben sollen? Jonas hatte ihn mit seinem Vorschlag für den Dreier sicherlich völlig überrumpelt. Dass er sich darauf eingelassen hatte, versuchte Melanie, dem Alkohol zuzuschreiben. Sie hatten alle drei ganz schön einen sitzen gehabt. Trotzdem war das keine Ausrede, gestand sie sich selbst ein. Wäre Tom ein anderer Mann gewesen, hätte sie sich nie und nimmer darauf eingelassen. Betrunken oder nicht.

Sie musste den Kontakt zu Tom abbrechen. So etwas durfte sich nicht mehr wiederholen. Sex mit zwei Männern! Wenn ihre Eltern wüssten, was ihre Tochter so trieb, würde sie vermutlich der Schlag treffen. Ganz zu schweigen von ihrer ältesten Schwester. Die Nonne wäre entsetzt über ihr unmoralisches Verhalten. Melanie war zwar nicht übertrieben gläubig, trotzdem war sie in einem katholischen Geist erzogen worden, der sie geprägt hatte. Und der jetzt als schlechtes Gewissen heftig an ihren Eingeweiden nagte.

Sie griff wieder nach dem Handy, um Tom aus der Kontaktliste zu löschen.

Halt! Es hat sich doch richtig angefühlt, protestierte da eine leise Stimme, die aus ihrem Herzen zu kommen schien.

31

Jonas stand in der Tür zur Küche und beobachtete Melanie. Er war nach dem Aufstehen nur schnell in eine graue Jogginghose geschlüpft und hatte sich die Zähne geputzt, bevor er sich später ausgiebig duschen würde. Damit – und mit einer großen Tasse Kaffee – würde er hoffentlich auch seinen Kater vertreiben können.

Melanie betrachtete ihr Handy so versunken, dass sie ihn noch nicht bemerkt hatte.

»Melanie?«, sagte er leise. Sie hob erschrocken den Kopf und legte rasch das Handy weg.

»Geht es dir gut?«

Sie setzte ein schwaches Lächeln auf und strich sich fahrig die Haare aus dem Gesicht. »Na ja…«

Er kam zu ihr und streichelte sanft über ihren Kopf. Dann ging er in die Hocke, ergriff ihre Hände und schaute sie an. Es fiel ihm schwer, Worte zu finden. »Es war eine unglaubliche Nacht«, sagte er schließlich leise.

»Ich weiß nicht, ob das richtig war, was wir gemacht haben.« Ihre Stimme klang heiser.

Er kannte sie gut genug, um zu ahnen, dass sie jetzt ein schlechtes Gewissen plagte. Auch Jonas fühlte sich hin- und hergerissen und fragte sich insgeheim, ob diese Nacht für ihre Beziehung wirklich gut war. In jedem Fall war sie eine der aufregendsten Nächte seines Lebens gewesen. Und er würde sie nicht missen wollen.

»Hey, Süße. Hier gibt es kein Richtig oder Falsch. Wir hatten alle drei Lust darauf und haben es ausprobiert.«

Sie schaute ihn mit großen Augen an, in denen Tränen schimmerten, erwiderte jedoch nichts. Er stand auf, zog sich einen Stuhl neben Melanie und setzte sich.

»Du fühlst dich doch deswegen schlecht, weil du etwas genossen und ausgelebt hast, das man normalerweise nicht tut, oder nicht?«

Sie nickte.

Er lächelte und streichelte zärtlich über ihr Gesicht.

»Wir sind erwachsene Menschen und hatten gemeinsam Sex. Und es hat Spaß gemacht. Uns allen. Ich habe dich noch nie so in Fahrt gesehen wie gestern. Du warst ja richtig hemmungslos«, neckte er sie.

Mit einem Schlag lief sie rot an. »Musst du mir das jetzt so unter die Nase reiben?«, fragte sie beschämt und drehte den Kopf weg.

Er lachte auf. »Hey! Jetzt mach dich doch nicht verrückt. Es ist absolut nichts Schlimmes passiert!«

»Aber Tom ist so plötzlich verschwunden, dass ich denke...«, sie sprach nicht weiter.

Toms Verschwinden. Das war etwas, das auch Jonas im Magen lag. Und er glaubte zu wissen, warum Tom so überraschend aufgebrochen war. Jonas war ihm mit seiner unabsichtlichen Berührung buchstäblich zu nahe gekommen. Aber darüber wollte er jetzt nicht mit Melanie reden. Noch immer war er verwirrt über seine unterschiedlichen Gefühle Tom gegenüber. Einerseits war er eifersüchtig, weil er spürte, dass Tom auf seine Freundin stand, andererseits wollte er ihm näherkommen. Denn – das hatte er sich inzwischen eingestanden – er fühlte sich auch sexuell stark zu Tom hingezogen. Allerdings bezweifelte Jonas, dass Tom diesen

Wunsch teilte. Nach seinem Verschwinden war er sich sogar ziemlich sicher, dass Tom nichts mit einem Mann im Bett zu tun haben wollte. Jonas unterdrückte ein Seufzen. Es wäre auch zu schön gewesen, wenn es anders gewesen wäre.

Trotzdem wollte er nicht so schnell aufgeben. Es war für alle drei eine ganz neue Situation gewesen, die überraschend zustande gekommen war. Und jeder musste das jetzt erst einmal ganz allein verarbeiten.

Auch wenn er vor ein paar Minuten noch gedacht hatte, das Abenteuer der letzten Nacht wäre eine einmalige Angelegenheit gewesen, so hoffte er doch insgeheim, dass es irgendwann eine Wiederholung geben würde.

»Was hältst du davon, wenn wir Tom eine Nachricht schicken und ihn fragen, ob alles okay mit ihm ist?«, schlug Jonas vor. Denn natürlich wollte auch er wissen, wie es Tom ging.

»Meinst du wirklich?«, fragte sie zweifelnd.

»Klar. Je normaler wir damit umgehen, desto normaler wird es sich für uns alle anfühlen. Auch für Tom. Jetzt komm.«

»Wenn du meinst.«

Er glaubte, in ihren Augen eine gewisse Erleichterung zu sehen.

Sie nahm das Handy. »Was soll ich denn schreiben?«

»Schreib einfach: ›Hi, Tom, wir hoffen, du bist gut heimgekommen‹«, diktierte er.

Sie tippte und schaute Jonas dann an. »Noch was?«

»Hmmm...«, grübelte Jonas, »ach ja: ›Hier die Emailadresse von Jonas für die Daten zum Casting...‹«

»Willst du da immer noch mitmachen?«

Jonas nickte. »Warum nicht?«

Melanie bedachte ihn kurz mit einem seltsamen Blick,

tippte dann weiter und endete mit einem: »Liebe Grüße, J. und M.«

Die Nachricht war einerseits unverbindlich, und doch würde Tom wissen, dass sie weiterhin gerne Kontakt zu ihm hätten. Jetzt lag es an ihm, ob er darauf eingehen wollte.

»*Ich muss bald los, in die Praxis*«, *sagte Melanie, blieb jedoch sitzen.*

»*Hey! Du machst ja immer noch so ein ernstes Gesicht!*«, *stellte Jonas fest.*

»*Mach ich doch gar nicht*«, *entgegnete sie.*

»*Doch. Du schaust drein, als ob du darauf warten würdest, dass man dich zur Strafe für deine schrecklichen Schandtaten an den Pranger stellt.*«

»*Quatsch!*«

Er wollte auf keinen Fall, dass sie länger an diesem Schuldgefühl knabberte. Denn dafür gab es absolut keinen Grund. Sie hatten schließlich nichts verbrochen. Also fing er einfach an, sie zu kitzeln.

»*Hör auf!*«, *protestierte sie, musste jedoch lachen.* »*Du weißt, dass ich das hasse.*«

Er hörte nicht auf, und sie wehrte sich heftig.

»*Und ich liebe es, wenn du lachst!*«

»*Stopp! Jonas! Bitte!*«

Sie versuchte, sich ihn vom Leib zu halten, und das Kitzeln ging in eine liebevolle Rangelei über.

Plötzlich zog er sie an sich und küsste sie. Er spürte, wie sie sich in seinen Armen langsam entspannte und seinen Kuss erwiderte. Es war ein liebevoller Kuss, der nicht das Verlangen schürte, sondern ihre Seelen streichelte.

Langsam lösten sie sich voneinander. Als sie ihn schließlich anschaute, war der schuldbewusste Ausdruck in ihren

Augen verschwunden und hatte einem verschmitzten Leuchten Platz gemacht.

»Mister Winter, ich rate Ihnen dringend zu einer Dusche!«, sagte sie streng und zog demonstrativ die Nase hoch.

Jonas lachte. »Zu Befehl, meine Königin!«

Er stand auf, erleichtert darüber, sie etwas aufgeheitert zu haben.

In diesem Moment kam eine Nachricht auf Melanies Handy. Jonas nahm es sofort zur Hand und las vor: »Alles okay. Daten für Casting kommen per Email. Grüße, Tom.«

32

Tom saß in der letzten Reihe im Flugzeug neben Karl am Fensterplatz und war unterwegs nach London. Der Produzent hatte ihn gestern Vormittag angerufen, kurz nachdem er die Antwort an Jonas und Melanie abgeschickt hatte, und ihn gebeten, mit nach England zu fliegen. Es ging um die Entwicklung eines Filmstoffes, den er ihm jedoch erst unterwegs verraten wollte. Karl hatte eine Londoner Produktionsfirma für sein Vorhaben interessieren können, und jetzt sollten die ersten Gespräche für eine eventuelle Kooperation stattfinden.

Eigentlich hielt Tom absolut nichts von derartiger Geheimniskrämerei, vor allem nicht, weil er nicht gerne unvorbereitet in ein Meeting ging. Doch in diesem Fall war es ihm egal, und das spontane Angebot kam ihm sehr gelegen. Auch wenn er nicht glaubte, dass am Ende etwas dabei herauskommen würde. Wie bei den meisten solcher Projekte bisher für ihn nichts herausgekommen war, außer jeder Menge Arbeit bei meist schlechter Bezahlung. Er konnte wirklich froh über seinen Job bei der Serie sein, der ihm ein regelmäßiges Einkommen sicherte.

In diesem Fall bezahlte Karl die Flüge und das Hotel, wie es sich für einen Produzenten gehörte, was aber leider nicht immer selbstverständlich war. Also hatte Tom wenigstens keine Unkosten. Doch vor allem war er froh, dass er dadurch ein wenig abgelenkt wurde.

Die Nacht mit Melanie und Jonas hatte ihn ziemlich aus der Bahn geworfen. Und obwohl es noch keine zwei Tage her war, fragte er sich manchmal, ob er das alles nicht nur geträumt hatte.

Natürlich war es für zahlreiche Leute nichts Ungewöhnliches, sich bei einem Dreier zu vergnügen oder ihre sexuellen Phantasien in Swingerclubs auszuleben. Tom hatte jedoch noch nie irgendwelche Phantasien in dieser Richtung gehabt. Sex war für ihn bisher etwas zwischen zwei Menschen gewesen und nur wirklich erfüllend, wenn er in die Frau verliebt war, mit der er schlief. Und genau deswegen fühlte er sich auch so zerrissen. Mit Melanie hatte es sich so unglaublich gut angefühlt, und das, obwohl sie nicht alleine im Bett gewesen waren. Er hatte sich in sie verliebt, das war für ihn keine Frage. Doch sie war mit einem anderen Mann zusammen.

Hatte sie ihm tatsächlich zu verstehen gegeben, dass sie ihn liebte? Inzwischen traute er seiner Erinnerung nicht mehr. Er musste sich getäuscht haben. Es wäre auch absolut verrückt, wenn sie das wirklich gesagt hätte.

Er hatte Melanie und Jonas den ganzen Abend über beobachtet, und dabei war nicht zu übersehen gewesen, dass die beiden sich sehr nahe waren. Was wollte sie dann aber von ihm? War das ein Spiel für sie? Oder nahm er das alles einfach zu ernst, weil er sich in sie verliebt hatte?

»Tom!«

Er schrak hoch. »Ja?«

»Na endlich, ich dachte schon, du reagierst gar nicht mehr«, sagte Karl und beugte sich zu ihm.

Tom war nicht aufgefallen, dass der Produzent ihn scheinbar schon mehrmals angesprochen hatte. Er musste sich jetzt unbedingt zusammenreißen und auf seine Arbeit kon-

zentrieren. Wenn er nicht bis in alle Ewigkeit nur Serienfolgen schreiben wollte, dann sollte er langsam mal anfangen, sich ernsthaft um einen Drehbuchauftrag zu bemühen, bei dem er auch einmal etwas anderes zeigen konnte als seinen Wortwitz bei Dialogen.

»*Entschuldige, Karl. Ich war eben abwesend.*«

»*Das war unübersehbar. Beansprucht Lissy dich etwa so sehr?*«*, wollte der Produzent grinsend wissen.*

Tom lächelte und schüttelte den Kopf. Scheinbar hatte Lissy es nicht lassen können, über ihre kurze Affäre zu plaudern. Sie wollte noch immer nicht wahrhaben, dass zwischen ihnen nichts mehr lief. Gestern war sie unangemeldet mit einer Flasche Sekt bei ihm vor der Tür gestanden, mit der unmissverständlichen Absicht, mit ihm ins Bett zu gehen.

»*Tut mir leid, Lissy, aber mir geht es nicht gut*«*, hatte er gesagt, und es war nicht gelogen. Da er kaum ein Auge zugemacht hatte, sah er tatsächlich so erschöpft aus, dass Lissy ihm das ohne Weiteres so abnahm. Bestimmt würde sie jedoch bald wieder einen neuen Versuch starten. Doch nachdem er mit Melli geschlafen hatte, war ihm erst bewusst geworden, wie oberflächlich der Sex mit Lissy tatsächlich war, weil von seiner Seite aus nur freundschaftliche Gefühle im Spiel waren. Die lockere Beziehung mit ihr war für eine kurze Zeit praktisch und unkompliziert gewesen, aber Lissy war nicht die richtige Frau für ihn. Und er damit nicht der richtige Mann für sie.*

»*Das mit Lissy ist schon wieder Geschichte, Karl. Aber darf ich jetzt endlich erfahren, um was es bei deinem Projekt geht?*«

Karl nickte, und seine Stimme wurde leise.

»*Genau darüber reden wir jetzt. Aber ich muss mich*

darauf verlassen können, dass du das vorerst für dich behältst.«

»*Klar. Von mir erfährt keiner was*«, *versprach Tom und meinte es auch so. Für ihn war das selbstverständlich und gehörte zu seinem Beruf wie die Schweigepflicht bei einem Arzt.*

»*Okay. Hör zu: Wir möchten die Geschichte von Berto verfilmen*«, *flüsterte Karl, und seine Augen glitzerten aufgeregt.*

»*Berto?*« *Tom sah ihn fragend an. Wer war Berto? Ein Fußballer? Tom war nicht sonderlich bewandert in der Welt der Kicker.*

Karl grinste vergnügt. »*Natürlich kennst du Berto nicht. So wie die wenigsten Leute diesen Namen kennen. Dabei war Berto ein ganz außergewöhnlicher Mann, ein Deutscher, der eigentlich Bertram Orwitz hieß. Berto war sein Spitzname. Während der Luftangriffe auf England stürzte er mit seinem Flugzeug ab und überlebte wie durch ein Wunder ohne nennenswerte Verletzungen. Eine ältere Engländerin mit österreichischen Vorfahren nahm ihn auf und versteckte ihn in ihrem Keller.*«

Tom war enttäuscht, als er das hörte. Schon wieder ein Kriegsthema. Und außerdem eine Geschichte, die es so oder so ähnlich schon oft gegeben hatte. Daraus hätte Karl nun wirklich kein Geheimnis machen müssen.

»*Okay*«, *sagte er und verkniff sich einen Kommentar.*

Karl lachte vergnügt auf und schlug Tom mit der flachen Hand auf den Oberschenkel. »*Jetzt denkst du dir, was will der olle Karl mit dieser Story, die man schon tausendmal gehört und gesehen hat. Nicht wahr?*«

Tom zuckte mit den Schultern und grinste dann. »*Stimmt!*«

»Natürlich ist das nicht die ganze Geschichte. Das Beste kommt erst. Ein anderer Mann hatte sich dort ebenfalls im Keller versteckt.« Seine Stimme wurde noch leiser, obwohl in der Reihe vor ihnen eine indische Familie saß, die bestimmt kein Deutsch verstand, und der Platz neben Karl frei war.

»Und zwar der Neffe der alten Frau. Und der hieß...«, Karl machte eine bedeutsame Pause, »...John Brixen.«

Tom horchte auf. »John Brixen? Der Maler?«

Karl nickte lächelnd. »Genau der. Der schmächtige junge Mann hatte seine Eltern verloren und eine Heidenangst vor dem Kriegsdienst. Er wollte nicht eingezogen werden. Berto und John waren sich anfangs natürlich nicht ganz grün, freundeten sich jedoch im Laufe der Zeit an. Berto war ein wundervoller Maler, und John war begeistert von seinen Bildern.«

»Berto war ein Maler?« In Toms Nacken begann es zu kribbeln. Die Geschichte schien viel interessanter zu sein, als er anfangs gedacht hatte.

»Ja. Berto. Und jetzt kommt's: Als die Engländer das Haus der alten Frau nach ihrem Neffen durchsuchten, drängte Berto darauf, dass John sich versteckte. Und Berto gab sich aus Freundschaft zu John und aus Dankbarkeit, dass seine Tante ihn gerettet hatte, als ihr Neffe aus. Die englische Sprache beherrschte er inzwischen fließend. Er wurde anstelle von John in den Kriegsdienst eingezogen. Was keiner bemerkte.«

Tom hörte Karl gespannt zu.

»Der schwächliche echte John Brixen starb an einer Lungenentzündung, noch bevor der Krieg vorbei war.«

»Gehe ich recht in der Annahme, dass Berto nach dem Krieg nicht zurück nach Deutschland ging und klarstellte, *dass er nicht Brixen war?«,* fragte Tom mit funkelnden Augen.

»Ssst... nicht so laut«, mahnte Karl leise, schaute sich nervös um und fuhr dann fort. »Ganz genau! Berto hatte sich in eine Engländerin verliebt. Seine spätere Frau Annie. Außerdem hatte er Angst davor, in Deutschland Schwierigkeiten zu bekommen, weil er für die Engländer gekämpft hatte. Auf jeden Fall kam er zurück in das Haus der alten Frau, holte seine Bilder und ging damit nach London, wo ihn niemand kannte.«

»Und dort wurde er im Laufe der Jahre berühmt...«

John Brixens expressionistische Interpretationen von Tierköpfen in Gemüsefeldern und an Sträuchern hatten Tom schon immer fasziniert. »Und wie kommt es, dass man noch nie was davon gehört hat? Das wäre doch ein Paukenschlag für die Kunstwelt gewesen.«

Karl grinste. »Das wird es auch noch werden. Und zwar sehr bald. Umso wichtiger ist es, dass wir das jetzt so schnell wie möglich in trockene Tücher bekommen.«

»Wie bist du nur zu dieser Geschichte gekommen?« Tom konnte es nicht fassen, dass ausgerechnet Karl an solche Infos gekommen war. Er hatte zwar schon drei Kinofilme produziert, aber von den ganz Großen in der Branche war er doch weit entfernt.

»Ich konnte es selbst kaum glauben. Aber Berto hatte all die Jahre bis zu seinem Tod in den Siebzigern Kontakt zu seiner jüngeren Schwester in Augsburg. Und die hatte einen Enkelsohn, der mit meiner Tochter in München studiert. Als seine Großmutter vor Kurzem starb, fanden sie in ihrem Nachlass die Briefe.«

»Und damit kam er zu dir?« Tom fragte sich, ob diese Geschichte tatsächlich stimmen konnte. Sie hörte sich fast *etwas zu abenteuerlich an. Solche Zufälle gab es doch nicht wirklich. Oder?*

»*Der Junge ist schwer verliebt in meine Tochter. Ich glaube, er wollte sie damit beeindrucken. Sie hat es mir natürlich gleich erzählt. Und ich habe auf der Grundlage dieser Briefe mit der Familie einen Optionsvertrag auf die Verfilmungsrechte geschlossen.*«

»*Das ist nicht dein Ernst, oder?*«

»*Mein völliger Ernst. Und in den nächsten Tagen wirst du die Geschichte überall in den Zeitungen lesen. Tom, an so einen Stoff kommt man nicht zweimal im Leben. Da ist alles drin: Krieg, Abenteuer, Freundschaft, Geheimnisse, Kunst und eine große Liebe. Wir beide haben schon oft darüber gesprochen, gemeinsam etwas auf die Beine zu stellen, denn ich schätze dich sehr. Deswegen möchte ich dich mit dabeihaben.*« *Karl strahlte ihn an.*

Tom war beeindruckt. Sollte die Sache wirklich stimmen und er das Drehbuch schreiben dürfen, wäre das für ihn ein unglaubliches Karrieresprungbrett.

Zum ersten Mal seit Tagen dachte er einen Moment nicht an Melanie und Jonas.

Erst kurz vor dem Landeanflug auf London sah er plötzlich wieder Melanies ungewöhnliche Augen vor sich, die ihn anschauten, während Jonas mit ihr schlief. Sein Magen zog sich zusammen, und Schauer jagten durch seinen Körper, die gleichzeitig lustvoll und doch auch quälend waren.

Er wollte sie wiedersehen. Nein, er musste sie wiedersehen! Und zwar ohne Jonas.

33

Während sie die Wohnung putzte, überlegte Melanie hin und her, ob sie Jonas heute zum Casting begleiten sollte oder nicht.

Tom hatte sich seit der kurzen Nachricht nicht mehr bei ihr gemeldet, jedoch eine Email an Jonas geschickt.

Einerseits wusste Melanie, dass es für ihr Seelenheil besser wäre, nicht mitzugehen und Tom nie mehr zu sehen. Andererseits war ihr schlechtes Gewissen in den letzten beiden Tagen von einem anderen Gedanken verdrängt worden, den sie nicht mehr aus dem Kopf bekam.

Stand Jonas auf Tom, und wollte er deswegen unbedingt zu diesem Casting, um ihn wiederzusehen?

Obwohl ihr im Bett zwischen den beiden nichts aufgefallen war, das darauf hingedeutet hätte, verunsicherte sie sein Verhalten danach. Er hatte über Tom gesprochen, als ob sie schon seit Jahren befreundet wären, und sich dann auch noch stundenlang verschiedene Folgen von »Klinik im Walde« auf DVD angeschaut.

»Ich dachte, du magst solche Kitschserien nicht«, hatte sie verwundert gesagt.

»Ich kann doch nicht völlig unvorbereitet zum Casting gehen. Außerdem ist das gar nicht soo kitschig«, hatte er erwidert und dabei etwas verlegen gewirkt.

Nach seinem Geständnis vor ein paar Wochen wusste sie, dass Jonas einem sexuellen Kontakt mit einem Mann nicht abgeneigt war. Sie war jedoch in der letzten Zeit so sehr in ihrer eigenen Gefühlswelt gefangen gewesen, dass sie zunächst gar nicht auf den Gedanken gekommen war, dass Jonas Tom vielleicht ganz bewusst mit nach Hause genommen hatte. Oder bildete sie sich das alles nur ein, um sich von ihren eigenen Gefühlen für Tom abzulenken?

Melanie seufzte und schrubbte mit dem Schwamm kräftig über die Armaturen am Waschbecken.

Vielleicht war sie auch nur ärgerlich, weil Tom sich noch nicht bei ihr persönlich gemeldet hatte.

Sie fühlte sich tatsächlich ziemlich gereizt, und dieses Warten auf etwas, von dem sie nicht wusste, was genau es war, belastete sie zusätzlich.

»Wäre ich ihm doch nie begegnet!«, sagte sie laut und goss noch eine Ladung Scheuermilch ins Becken.

Eine Stunde später war die Wohnung blitzblank geputzt, und Melanie wartete auf Jonas, der noch immer nicht zurück war.

Melanie hasste es, am Wochenende einkaufen zu gehen, deshalb hatten sie sich die Arbeit samstags aufgeteilt. Sie putzte die Wohnung, und Jonas brachte den gesammelten wiederverwertbaren Abfall zum Recyclinghof und übernahm den Großeinkauf.

Inzwischen hatte sie beschlossen, am Nachmittag nicht mit zum Casting zu gehen. Sie würde sich einen gemütlichen Tag auf dem Sofa machen und den neuen Roman von Charlotte Link lesen. Bei dem trüben Regenwetter war das genau das Richtige, und gleichzeitig würde es sie von Tom und Jonas ablenken.

Ihr Handy klingelte. Eine unbekannte Handynummer. Tom? Mit einem Flattern im Magen ging sie ran.

»*Ja, hallo?*«

»*Hallo, Mel!*«, *rief eine fröhliche Stimme, die sie sofort erkannte.*

»*Sabine!*« *Melanie freute sich riesig über den überraschenden Anruf ihrer besten Freundin.*

»*Rate mal, wo ich bin?*«

Melanie lachte. »*In Rio? Am Amazonas? In den Rocky Mountains?*«

Melanie und Sabine kannten sich schon seit der Realschule. Obwohl sie nicht in dieselbe Klasse gegangen waren, hatten sie sich auf dem Pausenhof angefreundet. Sabine war immer schon ein wildes Huhn gewesen mit einem gewinnenden, frechen Humor. Vor zwei Jahren war ihr das Lachen jedoch vergangen, als sie in der Nacht von zwei maskierten Männern auf dem Weg von der U-Bahn nach Hause überfallen und vergewaltigt worden war.

Wochenlang hatte sie kaum ein Wort gesprochen. Melanie war, so oft es ging, bei Sabine gewesen, um ihr beizustehen und sie aufzumuntern. Doch erst als man die beiden Männer Monate später geschnappt und zu langen Gefängnisstrafen verurteilt hatte, kam Sabine langsam wieder aus ihrem Schneckenhaus hervor. Drei Wochen nach der Urteilsverkündung überraschte Sabine ihre Freundin damit, dass sie ihren Job als Kindergärtnerin gekündigt und ihre Wohnung untervermietet hatte. Ihr Sparkonto ebenso wie eine Lebensversicherung hatte sie aufgelöst, um mit dem Geld durch die Welt zu reisen.

»*Ich muss aus München weg*«, *hatte sie Melanie erklärt, die sie überreden wollte zu bleiben.* »*Ich will nicht mehr ständig daran denken müssen, was sie mir angetan haben. Aber hier entkomme ich diesen Gedanken einfach nicht. Ich kann nicht zulassen, dass die beiden auch noch meine*

Zukunft kaputtgemacht haben. Deswegen muss ich mein Leben radikal ändern.«

Melanie konnte ihre Freundin verstehen, auch wenn sie Sabine schrecklich vermissen würde. »Was soll ich denn nur ohne dich machen?«

»Mel. Bitte mach es mir nicht so schwer«, bat Sabine, die selbst etwas Angst vor der eigenen Courage hatte, »ich komme bestimmt zurück. Aber erst dann, wenn ich dafür bereit bin.«

Die Freundinnen hatten sich minutenlang fest umarmt, bevor sie sich verabschiedeten und Sabine mit einem großen Rucksack auf den Schultern das Flughafengebäude betrat. Melanie bewunderte sie unendlich für ihre Kraft und ihren Mut, sich alleine auf einen neuen Weg zu machen.

Seither waren immer wieder Karten oder Emailnachrichten aus aller Welt gekommen. Und ganz selten auch kurze Anrufe. Sabine schien es von Monat zu Monat besser zu gehen. Doch sie wollte noch nicht zurückkommen. Wenn ihr Geld knapp wurde, nahm sie Jobs als Bedienung oder als Kindermädchen an, bevor sie ins nächste Land reiste. Das letzte Lebenszeichen war aus Neuseeland gekommen, wo Sabine an einer Wandertour durch den Tongariro-Nationalpark teilgenommen hatte.

»Völlig daneben! Ich bin in Berlin!«

»Was? Du bist in Deutschland?«, fragte Melanie verblüfft. Damit hätte sie am wenigsten gerechnet.

»Ja. Fabian und ich besuchen seine Familie hier.«

»Fabian?«

»Mein Freund. Stell dir vor, wir haben uns im Wartezimmer in einer Arztpraxis in Ohakune kennengelernt.«

Melanie hatte noch nie etwas von einem Ort namens Ohakune gehört. »Ist dir was passiert?«

»Nur ein angeknackster Knöchel. Aber das erzähle ich dir alles genau nächste Woche.«

»Du kommst hierher?«

»Ja. Für zwei Tage.«

Nur für zwei Tage? Melanie ahnte, was das zu bedeuten hatte.

»Du kommst nicht ganz zurück?«

»Ich bin wieder da!«, rief Jonas ihr vom Flur zu, aber Melanie war ganz auf das Gespräch mit Sabine konzentriert.

»Nein, Mel. Fabian und ich sind dabei, uns in Berlin eine Wohnung zu suchen.«

»Wenigstens bleibst du in Deutschland«, sagte Melanie und versuchte, sich ihre Enttäuschung nicht anmerken zu lassen. Wie schön wäre es gewesen, ihre beste Freundin wieder in der Nähe zu haben.

»Wir werden uns wieder öfter sehen, Mel. Aber jetzt muss ich los. Wir besichtigen gleich eine Wohnung. Drück mir die Daumen, dass es klappt. Ich melde mich bei dir, wenn ich weiß, wann ich in München ankomme.«

»Ja. Mach das! Bis bald, Sabine. Und ich freu mich total!« Sie legte auf.

»War das die Sabine?«, fragte Jonas neugierig. Er kam mit einem Teller ins Wohnzimmer, auf dem zwei Krapfen lagen, gefüllt mit Vanillepudding und mit einer dicken Schicht Puderzucker überzogen.

Melanie nickte und lächelte glücklich. Auch wenn Sabine nicht in München bleiben würde, war sie doch wieder im Lande. *»Ja. Sie kommt nächste Woche her.«*

»Das freut mich. Wie geht es ihr denn?«

Jonas setzte sich neben Melanie aufs Sofa und nahm sich einen Krapfen.

»*Gut. Sie hat einen Freund und wird mit ihm nach Berlin ziehen.*«

»*Super. Hier. Für dich.*« *Er reichte ihr den Teller.*

»*Oh danke!*« *Beim Anblick des süßen Gebäcks lief ihr das Wasser im Mund zusammen. Erst jetzt bemerkte sie, dass ihr Magen knurrte. Sie hatte außer einer Tasse Kaffee und einem Apfel heute noch nichts gegessen. Überhaupt aß sie in den letzten Tagen sehr wenig. Doch jetzt, nach dem Anruf ihrer Freundin, hatte sie sogar richtig Appetit.*

»*Wo warst du denn so lange?*«, *fragte sie und biss herzhaft in den Krapfen.*

»*Ich habe mir für das Casting gleich noch was zum Anziehen gekauft*«, *antwortete Jonas und schleckte sich mit der Zunge Puderzucker von den Lippen.*

Ohne dass es einen Grund gab, ärgerte Melanie sich darüber.

»*Du machst ein ganz schönes Tamtam deswegen!*«, *sagte sie schärfer, als sie eigentlich wollte.*

»*Ist irgendwas?*«

»*Nein. Was soll denn sein?*«

»*Du wirkst so gereizt.*«

Sie verschlang den Rest des Krapfens und stand auf.

»*Ich bin gar nicht gereizt. Ich habe nur schon ewig auf dich gewartet.*«

Jonas grinste plötzlich. »*Ich glaub, ich weiß, was los ist.*«

»*Ach ja?*«

»*Du kriegst bald deine Tage.*«

Genau! Immer wenn eine Frau mal nicht so gut drauf war, dann musste der weibliche Zyklus als Grund dafür herhalten, dachte Melanie ärgerlich. Das Dumme war nur, Jonas hatte recht! Verdammt. Er kannte ihren monatlichen Rhythmus besser als sie selbst.

»Ach, übrigens. Ich komme mit zum Casting!«, teilte sie ihm mit und gestand sich ein, dass sie das ohnehin die ganze Zeit vorgehabt hatte – sie hätte ja doch nicht in Ruhe lesen können.

34

Im Aufenthaltsraum der Produktionsfirma in Grünwald saßen neben Jonas und Melanie zahlreiche Männer und Frauen unterschiedlichen Alters. Scheinbar wurden an diesem Tag gleich mehrere Rollen für die Serie gecastet. Jonas trug die neue Jeans und das hellgrüne T-Shirt, die er sich am Vormittag gekauft hatte.

»Das zieht sich ganz schön hin«, sagte Melanie und seufzte gelangweilt.

»Stimmt.« Jonas nickte.

Sie warteten jetzt schon seit über zwei Stunden. Inzwischen fragte sich Jonas, ob es wirklich so eine gute Idee war, zu diesem Casting gegangen zu sein. Außerdem war er enttäuscht, dass Tom nicht hier war. Er hatte fest damit gerechnet, ihn heute wiederzusehen.

Die Tür öffnete sich, und eine junge Produktionsassistentin mit einer riesigen braunen Nerd-Brille und einem Klemmbrett in der Hand kam geschäftig herein.

»Frank Bauerlich?«

»Hier!«, antwortete ein blonder Mann mit athletischer Figur und stand rasch auf.

»Kommen Sie bitte mit!«

»Der ist bestimmt auch wegen der Sportlehrerrolle hier«, flüsterte Melanie. »Aber du schaust viel besser aus.«

Jonas lächelte. »Danke. Aber das hat gar nichts zu sagen. Es kommt darauf an, ob man telegen ist.«

»Das bist du bestimmt. Das sieht man doch auf den ganzen Handyvideos, die wir haben.«

»Jetzt warten wir mal ab. Und wenn ich die Rolle nicht bekomme, ist es auch egal.« Und wahrscheinlich ist dir das sowieso lieber, setzte er im Stillen hinzu. Natürlich war ihm aufgefallen, dass Melanie nicht sonderlich begeistert darüber war, dass er hier mitmachte. Überhaupt war sie seit *»dem Morgen danach«* etwas distanziert. Sie hatten seit dieser Nacht auch keinen Sex mehr gehabt. Jonas wusste nicht, wie er das alles einordnen sollte, hoffte aber darauf, dass sich alles wieder von selbst einrenken würde.

»Willst du lieber heimfahren? Du kannst das Auto haben, und ich nehme später die Trambahn«, schlug er vor.

Melanie schüttelte den Kopf. *»Ach was. Jetzt bin ich schon mal hier.«*

»Schön. Und wenn du magst, lade ich dich danach zum Italiener ein. Hast du Lust?«

Sie zögerte kurz mit einer Antwort, dann lächelte sie ihn so liebevoll an, wie schon seit Tagen nicht mehr. *»Gute Idee.«* Unvermittelt beugte sie sich zu ihm und gab ihm einen Kuss auf die Wange. *»Tut mir leid, wenn ich die letzten Tage etwas... seltsam war«*, flüsterte sie ihm ins Ohr.

Er schaute sie überrascht an und grinste dann schelmisch.

»Seltsam? Ist mir gar nicht aufgefallen.«

Sie knuffte ihn in die Seite.

»Jonas Winter!«

Die Produktionsassistentin war zurückgekommen.

Jonas stand auf. *»Ja!«*

»Viel Glück!« Melanie lächelte ihm aufmunternd zu, und es war das erste Mal seit ihrer gemeinsamen Nacht mit Tom, dass es wirklich von Herzen zu kommen schien.

Melanies Entschuldigung freute ihn und mit einem Mal spürte er, wie eine Anspannung von ihm abfiel, die er gar nicht so deutlich wahrgenommen hatte.

»Danke.«

Jonas folgte der jungen Frau durch einen längeren Gang in ein kleines Aufnahmestudio, das ausgestattet war wie ein in der Mitte aufgeschnittenes Krankenzimmer und in dem einige Leute standen und sich unterhielten.

Plötzlich wurde er doch ein wenig nervös und fragte sich, was er hier eigentlich tat.

»Hallo zusammen«, *grüßte er, und sie nickten ihm zu.*

Ein junger Mann kam und schüttelte seine Hand.

»Helge«, *stellte er sich vor.* »Und du bist Jonas, der Bekannte von Tom, nicht wahr? Er hat dich schon angekündigt.«

»Ja. Der bin ich.« *Jonas fragte sich wieder, warum Tom nicht hier war. Denn eigentlich war er ja nur seinetwegen hier.*

»Deine Fotos haben wir angeschaut. Die sind schon mal gut. Jetzt wirst du erst noch geschminkt, und dabei erklärt dir Sasha, was du zu spielen hast. Okay?«

»Alles verstanden«, *sagte Jonas lächelnd und wurde dann von einem älteren Mann mit tiefen Augenringen abgeholt, der so verlebt ausschaute, als ob er seit Jahrzehnten mit den Rolling Stones durchgefeiert hätte.*

»Setz dich hierher«, *sagte Sasha kurz angebunden. Er deutete auf einen Stuhl. Dann legte er Jonas ein Handtuch um den Hals und begann, Make-up und Puder aufzutragen.*

Währenddessen erklärte er ihm, was er gleich zu tun hatte. Jonas konnte sich nicht vorstellen, dass es sonderlich schwer sein sollte, in einem Krankenbett zu liegen und den

Satz: »Schwester, bitte, ich brauch noch mal was gegen die Schmerzen« zu sagen.

Eine halbe Stunde später revidierte er seine Meinung.

Obwohl es nur ein Casting war, war die Regisseurin penibel darauf bedacht, dass alles passte. Er musste in der richtigen Position liegen bleiben, damit das Licht stimmte und er keinen Schatten warf. Jonas begann, im Krankenbett zu schwitzen. Und als er sich zum dritten Mal hintereinander bei seinem Satz verhaspelte, wäre er am liebsten aufgestanden und geflüchtet.

»Tut mir leid«, sagte er und war inzwischen überzeugt davon, die Rolle nicht zu bekommen.

Mathilde Sinn, die Regisseurin, war eine kleine drahtige Frau um die fünfzig. Sie ging zu ihm und schaute ihn eindringlich an.

»Hatten Sie schon mal einen Unfall?«

Jonas nickte. »Ja. Beim Skifahren. Mein Sprunggelenk war gebrochen.«

»Gut. Erinnern Sie sich daran. Sie haben Schmerzen. Starke Schmerzen. Ich möchte diese Schmerzen in Ihrem Gesicht sehen, okay?«

»Okay«, antwortete Jonas.

»Und Ruhe! Action!«, rief Mathilde Sinn.

Jonas wollte es diesmal richtig machen und versuchte, sich in die Situation zu versetzen, als die Bergwacht ihn damals auf einer Trage nach unten gebracht hatte.

»Schwester. Bitte!«, rief er stöhnend. »Ich halte das nicht mehr aus. Bitte geben Sie mir etwas gegen die Schmerzen!« Jonas bemerkte gar nicht, dass er den Text wieder nicht richtig sagte.

Doch die Regisseurin war scheinbar zufrieden und nickte ihm zu. »Danke! Das war's.«

Sie ging mit Helge und dem Kameramann zu einem Monitor und schaute sich die Aufnahme an.

Jonas wusste nicht, ob er schon aufstehen durfte. Unsicher schaute er in Richtung der Filmcrew, die sich leise unterhielt.

Dann kam Helge zu ihm. »Wir sind sehr zufrieden. Du bist auf jeden Fall in der engeren Auswahl. Wir haben jetzt noch einen Bewerber für die Rolle. Mathilde will sich gleich nach den Aufnahmen heute entscheiden. Du kannst also hier warten.«

Jonas war überrascht. Nach seinen Patzern hätte er damit gerechnet, gleich nach Hause geschickt zu werden.

35

Tom hatte lange überlegt, ob er ins Studio fahren sollte. Dabei war er es gewesen, der die Sache überhaupt ins Rollen gebracht hatte. Und es drängte ihn auch sehr, Melli wiederzusehen – falls sie Jonas begleiten würde –, aber er wusste nicht, ob er gefühlsmäßig in der Lage war, ihr heute zu begegnen.

Denn Tom war sauer. Richtig sauer und enttäuscht. Das Gespräch in London war für ihn ein einziges Fiasko gewesen. Der britische Produzent, der den größten Anteil des Filmes finanzieren würde, hatte nicht vor, das Drehbuch von einem weitgehend unbekannten Autor aus Deutschland schreiben zu lassen. Karl hatte halbherzig versucht, Jonas wenigstens als Co-Autor zu behalten, aber auch dieser Vorschlag wurde abgeschmettert. Obwohl Karl die Optionsrechte hatte, war es ihm natürlich wichtiger, eine zuverlässige Finanzierung gesichert zu sehen, als sich bei der Frage durchzusetzen, wer das Drehbuch letzten Endes schreiben würde. Er wollte einen Partner, der schon mehrere international erfolgreiche Blockbuster auf den Weg gebracht hatte. Und so wurden noch in Toms Gegenwart Telefongespräche mit in Frage kommenden Autoren geführt. Irgendwann war er aufgestanden und einfach gegangen, ohne dass man ihm groß Beachtung geschenkt hätte. Nur Karl hatte ihm mit entschuldigendem Schulterzucken hinterhergeschaut und zumindest ein bedauerndes Gesicht gemacht.

Einerseits konnte Tom Karl nicht verübeln, dass er das Filmprojekt nicht gefährden wollte, trotzdem ärgerte er sich maßlos. Er hätte wirklich große Lust gehabt, dieses Drehbuch zu schreiben. Und er hätte es sich auch zugetraut.

Heute war die Nachricht über den Fall Berto in allen Zeitungen gestanden und hatte natürlich hohe Wellen geschlagen. Er hatte die Zeitung wütend in die Papiertonne gestopft.

Vielleicht war dieses Erlebnis ja auch ein Zeichen für ihn, dass er endlich mal in die Gänge kommen musste, um seine eigenen Projekte neben der Serienarbeit zu verwirklichen. Er hatte, wie er fand, einige gute Stoffe in der Schublade, von denen er die meisten noch niemandem gezeigt hatte. Am besten wäre es, sich um einen Agenten zu bemühen, der sich darum kümmern sollte, die Stoffe anzubieten.

Tom startete seinen Rechner und schaute sich die Seiten einiger Drehbuchagenturen an. Doch so richtig konzentrieren konnte er sich nicht. Er warf einen Blick auf die Uhr. Fast halb fünf. Ob das Casting schon vorbei war?

Plötzlich hielt er es nicht mehr zu Hause aus. Er stand auf, nahm seine Autoschlüssel und machte sich auf den Weg nach Grünwald. Das Berto-Projekt war für ihn gelaufen, und sich darüber zu ärgern, half ihm auch nicht weiter. Wenigstens hatte er noch keine Arbeit investiert.

Aber jetzt wollte er Melli sehen!

Eine Viertelstunde später stieg er aus seinem Wagen, ging über den Parkplatz und betrat gleich darauf das Produktionsgebäude.

»Hi, Sepp!«, grüßte er den Mann an der Pforte.

»Grüß dich, Tom. Willst du etwa auch zum Casting?« Er lachte.

»Nur als Zaungast. Oder ist es schon vorbei?«

»*Sind schon noch welche drin*«, antwortete der ältere Mann mit einem Spitzbart und biss dann in eine Breze.

Tom machte sich mit klopfendem Herzen auf den Weg zum Warteraum. Ob sie da war? Er öffnete die Tür, und sein Blick fiel sofort auf Melanie. Sie saß mit einer Zeitschrift auf dem Schoß in einem roten Sessel und hob erwartungsvoll den Kopf. Ihm entging nicht, dass sie leicht zusammenzuckte, als sie ihn erkannte.

In seinem Magen flatterten plötzlich Tausende Schmetterlinge. Jetzt, wo er hier war, wusste er nicht, was er zu ihr sagen sollte.

»*Hallo, Tom*«, grüßte sie ihn, und ihr Gesicht hatte einen zarten Rosaton angenommen.

»*Hallo, Melanie.*«

»*Jonas ist gerade drin*«, erklärte sie, und ihre Stimme klang atemlos.

Einige der Leute im Raum beobachteten sie neugierig, scheinbar dankbar für die Ablenkung. Tom konnte sich nicht vorstellen, hier eine Unterhaltung mit ihr zu führen.

»*Hast du Lust, einen Kaffee trinken zu gehen?*«

»*Gern.*« Sie stand auf, packte die Zeitschrift in ihre Handtasche und folgte ihm nach draußen.

Tom fühlte sich wie ein Teenager bei einem Date und fragte sich, wo das alles hinführen sollte.

Ganz in der Nähe gab es ein kleines Stehcafé. Tom hatte für beide Kaffee geholt, und nun standen sie sich gegenüber und schauten sich etwas verlegen an.

»*Ich schicke Jonas eine Nachricht, wo er mich finden kann, wenn er fertig ist*«, sagte sie und holte das Handy aus der Tasche.

»*Klar. Mach das.*«

Während sie tippte, beobachtete Tom sie. Sie wirkte etwas schmaler im Gesicht, obwohl es noch nicht mal eine Woche her war, dass sie sich gesehen hatten. Und ihre Lippen waren noch verlockender, als er sie in Erinnerung hatte. Wie gerne würde er sie jetzt küssen!

»So. Fertig!« Sie legte das Handy weg.

»Geht's dir gut?«, fragte Tom und blickte dabei in ihre Augen.

Sie nickte. »Ja… äh, Tom«, sie senkte die Stimme, »ich war ziemlich betrunken, und ich wollte nicht…«, sie sprach nicht weiter.

»Warum hast du das gesagt?«, fragte er leise.

Das Zartrosa auf ihren Wangen wechselte zu Dunkelrot, und sie spielte verlegen mit dem Kaffeelöffel. »Ich sagte ja schon… ich war betrunken.«

Das war nicht die Antwort, die er hören wollte. Er wollte eine richtige Erklärung, um zu wissen, woran er bei ihr war. Er griff nach ihrer Hand und spürte, dass sie sich entziehen wollte. Doch er hielt sie fest. »Melli. Man sagt das nicht einfach so, auch wenn man betrunken ist. Zumindest ich tu das nicht. Und ich kann mir auch nicht vorstellen, dass du das tust!«

»Tom, bitte, versteh mich doch…«

»Schau mich an, Melli.« Sie hob zögernd den Kopf. »Du empfindest doch was für mich, oder?«

36

Was sollte Melanie ihm nur darauf antworten? Sie wusste ja selbst nicht so genau, wie sie ihre Empfindungen ihm gegenüber beschreiben sollte.

Als es vorhin so aussah, als ob Tom gar nicht kommen würde, war sie zunächst enttäuscht, dann jedoch erleichtert gewesen. Vor allem als sie bemerkte, wie einige der Frauen Jonas immer wieder neugierige Blicke zuwarfen. Da war ihr bewusst geworden, was für einen tollen Freund sie doch eigentlich hatte. Jonas sah nicht nur gut aus, er liebte sie. Und sie ihn.

Als Tom dann aber doch aufgetaucht war, spielte alles in ihr verrückt. Sie hatte das Gefühl, nicht mehr klar denken zu können, und war gleichzeitig von der Sehnsucht erfüllt, in seinen Armen zu liegen und ihn zärtlich zu streicheln und zu küssen.

Irgendwie musste auch hier Liebe im Spiel sein, wenn auch auf eine etwas andere Weise, als sie Jonas gegenüber empfand. Aber konnte man denn zwei Männer überhaupt gleichzeitig lieben? Vielleicht verwechselte sie ja einfach nur Begehren mit Liebe? Auch jetzt zog Tom sie wieder magisch in seinen Bann. Doch das alles durfte sie ihm nicht sagen, damit er sich keine Hoffnungen machte.

»Vielleicht habe ich mich ein wenig hinreißen lassen. Diese Situation war etwas völlig Neues für mich, und ich ... ich mag dich gerne.«

Er schaute sie stirnrunzelnd an. »Du magst mich gerne?«, *fragte er und ließ ihre Hand los.*

»Ja. Und es war schön. Sehr schön.« *Sie flüsterte die letzten Worte.*

»Für mich war es nicht nur schön, ich habe mich in dich verliebt, Melanie.«

Oh Gott! Einerseits hatte sie sich genau das erhofft, andererseits hatte sie sich davor gefürchtet. Was sollte sie denn jetzt nur machen?

»Tom, ich… ich kann nicht. Ich… ich bin doch mit Jonas zusammen, und ich liebe ihn«, *sagte sie eindringlich.*

»Ja. Das habe ich gesehen. Aber was bin ich für dich, Melli? Da ist doch was zwischen uns.«

Glücklicherweise konnte sie sich einer Antwort entziehen, weil Jonas in diesem Augenblick das Café betrat.

»Hallo, ihr zwei!«, *begrüßte er sie lächelnd. Er schlug Tom freundschaftlich auf die Schulter und gab Melanie einen Kuss auf die Wange.*

»Hi, Jonas, wie lief das Casting?«, *fragte Tom, und Melanie bemerkte, dass er Jonas nicht in die Augen sehen konnte.*

»Ich fürchte, ich habe mich ziemlich blöd angestellt.«

»Also hast du die Rolle nicht bekommen?«, *fragte Melanie und war erleichtert darüber. Nicht deswegen, weil sie ihm das nicht gegönnt hätte. Aber sie wusste nicht, ob dadurch die Verstrickung zu Tom nicht noch unüberschaubarer würde, als sie es ohnehin schon war. Außerdem war es für sie immer noch ein Rätsel, ob Jonas auf Tom stand.*

»Doch.« *Jonas grinste.* »Die Regisseurin fand meinen Ausdruck sehr stark.«

»Gratuliere!«, *sagte Tom.*

»Willst du jetzt eine Karriere als großer Schauspieler

starten?«, fragte Melanie und bemühte sich, dabei irgendwie witzig zu klingen.

»Klar. Ich arbeite auf einen Oscar hin.« Jonas grinste und schien überhaupt sehr gut gelaunt zu sein.

»Das klappt bestimmt«, meinte Tom und nahm einen Schluck Kaffee.

»Ich werde dich auf jeden Fall in meine Dankesrede einschließen, Tom«, flachste Jonas. »Aber im Ernst jetzt. Ich glaube, die Schauspielerei wäre auf Dauer nichts für mich. Dafür bin ich viel zu ungeduldig. Und außerdem sollte man wohl besser Unterricht gehabt haben, um es richtig gut zu machen.«

Melanie wusste, wie ehrgeizig Jonas war. Wenn er etwas machte, dann wollte er besser sein als die anderen. Nicht um die anderen in einem schlechten Licht dastehen zu lassen, sondern weil er seine Ansprüche an sich selbst so hochschraubte.

»Soll ich dir einen Kaffee holen?«, fragte Melanie. Sie musste unbedingt ein paar Minuten allein sein, um sich zu sammeln. Irgendwie war ihr etwas schwindelig.

»Oh nein. Ich hatte gerade welchen. Danke.«

Dann musste eben die andere Variante herhalten, um ein wenig Abstand zu bekommen. »Okay. Entschuldigt mich. Ich muss mal kurz...«, sagte sie und verschwand in Richtung der Toiletten.

In dem engen Waschraum atmete sie erst ein paarmal tief durch und ließ dann kaltes Wasser über ihre Unterarme laufen. Sofort fühlte sie sich etwas besser. Doch als sie in den Spiegel schaute, wirkte ihr Gesicht blass, und ihre Augen glänzten unnatürlich.

In was für eine Situation hatte sie sich da nur manövriert? Noch vor wenigen Wochen war sie einfach nur glück-

lich mit Jonas gewesen. Sie hatte davon geträumt, mit ihm eine kleine Familie zu gründen, und sich vorgestellt, wie sie miteinander alt wurden. Sie wollte das immer noch, und doch hatte sie jetzt Zweifel. Tom beherrschte einen so großen Teil ihrer Gedanken, dass sie permanent ein schlechtes Gewissen hatte. Gleichzeitig rätselte sie darüber, was in Jonas vorging.

Am vernünftigsten wäre es gewesen, Tom aus ihrem Leben zu streichen. Aber das konnte sie sich genauso wenig vorstellen wie Jonas zu verlieren.

»Wenn es dem Esel zu wohl wird, geht er aufs Eis«, hörte sie in Gedanken ihre Mutter das alte Sprichwort sagen. War es so? War ihr Leben mit Jonas so perfekt gewesen, dass sie jetzt das Abenteuer auf brüchigem Eis suchte? Das war doch sonst so gar nicht ihre Art. Tatsächlich schien dieser Spruch aber genau die Situation zu beschreiben, in der sie sich befand.

Sie konnte es kaum mehr erwarten, dass Sabine kam. Sie brauchte unbedingt jemanden, mit dem sie über die unvorhergesehene Wendung sprechen konnte, die ihr Leben genommen hatte. Und auf den sie sich hundertprozentig verlassen konnte. Und dafür war Sabine eindeutig die Richtige.

37

Jonas spürte, dass Tom sich ihm gegenüber anders verhielt. Er war nicht mehr so locker, wie er ihn kennengelernt hatte, und sein Lächeln wirkte etwas aufgesetzt. Ob Melanie und er sich über die gemeinsame Nacht unterhalten hatten? Er wollte Tom gerne darauf ansprechen, hatte aber keine Ahnung, wie er damit beginnen sollte. Außerdem war das hier nicht der richtige Rahmen für ein solches Gespräch, auch wenn sie momentan die einzigen Gäste im Café waren und die Verkäuferin mit dem Abwasch des Geschirrs beschäftigt war.

»*Kennst du diese Regisseurin gut?*«, *fragte er deswegen, um sich auf unverfängliches Terrain zu begeben.*

»*Mathilde ist eine taffe Frau, die ganz genau weiß, was sie will. Sie arbeitet sehr gründlich und nimmt sich mehr Zeit als viele ihrer Kollegen. Das wird ihr oft angekreidet, weil sie den straffen Zeitplan manchmal nicht einhält und es deswegen zu Problemen im Timing kommt. Das kostet natürlich Geld. Man wollte sie sogar schon mal rauswerfen.*«

»*Und warum wurde sie das nicht?*«, *hakte Jonas nach.*

»*Nun ja. Ihre Folgen sind immer ein klein wenig, wie soll ich sagen ... hm, magischer – und haben meistens bessere Quoten. Es gibt sogar einen richtigen Mathilde-Sinn-Fanclub bei den Serienzuschauern. So etwas hat man bei Regisseuren eher selten. Auch die Schauspieler arbeiten gerne mit ihr, weil sie sich mehr respektiert fühlen. Du kannst wirklich stolz darauf sein, dass sie dich genommen hat.«*

Jonas fühlte sich tatsächlich etwas geschmeichelt. »Denkst du, sie wird die Folge inszenieren, in der ich mitspiele?«

»Ja. Alle, die heute gecastet werden, sind in einer ihrer Folgen dabei.«

»Super. Was mich allerdings gewundert hat, ist, dass sie sogar bei einem Casting so penibel ist. Ich meine, für zwei Sätze, die ich dann sprechen soll.«

»Normalerweise ist das auch nicht so. Aber es gibt Überlegungen, der Figur mehr Gewicht zu geben und sie auch in weitere Folgen einzubauen.«

In weitere Folgen? Jonas sah Tom überrascht an. Er wusste gar nicht, ob er das überhaupt wollte.

»Ach so?«, sagte er nur. Am besten sagte er Melanie vorerst noch nichts davon. Instinktiv ahnte er, dass sie darüber nicht sehr begeistert sein würde.

»Ja. Und deshalb freut es mich auch umso mehr, dass es geklappt hat«, sagte Tom und schaute ihn zum ersten Mal richtig an.

Jonas wusste nicht, was er darauf antworten sollte. Er wusste im Moment überhaupt nicht, was er sagen sollte. Tom machte ihn nervös. Und das verwirrte ihn sehr.

Jonas hatte sich die letzten Tage viele Gedanken über sich und seine Gefühle gemacht. Über diese Anziehungskraft, die manche Männer auf ihn ausübten. Das waren bisher nur wenige gewesen. Die meisten ließen ihn völlig kalt. Und doch spukte dieser Wunsch, Sex mit einem Mann zu haben, durch seinen Kopf. Oder sollte er besser sagen: durch seinen Unterkörper? Seit ihrem Dreier war das Verlangen danach noch viel stärker geworden.

Gleichzeitig war für ihn klar, dass er mit Melanie zu-

sammen sein wollte. Alles andere wäre eine zusätzliche Bereicherung, sozusagen das Sahnehäubchen.

Eine junge Frau in einem himmelblauen Schlauchkleid mit einer auffallend schwarz gefärbten Lockenmähne betrat das Café. Sie war sehr schlank und in den hochhackigen Stiefeln etwa genau so groß wie Tom. Sie stellte sich an den nächsten Tisch und lächelte die beiden Männer mit pinkfarbenen Lippen aufreizend an. Jonas war ihr vorhin bereits beim Casting begegnet, als er auf die Entscheidung der Regisseurin gewartet hatte.

»Hi!«, sagte sie.

»Hallo«, grüßten Tom und Jonas fast zeitgleich.

»Jetzt sehn wir uns schon wieder. Und? Hast du den Job bekommen?«, fragte sie Jonas.

»Ja. Und du?«

Sie schüttelte den Kopf und machte einen Schmollmund.

»Diesmal nicht. Nein!«

»Tut mir leid für dich«, mischte sich nun auch Tom in das Gespräch ein.

Ohne zu fragen, stellte sie sich daraufhin zu den beiden Männern an den Tisch.

»Ach. Scheiß drauf! Die Rolle war eh nur ganz klein und, wenn ich ehrlich bin, auch ziemlich uncool. Ich heiße übrigens Tina!«

»Ich bin Jonas, und das ist Tom. Er ist Drehbuchautor«, übernahm Jonas die Vorstellung.

»Oh cool!« Sie strahlte von einem zum anderen.

»Und ich bin Melanie.« Sie war plötzlich wie aus dem Nichts wieder aufgetaucht.

Jonas konnte sich ein Grinsen kaum verkneifen, als er ihren Blick sah. Sie schien absolut nicht amüsiert darüber, dass sich diese Frau während ihrer Abwesenheit zu ihnen *gesellt hatte. Auch Tina schien nicht gerade erfreut über den weiblichen Zuwachs am Tisch.*

»Sag mal, Jonas, müssen wir nicht langsam los, wenn wir noch essen gehen wollen?«, fragte Melanie und warf einen demonstrativen Blick auf die Armbanduhr.

»Wenn du möchtest.« Und bevor er es sich anders überlegen konnte, wandte er sich an Tom: »Kommst du auch mit? Wir gehen zu einem Italiener.«

Tom zögerte einen Moment. Dann schüttelte er den Kopf.

»Nein. Ich, äh ... ich habe schon was vor. Ein Treffen mit alten Schulfreunden.«

»Klar.« Jonas hatte fast mit dieser Antwort gerechnet, auch wenn er ihm den Grund für die Absage nicht abnahm.

Tina schien zu ahnen, dass niemand sie fragen würde, ob sie mitkommen wollte. »Ich hole mir einen Latte«, sagte sie leicht pikiert und stöckelte zur Theke.

»Okay. Dann gehen wir mal. Mach's gut, Tom. Und danke noch mal.«

»Schon gut. Tschüss, ihr beiden.«

Tom verabschiedete sich von Melanie mit einem Kuss auf die Wange und nickte Jonas zu.

»Ciao, Tom«, sagte Melanie und ging dann rasch in Richtung Ausgang.

Jonas beobachtete, wie Tina Tom von der Theke her zulächelte, dann folgte er Melanie nach draußen.

38

Nach dem Absturz seines Rechners am Vormittag war Tom ins Grübeln gekommen. Er musste sich unbedingt ein zuverlässiges Gerät besorgen. Da er nach dem Treffen mit seiner Mutter noch Zeit hatte, beschloss er, sich in einem Elektrofachmarkt in der Nähe zu informieren.

Als er dann jedoch vor den vielen Computern stand und der junge Verkäufer ihm die Daten der einzelnen Standrechner erklärte, verstand er mehr oder weniger nur Bahnhof. Er hatte sich noch nie dafür interessiert, aus welcher Reihe die Prozessoren kamen und mit welcher Taktfrequenz sie arbeiteten, was er mit einem Ethernet-Anschluss machen konnte oder welche Grafikkarte verbaut war. Hauptsache, auf dem Rechner liefen die Programme, die er für seine Arbeit benötigte. Und das Ganze war möglichst leicht zu bedienen. Er würde doch lieber Jonas bitten, ihm nach dem Urlaub bei der Auswahl eines passenden Rechners zu helfen.

Tom wollte sich eben beim Verkäufer für die Beratung bedanken, da fiel sein Blick auf die Netbooks im Regal. Er überlegte kurz. Vielleicht wäre es nicht verkehrt, sich ein zusätzliches mobiles Gerät anzuschaffen, das er auch unterwegs dabeihaben konnte? So einen kleinen Rechner könnte er sogar mit in den Urlaub nehmen. Tom hatte schon seit einer Weile eine Idee für ein verrücktes Roadmovie. Die Eindrücke, die er über

Land und Leute bekommen würde, könnte er damit gleich dokumentieren. Wenn er es sich recht überlegte, könnte er womöglich einen Teil der Reisekosten als Betriebsausgaben für die Recherche abrechnen. Mit diesem durchaus beflügelnden Gedanken wandte er sich wieder an den Verkäufer.

»Ich glaub, ich kauf mir so ein kleines Netbook. Aber du hast inzwischen sicher bemerkt, dass ich mich mit Computern absolut nicht auskenne«, sagte er. »Kannst du mir das bitte so erklären, wie du es einem Kind erklären würdest?«

Der junge dunkelhaarige Mann grinste. »Glaub mir, dann würdest du es auch nicht verstehen. Die Kiddies heutzutage sind ziemlich cool drauf, die würden dich in die Tasche stecken mit ihrem Wissen.«

»Okay. Und wie würdest du es einer Rentnerin erklären?«

Der Verkäufer lachte. »Na gut. Dann versuchen wir es auf diese Tour.«

Man konnte nicht wirklich sagen, dass Tom am Ende recht viel schlauer war als vorher, auch wenn der Verkäufer sein Bestes gab. Trotzdem verstand er so viel, dass er sich für ein günstiges Modell aus dem Vorjahr entscheiden konnte, das völlig für seine Zwecke reichte.

»Ich bringe das Gerät an die Kasse«, sagte der Verkäufer, der sich wirklich sehr viel Zeit für Tom genommen hatte. »Brauchst du sonst noch was?« Er füllte einen Auftragsschein aus und schrieb noch etwas auf einen kleinen Klebezettel.

Tom schüttelte den Kopf. »Nein. Das war's. Und danke für deine Geduld.« Er grinste ihm entschuldigend zu.

»Kein Problem. Es gibt Kunden, denen man gerne länger was erklärt«, antwortete der Mann und zwinkerte ihm zu. »Falls du noch Fragen dazu hast, kannst du mich auch privat anrufen.« Er reichte ihm lächelnd den Zettel, drehte sich dann weg und ging mit dem Netbook in Richtung Kasse.

Tom starrte perplex auf die Notiz. Darauf standen eine Handynummer und der Name Marcel. Und dahinter ein Smiley.

Er wusste nicht, ob er lachen oder den Kopf schütteln sollte. Es war das erste Mal in seinem Leben, dass ihn ein fremder Mann so offen anmachte. Konnte es sein, dass sich seine Ausstrahlung seit der Geschichte mit Melanie und Jonas verändert hatte? Wirke ich etwa schwul?, fragte er sich unbehaglich. Oder war es womöglich schon öfter vorgekommen, dass Männer ihn angemacht hatten und er es nur nicht bemerkt hatte? Bis er Jonas kennengelernt hatte, war er davon ausgegangen, dass alle Männer ihm nur freundschaftlich begegneten. Er hatte ja auch ziemlich lange gebraucht, bis er endlich gemerkt hatte, dass Jonas auf ihn stand. Und sogar im Umfeld der Künstlerbranche, in der Homosexualität von den meisten ganz offen gelebt wurde, war er noch nie auf so eindeutige Weise angemacht worden. Und wenn, dann hatte er es nicht als solche aufgefasst.

Er war nicht schwul. Wenn, dann würde er sich höchstens als bisexuell einordnen. Wobei er überzeugt war, dass er sich ohne diese verrückte Dreiecksgeschichte niemals von sich aus auf eine erotische Begegnung mit einem Mann eingelassen hätte. Und auch jetzt fühlte sich das Ganze für ihn immer noch etwas ungewöhnlich an, auch wenn er seit der letzten Nacht seine Scheu Jonas gegenüber verloren hatte. Er mochte Jonas, trotzdem bestand die Verbindung zu ihm nur wegen Melanie. Ohne sie wäre zwischen ihm und Jonas nichts gelaufen.

Obwohl das alles durchaus einen ganz eigenen Reiz bekommen hatte, den er nicht wegleugnen wollte. Man sollte im Leben tatsächlich niemals »nie« sagen.

39

Melanie warf einen Blick auf die Uhr am Computer. Kurz vor halb vier Uhr. Dabei hätte sie schwören mögen, dass es schon viel später sein müsste. Obwohl sie so viel um die Ohren hatte, verging die Zeit quälend langsam. Vielleicht auch deswegen, weil sie es kaum mehr erwarten konnte, dass es Abend wurde und sie nach Hause zu ihren Männern kam, um gemeinsam die letzten Urlaubsvorbereitungen zu treffen. Oder sie würde sich einfach nur in die Badewanne legen und dann ins Bett verschwinden und schlafen. Inzwischen war sie ziemlich kaputt und müde.

Sie führte eine Patientin mit einer schweren Nebenhöhlenentzündung in einen kleinen Raum und platzierte sie vor einer Infrarotlampe. Dann verschwand sie in den Aufenthaltsraum und schenkte sich rasch eine Tasse Kaffee ein. Sie nutzte die Gelegenheit, um einen Blick auf ihr Handy zu werfen. Ein verpasster Anruf von Tom und zwei neue Nachrichten. Beide ebenfalls von Tom.

Die erste Nachricht lautete: ›Bin im Supermarkt. Magst du heute Salat mit gebratenen Austernpilzen? Kuss.‹

In der zweiten Nachricht stand: ›Es gibt Salat mit gebratenen Austernpilzen und Häagen-Dazs Cookies and Cream. Bis später. LY.‹

Sie lächelte und schaute gleichzeitig gerührt zum Wasserglas auf dem Tisch, in dem die Rose steckte, die Jonas ihr gebracht hatte.

Melanie schloss für einen kurzen Moment die Augen und genoss das Glücksgefühl, das sie plötzlich so wach und munter machte, wie es kein Kaffee der Welt hinbekommen hätte. Sie wurde von zwei tollen Männern geliebt, mit denen sie gemeinsam drei Wochen lang mit dem Wohnmobil durch Europa tingeln würde. Sie hatte einen Job, der sie erfüllte, und auch wenn sie nicht gerade reich war, so verdiente sie genug, um sich ein einigermaßen schönes Leben leisten zu können. Alles war perfekt, und sie war glücklich.

Doch warum beschlich sie dann ausgerechnet jetzt ein vages Gefühl der Angst? Mit einem Schlag bekam sie eine Gänsehaut. *Es läuft zu gut!*, verkündete eine innere Stimme. *Viel zu gut!*

Sie erschrak heftig, als die Tür aufgerissen wurde.

»Melanie! Komm schnell! Ein Patient mit schwerem Nasenbluten. Die Chefin braucht dich dringend!«

Und schon hatte Melanie ihre Befürchtungen wieder vergessen und folgte Sandra eilig ins Sprechzimmer.

40

Jonas verließ das Besprechungszimmer als einer der Letzten. Das war vielleicht eine Mammutsitzung, dachte er und bewegte seinen Kopf hin und her, um seine Verspannung zu lösen. Er spürte, dass er inzwischen wirklich urlaubsreif war und die drei Wochen fern von Büro und Baustellen dringend brauchte, um sich zu erholen.

»Schönen Urlaub, Jonas!«, verabschiedete sich sein Kollege Ludwig und verschwand dann rasch in seinem Büro.

»Herr Winter, haben Sie noch einen Moment Zeit?«, fragte sein Chef, Till Leermann, der plötzlich hinter ihm stand.

»Klar!« Doch insgeheim hoffte Jonas, dass es nicht zu lange dauern würde.

Jonas folgte dem älteren Mann ins Büro. Leermann bot ihm einen Platz an.

»Ich weiß, Sie sind eigentlich schon im Urlaub, deswegen mache ich es ganz kurz.«

Jonas schaute ihn erwartungsvoll an. Für den Bruchteil einer Sekunde ging ihm durch den Kopf, dass Leermann ihm kündigen würde. Gleich darauf fegte er den Gedanken beiseite. Warum sollte er das tun? Laufend wurden bei ihnen Leute eingestellt. »Kein Problem, Herr Leermann. Ich habe Zeit.«

»Nun. Das freut mich. Die Geschäfte in Berlin laufen

momentan sehr gut, und wir möchten das Büro dort ausbauen. Ich werde langsam zu alt dafür, um ständig hin und her zu fahren. Und mein Schwiegersohn, nun ja, Sie wissen, das ist keiner fürs Büro. Aber das kann ich auch nicht unbedingt von einem Maurer verlangen. Er gehört eben auf die Baustelle. Aber ich brauche einen Mann vor Ort, auf den ich mich verlassen kann. Kurz gesagt: Ich will Sie!«

Jetzt war Jonas völlig perplex. Es gab einige Kollegen in der Firma, die schon länger dabei waren als er. »Sie wollen, dass ich nach Berlin gehe?«, fragte er und war sich bewusst, was für ein außerordentliches Angebot das war. Gleichzeitig würde es eine große Veränderung bedeuten. Und welche Auswirkungen das auf sein Privatleben haben würde, konnte er sich jetzt noch gar nicht ausmalen. Gerade jetzt, wo sich mit Tom und Melanie alles so wunderbar eingespielt hatte. Obwohl Berlin für die drei natürlich auch eine tolle Stadt wäre. Sicher könnte Tom genauso gut von dort arbeiten. Und Melanie? Sie würde gewiss einen Job finden. Außerdem lebte jetzt auch ihre beste Freundin dort.

»Ich möchte heute noch keine Antwort von Ihnen. Fahren Sie in Urlaub und denken Sie in Ruhe darüber nach. Und reden Sie mit Ihrer Freundin darüber.«

Und mit meinem Freund, setzte Jonas für sich hinzu.

Leermann stand auf und Jonas erhob sich ebenfalls.

»Vielen Dank für das Angebot, Herr Leermann. Ich werde Ihnen nach meinem Urlaub Bescheid geben.«

»Ich hoffe, Sie entscheiden sich dafür!«

Sie verabschiedeten sich, und Jonas verließ das Büro.

Gedankenverloren steuerte er auf den Schreibtisch

in der Anmeldung zu. Frau Schneider telefonierte. Als sie ihn sah, bedeutete sie ihm zu warten und reichte ihm gleichzeitig sein Handy, das inzwischen aufgeladen war. Er gab seinen Pin-Code ein und wartete, bis das Gerät betriebsbereit war.

Sechs Anrufe und drei Sprachnachrichten wurden angezeigt. Plötzlich hatte er ein mulmiges Gefühl im Magen. Er hörte die erste Nachricht ab. Sie war von seinem Handyanbieter. Er drückte sie sofort weg. Die nächste Nachricht war von Lotte. Sie hatte in der Nacht auf die Mailbox gesprochen.

»Hallo, Jonas. Ich bin's, die Lotte. Bitte ruf mich an. Es geht um deinen Vater. Ja? ... Bitte!«

Er wusste, wie sehr Lotte es hasste, auf einen Anrufbeantworter zu sprechen. Umso besorgter machten ihn ihre Worte.

Die nächste Nachricht war noch beunruhigender.

»Jonas, ich bin es noch mal. Lotte. Gleich kommt der Notarzt. Bitte melde dich bald!«

Danach hatte sie noch dreimal angerufen, aber keine Nachricht mehr hinterlassen. Verdammt! Was war da nur los?

Er hatte ein schlechtes Gewissen, dass er sie nicht schon vor der Besprechung zurückgerufen hatte. Aber er hatte nicht damit gerechnet, dass etwas mit seinem Vater passiert sein könnte.

Sofort wählte er ihre Nummer. Doch sie ging nicht ans Telefon. Und ein Handy hatte sie nicht. Er versuchte es am Handy seines Vaters. Nichts! In der Firma war nur der Anrufbeantworter an. Klar. Am Freitag ging der Bürobetrieb nur bis Mittag. Verdammt!

»Herr Winter«, sagte Frau Schneider, die eben ihr

Telefonat beendet hatte, »die Haushälterin hat vor zehn Minuten noch mal angerufen.«

»Hat sie was von meinem Vater gesagt?«, fragte er besorgt.

»Ja, er ist im Krankenhaus, und sein Zustand ist momentan stabil.«

»Stabil? Was fehlt ihm denn?«

Frau Schneider schüttelte bedauernd den Kopf. »Tut mir leid, das hat sie mir nicht sagen wollen.«

Jonas atmete tief ein und aus. Natürlich. Lotte würde nie mit jemandem, den sie nicht kannte, über persönliche Angelegenheiten ihres Arbeitgebers reden. Alleine, dass sie Frau Schneider gesagt hatte, dass er im Krankenhaus war, wunderte Jonas sehr. Dann musste es wirklich ernst um ihn stehen.

Sein Vater war mit knapp fünfundsechzig Jahren ein Mann, der nur so vor Gesundheit strotzte. Er war durchtrainiert, spielte regelmäßig Tennis, ging mehrmals in der Woche schwimmen und in die Sauna. Jonas konnte sich nicht erinnern, seinen Vater auch nur einmal ernsthaft krank gesehen zu haben.

»Hat sie gesagt, wann ich sie erreichen kann?«, fragte Jonas und fühlte sich unglaublich hilflos, erfüllt von dieser quälenden Ungewissheit, nicht zu wissen, was mit seinem Vater los war. Auch wenn sie sich nie richtig nahegestanden hatten, so war er doch sein Vater.

»Ja. Sie muss jetzt noch einige Besorgungen machen und ist spätestens ab 17.00 Uhr daheim zu erreichen, hat sie gesagt.«

Jonas schwor sich, ihr ein Handy zu kaufen. Er sah auf die Uhr. Kurz vor vier Uhr. Noch eine Stunde, bis er erfuhr, was los war! Das war ja noch eine Ewigkeit.

»Danke, Frau Schneider«, sagte Jonas und strich sich, plötzlich müde und erschöpft, über den Kopf.

Vielleicht sollte er nach Hause gehen und sich gleich ins Auto setzen, um in seine alte Heimatstadt Bad Tölz zu fahren? Aber eigentlich müsste er jetzt das Wohnmobil abholen.

»Bestimmt ist es nicht so schlimm, Herr Winter«, sagte Frau Schneider und sah ihn aufmunternd an. »Wenn es ernster wäre, dann hätte Lotte Sie sicher gebeten, sofort zu kommen.«

Ihre vernünftigen Worte beruhigten ihn ein wenig.

»Ja. Sie haben recht.«

Trotzdem. Er könnte Tom bitten, das Fahrzeug abzuholen. Dann könnte er gleich zu seinem Vater ins Krankenhaus fahren. Wenn er morgen bis Mittag zurückkäme, hätten sie immer noch genügend Zeit, gemeinsam alles einzupacken. Lotte wäre bestimmt froh, ihn jetzt bei sich zu haben.

Er verabschiedete sich von Frau Schneider und machte sich mit seinem Fahrrad in halsbrecherischer Geschwindigkeit auf den Weg nach Hause. Das Gespräch mit seinem Chef war fürs Erste vergessen.

41

Tom saß auf einem gemütlichen kleinen Ledersofa im Büro von Maxie Albus. Die dunkelhaarige Agentin mit den strahlend blauen Augen hatte sich heute Morgen auf seine Anfrage gemeldet und ihn spontan zu einem Gespräch eingeladen. Die beiden waren sich von Anfang an sympathisch. Tom hatte sich immer davor gescheut, einen Agenten zu suchen, weil er es für überflüssig gehalten hatte. Aber während ihrer Unterhaltung wurde ihm sehr schnell klar, wo ihre Kompetenz lag und welche Vorteile sich aus einer Zusammenarbeit mit ihr ergeben würden.

»Ich kann mich erinnern, Sie schon öfter bei Veranstaltungen gesehen zu haben«, sagte sie mir ihrer eigenwillig rauchigen Stimme, die so gar nicht zum jugendlichen Aussehen der Mittvierzigerin passte.

»Nun ja, München ist ja in dieser Hinsicht ein Dorf. Man läuft sich ständig über den Weg«, sagte Tom schmunzelnd. Er kannte Maxie Albus natürlich auch schon länger, war jedoch bisher noch nie mit ihr ins Gespräch gekommen. Er fühlte sich in ihrer Gegenwart wohl und konnte sich gut vorstellen, sich von ihr vertreten zu lassen.

Maxie Albus hatte die Zeit scheinbar genutzt, sich ein Bild von Tom zu machen. »Sie haben schon viel Serienarbeit gemacht. Das ist gut, denn es diszipliniert.«

»Allerdings. Es gab auch einige Optionsverträge, aber bisher noch kein eigenes verfilmtes Projekt.«

Die Agentin nickte wissend. »*Ja. Leider ist ein solcher Vertrag keine Garantie dafür, dass ein Projekt am Ende auch tatsächlich realisiert wird.*«

»*Ich muss gestehen, dass ich auch nur sehr wenig angeboten habe. Die Serienarbeit hat mir Spaß gemacht, und gutes Geld ist damit auch verdient. Aber jetzt wird es doch Zeit, dass ich mal in eine andere Richtung gehe.*«

»*Gibt es schon konkrete Exposés oder bereits fertige Drehbücher nach Ihren eigenen Ideen?*«

»*Einige. Soll ich Ihnen eine Auswahl davon zuschicken?*«

Maxie Albus nickte. »*Ja. Unbedingt. Aber wissen Sie was?*« *Sie sah ihn an und lächelte.* »*Ich höre immer auf mein Bauchgefühl. Und das sagt mir, dass ich Sie gerne als Agentin vertreten würde. Wenn Sie das möchten.*«

Tom war überrascht. Mit einer so schnellen Zusage hatte er absolut nicht gerechnet. Vor allem weil er wusste, dass es sehr schwer war, in einer wirklich guten Agentur aufgenommen zu werden. Und die Agentur Albus war eine der renommiertesten in Bayern, wenn nicht sogar in ganz Deutschland. Auch die Höhe der Provision, über die sie bereits gesprochen hatten, war für ihn völlig in Ordnung. Da brauchte er gar nicht mehr lange zu überlegen.

»*Aber gerne. Ich bin begeistert!*« *Er strahlte.*

»*Wunderbar!*«*, freute auch sie sich.*

Sie schlugen ein. Dann stand Maxie Albus auf, holte aus einem kleinen Kühlschrank zwei Piccolos und schenkte ein.

»*Ich habe leider nur noch kleine Flaschen da.*«

»*Die reichen völlig aus!*« *Tom grinste und nahm ein Glas entgegen.* »*Und das nächste Mal bringe ich eine große Flasche mit.*«

Sie lächelte.

»Gute Idee. Auf eine tolle Zusammenarbeit! Und, Tom, ich bin mit all meinen Autoren per Du.«
»Okay. Maxie. Dann prost! Auf unsere Zusammenarbeit.«
Sie stießen an, und jeder nahm einen ordentlichen Schluck.

Nachdem er sich am frühen Nachmittag von Maxie verabschiedet hatte, war er äußerst gut gelaunt. Er fühlte sich ein wenig beschwipst und genoss das Gefühl, beruflich einen wichtigen Schritt gemacht zu haben. Die Sonne schien von einem tiefblauen Himmel herab, und er hatte absolut keine Lust, in seine kleine Wohnung zu gehen. Die enge Bude erdrückte ihn immer mehr. Und lange konnte er ohnehin nicht mehr darin wohnen bleiben, denn sein Bekannter würde bald aus Amerika zurückkommen. Umso dringender sollte er sich eigentlich um eine neue Wohnmöglichkeit bemühen. Es war wenig verlockend, sich ein kleines Appartement zu mieten, doch die Preise für eine Zweizimmerwohnung in München waren horrend. Deswegen dachte er schon eine Weile darüber nach, ob er sich nicht doch lieber ein WG-Zimmer suchen sollte. Auf jeden Fall musste er sich bald um dieses Problem kümmern. Also kaufte er sich kurz entschlossen an einem Kiosk eine Tageszeitung, um die Wohnungsanzeigen durchzusehen. Als er an einem Straßencafé vorbeischlenderte und gerade ein kleiner Tisch in der Sonne frei wurde, setzte er sich spontan und bestellte bei dem jungen Ober ein mit Tomaten und Oliven gefülltes Ciabatta. Und zur Feier des Tages ein Glas Weißwein dazu. Als er die Zeitung aufschlug und ihm schon wieder Bertos Gesicht entgegenschaute, klappte er sie jedoch sofort wieder zu und legte sie weg. Davon wollte er sich jetzt nicht die Laune verderben lassen. Er würde den Immobilienteil später zu Hause lesen. Während er auf die Bestellung wartete, drängte es ihn, irgendjemandem zu erzählen, dass er eine Agentin hatte. Doch seine Mutter war um diese Zeit in der Arbeit, und Lissy würde bestimmt eher neidisch sein, als sich für ihn zu freuen. Und wenn er Melli anrief? Er hatte seit fünf Tagen nichts mehr von ihr und Jonas gehört. Sein Herz schlug plötzlich schneller. Ohne noch weiter darüber nachzudenken, wählte er ihre Handynummer. Es klingelte viermal, dann war die Mailbox dran. Enttäuscht legte er auf.

Doch nur wenige Sekunden später klingelte sein Handy. Melli! Er ging ran.

»Hallo?«, sagte er, während der Ober das Essen und den Wein auf dem Tisch platzierte.

»Tom? Hier Melanie. Ich hab gesehen, dass du eben angerufen hast.«

Unbewusst setzte er sich aufrechter hin. »Ja. Aber ich wollte dich nicht stören.«

»Tust du nicht. Ich habe gerade Mittagspause.«

»Ich auch ... Geht's dir gut?«

»Ja«, antwortete sie schnell. »Und dir?«

»Auch gut.« Doch eigentlich war das nur die halbe Wahrheit. Er freute sich natürlich, weil er bei Maxie Albus unter Vertrag gekommen war, aber gleichzeitig ging es ihm seit Tagen nicht sonderlich gut, weil er ständig an Melli denken musste. »Wo bist du denn gerade? Zu Hause?«

»Nein. Ich bin auf dem Weg zum Viktualienmarkt. Meine Freundin kommt morgen, und ich will noch ein paar Sachen einkaufen.«

»Am Viktualienmarkt. Du, da bin ich ganz in der Nähe. Hast du vielleicht Lust, mich zu sehen?«

42

Warum tu ich das nur?, fragte sich Melanie, während sie zu dem Café unterwegs war, in dem Tom auf sie wartete.

Dabei hatte sie sich nach ihrer letzten Begegnung beim Casting fest vorgenommen, dass sie Tom endgültig aus ihrem Leben streichen wollte. Soviel zu ihren guten Vorsätzen! Als hätte sie es geahnt, war sie heute früh in ihr neues beigefarbenes Sommerkleid geschlüpft. Nachdem sie in der letzten Zeit wie von selbst drei Kilos abgenommen hatte, umspielte es locker ihren Körper. Wenigstens hatte diese ganze Aufregung auch etwas Gutes.

Das Café befand sich tatsächlich nur einen Katzensprung entfernt, und sie sah Tom mit einem Weinglas in der Sonne sitzen.

Als er sie bemerkte, stellte er das Glas ab und lächelte ihr entgegen.

Melanie atmete tief ein und aus, dann strich sie sich fahrig eine Strähne aus dem Gesicht.

»Hi, Tom«, sagte sie, als sie vor ihm stand. Er erhob sich und umarmte sie zur Begrüßung. Seine Wangen waren warm von der Sonne, und sein ganz spezieller Duft zog in ihre Nase. Ihr ganzer Körper kribbelte aufgeregt. Wie gerne hätte sie ihn jetzt geküsst!

»Schön, dass du gekommen bist«, sagte er, und dann setzten sie sich.

»Lange habe ich aber nicht Zeit«, erklärte sie, und trotz

aller Freude über die Begegnung saß ihr das schlechte Gewissen schon wieder im Nacken.

»Ich verstehe. Magst du auch ein Glas Wein oder einen Aperol-Spritz? Ich lade dich ein.«

Melanie schüttelte den Kopf. »Nein, danke. Nur einen Kaffee. Ich muss ja dann wieder in die Praxis.«

»Eine betrunkene Sprechstundenhilfe wäre wirklich nicht zu verantworten. Einen Kaffee, bitte!«, rief er dem Ober zu.

Er grinste sie an, und Melanie konnte sich kaum sattsehen an seinem Gesicht. Er hatte sich offensichtlich seit Tagen nicht rasiert, und sie fand, dass ihm das sehr gut stand. Seine blauen Augen funkelten frech, und er wirkte ausgesprochen gut gelaunt und locker.

»Sag mal, kann es sein, dass du ein wenig beschwipst bist?«, platzte sie heraus.

Er legte den Kopf schief. »Nur ein klitzekleines bisschen«, deutete er mit zwei Fingern an. »Aber nur beruflich. Es gibt was zu feiern.«

»So? Was denn?«, fragte sie neugierig.

»Maxie Albus hat mich unter Vertrag genommen«, antwortete er vergnügt.

Melanie hatte natürlich viel zu wenig Ahnung vom Filmgeschäft, als dass ihr dieser Name etwas sagen würde.

»Ist das ein Produzent?«

Tom lachte. »Nein. Maxie ist eine Drehbuchagentin. Jetzt auch meine Agentin.«

»Das hört sich spitzenmäßig an. Herzlichen Glückwunsch, Tom.«

»Danke!« Er beugte sich näher zu ihr. »Du siehst wunderschön aus, Melli«, sagte er leise. »Ich habe dich vermisst!«

Melanie wusste nicht, was sie sagen sollte. Es wäre ihr

heuchlerisch vorgekommen, so zu tun, als ob ihre Begegnung ganz harmlos wäre. Sie war hier, weil auch sie ihn vermisst hatte. Und weil sie sich buchstäblich von ihm angezogen fühlte, wie die Motte vom Licht. Sie würde sich verbrennen, das wusste sie, aber sie konnte nichts dagegen tun.

»Was ist das nur zwischen uns, Tom?«, fragte sie leise.

Er schüttelte den Kopf. »Ich weiß es nicht. Ich weiß nur, dass ich dich will«, flüsterte er. Seine Worte schnürten ihr die Kehle zu. Er kam ihr noch näher, und obwohl sie sich nicht berührten, glaubte sie, seine Haut zu spüren.

Er griff unter den Tisch, legte seine Hand auf ihr Knie und streichelte sie. Diese sanfte Berührung reichte aus, dass sich heftiges Verlangen in ihrem Schoß ausbreitete. Melanie wünschte sich nichts mehr, als auf der Stelle mit ihm zu schlafen.

Sie sahen einander an und wussten beide, was der andere dachte.

Seine Hand schob sich unter dem Stoff des Kleides langsam immer weiter nach oben, bis er schließlich ihren Slip berührte. Ihr Herz begann, wild zu klopfen. Melanie vergaß alles um sich herum und veränderte ihre Position auf dem Stuhl so, dass ihre Schenkel sich ein wenig öffneten. Tom schaute sie lächelnd an. Dann fuhr er sanft mit den Fingern in ihrem Schritt auf und ab. Er berührte sie dabei nur ganz leicht. Und obwohl der Stoff des Höschens dazwischen war, löste er ein wahres Feuerwerk in ihrem Schoß aus.

Er musste aufhören, sonst würde sie am Ende noch hier vor allen Leuten einen Orgasmus bekommen! Melanie hatte noch nie ein so wildes, unkontrolliertes Verlangen gespürt. Und sie fragte sich, ob das womöglich einfach nur der Reiz des Verbotenen war.

Sie ließ ihre Hand unter dem Tisch verschwinden und legte sie auf seine Hand.

Melanie schaute ihn an und schüttelte kaum merklich den Kopf. Tom hörte auf, sie zu streicheln, und zog seine Hand unter dem Kleid hervor. Wie von selbst verschränkten sich ihre Finger ineinander. Und obwohl das kaum möglich war, verstärkte diese eigentlich harmlose Berührung ihre Erregung noch mehr.

»Ich will dich alleine. Ohne Jonas.« Er flüsterte die Worte.

Sie schloss für einen Augenblick die Augen. Sie wollte jetzt nicht über Jonas nachdenken, sondern einfach nur Toms Nähe genießen.

Der Ober unterbrach diesen intimen Moment und stellte den Kaffee auf den Tisch. Ihre Hände lösten sich rasch voneinander.

Ihr Gesicht fühlte sich an, als würde es glühen. »Danke!«, sagte Melanie, und ihre Stimme klang belegt.

Als der Ober weg war, schaute Tom sie eindringlich an. »Du willst es doch auch, Melli.«

Ja. Sie wollte es auch. Trotzdem war sie in einer Beziehung. Und wenn sie mit Tom ins Bett ging, würde sie Jonas betrügen. Jonas war zwar in sexueller Hinsicht ein aufgeschlossener Mann, aber Melanie wusste, dass er ihr einen Betrug nicht verzeihen würde. Es gab nur eine Möglichkeit, mit Tom zu schlafen, ohne Jonas zu verlieren. Wenn sie zu dritt im Bett waren. Doch sie bezweifelte, dass Tom sich erneut darauf einlassen würde. Deswegen würde sie das Thema jetzt auch nicht ansprechen.

»Ich ... ich muss jetzt los, Tom«, sagte sie und stand auf, ohne auch nur einen Schluck ihres Kaffees getrunken zu haben.

»Okay ...« Tom stand ebenfalls auf. Er umarmte sie zum

Abschied. Dann schaute er sie mit einem fast verzweifelten Blick an. »Nur ein Kuss...«

Sie zögerte, doch plötzlich lagen seine Lippen auf ihrem Mund. Und sie ließ es zu. Sein Kuss war sanft und zärtlich und für Melanie gerade dadurch umso verwirrender.

»Bitte«, flüsterte er ihr ins Ohr, »mach es für uns möglich, Melli.«

43

Jonas hatte einen Scheißtag in der Firma. Durch die schlampige Arbeit eines Subunternehmers, den er beauftragt hatte, war auf einer Großbaustelle ein Gerüst umgestürzt und hatte zwei Bauarbeiter unter sich begraben. Die Männer mussten schwer verletzt ins Krankenhaus eingeliefert werden. Jetzt stand die Arbeit auf der Baustelle still, bis die näheren Umstände für die Versicherungsgesellschaft aufgeklärt waren. Dabei waren sie ohnehin schon gewaltig in Verzug. Auch wenn Jonas wusste, dass er nichts dafür konnte, so war er doch verantwortlich. Vor allem aber machte er sich Sorgen um die beiden Verletzten. Es war schon Abend, als er endlich das Büro verlassen konnte. Er fuhr ins Krankenhaus, um sich persönlich nach dem Zustand der Männer zu erkundigen, erhielt jedoch keine Auskunft von den Ärzten, da er kein naher Angehöriger war. Glücklicherweise traf er auf dem Flur auf eine der beiden Ehefrauen, mit der er sprechen konnte. Von ihr erfuhr er, dass die Bauarbeiter zwar noch auf der Intensivstation lagen, beide jedoch außer Lebensgefahr waren.

Fürs Erste ein wenig beruhigt, aber sehr erschöpft fuhr er nach Hause.

Als er die Wohnung betrat, war es ganz still. War Melanie nicht hier?

Auf der Kommode neben der Eingangstür lag die Post.

Reflexartig griff er danach und schaute sie durch, während er ins Wohnzimmer ging. Ein Kuvert trug den Absender der Produktionsfirma, bei der Jonas vorgesprochen hatte. Er riss es auf und holte einen Vertrag mit einem kurzen Anschreiben heraus. Darin wurde er gebeten, den Vertrag nach Überprüfung innerhalb der nächsten Tage unterschrieben zurückzuschicken.

»Jonas?« Melanies Stimme kam aus dem Badezimmer. Er legte die Post auf den Tisch und ging ins Bad. Melanie lag in der Wanne und war von einem wahren Schaumberg umhüllt. Das verführerisch duftende Aroma ihres Badezusatzes lag in der feuchtwarmen Luft und hüllte ihn sofort angenehm ein.

»Hallo, Süße«, begrüßte er sie und versuchte, sich seine Erschöpfung nicht anmerken zu lassen. Er setzte sich auf den Badewannenrand.

»Ein anstrengender Tag heute?«, fragte sie ihn.

»Es geht«, antwortete er. Er wollte jetzt nicht über die Probleme in der Firma reden. »Und bei dir?«

»Och. Nichts Besonderes. Das Übliche.«

Er griff in das heiße Wasser und tastete unter dem Schaum nach ihren Brüsten.

»Hey!«, rief sie und lächelte ihn verschmitzt an. »Frechdachs!«

Er kniff sanft in eine ihrer Brustwarzen.

Mit einem Mal war seine Erschöpfung vergessen, und er war nur noch scharf auf sie. Seit der Nacht mit Tom hatten sie keinen Sex mehr gehabt. Und das war inzwischen fast zwei Wochen her. Eine Ewigkeit! Jonas konnte sich nicht erinnern, dass sie jemals so lange aufeinander verzichtet hatten.

Er ließ ihre Brust los, und seine Hand wanderte nach

unten, zwischen ihre Schenkel. Er streichelte sie sanft, und Melanie stöhnte leise.

Er brauchte sie. Unbedingt. Nicht nur körperlich, sondern vor allem ihre Nähe.

»Komm raus, Melanie! Bitte!«

Sie zögerte einen kurzen Moment, dann stand sie auf. Er reichte ihr die Hand und half ihr aus der Badewanne. Sie wollte etwas sagen, doch er legte seine Lippen auf ihren Mund und küsste sie. Dabei drückte er sie fest an sich, ohne darauf zu achten, dass seine Kleider nass wurden. Anfangs war ihr Kuss noch etwas verhalten, doch plötzlich erwiderte sie ihn wild und leidenschaftlich. Ihre Zungen tanzten umeinander, und er spürte, wie sie über seinen Rücken streichelte. Endlich schien sie wieder völlig bei ihm zu sein, und die Distanz, die er in den letzten Tagen gespürt hatte, war verschwunden. Sie löste sich kurz von ihm und schaute ihn mit glänzenden Augen an.

»Zieh dich aus!«, sagte sie und half ihm ungeduldig aus seinen Klamotten. Sein Verlangen nach ihr war inzwischen so groß, dass er das Gefühl hatte, sein Schwanz würde gleich explodieren.

»Knie dich hin!«, bat er, und sie tat, was er von ihr verlangte. Auf allen Vieren wartete sie jetzt auf dem flauschigen Badezimmerteppich, bis er ausgezogen war. Er kniete sich hinter sie und streichelte über ihre prallen Pobacken. Dann setzte er seinen Penis an und schob ihn sofort in sie hinein. Melanie stöhnte lustvoll auf.

»O mein Liebling. Ich habe dich so vermisst«, sagte er. Er war ganz tief in ihr und schloss die Augen. Sie fühlte sich so gut an. So weich und heiß und eng. Er versuchte, sich nicht zu bewegen. Doch Melanie hielt nicht still. Kreisend bewegte sie ihren Unterleib, und jetzt konnte er sich nicht

mehr zurückhalten. Mit tiefen Stößen drang er immer wieder in sie ein. Er würde sich nicht mehr lange zurückhalten können.

»Jaaa!«, schrie sie auf, und er spürte, wie ihre Muskeln zuckten. In diesem Moment ergoss sich sein Samen in ihre Höhle, und er rief laut ihren Namen.

Zehn Minuten später kamen sie in Bademänteln ins Wohnzimmer.

»Willst du auch ein Bier?«, fragte Jonas. Er fühlte sich zum ersten Mal seit Tagen wieder zufrieden.

»Gerne«, sagte Melanie.

Er ging in die Küche, holte aus dem Kühlschrank zwei Flaschen Bier und öffnete sie. Durstig nahm er gleich einen tiefen Schluck und seufzte dann erleichtert.

Als er zurückkam, saß Melanie im Schneidersitz auf dem Sofa und las das Schreiben der Produktionsfirma.

Er stellte die Flaschen ab und setzte sich neben sie. Melanie hob den Kopf. »Hier steht, dass diese Rolle erweitert werden soll. Und dass du damit die Verpflichtung eingehst, auch in Zukunft dabei zu sein.«

»Ja. Ich weiß.«

»Ich dachte, es sollte nur eine einmalige Sache sein.«

»Tom hat in diesem Café schon so etwas angedeutet.«

Sie schaute ihn mit großen Augen an. »Und das hast du mir bis jetzt nicht sagen können? Oder wie?«, fragte sie und war offensichtlich verärgert. Sie nahm das Bier und trank hastig einen Schluck.

»Ich wollte erst darüber nachdenken.«

»Ach ja?«, sagte sie und stellte die Flasche zurück. »Ich dachte, diese Schauspielerei wäre nichts für dich? Und jetzt musst du plötzlich darüber nachdenken?«

Jonas hatte ja schon geahnt, dass ihr das womöglich nicht gefallen würde. Aber er verstand nicht, warum Melanie sich so aufregte. »Ärgerst du dich deswegen?«, *fragte er und versuchte, ruhig zu bleiben.*

Sie erhob sich plötzlich und ging im Wohnzimmer auf und ab.

»Ich ärgere mich absolut nicht. Aber ich frage mich, was du und Tom sonst noch so alles miteinander besprecht, von dem ich nichts weiß.«

Was war das denn jetzt plötzlich? Jonas schaute sie völlig verblüfft an.

Sie blieb stehen und verschränkte ihre Arme. »Na? Hab ich recht?«

»Was soll ich denn bitteschön mit Tom besprechen?«

»Nun ja. Vielleicht stehst du ja auf ihn. Und das mit dieser Rolle kommt dir gerade recht, damit du einen Grund hast, weiterhin Kontakt zu ihm zu haben.«

Jonas fühlte sich bei ihren Worten ertappt. Sie hatte genau ins Schwarze getroffen. Er hatte sich tatsächlich nur auf das Casting eingelassen, weil er hoffte, Tom dadurch öfter zu sehen.

»Setz dich her«, *bat er sie, und als sie zögerte, wiederholte er seine Bitte eindringlicher. Sie setzte sich auf den Sessel ihm gegenüber.*

Er wollte ihr nichts vorlügen. Das hatte Melanie nicht verdient. »Ja. Ich wollte diese Rolle tatsächlich benutzen, um mit Tom in Kontakt zu bleiben.«

Betroffen schaute sie ihn an. Offensichtlich hatte sie nicht damit gerechnet, dass er es so bereitwillig zugab.

Da sie nichts sagte, sprach er so ruhig wie möglich weiter. »Und ja. Tom reizt mich. Ich habe dir ja bereits gesagt, dass ich mir vorstellen könnte, Sex mit einem Mann zu haben.«

»*Und deswegen benutzt du diese Serienrolle, damit du dich heimlich mit ihm treffen kannst?*« Ihre Stimme klang schneidend.

Was redete sie da? Dachte sie etwa...?

»*Melanie, jetzt mal langsam. Ich hatte nie vor, mich mit Tom alleine zu treffen und ohne dich mit ihm zu schlafen. Mir ging es darum, den Kontakt aufrechtzuerhalten, weil ich mir wünsche, dass es noch mal zu einem Dreier kommt, bei dem es dann vielleicht auch zu einer körperlichen Annäherung zwischen ihm und mir kommt. Auch wenn ich sehr daran zweifle, dass er überhaupt Interesse daran hat. Ich mache nichts hinter deinem Rücken.*« Und das hatte er auch tatsächlich nicht vorgehabt.

Ihr Blick sagte ihm, dass sie ihm das nicht abnahm, noch bevor sie es aussprach.

»*Das glaub ich dir nicht! Ich glaube eher, dass du mit allen Mitteln versuchst, an ihn ranzukommen.*«

»*Das tue ich nicht. Es hat mir gefallen, als er mit uns im Bett war. Und ich hatte den Eindruck, dass du ihn auch gerne magst. Sonst wäre er sicher auch nicht in Frage gekommen, so wie ich dich kenne. Am ehesten hätte wohl ich einen Grund, eifersüchtig zu sein.*«

Jetzt war endlich heraus, was er die letzten Tage in sich getragen hatte. Und er fühlte sich erleichtert, dass er es endlich ausgesprochen hatte.

»*Willst du jetzt den Spieß umdrehen?*«

»*Ich will gar nichts umdrehen, Melanie. Natürlich merke ich, dass du und Tom einen besonderen Draht zueinander habt. Ich bin ja schließlich nicht blind und blöd. Trotzdem habe ich mich darauf eingelassen, weil ich dir vertraue.*«

»*Du hast den Vorschlag gemacht, dass Tom mit uns ins Bett soll, nicht ich!*«, erinnerte sie ihn.

»*Ja. Das war ich. Und ich habe auch schon zugegeben, dass er mich reizt. Aber dich hat er auch gereizt. Gib es doch wenigstens zu!*«

»*Na gut. Ein wenig vielleicht. Aber ich habe das nur gemacht, weil du dir diesen Dreier unbedingt gewünscht hast.*«

In diesem Moment bereute Jonas zum ersten Mal, dass es dazu gekommen war. Seitdem war ihre Beziehung nicht mehr wie vorher. Plötzlich spürte er wieder, wie erschöpft er war. Er wollte nicht mehr streiten.

»*Du brauchst nicht eifersüchtig zu sein*«*, sagte er müde.* »*Und wenn es dich beruhigt: Ich habe die Rolle schon heute Vormittag telefonisch abgesagt, bevor der Brief hier ankam. Du bist mir wichtig, Melanie. Und wenn du es möchtest, gibt es auch keinen Kontakt mehr zu Tom.*«

44

Es war schon weit nach Mitternacht, und Tom saß noch an seinem PC. Er machte eine Aufstellung seiner Projekte und Ideen für die Agentin und übermittelte ihr per Mail Exposés und seine fertigen Drehbücher. Das lenkte ihn wenigstens von seinen Gedanken an Melli ab. Diese Frau brachte ihn noch um den Verstand. Er wusste nicht, was in ihr vorging. Einerseits schien sie ihm ebenfalls Gefühle entgegenzubringen, doch jedes Mal, wenn er dachte, ihr näherzukommen, zog sie sich zurück. So wie heute im Café. Er nahm ihr ab, dass sie wegen Jonas in einem Zwiespalt steckte, doch das half ihm und seinen Gefühlen auch nicht weiter. Sich vorzustellen, dass die beiden jetzt zusammen im Bett lagen und sich vielleicht gerade liebten, machte ihn halb verrückt vor Eifersucht.

Plötzlich ging auf dem PC ein Chatfenster auf. Es war Lissy.

Lissy: »Hallo, Kollege. Noch nicht im Bett?«

Tom überlegte, ob er antworten sollte. Aber warum nicht? Vielleicht konnte sie ihn ja auf andere Gedanken bringen.

Tom: »Hi, Lissy. Nein. Bin noch nicht müde.«

Lissy: »Ich kann auch nicht schlafen.«

Tom: »Geht es dir gut?« Irgendwie hatte er ein schlechtes Gewissen, weil er sich in der letzten Zeit kaum mehr bei ihr gemeldet hatte.

Lissy: »Nein. Heute kam die Absage für meine Tatortidee.«

Tom: »Tut mir leid, Lissy. Die Geschichte war gut.«

Sie hatte ihm das Konzept für eine Tatortfolge mit dem Münchner Ermittlerteam gezeigt. Die Idee war originell, wie er fand.

Lissy: »Nicht gut genug.«

Tom: »Möchtest du, dass ich zu dir komme?« Er hatte das geschrieben, ohne darüber nachzudenken.

Es dauerte nur wenige Sekunden, bis ihre Antwort kam. »Ja.«

Eine halbe Stunde später saßen sie eng aneinandergekuschelt auf dem Sofa in ihrer Wohnung und schauten einen alten italienischen Spielfilm mit Sophia Loren. Lissy, die sonst immer sehr auf ihr Äußeres achtete, war ungeschminkt und trug einen Schlabberpulli über einer ausgewaschenen Jogginghose. Als sie ihn so an der Haustür begrüßt hatte, war ihm klar, dass es ihr wirklich schlecht ging. Sie war blass im Gesicht und schaute heute zum ersten Mal älter aus, als sie war. Nach seinem Londoner Erlebnis konnte Tom sich besonders gut in sie hineinversetzen und wusste, wie enttäuscht sie sein musste. Er traute sich gar nicht, ihr von der Aufnahme in die Agentur zu erzählen. Das würde sie bestimmt für heute völlig aus der Bahn werfen.

»Danke, dass du gekommen bist«, sagte sie leise.

Er streichelte beruhigend durch ihr zerzaustes Haar. »Schon gut.«

Eine Weile sagten sie nichts und schauten nur auf den Fernseher.

»Ich glaube, ich mache alles falsch, was man nur falsch machen kann im Leben«, sagte sie plötzlich.

»*Quatsch!*«

»*Doch. Ich bin sechsundvierzig. Habe keinen Mann, geschweige denn ein Kind. Ich arbeite wie verrückt und schaffe es einfach nicht, erfolgreich zu sein.*«

»*Du hast zwei Folgen für die Serie geschrieben.*«

»*Ja. Und seit vier Wochen warte ich jetzt schon darauf, dass sich die Produktion für eine neue Folge meldet*«, *sagte sie bitter.*

Oh nein. Das war kein gutes Zeichen. Gerade jetzt, in der Sommerzeit, wo viele in Urlaub gingen, gab es für die Autoren meist mehr Folgen zu schreiben als sonst. Scheinbar war man nicht mit ihr zufrieden. Doch in ihrer jetzigen Stimmung würde Tom ihr das nicht auch noch auf die Nase binden. Vermutlich ahnte sie es ohnehin schon.

»*Ruf doch in den nächsten Tagen einfach mal an und frag nach, was los ist.*«

»*Und wenn die mich auch nicht mehr wollen? Was mache ich dann?*«

Er fasste sie an den Schultern und schaute sie eindringlich an. »*Lissy. Dieser Job ist hart. Das wissen wir beide. Aber wenn du es wirklich willst, dann darfst du nicht aufgeben. Es wird neue Projekte geben.*«

Sie lächelte ihn traurig an. »*Vielleicht geht mir aber bald die Kraft aus, Tom.*«

Er überlegte, was er darauf antworten sollte. Tat er ihr einen Gefallen damit, wenn er sie aufmunterte und ihr riet weiterzumachen? Oder wäre es vielleicht nicht sogar besser für sie, diesen Traum aufzugeben und sich nach etwas anderem umzusehen, um nicht noch weiter ständig enttäuscht zu werden? »*Warum machst du nicht einfach mal Urlaub und fährst weg? Manchmal tut es gut, wenn man ein wenig Abstand bekommt, Lissy.*«

»*Vielleicht mache ich das. Ich könnte meinen Bruder in Rostock besuchen und etwas mit meinen beiden Nichten unternehmen.*«

Er lächelte. »*Das ist doch ein guter Plan.*« *Doch er ahnte, dass sie genau das nicht tun würde.*

Sie nickte, und dann schwiegen beide einen Moment. Bis Lissy plötzlich nach seiner Hand griff. »*Tom?*«

»*Ja?*«

»*Ich weiß, dass du mich nicht liebst. Aber... aber magst du heute Nacht bei mir schlafen?*«

Tom merkte, wie schwer es ihr fiel, ihn das zu fragen. Er musste plötzlich an Melli denken. Er ahnte, dass es ihr nicht gefallen würde.

Wenn du nicht möchtest, dass ich auch mit anderen Frauen zusammen bin, dann musst du dich für mich entscheiden, Melli!, dachte er bitter. Dann wandte er sich an Lissy.

»*Ja. Ich bleibe heute Nacht bei dir.*«

Doch als sie nackt im Bett lagen, ging absolut nichts. Sein Penis verweigerte sich völlig. Natürlich schob Lissy sich selbst die Schuld dafür in die Schuhe. Heulend schickte sie ihn nach Hause.

45

Melanie hatte sich den Nachmittag in der Praxis freigenommen. Sie holte gerade ein Blech mit selbst gemachten Pizzamuffins aus dem Backofen, da klingelte es dreimal kurz hintereinander. Wie früher benutzte Sabine ihr spezielles Klingelzeichen, um sich anzukündigen. Melanie stellte das heiße Blech vorsichtig ab und ging dann in den Flur. Lächelnd öffnete sie die Tür. Sabine stand da. In einer Hand hielt sie eine Flasche Sekt, und in der anderen balancierte sie eine hübsch verpackte Schachtel, die sie Melanie in die Hände drückte.

»Mann, was dauert das denn so lange? Du bist ja lahmer als eine sedierte Nacktschnecke!«, motzte sie und schaute Melanie grimmig an.

»Und du bist tatsächlich noch hässlicher geworden als früher!«, blaffte Melanie zurück. Sie starrten sich einige Sekunden böse an, und dann prusteten beide los und fielen sich glücklich in die Arme.

Zwei Jahre hatten sie sich nicht gesehen, und doch kam es Melanie vor, als ob Sabine erst vor wenigen Tagen das letzte Mal hier gewesen wäre.

»Wie schön, dass du wieder da bist!«

Melanie führte ihre Freundin ins Wohnzimmer, holte zwei Gläser und die Pizzamuffins. Sabine öffnete inzwischen den Sekt und schenkte ein. Es lief genau so ab wie früher.

Äußerlich hatte sich Sabine so gut wie nicht verändert. Sie trug ihre Lieblingskleidung: Jeans und ein unauffälliges dunkles T-Shirt mit flachen Sportschuhen. Ihr Körper war sehnig schlank wie eh und je, und die glatten hellbraunen Haare hingen lose über ihren Rücken. Sogar die rahmenlose Brille ähnelte der, die sie trug, als sie aus Deutschland abgereist war.

Doch ihre Ausstrahlung hatte sich gewandelt. Die ernsthafte Starre nach der Vergewaltigung, mit der sie vor über zwei Jahren gegangen war, war glücklicherweise verschwunden. Allerdings war die ausgelassene Unbeschwertheit der jungen Sabine nicht wieder zurückgekommen. Vor Melanie saß eine braungebrannte, selbstbewusste Frau mit einem offenen Lächeln, das jedoch verletzlich wirkte, wenn man sie kannte. Außerdem war sie viel ruhiger geworden.

»Du musst das Päckchen aufmachen«, forderte Sabine ihre Freundin auf.

Melanie nahm es vom Tisch und legte es auf ihren Schoß.
»Das ist ganz schön schwer. Was ist denn da drin? Steine?«

Sabine zog einen Schmollmund. »Ach Mensch! Jetzt ist die ganze Überraschung beim Teufel!«

»Wie?«

Tatsächlich. In der kleinen Holzschachtel waren lauter Steine in den unterschiedlichsten Farben und Formen. Und keiner war größer als der Fingernagel an einem Daumen.

Melanie lachte auf.

»Du verrücktes Huhn bringst mir Steine mit?«

Sie nahm einen heraus und bemerkte, dass er mit einem dünnen Filzschreiber so winzig beschriftet war, dass man es gerade noch lesen konnte. Caracas stand darauf und die Zahl 26. Auf einem anderen Steinchen, das wie eine win-

zige Banane geformt war, las sie das Wort San Diego und die Zahl 39. Melanie schluckte gerührt.

»Ich hab mir gedacht, wenn du schon nicht dabei sein kannst, wenn ich um die Welt reise, dann bring ich dir die Welt eben ein bisschen mit nach München.«

»Die ganze Welt in einer kleinen Schachtel...« Melanie lächelte.

»Sie sind übrigens der Reihe nach durchnummeriert. Wenn du dir den Spaß machen willst, sie zu sortieren, dann hast du meine genaue Reiseroute.«

»Du bist...«, Melanie konnte nicht mehr weitersprechen. Sie fiel ihrer Freundin um den Hals und begann zu weinen.

»Hey hey! Wegen der paar Steinchen brauchst du mir jetzt nicht die Klamotten vollzuheulen.«

Doch es ging nicht nur um die Steine. Es war vor allem die Anspannung der letzten Wochen, die sich in Gegenwart ihrer Freundin völlig unkontrolliert löste.

»Kann es sein, dass du mir mehr zu erzählen hast als ich dir, du Heulsuse?«

Melanie nickte und wischte sich sehr undamenhaft mit dem Ärmel über das Gesicht. Dann erzählte sie Sabine von ihrer komplizierten Dreiecksgeschichte. Obwohl es sie Überwindung kostete, tat es ihr gut, sich alles von der Seele zu reden. Sabine hörte ihr geduldig zu, und schon alleine darin erkannte Melanie, wie sehr sie sich verändert hatte. Früher wäre sie ihr ständig ins Wort gefallen.

Als sie endlich fertig war, schaute Sabine sie kopfschüttelnd an. »Die brave, kleine Mel treibt es also mit zwei Männern!«, sagte sie und grinste.

»Das tu ich nicht!«, protestierte Melanie.

»Tust du doch!«

»Okay«, gab Melanie zu. »Aber es war nur einmal.«

»Und du bist dir sicher, dass sich das nicht wiederholen wird?«

Melanie zuckte mit den Schultern. »Ich weiß es nicht, Sabine. Das Schlimme ist, dass mich das Ganze so verrückt macht, dass ich mich manchmal gar nicht mehr unter Kontrolle habe. Letzte Nacht habe ich sogar Jonas genau das vorgeworfen, was ich selbst tue. Ich war so sauer auf ihn, weil er mit Tom etwas alleine besprochen hatte, dass ich fast ausgeflippt wäre.«

»Du bist eifersüchtig!«, stellte Sabine fest.

»Eifersüchtig?«

»Ja. Ganz eindeutig. Wenn die beiden Männer etwas ohne dich tun, dann passt dir das nicht.«

»Wenn ich doch nicht weiß, was Jonas Tom gegenüber empfindet.«

Sabine verdrehte die Augen. »Oh Mann. Das hört sich echt alles superkompliziert an, Mel. Für mich wäre so ein Durcheinander nichts.«

»Für mich ja auch nicht. Und ich habe so ein schlechtes Gewissen, weil ich Jonas verschwiegen habe, dass ich mich mit Tom getroffen habe.«

»Vielleicht liebst du Jonas nicht mehr?«, warf Sabine plötzlich ein. Sie hatte Jonas damals gerade noch kennengelernt, bevor sie auf ihre Reise gegangen war, und die beiden hatten sich auf Anhieb gut verstanden.

»Doch! Natürlich liebe ich ihn!«

Sabine schüttelte den Kopf. Ihr Blick war jetzt ernst. »Aber so geht das nicht. Hör auf, dich mit dem anderen zu treffen, Mel.«

»Ich weiß es doch. Und ich will das ja auch nicht ...«, sie sprach nicht weiter. Ihr Verstand sagte ihr ohnehin nichts anderes.

»Auf meiner Reise habe ich echt einiges erlebt und viele Menschen kennengelernt. Es gibt viele Arten von Beziehungen. Und manchmal funktionieren die verrücktesten Konstellationen. Aber die Liebe ist etwas so Kostbares, Mel. Setz das nicht aufs Spiel!«

Melanie war wieder den Tränen nahe. Sabine nahm inzwischen einen Muffin und biss hinein.

»Die sind gut, die Dinger«, sagte sie mit vollem Mund.

»Danke ... Was soll ich denn tun?«

»Ich bin ja keine Psychotante, aber den besten Rat, den ich dir geben kann, ist der, diesen Tom aus deinem Leben zu streichen. Sieh das Ganze als einmalige, ungewöhnliche Erfahrung an und freu dich, dass du mit Jonas so einen tollen Freund hast.«

Melanie nahm einen Schluck Sekt. Dann schaute sie Sabine fragend an. »Muss ich Tom wirklich völlig abschreiben?«

Sabine ließ sich Zeit mit der Antwort. »Wenn du keinen der beiden Männer lieben würdest, dann würde ich sagen: Vögel dir mit den beiden die Seele aus dem Leib und lass es krachen, wenn dir danach ist. Aber wenn so tiefe Gefühle im Spiel sind, dann geht das nicht, Mel. Und dann auch noch drei Leute! Da ist doch immer einer der Verlierer.«

Melanie nickte bedrückt. Sabine hatte ja recht. Doch insgeheim hätte sie sich einen anderen Rat von ihrer Freundin erhofft.

Sie nahm einen weiteren Schluck Sekt. »Okay. Jetzt aber genug von mir. Erzähl mir von Fabian«, forderte sie Sabine auf, weil sie das Thema wechseln und nicht mehr über Tom und Jonas reden wollte.

Dieser Name genügte, um Sabine ein Lächeln ins Gesicht zu zaubern. »Fabian ist einfach großartig. Warte, ich zeige dir ein Foto.« Sie griff in ihre Umhängetasche und holte aus einem Seitenfach ein Bild heraus.

»Aber der ist ja schon alt!«, rief Melanie aus und hätte sich gleich darauf am liebsten auf die Zunge gebissen.

Sabine lachte.

»Ich meine, älter als du«, versuchte Melanie, das Ganze zu relativieren.

»Nur knapp zwanzig Jahre.«

Melanie schaute Sabine verblüfft an. Mit allem hätte sie gerechnet, aber nicht mit einem so deutlich älteren Mann. Auch wenn er für sein Alter noch recht gut aussehend war. Er hatte grau meliertes, volles Haar, eine sportliche Figur, ein attraktives Gesicht und erinnerte ein wenig an einen Katalogmann für Business-Anzüge. »Ich hatte gedacht, du kommst mit einem braun gebrannten Surferboy zurück.«

Sabine legte den Kopf schief. »Ich und ein Surferboy? Du spinnst ja! Nein, nein. Fabian ist genau der Richtige für mich. Ich war noch nie im Leben so verliebt«, schwärmte sie.

Melanie spürte, dass Sabine es wirklich ernst meinte. Und sie freute sich für ihre Freundin, dass sie nach all dem, was sie durchgemacht hatte, dennoch ihr Glück gefunden hatte. Und ein klein wenig beneidete sie Sabine auch darum, wie einfach und klar ihre Beziehung zu sein schien, so völlig ohne Komplikationen. Genau der Gegensatz zu ihrem momentanen Leben.

»Nächstes Mal bringst du ihn mit!«

»Oder du besuchst uns in Berlin.«

»Darauf kannst du dich verlassen.«

Melanies Handy meldete eine Kurznachricht. Sie kam von Tom! Es war das erste Mal, dass er ihr eine SMS schrieb. Ausgerechnet jetzt, wo Sabine da war. »Machst du *es möglich?« stand da. Sofort spürte sie, wie ihr die Röte ins Gesicht stieg.*

Sabine nahm ihr das Handy aus der Hand.

»Die ist von diesem Tom, oder?«

Melanie nickte.

»Mel, das muss aufhören. Sonst quälst du dich und die beiden Männer und machst alles kaputt! Schreib ihm, dass es vorbei ist!«

»Aber...«

»Je eher du es beendest, desto besser für euch alle.«

46

Jonas beeilte sich, aus dem Büro zu kommen. Er würde sich später mit Melanie und Sabine im Biergarten treffen. Doch vorher fuhr er noch nach Hause, um aus dem Anzug zu schlüpfen, den er wegen einer wichtigen Besprechung getragen hatte, und zu duschen. Der Tag heute war wieder anstrengend gewesen, und die Bauarbeiten konnten für diese Woche nicht mehr aufgenommen worden. Doch es war ohnehin Freitag, und er hatte die Zusage bekommen, dass es am Montag mit einem neuen Subunternehmen wieder regulär weitergehen würde. Die beste Nachricht jedoch war, dass beide Männer inzwischen aus der Intensivstation auf eine normale Station verlegt worden waren. Und bei keinem waren laut ärztlicher Einschätzung bleibende Beeinträchtigungen zu erwarten.

Jonas radelte gemächlich den Weg bis zum Biergarten. Er freute sich, Sabine nach so langer Zeit wiederzusehen. Obwohl er ihr bisher nur wenige Male begegnet war, schien sie ihm durch Melanies Erzählungen sehr vertraut. Er hoffte, dass sie seine Freundin etwas aufmuntern konnte. Der Streit gestern nach dem spontanen Sex im Badezimmer hatte ihn die halbe Nacht nicht schlafen lassen. Heute früh hatte Melanie sich bei ihm entschuldigt, doch sie wirkte wieder sehr abwesend. Womöglich war sie wirklich verunsichert, was ihn und seine homoerotischen Wünsche betraf. Trotzdem glaubte er nicht, dass das alleine für ihr seltsames Verhalten verantwortlich war. Inzwischen befürchtete Jonas, dass Melanie sich in Tom verliebt haben könnte. Bei diesem Gedanken schnürte es ihm die Kehle zu, und er hoffte inständig, dass er sich täuschte. Er liebte Melanie, wie er noch nie zuvor eine Frau geliebt hatte, und wollte sie nicht verlieren.

Als er beim Biergarten ankam, herrschte reger Betrieb. Er lehnte sein Fahrrad gegen einen Kastanienbaum, schloss es ab und hielt Ausschau nach den beiden Frauen. Endlich entdeckte er sie ganz am anderen Ende. Sie teilten sich den Tisch mit einem älteren Ehepaar, dem er freundlich zunickte.

»Da ist er ja endlich, der Hübsche!«, begrüßte Sabine ihn. Sie stand auf, und Jonas umarmte sie.

»Hallo, Weltenbummlerin! Schön, dass du wieder da bist!«

»Ich muss ja schließlich nachschauen, was ihr hier so alles treibt. Und das ist ja einiges!«, sagte sie grinsend und zwinkerte ihm frech zu.

Damit war Jonas klar, dass sie auf dem Laufenden war. Doch es war ihm nicht peinlich, dass sie Bescheid wusste. Zumindest nicht allzu sehr.

»Hallo, Jonas.« Melanie lächelte ihm zu.

Er beugte sich zu ihr und gab ihr einen kurzen Kuss auf die Wange. »Tag, Schatz.«

Er setzte sich neben sie. Melanie schob ihm einen Bierkrug hin, der noch fast voll war. »Willst du einen Schluck?«

»Klar!« Er nickte und packte den Maßkrug. Dann prostete er Sabine zu. »Auf deine Rückkehr nach Deutschland!«

»Prost! Und auf einen Neuanfang hier!« Sie stießen an, und Jonas nahm einen tiefen Schluck. Das Bier war schön kalt und erfrischend.

Hungrig holte er sich an der Theke eine große Portion

warmen Leberkäse mit Kartoffelsalat. Melanie und Sabine hatten schon zu Hause gegessen.

Eine Weile unterhielten sie sich über Sabines spannendste Erlebnisse auf ihrer langen Reise. Jonas war beeindruckt von ihren Erzählungen. Es war bestimmt schön, ein paar Monate so unabhängig durch die Welt zu reisen. Er selbst hatte sich so eine lange Auszeit leider nie gegönnt, obwohl es ihn nach dem Studium sehr gereizt hätte. Doch er wollte nicht mehr von seinem Vater abhängig sein, der ihn finanziell während des Studiums unterstützt hatte, sondern endlich sein eigenes Geld verdienen.

Während sie sich unterhielten, stellte Jonas überrascht fest, dass Melanie auffallend oft seine körperliche Nähe suchte. Sie berührte ihn mehrmals am Arm, gab ihm zwischendurch einen Kuss oder schmiegte sich eng an ihn.

Als Sabine kurz auf die Toilette verschwand, griff er nach ihrer Hand und schaute sie an. »Geht es dir gut, Süße?«

Sie nickte und drückte fest seine Hand. »Ja. Jonas, du, es tut mir leid, wie ich mich verhalten habe. Wirklich. Das Ganze hat mich wohl doch etwas aus der Bahn geworfen und... Na ja, ich bin ja auch kein Profi in solchen Dingen.«

Er lächelte zärtlich. »Das bin ich auch nicht. Vielleicht habe ich mich ja auch nicht so ganz richtig verhalten, und wir hätten mehr reden müssen«, gestand Jonas ein.

»Vielleicht. Aber ich glaube, es ist wirklich am besten, wenn wir den Kontakt zu Tom ganz abbrechen.«

Obwohl sie sich bemühte, bei ihren Worten zu lächeln, bemerkte er einen Hauch von Traurigkeit in ihren Augen.

»Wenn du das möchtest«, sagte er und küsste sie sanft auf die Wange.

»Ja. Das möchte ich. Ich will, dass wir uns wieder auf uns beide konzentrieren.«

Obwohl er einen leichten Stich des Bedauerns spürte, war er gleichzeitig auch sehr erleichtert über ihre Worte.

»Na, ihr Turteltäubchen! Soll ich euch lieber alleine lassen? Ich will ja das junge Glück nicht stören!«

Sabine war wieder zurückgekommen.

»Auf keinen Fall! Du bleibst schön hier! Ich hole uns gleich noch mal Nachschub«, sagte Jonas und trank den letzten Schluck aus dem Maßkrug, bevor er aufstand.

»Genau. Und dann will ich endlich die Geschichte fertig hören, warum du auf Samoa im Gefängnis gelandet bist«, forderte Melanie ihre Freundin auf.

Der restliche Abend verlief sehr fröhlich, und sie lachten viel. Jonas war froh, dass Sabine gekommen war.

47

Tom saß in der U-Bahn und starrte aus dem Fenster. Schon seit zwei Stunden fuhr er ohne Ziel durch München und wechselte jeweils an den Endstationen die Bahn. Er war zugleich rastlos und hatte doch kaum Energie, sich zu bewegen. Die Fahrten durch den Münchner Untergrund halfen ihm dabei, nicht völlig zu erstarren. Eigentlich sollte er an seinem Schreibtisch sitzen und sich auf sein Drehbuch konzentrieren. Doch die halbe Woche war schon vorbei, und er hatte nur wenige Seiten geschrieben. Wenn er nicht bald weitermachte, würde er es nicht schaffen, das Dialogbuch rechtzeitig bis zum Freitag abzugeben.

Melanie hatte ihm vor sechs Tagen per SMS unmissverständlich zu verstehen gegeben, dass sie ihn nicht mehr sehen wollte. Und dann hatte er am Montag auch noch erfahren, dass Jonas die Rolle abgelehnt hatte. Mathilde war sauer gewesen und hatte Tom angerufen und gefragt, was sein Freund denn für Probleme habe. Sie habe sich sehr für ihn eingesetzt, und jetzt wolle er plötzlich nicht mehr? Tom wusste nicht, was er ihr sagen sollte. Er fühlte sich einfach nur beschissen. Tom kannte Liebeskummer, den hatte er gehabt, als er sich von Sybille getrennt hatte. Das hatte wehgetan, aber das jetzt war etwas ganz anderes und nicht damit zu vergleichen.

Er fühlte sich, als ob man ihn aus dem normalen Leben gerissen hätte, um ihn in einer Parallelwelt abzustellen, die ihm sogar an diesem strahlenden Frühsommertag den Anschein gab, in einer düsteren Nebelsuppe zu schwimmen. Die Leute um ihn herum schienen hinter einer unsichtbaren Wand zu stehen, und er nahm gar nicht wahr, was sie redeten. Er war hungrig, und sein Magen knurrte, aber er brachte kaum einen Bissen herunter. Ständig musste er an Melanie denken und daran, dass er sie nie wieder berühren, sie nie wieder küssen würde. Wenn er früher in Büchern gelesen hatte, dass unerfüllte Liebe krank machen konnte, hatte er dies immer nur als literarische Metapher gesehen und nicht als einen tatsächlichen Zustand, in den ein Mensch fallen konnte. Doch nun wurde er eines Besseren belehrt. Und das Schlimme daran war, er wusste absolut nicht, wie er jemals wieder aus diesem Loch kommen sollte.

Warum musste er sich ausgerechnet in eine Frau verlieben, die einen Freund hatte? Und so verrückt es war, er konnte es sogar verstehen, dass sie Jonas nicht verlassen wollte. Auch wenn er sich nichts sehnlicher wünschte.

Die U-Bahn hielt an, und neue Fahrgäste stiegen zu. Eine junge Frau rempelte ihn an, als sie sich an ihm vorbei auf einen freien Sitzplatz drängte. Sie stank so sehr nach kaltem Zigarettenrauch, dass Tom übel wurde. Plötzlich bekam er keine Luft mehr, und bevor die Türen sich schlossen, flüchtete er hinaus auf den Bahnsteig.

Er drängelte sich an den Leuten vorbei, die Rolltreppe nach oben und eilte, so schnell er konnte, nach draußen an die frische Luft.

Endlich konnte er wieder richtig durchatmen.

Das schöne Wetter hatte sich inzwischen verzogen, und schwarze Wolken standen bedrohlich am Himmel. Ein frischer Wind wehte, und es würde sicher nicht mehr lange dauern, bis es anfing zu regnen. Er blieb stehen und starrte in die Menge. Er fühlte sich kraftlos und krank.

Und da kam ihm ein Gedanke. Wenn man krank war, ging man zu einem Arzt. Er war eindeutig krank, und deswegen würde er einen solchen aufsuchen. Und zwar sofort.

Wenig später betrat er die Anmeldung der Arztpraxis. Melanie telefonierte und machte sich gleichzeitig Notizen auf einem Schmierzettel. Als sie Tom bemerkte, verschwand schlagartig das Lächeln aus ihrem Gesicht.

Er ging zur Rezeption und wartete, bis sie auflegte. Schon allein durch die Tatsache, dass er sie endlich wieder anschauen konnte, fühlte er sich schon deutlich besser.

»Hi, Tom«, sagte sie, und er bemerkte, wie sie sich bemühte, freundlich zu sein. »Was machst du hier?«

»Es geht mir nicht gut. Ich bin krank, und da dachte ich mir...«

»Und da kommst du ausgerechnet hierher?«, unterbrach sie ihn leise und schaute sich nervös um.

»Soll ich wieder gehen?«

»Ja... nein! Bist du wirklich krank?«

»Mir geht es echt nicht gut, Melli!«

Doch je länger er sie anschaute und mit ihr sprach, desto mehr kam er aus dem vernebelten Zustand heraus, in dem er sich seit Tagen befunden hatte.

»Du bist ja wirklich ziemlich blass«, sagte sie und klang dabei etwas besorgt.

Sie holte ein Klemmbrett mit einem Anmeldebogen aus einer kleinen Schublade. »Hier. Füll das aus. Aber es wird eine Weile dauern, bis du drankommst.«

»Das macht nichts. Ich kann warten.«

Sie schauten sich einige Sekunden in die Augen, ohne etwas zu sagen.

»Möchtest du ein Glas Wasser?«, fragte sie schließlich fürsorglich.

Ein Lächeln zeichnete sich auf seinem Gesicht ab, und er merkte, wie er sich von Minute zu Minute besser fühlte. Er spürte, dass er ihr nicht gleichgültig war. Und das war wie Balsam für seine Seele.

»Nein, danke. Es geht schon so.«

Dann holte er seine Versichertenkarte aus der Geldbörse und legte sie auf die Theke.

48

Melanie konnte sich kaum mehr auf ihre Arbeit konzentrieren. Tom war seit zehn Minuten im Sprechzimmer, und Melanie fragte sich besorgt, was mit ihm los war. Sie musste sich zurückhalten, um nicht unter irgendeinem Vorwand zu ihrer Chefin zu gehen, um dabei vielleicht aufzuschnappen, was ihm fehlte. Geduld, Melanie, mahnte sie sich selbst. Sie brauchte ja später nur in seine Unterlagen zu schauen.

Ein paar Minuten später kam Dr. Binder gemeinsam mit Tom heraus und sagte: »Melanie, wir machen ein EKG, und, Herr Berthold, Sie kommen bitte nächste Woche nüchtern, damit wir ein großes Blutbild machen können. Auf Wiedersehen und alles Gute.«

Und schon verschwand sie in das zweite Sprechzimmer, wo der nächste Patient auf sie wartete.

Melanie führte Tom in einen kleinen Behandlungsraum.

»Was fehlt dir?«, fragte sie.

»Du. Du fehlst mir, Melli«, antwortete er leise.

Sie reagierte nicht darauf.

»Bitte mach dich oben frei und zieh deine Socken aus«, forderte sie ihn auf. Sie drehte sich von ihm weg und hantierte mit den Elektroden des EKG-Gerätes herum.

Als sie sich wieder umdrehte, stand er mit nacktem Oberkörper direkt hinter ihr. Sie schluckte.

»Und was jetzt?«, fragte er leise. Es machte sie schrecklich nervös, dass er ihr so nahe war.

»Jetzt legst du di... dich auf die Liege«, stotterte sie herum. *Doch er blieb vor ihr stehen und schaute sie nur sehnsüchtig an.*

Plötzlich war ihr alles egal. Dass sie Sabine versprochen hatte, den Kontakt zu Tom abzubrechen. Dass sie in einem Behandlungszimmer waren, in den jederzeit eine Kollegin oder ihre Chefin kommen konnte. Geschweige denn, dass sie sich hinterher Jonas gegenüber sicherlich schrecklich fühlen würde. Der Drang, ihn zu berühren, war so übermächtig, dass sie die Hände an seine Brust legte und sanft über seinen Körper streichelte. Er schloss für einen kurzen Moment die Augen, dann schaute er sie lächelnd an, bewegte sich jedoch nicht. Seine Haut war warm, und sein männlicher Duft betörte ihre Sinne. Sie legte ihre Stirn an seine Schulter und fuhr mit den Händen über seine Hüften. Ihr Herz klopfte dabei wie verrückt. Sanft hauchte sie kleine Küsse auf seine Haut, während ihre Hand nach vorne wanderte und sich gegen seinen Schoß drückte. Er zog scharf die Luft ein. Sie spürte, dass er hart war. Er war genauso erregt wie sie. Es irritierte sie ein wenig, dass er keine Anstalten machte, sie zu berühren. Deswegen wurde sie noch wagemutiger. Küssend wanderte sie etwas nach unten zu seiner rechten Brust und umkreise dann mit ihrer Nasenspitze seine harte Brustwarze. Er zuckte leicht zusammen, und endlich reagierte er und legte seine Hände um ihren Kopf.

»Melli«, flüsterte er, »ich kann nur noch an dich denken.«

Sie hob den Kopf, und seine Lippen suchten ihren Mund. Der Kuss war so leidenschaftlich, dass Melanies Beine zitterten. Sie hielt sich an ihm fest, um nicht das Gleichgewicht zu verlieren.

Langsam lösten sich seine Lippen von ihren, und er

schaute sie eindringlich an. »Bitte komm heute zu mir. Bitte!«

»Wenn…«, begann sie, doch in diesem Moment wurde die Türklinke nach unten gedrückt. Sofort schraken beide zurück. Die neue Auszubildende Vera kam herein, schien jedoch nicht zu bemerken, wobei sie die beiden soeben unterbrochen hatte.

»Frau Steiner, die Frau Doktor schickt mich, damit Sie mir das mit dem EKG zeigen«, sagte das schüchterne Mädchen und vermied es, Tom direkt anzuschauen.

»Gut«, sagte Melanie und räusperte sich kurz. Sie wandte sich an Tom. »Dann legen Sie sich bitte auf die Liege, Herr Berthold. Und krempeln Sie die Jeans hoch. Ich bin gleich wieder zurück.« *Sie verließ den Behandlungsraum für einige Minuten, um Tom etwas Zeit zu geben, damit sich sein Herzschlag vor dem EKG wieder etwas normalisierte. Sie hoffte inständig, dass Vera die verräterische Ausbuchtung an seiner Jeans nicht wahrnehmen würde.*

Melanie verließ die Praxis und ging eilig zu einem Taxistand in der Nähe. Sie fühlte sich wie im Fieber und war so aufgeregt wie noch nie in ihrem Leben. Sie stieg in den Wagen und nannte der Taxifahrerin die Adresse von Tom.

Zuvor hatte sie Jonas eine SMS geschickt, dass sie noch zu ihren Eltern fahren würde und erst später nach Hause käme. »Bei mir wird es auch später. Sag einen lieben Gruß – und ich freu mich auf dich«, *kam seine Antwort nur eine Minute später zurück. Jonas war womöglich sogar erleichtert, vermutete Melanie, weil er selbst noch länger im Büro zu tun hatte – so wie schon in den letzten Tagen. Melanie hatte ein schlechtes Gewissen, weil sie ihn anlog. Trotzdem konnte sie nicht anders. Sie fühlte sich wie in einem aufre-*

genden Strudel, in dessen Sog sie geraten war und aus dem sie nicht mehr herauskam.

Als das Taxi vor dem mehrstöckigen Haus anhielt, in dem Tom wohnte, bezahlte sie und stieg rasch aus. Sie ging auf die Eingangstür zu und suchte auf den Klingelschildern nach seinem Namen. In diesem Moment wurde die Haustür geöffnet.

»Melanie?«

Melanie drehte sich erschrocken um. Sofort erkannte sie die Frau, die sie ziemlich überrascht anschaute. Oh mein Gott. Ausgerechnet ihr musste sie jetzt begegnen.

»Lissy!«

»Willst du zu Tom?«

»Zu Tom?« Melanie schüttelte energisch den Kopf. »Nein. Ich besuche eine Freundin.« Sie warf rasch einen Blick auf die Türschilder und nahm den ersten Namen, der ihr ins Auge sprang. »Theodora.«

»Ach so, ich dachte schon...«, begann Lissy, aber Melanie unterbrach sie sofort.

»Ich wusste gar nicht, dass Tom hier wohnt. Was für ein Zufall.« Sie lachte kurz auf und hoffte, dass es nicht zu falsch klang.

»Ja. Das ist wirklich ein Zufall.«

Lissy beäugte sie ein wenig misstrauisch, fand Melanie. Ob sie ihr die Geschichte mit Theodora abnahm? Und was tat die Frau eigentlich hier?

»Geht es Tom gut?«

»Ich glaub schon«, antwortete Lissy. »Eigentlich wollte ich ihn überreden, mit mir ins Kino zu gehen. Aber er ist wild am Wohnungputzen. Scheinbar bekommt er heute noch Besuch.«

Melanie fiel auf, dass Lissy darüber nicht sonderlich

glücklich war. Wenn die Frau nicht völlig naiv war, dann musste ihr natürlich klar sein, um wen es sich bei diesem Besuch handeln würde. Doch Melanie wollte auf keinen Fall, dass jemand wusste, dass sie bei Tom war. Entschlossen drückte sie deswegen auf den Klingelknopf. Dann lächelte sie. »Ich bin spät dran. Wenn du Tom mal wieder siehst, sag ihm einen schönen Gruß von mir.«

»Okay...«

In diesem Moment meldete sich eine Stimme aus der Gegensprechanlage. »Ja?«

»Hallo, Theodora. Ich bin's!«, rief sie bemüht fröhlich, und erstaunlicherweise war gleich drauf das Summen des Türöffners zu hören. Melanie schickte ein inniges Dankeschön in Richtung Theodora, weil sie nicht nachgefragt hatte, und sagte dann: »Tschüss, Lissy!« Sie nickte der rothaarigen Frau zu, und ohne eine Antwort abzuwarten, betrat sie das Treppenhaus. Rasch ging sie nach oben in das erste Stockwerk und blieb dann zitternd und mit wild klopfendem Herzen stehen.

Was tat sie da nur? Innerhalb einer Stunde hatte sie schamlos zwei Menschen angelogen. Der Schreck über die unerwartete Begegnung mit Lissy wirkte wie eine kalte Dusche auf sie. Die wilde Erregung, die sie gepackt hatte, seit Tom in die Sprechstunde gekommen war, war verflogen und hatte einem schalen Schuldgefühl Platz gemacht. Mit wackligen Beinen lehnte sie sich gegen die Wand und schloss einen Moment die Augen. Langsam beruhigte sie sich ein wenig. Doch sie fühlte sich nicht besser. Melanie war in einem totalen Gefühlschaos gefangen und wusste nicht mehr, was sie tun sollte.

49

Jonas warf einen Blick auf seine Armbanduhr. Es war kurz vor zweiundzwanzig Uhr, und Melanie war noch nicht von ihren Eltern zurück. Bis jetzt hatte er noch nichts gegessen, weil Melanie jedes Mal Kuchen, Frikadellen oder sonstige hausgemachte Köstlichkeiten mitbrachte, die ihre Mutter für Jonas einpackte. Doch inzwischen hatte er so großen Hunger, dass er in die Küche ging und Milch in eine Schale goss, in die er ordentlich Schokomüsli füllte.

Er setzte sich damit vor den Fernseher und schaute sich eine Talkrunde an, in der es um die mangelnde Sicherheit in deutschen U-Bahnhöfen ging. Auslöser für die Diskussion um Forderung nach schärferen Sicherheitsmaßnahmen war der Tod eines älteren Ehepaars. Sie waren am vergangenen Wochenende in Berlin von einer vierköpfigen Mädchengang überfallen und völlig ohne Grund brutal zusammengeschlagen worden. Beide verstarben noch am Tatort. Die Mädchen waren allesamt gefasst worden. Das Schockierende war jedoch nicht allein die Tat, sondern die Gleichgültigkeit der Schlägerinnen den Opfern gegenüber.

Jonas machte sich plötzlich Sorgen, weil Melanie immer noch nicht da war und sie sich auch noch nicht bei ihm gemeldet hatte. Normalerweise gingen ihre Eltern immer sehr früh ins Bett, und dass sie jetzt noch dort war, erschien ihm mit einem Mal unwahrscheinlich. Hoffentlich war ihr nichts passiert! Mit einem unguten Gefühl in der Magen-

gegend griff er nach seinem Handy und wählte ihre Nummer. Es klingelte mehrmals, bevor sich die Mailbox anschaltete.

»Hi, Süße. Ich bin's. Wollte nur nachfragen, wann du kommst. Ruf mich doch bitte kurz zurück«, bat er und legte auf. Inzwischen war ihm der Appetit vergangen, und er schob die Müslischale zur Seite. Er versuchte vergeblich, sich auf den Beitrag einer Sozialarbeiterin zu konzentrieren, welche die desaströsen Verhältnisse schilderte, in denen die Mädchen aufgewachsen waren.

Jonas wartete weitere zehn Minuten und rief dann noch mal bei Melanie an. Wieder sprang nur die Mailbox an. Sollte er es bei ihren Eltern versuchen? Am besten wartete er noch. Er wollte nicht, dass sie sich womöglich unnötig aufregten.

Doch als er Melanie eine halbe Stunde später immer noch nicht erreichen konnte, rief er bei ihren Eltern an. Glücklicherweise schienen sie noch nicht geschlafen zu haben.

Doch nach dem Gespräch war ihm klar, dass etwas ganz und gar nicht stimmen konnte. Melanie war nicht dort gewesen. »Sie kommt doch erst morgen«, erklärte seine Mutter und klang etwas besorgt. Um sie nicht zu beunruhigen, wiegelte Jonas gleich ab: »Ach, dann habe ich da was verwechselt, Marianne. Dann ist sie heute bei ihrer Kollegin und nicht morgen. Entschuldige, dass ich euch noch so spät gestört habe.«

»Das macht doch nichts, Jonas«, antwortete sie und klang erleichtert. »Ich mache morgen Tafelspitzsuppe mit Leberknödel. Da gebe ich Melanie eine Portion für dich mit.«

»Danke, Marianne. Du bist ein Schatz!«

»Und sag ihr von mir, dass sie nicht ständig ohne dich unterwegs sein soll.«

»Das sagst du ihr besser morgen selber, Marianne. Gute Nacht!«

»Gute Nacht, Jonas!«

Jonas legte das Handy weg und atmete tief durch. Melanie hatte ihn angelogen. Wo auch immer sie gerade war, sie wollte nicht, dass er es wusste. Und plötzlich ahnte er, wo Melanie war. Er schlug mit der Hand in das Sofakissen.

»Verdammt!«, rief er und stand auf. Es würde nichts nützen, dass er bei gemeinsamen Bekannten anrief oder bei einer ihrer Kolleginnen, mit der sie manchmal ausging. Dort würde er sie nicht finden – sie war bei Tom! Dabei war sie es gewesen, die den Kontakt abbrechen und sich wieder mehr auf ihre Beziehung konzentrieren wollte. Leider war er beruflich die letzten Tage so eingespannt gewesen, dass sie nur wenig Zeit miteinander verbracht oder geredet hatten. Doch das durfte nicht der Grund dafür sein, dass sie ihn angelogen hatte. Er lachte plötzlich bitter auf. Sie hatte ihn tatsächlich angelogen! Es war, als ob diese Tatsache nun erst endgültig bei ihm ankam. Dabei hatte er ihr immer vertraut! Jonas hatte das Gefühl, als würde man ihm den Boden unter den Füßen wegziehen.

Er ging in die Küche und holte sich ein Bier. Doch als er die Flasche an den Mund setzte, zögerte er plötzlich. Nein. Er würde sich jetzt nicht betrinken. Er wollte einen klaren Kopf behalten. Entschieden stellte er die Flasche auf den Tisch und ging zurück ins Wohnzimmer.

Wenn sie wirklich bei Tom war, musste er das jetzt klären, bevor er sich mit wilden Spekulationen verrückt machte. Er nahm das Handy und wählte Toms Nummer.

Schon nach dem zweiten Klingelton nahm Tom ab.

»Ja, hallo«, meldete er sich.

»Hier ist Jonas. Ist Melanie bei dir?«

Es dauerte einige Augenblicke, bis Tom antwortete. »Nein. Sie ist nicht hier.«

Natürlich glaubte er ihm kein Wort, und vor Ärger blieb ihm schlagartig die Luft weg. Er atmete einmal tief ein und aus.

»Jetzt hör mir mal gut zu, Tom: Mir ist gerade wirklich nicht nach irgendwelchen Spielchen. Hol sie ans Telefon!«

»Wie kommst du darauf, dass sie hier sein soll?«, fragte Tom.

»Sie hat mich angelogen, dass sie bei ihren Eltern ist. Und warum sollte sie das sonst tun?«

»Oh Gott! Hoffentlich ist ihr nichts passiert«, rief Tom erschrocken, *und er klang so besorgt, dass Jonas ihm glaubte, dass Melanie tatsächlich nicht bei ihm war. Unvermittelt bekam er Angst.*

»Tom. Hast du Melanie heute gesehen?«, *fragte er und versuchte, die aufsteigende Panik zu unterdrücken.*

»Ich war am Nachmittag bei ihr in der Praxis.«

»Und seitdem hast du nichts mehr von ihr gehört?«

»Nein. Sie ... sie wollte zu mir kommen. Aber sie kam nicht, und sie geht nicht an ihr Handy.«

Sie wollte zu mir kommen. Diese Worte hallten in Jonas nach. Und sie taten weh. Trotzdem durfte er daran jetzt nicht denken. Es musste irgendwas passiert sein. »Du steigst jetzt sofort in dein Auto und kommst hierher«, sagte Jonas *in einem barschen Ton.* »Und dann reden wir.«

»Ich kann nicht mehr autofahren, Jonas ... Ich hab was getrunken.«

Jonas schnaubte. »Dann setz dich in ein verdammtes Taxi!«

Die Zeit, in der Jonas auf Tom wartete, kam ihm wie eine Ewigkeit vor. Am liebsten hätte er die Polizei verständigt, weil er sich so große Sorgen machte. Aber er musste zuerst mit Tom reden. Vielleicht fand er durch ihn heraus, was mit Melanie los war. Er hoffte nur inständig, dass ihr nichts zugestoßen war.

Doch warum ging sie dann nicht ans Telefon?

Er schickte ihr erneut eine SMS: »Wenn ich nicht bald ein Lebenszeichen von dir bekomme, werde ich die Polizei verständigen.«

Vielleicht bewegte sie das ja dazu, sich endlich zu melden.

Plötzlich kam ihm ein Gedanke. Er eilte ins Schlafzimmer und schaute auf den Schrank. Dort waren ihre Koffer und Reisetaschen verstaut. Und tatsächlich, der kleine dunkelgraue Trolley fehlte. Mit einem mulmigen Gefühl ging er ins Badezimmer und stellte fest, dass ihre elektrische Zahnbürste sowie die wenigen Kosmetikartikel, die sie täglich benutzte und die normalerweise auf der Ablage unter dem Spiegel lagen, verschwunden waren.

In diesem Moment klingelte es. Jonas ließ sich Zeit, zur Wohnungstür zu gehen. Er war total erschüttert über die Tatsache, dass sie ihn scheinbar Hals über Kopf verlassen hatte. Es klingelte erneut. Für einen winzigen Augenblick schoss die Hoffnung durch seinen Kopf, dass es Melanie war, die nur den Wohnungsschlüssel vergessen hatte. Aber als er öffnete, stand Tom vor ihm. Er sah ähnlich fertig aus, wie Jonas sich fühlte.

»Komm rein.«

»Ich weiß wirklich nicht, wo sie ist...«, begann Tom, und sein Atem roch nach Alkohol.

»Sie ist weg«, sagte Jonas bloß und ging in die Küche. Tom folgte ihm.

»Sie ist weg? Was meinst du damit?«, fragte er, und Jonas hörte Panik in seiner Stimme.

Abrupt blieb er stehen und drehte sich zu ihm um. »Warum wollte sie zu dir?«, schrie er ihn wütend an. Endlich war jemand da, an dem er seine Angst und Wut auslassen konnte.

Tom wich instinktiv zurück. Doch er hielt seinem Blick stand. »Darum geht es jetzt nicht. Ich will wissen, wo Melli ist.«

»Sie heißt Melanie!«, blaffte Jonas ihn an.

Tom ging nicht darauf ein. »Wieso hast du gesagt, dass sie weg ist?«

»Wieso wollte sie verdammt noch mal zu dir?«

»Habt ihr gestritten?«, fragte Tom.

»Nein. Wir haben nicht gestritten! Und jetzt will ich endlich eine...«

In diesem Moment meldete das Handy aus dem Wohnzimmer eine SMS. Jonas ließ Tom stehen und eilte nach nebenan. Seine Hand zitterte, als er nach dem Handy griff. Eine Nachricht von Melanie!

»Brauche etwas Zeit für mich. Kein Grund, die Polizei zu benachrichtigen. Mach dir keine Sorgen! Melanie.«

»Hat sie geschrieben?« Tom stand hinter ihm und versuchte, einen Blick auf das Handy zu werfen. Jonas nickte und reichte es ihm, damit er selbst lesen konnte. Er war plötzlich unglaublich erschöpft. Müde ließ er sich in den Sessel fallen.

»Ihr ist nichts passiert!«, sagte Tom erleichtert und setzte sich ebenfalls aufs Sofa.

»Aber irgendwas muss passiert sein!« Jonas sah Tom eindringlich an. »Melanie verschwindet nicht einfach so.«

»Hast du was zu trinken da?«, fragte Tom.

Jonas holte für beide Bier aus der Küche. Jetzt brauchte auch er was zu trinken.

Er nahm einen Schluck.

»Und jetzt will ich endlich wissen, was zwischen euch beiden passiert ist, Tom.«

50

Tom war unglaublich erleichtert, dass Melanie sich endlich gemeldet hatte. Er hatte am Abend stundenlang auf sie gewartet und war schrecklich unruhig geworden, weil sie nicht gekommen war. Dabei hatte sie es ihm fest versprochen, kurz bevor er die Praxis verlassen hatte.

Immer wieder hatte er versucht, sie zu erreichen, und ihr Kurznachrichten geschickt. Irgendwann hatte er sich zur Beruhigung ein Glas Wein eingeschenkt. Doch da er keinen Bissen heruntergebracht hatte, war ihm der Alkohol gehörig zu Kopf gestiegen. Und gelassener war er dadurch auch nicht geworden. Zudem stieg langsam die Panik in ihm auf, weil er immer noch nicht weiter am Drehbuch geschrieben hatte und der Abgabetermin unaufhörlich näher rückte. Doch er konnte sich einfach nicht auf seine Arbeit konzentrieren.

Als Jonas ihn dann schließlich angerufen und nach Melanie gefragt hatte, war ihm fast das Herz stehen geblieben. Er hatte unvermittelt Angst bekommen, dass ihr etwas passiert sein könnte.

Jonas saß ihm gegenüber und sah ihn erwartungsvoll an. Tom war klar, dass er jetzt endlich Farbe bekennen musste. Auch wenn es eigentlich Melanies Sache gewesen wäre, mit ihrem Freund darüber zu sprechen. Doch dies war ein besonderer Umstand, und er wollte Jonas gegenüber ehrlich sein. Denn es war offensichtlich, dass der sich viele Fragen stellte.

»Ich habe mich in Melanie verliebt«, gestand Tom schließlich leise.

Jonas sagte nichts, sondern schaute ihn nur weiter mit einem undefinierbaren Blick an.

»Ich kann an nichts anderes mehr denken als an Melanie. Ich kann nicht mehr arbeiten, nicht mehr schlafen...«, fuhr Tom fort. *»Heute war ich bei ihr in der Praxis und habe sie gebeten, nach der Arbeit zu mir zu kommen... Aber sie kam nicht.«*

»Melanie hat sich auch in dich verliebt«, sagte Jonas mit eigenartig ruhiger Stimme.

Tom schüttelte den Kopf. »Nein.« Es fiel ihm schwer weiterzusprechen. *»Sie liebt dich.«*

Tom bemerkte, wie Jonas' Finger sich ineinander verschränkten, sodass das Weiß seiner Knöchel zu sehen war.

»Melanie hätte nie mit dir geschlafen, wenn sie nicht in dich verliebt wäre. Ich wusste das damals schon, aber ich habe es verdrängt.«

Tom griff nach der Bierflasche und nahm einen tiefen Schluck. Dann zuckte er resigniert mit den Schultern.

»Aber Melanie will sich leider nicht auf mich alleine einlassen, weil sie dich liebt. Wahrscheinlich war das auch der Grund, warum sie heute weggefahren ist.«

»Ich will Melanie nicht verlieren«, sagte Jonas mit heiserer Stimme.

Tom schluckte. Für ihn war klar, dass Melanie sich nie von sich aus von Jonas trennen würde. Und dass er keine Chance bekommen würde, sie für sich zu gewinnen. Bislang hatte er trotz allem immer noch diese Hoffnung gehabt. Doch jetzt wusste er, dass dieser verrückte Traum von einer Zukunft mit Melanie geplatzt war. Als ihm das klar wurde, rebellierte sein Magen. Er sprang auf, eilte ins Badezimmer und schaffte es gerade noch dorthin, bevor er sich übergeben musste. Da er nichts gegessen hatte, kamen ihm nur Alkohol und danach bittere Galle hoch. Bei jedem Würgen zog sich sein ganzer Körper schmerzhaft zusammen. Es dauerte eine Weile, bis der Würgereiz nachließ.

»Hier!« Als er die Stimme von Jonas hinter sich hörte, fühlte er sich nur noch gedemütigt. Hier saß er nun. Am Boden, vor einer Kloschüssel. Vor den Augen seines Rivalen.

»Jetzt nimm schon!«

Langsam drehte Tom sich um. Jonas hielt ihm ein kleines nasses Gästehandtuch entgegen. Er nahm es und wischte sich das Gesicht ab. Dann stand er mit wackeligen Beinen auf. Als Jonas ihm helfen wollte, wies er ihn barsch ab. Er wusch sich im Waschbecken die Hände und wagte dabei nicht, in den Spiegel zu schauen, aus Angst vor dem, was er dort sehen würde.

»Ich mache uns jetzt Kaffee, und dann reden wir«, sagte Jonas bestimmt.

»Ich will jetzt nicht mehr reden. Ich fahre nach Hause!«

Tom wollte sich einfach nur noch verkriechen und seine Ruhe haben.

Da packte Jonas ihn am Kragen seines T-Shirts und schaute ihn eindringlich an. »Das wirst du nicht tun! Denkst du, du bist der Einzige, dem es scheiße geht?«

Wenig später saßen sie am Tisch in der Küche. Tom hielt einen Kaffeebecher in der Hand und nahm vorsichtig einen Schluck des heißen Getränks. Sofort belebte das Koffein seine Sinne.

»Ich fühle mich verantwortlich dafür, dass es zu diesem ganzen Schlamassel gekommen ist«, sagte Jonas.

Tom schaute ihn überrascht an. Eigentlich hatte er von

Anfang an eine völlig andere Reaktion von Jonas erwartet. Wenn die Situation umgekehrt gewesen wäre, hätte er ihn jedenfalls schon längst hinausgeworfen. Doch wenn Melli seine feste Freundin gewesen wäre, wäre es auch nie zu diesem Dreier gekommen. Gleichzeitig war Tom sich selbst gegenüber auch ehrlich genug, um sich einzugestehen, dass er entgegen seiner eigentlichen Einstellung, nichts mit der Frau eines anderen anzufangen, bei Melli alles getan hätte, um sie für sich zu gewinnen. Dass Jonas die Schuld ganz auf sich nahm, war deswegen nicht okay. »Dafür sind wir schon alle miteinander verantwortlich«, sagte er deswegen.

Jonas spielte am Henkel seiner Tasse, ohne zu trinken. Er schüttelte den Kopf. »Es ist alles total verfahren.«

»Ist es nicht«, widersprach Tom. »Sie hat sich entschieden. Du hast gewonnen. Und deswegen werde ich jetzt verschwinden.«

Obwohl Tom keine Anstalten machte, sich zu bewegen, griff Jonas nach seinem Arm und hielt ihn fest. Er schaute ihn mit zusammengekniffenen Augen an. »Das ist kein Wettkampf. Und du hast es immer noch nicht kapiert, oder?«, fragte Jonas.

»Was meinst du?« Tom wusste nicht, wohin dieses seltsame Gespräch führen sollte.

»Es nützt nichts, wenn du gehst! Melanie will uns beide, weil sie uns beide liebt. Und sie wird uns eher beide verlassen, als sich endgültig für einen von uns zu entscheiden.«

Tom starrte Jonas an. So hatte er die Situation noch nicht betrachtet. Und er konnte nicht glauben, was er gerade hörte. »Sie würde dich nie verlassen, Jonas!«, warf er ein.

Jonas lachte bitter auf. »Das hat sie doch schon!«

Darauf sagte Tom erst einmal nichts mehr. Auch wenn er

das Gefühl hatte, Melanie schon ewig zu kennen, wusste er doch nur sehr wenig von ihr.

Jonas fuhr fort. »Ich liebe Melanie, und du liebst sie auch. Das weiß sie. Ich kenne sie lange genug, um zu ahnen, welche Schuldgefühle sie deswegen plagen. Melanie ist einer der offensten und gefühlvollsten Menschen, die ich kenne. Egal, wer von uns beiden verzichten würde, sie könnte nicht mit dem anderen glücklich werden.«

Tom ahnte, dass Jonas recht hatte, und es schnürte ihm die Kehle zu. Innerhalb kurzer Zeit waren drei Menschen unglücklich geworden. Und der Grund dafür war Liebe! Das konnte doch nicht möglich sein! »Und was machen wir jetzt?«, fragte er heiser.

Jonas schaute ihn mit einem seltsamen Blick an. »Ich will, dass Melanie glücklich ist, und ich will ein Teil von ihrem Leben sein.«

Es dauerte einige Sekunden, bis Tom den Gedanken logisch weiterdenken konnte, der einerseits so einfach und doch so ungeheuerlich war, dass es ihm die Sprache verschlug. Jonas konnte doch nicht eben ernsthaft vorgeschlagen haben, dass sie sich Melanie teilen sollten?

»Was willst du, Tom?« Jonas ließ es nicht zu, dass er sich um eine Antwort drückte.

»Du willst, dass wir beide mit Melanie zusammen sind?«, fragte Tom mit kratziger Stimme.

»Es ist für mich der einzige Weg, sie nicht zu verlieren.«

Wie konnte Jonas nur so etwas Unglaubliches vorschlagen und dabei so ruhig bleiben?

»Und wie stellst du dir das vor? Bei mir ist sie montags, mittwochs und samstags und die restliche Zeit bei dir? Und im Urlaub teilen wir sie nach Wochen auf? Oder wie?«, giftete er ihn an.

»Darum geht es jetzt doch noch gar nicht.«

»Aber wie soll ich denn eine Beziehung mit einer Frau haben, wenn sie gleichzeitig mit einem anderen zusammen ist?«

»Ehrlich gesagt weiß ich auch nicht, ob das funktionieren könnte. Aber bevor ich Melanie endgültig aufgebe, wäre ich bereit, es zumindest zu versuchen.«

Tom starrte Jonas mit großen Augen an. Der meint es tatsächlich ernst, dachte er.

51

Melanie lag auf der rechten Seite des Doppelbettes und starrte an die Decke. Das Zimmer in der Pension in der Nähe des Bahnhofs war klein und so mit alten Möbeln aus verschiedenen Jahrzehnten des letzten Jahrhunderts vollgestopft, dass es fast erdrückend wirkte.

Melanie schämte sich, dass sie gestern einfach davongelaufen war. Aber sie hatte sich weder in der Lage gefühlt, zu Tom zu gehen noch später auf Jonas zu treffen. Deswegen war sie rasch nach Hause gefahren und hatte ein paar Sachen zusammengepackt. Dann war sie zum Bahnhof gefahren, wo sie den nächsten Zug nach Berlin zu Sabine nehmen wollte. Doch als sie ihre Freundin am Handy erreicht und ihre fröhliche Stimme gehört hatte, verwarf sie ihr Vorhaben. Melanie wollte Sabine nicht auch noch in ihr Liebeschaos mit hineinziehen.

Doch Sabine schien zu spüren, dass es ihr nicht gut ging.

»Mel! Was ist los mit dir?«, hatte sie nachgefragt. »Du hast dich doch nicht wieder auf diesen Tom eingelassen?«

»Bei mir ist alles okay. Ich wollte nur fragen, ob das bei dir mit der Wohnung geklappt hat.«

»Wirklich?«

»Ja. Echt. Jetzt sag schon.«

»Ja. Es hat geklappt. Wir sind schon am Umziehen. Deswegen habe ich gerade auch nicht viel Zeit.«

»Klar. Sag Marius einen lieben Gruß von mir.«

»Fabian. Er heißt Fabian. Und nachdem du so etwas normalerweise nicht vergisst, mach ich mir jetzt doch Sorgen.«

»Dich kann man ja noch nicht mal mehr aufziehen!« Melanie tat beleidigt. »Hallo, Sabine! Ich halte gerade ein Schild hoch mit der Aufschrift ›Achtung Spaß‹! Natürlich weiß ich, dass er Fabian heißt.«

Vermutlich klang sie überzeugend genug, sodass die Freundin nicht weiter nachfragte. Sie beendeten das Gespräch mit dem gegenseitigen Versprechen, sich bald wieder anzurufen.

Und so war sie hier in diesem Zimmer gelandet.

Ständig hatten Tom und Jonas versucht, sie zu erreichen. Doch sie hatte Angst gehabt, mit ihnen zu sprechen. Erst als Jonas ihr gedroht hatte, die Polizei einzuschalten, schrieb sie ihm zurück. Erstaunlicherweise hörte sie danach auch nichts mehr von Tom. Sie ahnte, dass Tom und Jonas miteinander gesprochen haben mussten. Und dadurch fühlte sie sich noch unbehaglicher. Wenn Jonas inzwischen wusste, dass Melanie vorgehabt hatte, sich mit Tom zu treffen, war ihre Beziehung sicher vorbei.

Ihr glückliches Leben war in tausend Scherben zersprungen, und sie trug die Schuld daran. Sie hätte sich nie auf Tom einlassen dürfen. Warum er überhaupt so einen großen Raum in ihrer Gefühlswelt eingenommen hatte, obwohl sie Jonas liebte, war ihr immer noch ein Rätsel. Scheinbar hatte die Liebe ihre eigenen Gesetze und scherte sich nicht darum, was der Verstand oder Konventionen dazu sagten.

Plötzlich hielt sie es nicht mehr im Bett aus. Obwohl es noch sehr früh war, stand sie auf und zog sich an. Sie putzte sich die Zähne am kleinen Waschbecken im Zimmer und wusch ihr Gesicht. Sie verzichtete darauf, der Etagendusche einen Besuch abzustatten. Als sie fertig war, setzte sie sich unentschlossen auf das Bett.

Was sollte sie denn jetzt tun? Sie hatte eigentlich vorgehabt, einige Tage wegzubleiben, um nachzudenken. In der Praxis hatte sie sich bis zum Wochenende Urlaub genommen. Doch es brachte nichts, wenn sie hier in diesem Kämmerchen vor sich hin grübelte. Hier würde sie keine Antwort finden, die sie nicht ohnehin schon wusste.

Rasch packte sie ihre Sachen zusammen und verließ das Zimmer.

Im Aufenthaltsraum der Pension war bereits zum Frühstück gedeckt. Ein Mann in den Sechzigern mit einem Anzug, der schon bessere Tage gesehen hatte, saß am Tisch und bestrich ein Brot mit Butter und Marmelade. Neben ihm am Boden stand eine abgewetzte Aktentasche. Melanie vermutete, dass er ein Vertreter war.

»Guten Morgen«, begrüßte die ältere Pensionswirtin sie freundlich, die mit einer Kaffeekanne aus Porzellan aus der Küche kam.

»Guten Morgen.« Melanie lächelte ihr höflich zu.

Sie hatte zwar keinen Appetit, aber ihr Magen meldete sich mit Hunger. Sie schaute auf die Uhr. Jonas war um diese Zeit noch nicht im Büro. Und sie konnte ihm jetzt noch nicht begegnen.

Sie stellte ihren Trolley ab und setzte sich an den liebevoll gedeckten Tisch am Fenster.

Nach dem einfachen, aber erstaunlich schmackhaften Frühstück bezahlte sie ihre Unterkunft und verließ die Pension.

Als Melanie zu Hause ankam, war Jonas wie erwartet nicht mehr da. Sie atmete erleichtert auf. Obwohl sie nur wenige Stunden weg gewesen war, fühlte sie sich fast wie eine Fremde in ihren eigenen vier Wänden. Wohnzimmer und Küche waren sauber aufgeräumt, und das Bett war gemacht. Insgeheim hatte sie darauf gehofft, eine Nachricht von Jonas vorzufinden, doch da war keine.

Noch bevor sie ihr Gepäck ausräumte, ging sie ins Bad, um zu duschen. Dann schlüpfte sie in ein übergroßes T-Shirt und machte sich einen Kaffee.

Wenn Jonas heute Abend nach Hause kam, würde sie reinen Tisch machen und ihm von ihren Gefühlen für Tom erzählen. Wie ihr Leben danach aussehen würde, konnte sie sich nicht ausmalen. Tom würde sie bestimmt mit offenen Armen aufnehmen, aber auch das war in diesem Moment für sie unvorstellbar.

Was sollte sie jetzt tun? Ihre Sachen zusammenpacken? Dazu hatte sie jedoch keine Energie. Kraftlos setzte sie sich auf das Sofa und schaltete den Fernseher ein. Die Wiederholung einer Soap konnte sie jedoch nicht fesseln, sie wurde einfach nur müde. Jetzt machte sich bemerkbar, dass sie die halbe Nacht lang im Bett wach gelegen hatte. Irgendwann fielen ihr die Augen zu, und sie schlief ein.

52

Tom war erstaunt, wie einfach es ihm fiel, das neue Netbook zum Laufen zu bringen. Der Verkäufer hatte ihm wirklich alles besser erklärt, als er zunächst gedacht hatte. Zufrieden klappte er das Gerät zu und stellte es neben seine Reisetasche, die schon halb gepackt war. Ein lautes Tuten meldete, dass die Wäsche fertig war. Er ging ins Badezimmer, holte die Handtücher aus dem Wäschetrockner, legte sie in einen Korb und ging damit in die Küche, wo er sie auf dem Tisch zusammenlegte. Er überlegte, wie viel Handtücher sie pro Nase für die Reise mitnehmen sollten. Zu viel Gepäck konnten sie nicht verstauen.

Vielleicht gab es ja mal die Möglichkeit, zwischendurch in einen Waschsalon zu gehen. Er hatte für alle Fälle eine Tube Reisewaschmittel besorgt.

Obwohl er zuerst nicht sonderlich begeistert über einen Campingurlaub war, konnte er es inzwischen kaum mehr erwarten, dass es losging. Erinnerungen an seine Kindheit tauchten auf. Da Gabi sich als Alleinerziehende keine großen Sprünge erlauben konnte, beschränkten sich ihre Urlaube auf Besuche bei einer Großtante im Harz. Doch irgendwann überraschte seine Mutter ihn mit der Ankündigung, mit Tom nach Italien ans Meer zu fahren. Sie hatte ein Ferien-Appartement direkt am Strand gemietet. Zwei Wochen lang schien die Sonne, und für Tom war dieser Urlaub einer der schönsten, an den er sich erinnern konnte. Und jetzt fühlte er sich ähnlich aufgeregt und voller Vorfreude wie damals vor der Abreise.

Er hörte, wie die Wohnungstür aufgeschlossen wurde.

»Jonas!?«, rief er, und gleich darauf kam sein Freund in die Küche. Ein Blick genügte, um zu bemerken, dass irgendetwas passiert war.

»Tom, du musst mir einen Gefallen tun«, sagte Jonas ohne Begrüßung.

»Ist was passiert?«, fragte Tom besorgt. »Mit Melanie?«

Jonas schüttelte den Kopf. »Nein. Es ist mein Vater. Er liegt im Krankenhaus.«

»Oh nein! Was Schlimmes?«

»Ich weiß es noch nicht. Aber ich muss auf jeden Fall nach Bad Tölz. Kannst du das Wohnmobil für mich abholen?«

»Na klar!«

»Danke! Ich ruf meinen Kollegen gleich an, dass er dich noch ein wenig einweist.«

»Mach dir keine Gedanken, ich krieg das schon hin. Willst du noch einen Kaffee, bevor du losfährst?«, fragte Tom fürsorglich.

Zum ersten Mal erschien so etwas wie ein Lächeln auf Jonas' Gesicht. »Ich will möglichst bald fahren. Also mache ich das wohl lieber selber.«

Tom grinste zurück. »Ich lern das schon noch…«

»Klar.«

»Weiß Melanie schon Bescheid?«

»Nein. Ich rufe sie von unterwegs aus an.«

Tom hörte Jonas' Stimme an, wie angespannt er war.

Obwohl sie sich nun doch schon eine Weile kannten, wusste er kaum etwas über dessen Familie. Nur so viel, dass seine Mutter schon lange tot war und er nicht viel Kontakt zu seinem Vater hatte.

Er ging zu Jonas und legte eine Hand an seinen Oberarm. »Bestimmt ist es nichts Schlimmes«, versuchte er, seinem Freund die Angst etwas zu nehmen.

Jonas drehte sich zu ihm um und schaute Tom mit einem ungewohnt verletzlichen Blick an. »Ich fürchte doch.«

Eine ungewöhnlich heftige Welle von Gefühlen überkam Tom für Jonas, die nichts mit Erotik zu tun hatten. Und auch nicht nur mit Freundschaft.

Ohne weiter darüber nachzudenken, nahm er Jonas in den Arm und streichelte beruhigend über seinen Rücken.

Jonas schlang die Arme ebenfalls um Tom und hielt sich an ihm fest. Keiner der beiden sagte ein Wort.

»Es wird alles gut«, murmelte Tom nach einer Weile.

53

Jonas löste sich langsam von Tom.

»Danke«, sagte er und bemühte sich zu lächeln. Toms Umarmung hatte ihm gutgetan. Er war froh, dass er jetzt nicht alleine war. Er fühlte sich mit der Situation gerade völlig überfordert, obwohl er versuchte, ruhig zu bleiben. Den Gedanken, dass seinem Vater in naher Zukunft etwas passieren könnte, hatte er nie gehabt. Er war immer so vital und gesund gewesen, dass es dafür auch noch nie einen Anlass gegeben hatte.

»Hast du schon was gegessen?«, fragte Tom und setzte sich wieder an den kleinen Tisch.

»Ja. Bei der Besprechung. Ich habe das halbe Tablett mit belegten Baguette-Brötchen verputzt.« Und die lagen ihm jetzt schwer im Magen – zusammen mit den Sorgen um seinen Vater.

»Kommst du heute Nacht noch zurück?«

Jonas schüttelte den Kopf. »Nein. Erst morgen. Nur falls mein Vater ...« Er sprach nicht weiter.

»Bitte denke jetzt nicht negativ, Jonas.«

»Ich weiß einfach nicht, was sein wird. Womöglich kann ich am Sonntag nicht mit euch losfahren«, sprach Jonas seine Befürchtung aus.

»Mach dir darüber jetzt keine Gedanken. Ich bereite mit Melanie hier alles vor. Und sollte wirklich etwas dazwischenkommen, dann überlegen wir, was wir machen. Wir müssen ja nicht unbedingt gleich am Sonntag starten.«

Jonas nickte. »Danke!«

Er musste jetzt unbedingt erfahren, was los war, damit er sich nicht total verrückt machte. Vielleicht war Lotte ja inzwischen zu Hause? Er wählte ihre Nummer. Doch niemand hob ab.

Inzwischen war der Kaffee fertig. Er setzte sich mit der Tasse zu Tom an den Tisch.

»Wie alt ist dein Vater eigentlich?«, wollte Tom wissen.

»Er wird im Dezember 65.«

»Und er hat nicht noch mal geheiratet?«

Jonas schüttelte den Kopf und lächelte dann schief. »Nein. Aber er hat sicher nichts anbrennen lassen.«

Nach dem Tod seiner Frau hatte es keine offizielle Freundin mehr gegeben. Doch Jonas hatte seinen Vater immer wieder mal mit jüngeren Frauen in Restaurants gesehen. Ein Thema war das jedoch nie zwischen den beiden gewesen.

Plötzlich klingelte sein Handy. Er stellte die Kaffeetasse so abrupt auf den Tisch, dass sie überschwappte.

»Mist!« Ein Blick auf das Display, und er wusste, wer es war. Rasch ging er ran. »Lotte! Tut mir leid, dass du mich so lange nicht erreichen konntest«, rief er, bevor Lotte überhaupt ein Wort gesagt hatte.

»Hallo, Jonas. Gott sei Dank hat es jetzt geklappt!«

»Wie geht es Vater?«

»Nach dem Eingriff geht es ihm jetzt wieder besser.«

»Eingriff? Lotte, was fehlt ihm denn?« Jonas registrierte nur am Rande, dass Tom die kleine Kaffeepfütze am Tisch aufwischte.

»In der Nacht... er hat mich geweckt, weil ihm so

übel war. Und du kennst ihn ja. Er ist nie krank. Zuerst wollte er nicht, dass ich den Notarzt rufe. Aber dann bekam er Schmerzen in der Brust.«

»Ein Herzinfarkt?«, fragte Jonas.

»Ja. Die haben ihm noch in der Nacht einen… wie sagt man… einen Stenz gelegt.«

Trotz seiner Besorgnis musste Jonas sich ein Lachen verbeißen. »Du meinst einen Stent?«

»Ja genau. Stent. Tut mir leid, ich bin ganz durcheinander.«

»Das ist doch völlig verständlich, Lotte. Wie geht's ihm jetzt?«

»Stell dir vor, er poltert schon wieder herum. Und will nach Hause. Typisch dein Vater halt.«

Jonas spürte, wie er sich entspannte. Wenn sein Vater schon wieder herumwettern konnte, war es doch nicht so schlimm, wie er befürchtet hatte. »Gut, dass du so schnell bei ihm warst, sonst wäre das vielleicht schlimmer ausgegangen.«

Lotte wohnte schräg gegenüber vom Wohnhaus der Familie Winter auf der anderen Straßenseite.

Jonas' Vater hatte ihr die Wohnung zur Verfügung gestellt, nachdem er sie nach dem Tod der Mutter eingestellt hatte. So konnte sie für Jonas immer innerhalb kürzester Zeit zur Stelle sein.

Dass davon jedoch eines Tages sein eigenes Leben abhängen könnte, hätte sein Vater sicherlich nicht gedacht.

»Ja. Glücklicherweise«, antwortete sie nur.

Jonas warf einen Blick auf die Armbanduhr. »Hör zu, Lotte, ich werde in einer halben Stunde losfahren. Dann bin ich gegen sechs in Tölz.«

»Ich bin so froh, dass du kommst, Junge.«

»Das ist doch selbstverständlich. Und morgen gehen wir beide für dich ein Handy kaufen.«

»Ach was, ich brauche doch kein...«

»Keine Diskussion«, unterbrach Jonas sie entschieden. Diesmal würde er keine Ausrede mehr gelten lassen. Auch wenn Lotte bei bestimmten Dingen sturer sein konnte als ein Kleinkind in der Trotzphase, so kannte er doch ihre Schwachpunkte, die er ausnutzen würde, um sie zu ihrem Glück zu zwingen.

»Das besprechen wir, wenn du da bist... Was magst du denn essen?«, lenkte sie ab.

Jonas lächelte. »Nur eine Kleinigkeit, bitte. Ich freu mich schon, dich zu sehen. Bis dann, Lotte.«

»Fahr vorsichtig!«

»Klar!«

Er legte auf und schaute erleichtert zu Tom. »Alles halb so wild.«

»Na siehst du!« Tom lächelte ihm zu.

»Dann können wir am Sonntag auch planmäßig in Richtung Süden starten.«

54

Melanie wachte auf und musste sich erst orientieren, bis sie wieder wusste, warum sie am helllichten Tag auf dem Sofa lag.

»Oh Gott! Mein Leben ist eine einzige Katastrophe!«, rief sie und stöhnte auf, als ihr alles wieder einfiel.

Beim Blick auf die Uhr erschrak sie. Drei Uhr Nachmittag! Sie hatte über vier Stunden tief und fest geschlafen. Doch die Ruhe hatte ihr gutgetan. Und sie konnte zumindest wieder einigermaßen klar denken.

Auch wenn alles immer noch völlig verfahren war und sie momentan keinen Ausweg aus ihrem Dilemma sah. Deswegen brauchte sie jetzt unbedingt jemanden, mit dem sie reden konnte. Einen Freund, der sie verstand und der ihr einen Rat gab, was sie tun sollte. Das Verrückte war, dass ihr dabei nicht Sabine in den Sinn kam, sondern Jonas. Bislang hatte sie mit ihm immer über alles reden können. Bis Tom aufgekreuzt und alles aus den Fugen geraten war. Der Gedanke, dass Jonas bald nach Hause kommen würde, gab ihr ein wenig Zuversicht, auch wenn sie sich gleichzeitig vor dem Gespräch fürchtete.

Plötzlich fiel ihr ein, dass sie heute eigentlich ihre Eltern besuchen wollte. Dem inquisitorischen Blick ihrer Mutter könnte Melanie jedoch nicht standhalten. Sie würde sofort merken, dass mit ihrer Tochter etwas nicht stimmte. Und sie fühlte sich absolut nicht dazu in der Lage, die Fragen ihrer

Mutter zu beantworten. Vor allem weil sie selbst noch keine Antworten hatte.

Sie musste ihren Besuch verschieben und die einzige Ausrede benutzen, die ihre Mutter ohne Nachfragen gelten ließ: Überstunden in der Praxis.

Nachdem sie diesen Anruf erledigt hatte, atmete sie erst einmal erleichtert auf. Doch das war nur ein Klacks gewesen im Vergleich zu dem, was sie heute noch erwartete. Um sich abzulenken, begann sie, alle Fenster in der Wohnung zu putzen. Auch damit war sie schneller fertig als gedacht. Unruhig ging sie durch die Wohnung. Was könnte sie als Nächstes tun? Da fiel ihr Blick auf die Schachtel mit den Steinen, die Sabine ihr geschenkt hatte. Sie setzte sich auf den Teppich und schüttete sie aus. Dann machte sie sich daran, die genaue Reiseroute ihrer Freundin herauszufinden. Und für eine Weile war sie tatsächlich abgelenkt.

Am späten Nachmittag saß sie jedoch als einziges Nervenbündel auf dem Sofa und schaute alle paar Minuten auf die Uhr.

Jonas war noch nicht da, und Tom hatte sich ebenfalls nicht bei ihr gemeldet. Auch wenn die Männer sich genau so verhielten, wie sie es von ihnen erbeten hatte, und ihr Zeit zum Nachdenken gaben, so verletzte es sie doch, dass keiner von beiden sich nach ihrem Befinden erkundigte.

Endlich hörte sie, wie ein Schlüssel in die Wohnungstür gesteckt wurde. Nervös stand sie auf und zupfte ihr Kleid zurecht.

Jonas kam ins Wohnzimmer. Sein vertrauter Anblick ließ ihr Herz wild schlagen. Er sah so gut aus und strahlte so viel Wärme und Liebe aus! Wieso fiel ihr das erst jetzt auf, wo doch ohnehin alles zu spät war?

»Melanie!«

»Hallo, Jonas.«

»Schön, dass du wieder da bist.«

Melanie spürte, wie Tränen in ihren Augen brannten. Sie schluckte und gab sich Mühe, sie zurückzuhalten.

Er stand einfach da und schaute sie an.

»Es tut mir leid«, sagte sie leise.

»Mir tut es leid«, erwiderte er ruhig.

Endlich ging er auf sie zu und nahm sie in die Arme. Sie drückte sich fest an ihn und merkte, wie sehr er ihr gefehlt hatte.

»Wir müssen reden«, murmelte er ihr nach einer Weile ins Ohr.

Oh Gott! Jetzt war der Zeitpunkt gekommen, jetzt würde er sagen, dass ihre Beziehung zu Ende war. Und auch wenn sie wusste, dass es unvermeidbar war, tat es unendlich weh.

Sie löste sich von ihm, und beide setzten sich auf das Sofa.

»Tom war gestern bei mir.« Er fackelte nicht lange herum, und sie war ihm dankbar dafür.

Melanie senkte den Kopf. »Dann weißt du alles.«

»Ich denke schon. Schau mich an! Bitte!«

Zögernd hob sie den Kopf und blickte in seine dunklen Augen. Er sah sie traurig an.

»Es tut mir so leid«, wiederholte sie. Ihre Stimme war nur noch ein Flüstern.

Sanft streichelte er über ihre Haare, sagte jedoch nichts.

Warum war er nicht wütend auf sie? Er musste doch unbändig sauer sein, wenn er jetzt wusste, dass zwischen ihr und Tom mehr gelaufen war.

»Ich weiß nicht, was mit mir passiert ist, Jonas.«

»Du kannst dich nicht zwischen uns beiden entscheiden.« Er sagte es ganz ruhig.

Und genau so war es.

»Ich liebe dich, Jonas. Sehr sogar. Aber ich empfinde auch etwas für Tom. Ich wollte das nicht, und ich habe versucht, es irgendwie abzustellen. Aber es geht nicht. Ich wollte dich nicht anlügen. Bitte verzeih mir.«

»Es ist meine Schuld«, sagte er. »Wenn ich dich mit meinem Wunsch nach einem Dreier nicht so gedrängt...«

Melanie unterbrach ihn. »Unsinn! Dich trifft absolut keine Schuld.«

»Es geht auch gar nicht um Schuld.«

»Nein. Es geht darum, dass ich dich zwar nicht körperlich betrügen kann, aber mit dem Herzen tue ich es.« *Sie sah in seinen Augen, dass sie ihn mit ihren Worten getroffen hatte.* »Und das hast du nicht verdient, Jonas.«

»Willst du lieber mit Tom zusammen sein?«, *fragte er leise.*

»Nein«, *antwortete sie sofort.* »Ihn würde ich umgekehrt genauso betrügen. Mit meinen Gefühlen für dich. Ich werde es ihm heute noch sagen.«

Sie fühlte sich in diesem Moment so einsam und unglücklich, dass sie noch nicht einmal weinen konnte. Sie sehnte sich danach, von Jonas tröstend in den Arm genommen zu werden. Gleichzeitig schämte sie sich für ihren Egoismus.

Jonas stand plötzlich auf und verließ wortlos das Zimmer.

»Jonas?«, *rief sie ihm hinterher.*

Er antwortete nicht.

Das war es dann wohl.

55

Seit einer halben Stunde saß Tom in seinem Wagen vor dem Haus, in dem Melanie und Jonas wohnten, und wartete darauf, dass Jonas sich bei ihm meldete. Tom kam sich vor wie in einem völlig verrückten Traum und konnte kaum glauben, dass er wirklich hier war.

Als er letzte Nacht mit dem Taxi nach Hause gefahren war, war er Jonas eine Antwort auf die Frage, was er denn wolle, schuldig geblieben. Zu Hause angekommen, war er so erschöpft und müde gewesen, dass er sich nur noch ins Bett fallen ließ und sofort eingeschlafen war.

Nach nur wenigen Stunden war er aufgewacht und fühlte sich erstaunlich ausgeruht. Er hatte geduscht und sich dann ein Frühstück gemacht, über das er mit einem wahren Heißhunger herfiel.

Dabei hatte er über den Vorschlag von Jonas nachgedacht. Natürlich wäre es Wahnsinn, sich auf so etwas einzulassen. Eine Frau, die mit zwei Männern eine Beziehung hatte – das war ein Arrangement, das in ihrem Kulturkreis absolut nicht üblich war. Und doch war ihm plötzlich klar gewesen, dass er innerlich schon längst ja gesagt hatte. Er würde sie lieber teilen, als sie ganz zu verlieren. Hätte ihm das jemand noch vor kurzer Zeit gesagt, hätte er dafür nicht mehr als ein müdes Lächeln übrig gehabt und den Kopf geschüttelt. Doch Melanie hatte einen Zauber in sein Leben gebracht, den er bisher noch nie gespürt hatte. Er ließ ihn sich so lebendig fühlen wie nie zuvor. Und das wollte er jetzt nicht so ohne Weiteres aufgeben.

Bislang war er allerdings der Frage über das Ob und Wie dies tatsächlich alles funktionieren könnte und wie er seine Eifersucht in den Griff bekommen sollte, erfolgreich ausgewichen.

Rasch hatte er nach seinem Handy gegriffen und die Nummer von Jonas gewählt, bevor er es sich doch noch mal anders überlegen würde.

»Ich will Melanie auch nicht verlieren.«

Natürlich hatte Jonas sofort gewusst, was damit gemeint war.

»Okay.«

»Sollen wir Melanie anrufen?« Plötzlich hatte er es kaum mehr erwarten können, mit ihr zu reden.

»Nein. Wir warten besser, bis sie sich von selbst meldet, und dann klären wir das mit ihr. Ich muss jetzt ins Büro, Tom. Ich melde mich am Mittag noch mal bei dir.«

»Gut. Dann bis später.«

»Und, Tom?«

»Ja?«

»Ich freue mich.«

Tom hatte nicht darauf geantwortet. Nachdem er aufgelegt hatte, fühlte er sich gleichzeitig erleichtert und doch überaus angespannt. Diese widersprüchlichen Gefühle hatten ihn jedoch beflügelt, und er hatte an dem Drehbuch weitergearbeitet. Erstaunlicherweise war er gut vorangekommen. Er war so versunken in die Dialoge gewesen, dass er erst wieder eine Pause machte, als Jonas ihn Stunden später angerufen hatte.

»Melanie ist schon zurück«, informierte Jonas ihn.

»Hast du mit ihr gesprochen?«

»Nein. Ich bin verschwunden, ohne dass sie mich bemerkt hat. Hör zu, ich habe mir was überlegt...«

Jonas hatte ihm einen Vorschlag gemacht, und Tom willigte ohne zu zögern ein.

»Das ist alles völlig verrückt!«, hatte er zu sich selbst gesagt und sich dann wieder an seine Arbeit gesetzt. Er musste das Drehbuch heute noch fertig bekommen. Und er wusste, dass er es schaffen würde.

Am Nachmittag hatte er die Datei mit dem Gefühl abgeschickt, noch nie eine so gute Serienfolge geschrieben zu haben. Und auch noch nie so schnell.

Er war gerade rechtzeitig fertig geworden, um noch einiges zu erledigen und Jonas dann pünktlich vom Büro abzuholen.

Tom trommelte mit den Fingern auf das Lenkrad. Wie lange dauert das denn noch?, fragte er sich.

Auf der gegenüberliegenden Straßenseite standen zwei Jugendliche, die sich eine Zigarette anzündeten, ohne sich darum zu scheren, dass sie noch viel zu jung dafür waren.

»Das wär's jetzt«, murmelte Tom, den plötzlich ein wildes Verlangen nach einem Glimmstängel packte. Er war kaum älter gewesen als diese Jugendlichen, als er sich seine erste Zigarette angesteckt hatte. Schon bald darauf rauchte er regelmäßig mindestens ein Päckchen am Tag. Bis ihn im Winter vor zwei Jahren eine schwere Bronchitis erwischt hatte. Er setzte die zunächst unfreiwillige Zwangspause fort und hatte erstaunlicherweise seither keine Zigarette mehr angefasst.

Sein Handy meldete eine Nachricht. Endlich! Er las sie, und sein Magen zog sich vor Aufregung zusammen.

56

Jonas kam aus dem Schlafzimmer zurück und sah, dass Melanie wie ein Häufchen Elend auf dem Sofa saß.

»Ich habe ein paar Sachen für dich eingepackt. Es wird für die nächsten Tage reichen«, sagte er und stellte eine Reisetasche vor ihr ab.

Schlagartig wurde Melanie blasser, als sie es ohnehin schon war. »Du willst, dass ich jetzt gleich gehe?«, fragte sie und schaute ihn so unglücklich an, dass er unsäglich Mitleid mit ihr bekam. Er durfte sie wirklich nicht mehr länger auf die Folter spannen.

Doch das Gespräch vorher war für ihn notwendig gewesen, um zu erfahren, was sie tatsächlich fühlte. Immerhin musste er die Möglichkeit ausschließen, dass sie sich für Tom entschieden hätte und er damit ganz aus dem Spiel gewesen wäre.

Doch er hatte mit seiner Vermutung richtig gelegen. Melanie würde lieber zwei Männer verlassen, als sich für einen von beiden zu entscheiden. Weil sie beide liebte.

Natürlich schmerzte es ihn, dass er nicht der Einzige für sie war. Doch weil es sich bei dem anderen Mann um Tom handelte, konnte er sich dieser ungewöhnlichen Situation stellen. Er war froh, dass auch Tom dazu bereit war, sich auf das Wagnis einzulassen. Obwohl der Wunsch nach einem Mann in seinem Leben in den letzten Tagen in den Hintergrund getreten war, so war er doch nicht aus der Welt.

Und vielleicht würde aus dieser Konstellation sogar etwas Besonderes entstehen? Für einen kurzen Moment wagte er, es zu hoffen.

Doch jetzt stand erst einmal Melanie im Mittelpunkt.

»Ja. Ich will, dass du gehst. Und zwar mit mir.«

Melanie schaute ihn verwirrt an. »Wie meinst du das?«

»Nimm einfach deine Handtasche und zieh deine Schuhe an. Dann wirst du schon sehen, was ich meine.«

Melanie schien zu verwundert zu sein, um zu widersprechen. Er musste sich ein Grinsen verkneifen.

Wenige Minuten später sperrte er die Wohnungstür ab und ging mit ihr die Treppen nach unten.

»Wo willst du mit mir hin?«, fragte Melanie.

»Sei doch nicht so ungeduldig.«

Er öffnete die Haustür und hielt sie für sie auf. Sie ging hinaus und blieb dann abrupt stehen. Sie hatte Tom im Wagen vor dem Haus entdeckt.

Völlig verunsichert drehte sie sich zu Jonas um.

»Was soll das?«, fragte sie, und Jonas konnte nicht einschätzen, ob es ängstlich oder gar etwas ärgerlich klang.

»Die letzte Zeit war für uns alle nicht einfach, und deswegen haben Tom und ich beschlossen, dass wir ein wenig Erholung brauchen.«

»Wir brauchen Erholung?«, fragte Melanie nach, und sie sah in diesem Moment so unglaublich verdutzt aus der Wäsche, dass Jonas plötzlich laut lachen musste.

»Unbedingt! Damit wir alles klären können.«

Er ging zum Wagen, öffnete den Kofferraum und stellte die Reisetasche neben eine kleine Tasche, die Tom gehörte.

Inzwischen war Tom ausgestiegen und öffnete die hintere Tür auf der Beifahrerseite für Melanie.

»Hallo, Melanie.«

»Hallo, Tom.«

Jonas beobachtete die beiden und bemerkte die fragenden Blicke, die sie wechselten. Er drehte sich weg.

Ohne ein weiteres Wort stiegen alle drei in den Wagen, und Tom fuhr los.

»Könnt ihr mir jetzt vielleicht endlich sagen, was das werden soll?«, fragte Melanie.

Jonas drehte sich zu ihr um. »Wir fahren an den Starnberger See.«

»Was? Aber ...«

Tom unterbrach sie. »In einer anderen Umgebung fällt es uns womöglich leichter, uns mit dem ganzen Schlamassel auseinanderzusetzen.«

Danach herrschte für eine Weile Ruhe im Auto. Jeder schien seinen Gedanken nachzuhängen, und gleichzeitig spürten wohl alle, dass dies hier nicht der richtige Platz war, ein so bedeutsames Gespräch zu führen. Dafür hätten sie später noch genug Zeit.

Es war nicht viel Verkehr auf der Straße, und so dauerte die Fahrt nicht allzu lange.

Tom fuhr auf den Parkplatz des Hotels, das wunderschön gelegen direkt am Ufer des Starnberger Sees lag.

Ein junger Mann an der Rezeption begrüßte sie freundlich. Jonas hatte ein Einzelzimmer und eine komfortable Suite für sie reserviert, wobei er hoffte, dass sie das Einzelzimmer nicht benötigen würden.

57

Melanie räumte ihre Kleidungsstücke in den Schrank und war überrascht, was Jonas alles eingepackt hatte. Oder besser gesagt, was er nicht eingepackt hatte. Auf jeden Fall fehlte ein Nachthemd.

Sie fühlte sich von den beiden Männern beobachtet, die ebenfalls ihre Sachen verstauten und sich dabei leise unterhielten.

Noch vor einer Stunde hatte sie gedacht, sie würde sich irgendwie mit der Tatsache abfinden müssen, dass Tom und Jonas aus ihrem Leben verschwinden würden. Und jetzt war sie mit den beiden in einem zauberhaften kleinen Hotel. Die Suite war überraschend geräumig und geschmackvoll eingerichtet. Das angrenzende große Badezimmer schien frisch renoviert worden zu sein. Es hatte eine Eckbadewanne, und die riesige Duschkabine konnte man fast schon als Duschtempel bezeichnen. Sicher kostete das Ganze eine Stange Geld.

Als sie vorhin beim Verlassen des Hauses Tom in seinem Wagen gesehen hatte, war ihr fast die Luft weggeblieben. Mit allem hätte sie gerechnet, aber nicht damit. Die Männer schienen nicht böse aufeinander zu sein. Im Gegenteil. Und plötzlich war die Hoffnung in ihr aufgekeimt, dass es doch einen Weg für sie alle geben könnte. Einen Weg, den sie sich erträumt, nie jedoch laut auszusprechen gewagt hatte.

So viele Fragen hatten ihr auf der Zunge gelegen, doch

sie hatte sie nicht gestellt. Vielleicht weil sie Angst hatte, dass sie das Verhalten von Tom und Jonas womöglich falsch interpretierte?

Plötzlich hielt sie die Ungewissheit nicht mehr aus. Sie drehte sich um. »Was bedeutet das hier?«, *fragte sie und schaute von einem zum anderen.*

»Sollen wir nicht lieber erst essen gehen, bevor wir reden?«, *fragte Jonas fürsorglich.*

Doch Melanie schüttelte energisch den Kopf. »Nein. Ich will es jetzt wissen.«

»Okay.« *Jonas nahm in einem Sessel Platz, der vor dem Fenster stand. Tom setzte sich aufs Bett.*

Doch Melanie blieb stehen.

»Kannst du es dir denn nicht schon denken?«, *fragte Jonas und lächelte.*

»Ich will jetzt nicht raten«, *antwortete Melanie und spürte, wie ihre Beine zu zittern anfingen. Vielleicht hätte sie sich doch hinsetzen sollen?*

»Wir möchten dich beide nicht verlieren«, *sagte Tom.*

»Weil wir dich beide lieben«, *fügte Jonas hinzu.*

Melanie spürte, wie eine Gänsehaut ihren Körper überzog.

»Jonas und ich wissen nicht, ob es am Ende klappen wird, aber jeder von uns wird versuchen, den anderen als einen Teil von dir zu akzeptieren.«

»Vorausgesetzt, du möchtest das«, *sagte Jonas.*

Melanie konnte kaum fassen, dass sich die Männer ihr zuliebe wirklich darauf einlassen wollten. Plötzlich kullerten Tränen über ihre Wangen. »Ihr wollt das wirklich tun?«, *fragte sie mit erstickter Stimme und wischte die Tränen mit dem Handrücken weg.*

Jonas nickte. »*Hier ist so viel Liebe im Spiel – es darf nicht sein, dass diese Liebe drei Menschen unglücklich macht und sie auseinanderbringt.*«

Als Melanie Jonas in die Augen sah, glaubte sie, darin zu sehen, dass womöglich noch mehr Liebe eine Rolle spielte, als sie gedacht hatte. Und obwohl es gerade in diesem Moment völlig widersinnig schien, verspürte sie einen winzigen Stich der Eifersucht. Hatte Jonas sich nur darauf eingelassen, weil er dadurch sie und Tom haben konnte? Doch würde er das überhaupt?, fragte sie sich verwirrt. Sie konnte nicht einschätzen, ob Tom ahnte, dass Jonas auch an ihm interessiert war. Eigentlich zählte jedoch was anderes. Die beiden Männer hatten ihr eben ein Angebot gemacht, um ihr zu erfüllen, was sie sich insgeheim gewünscht hatte. Und jeder ging damit ein Risiko ein. Sie würde am meisten davon profitieren. Deswegen stand ihr Eifersucht am wenigsten zu.

»*Hat es dir jetzt die Sprache verschlagen?*«, *fragte Tom und grinste schief.*

Sie nickte.

Jonas stand auf und ging zu ihr. Er nahm sie in den Arm, und sie drückte sich fest an ihn. Als sie das vorhin in ihrer Wohnung getan hatten, hatte es sich wie ein Abschied angefühlt. Jetzt war es ein neuer Anfang. Oder zumindest der Versuch eines Anfangs.

»*Danke*«, *flüsterte sie.*

»*Ich will, dass du glücklich bist*«, *sagte er leise.*

Er streichelte zärtlich durch ihre Haare. Dann löste er sich und gab ihr einen Kuss auf die Stirn.

Inzwischen stand Tom nur noch einen Schritt von ihnen entfernt. Melanie ging zu ihm und umarmte ihn ebenfalls.

»*Bist du dir wirklich sicher, dass du das willst, Tom?*«, *fragte sie.*

Er löste sich von ihr und zuckte mit den Schultern. »Nein. Aber ich bin mir sicher, dass ich es versuchen will«, sagte er.

Nun standen sie da, und keiner wusste so recht, wie es weitergehen sollte. Offensichtlich war jeder ein wenig mit der Situation überfordert. Trotzdem schienen alle erleichtert zu sein.

»Vielleicht gehen wir jetzt doch was essen«, schlug Jonas vor.

»Guter Plan!«, stimmte Tom ihm zu.

»Habt ihr was dagegen, wenn ich vorher noch dusche?«, fragte Melanie, die sich nach der ganzen Aufregung völlig verschwitzt fühlte.

Sie hatte die Dusche auf Regenschauer eingestellt und genoss es, das warme Wasser auf ihrer Haut zu spüren. Der Druck, der wochenlang auf ihr gelegen hatte, war von ihr abgefallen. Und erst jetzt, als er weg war, merkte sie, welche Belastung ihre geheimen Gefühle für Tom dargestellt hatten. Nun brauchte sie keinem von beiden mehr etwas vorzumachen. Vor allem nicht Jonas.

Sie griff nach dem Shampoo und schäumte ihre Haare ein. Prustend wusch sie den Schaum mit geschlossenen Augen aus. Plötzlich spürte sie einen kühlen Lufthauch und gleich darauf eine Hand, die sich auf ihren Po legte.

»Hey!«, rief sie und blinzelte.

»Nicht erschrecken.«

Tom hatte die Duschkabine betreten. Melanie trat ein Stück zur Seite, so dass sie nicht mehr ganz unter dem Duschstrahl stand. Sie wischte sich das Wasser aus dem Gesicht.

»Die Dusche ist groß genug für uns alle«, sagte Jonas fröhlich und gesellte sich ebenfalls zu ihnen, sodass Melanie zwischen den beiden nackten Männerkörpern stand.

Die Duschkabine war zwar riesig, trotzdem war es plötzlich eng geworden.

»Und wir möchten dir helfen, damit du schneller fertig wirst.«

Melanie schluckte und spürte, wie es in ihrem Bauch wild zu flattern begann. *»Ich finde, das ist eine gute Idee«*, sagte sie heiser, obwohl sie bezweifelte, dass sie dadurch früher zum Essen gehen würden. Wäre es nicht auch vernünftiger gewesen, erst noch mehr über ihre ungewöhnliche Beziehung zu reden und bestimmte Regeln aufzustellen, bevor sie Sex hatten? Aber womöglich waren ja Worte nicht immer die beste Form von Kommunikation.

»Genau das habe ich mir gedacht, Süße«, sagte Jonas.

Er griff an ihr vorbei, nahm das Duschgel und drückte einen Klecks in seine Hand. Dann reichte er es Tom weiter. Melanie biss sich auf die Lippen und sah den beiden gebannt zu, wie sie das Gel zwischen den Händen verrieben.

Jonas trat hinter sie und begann an ihrem Nacken. Langsam verteilte er das Gel über ihren Rücken immer tiefer nach unten. Tom kümmerte sich inzwischen um ihre Vorderseite, ließ jedoch ihre Brüste aus. Trotzdem waren ihre Brustspitzen hart geworden.

Es war unglaublich erregend, die seifigen Hände der beiden auf ihrem Körper zu spüren, während das warme Wasser auf sie herabregnete. Und das, obwohl sie ihre intimen Stellen noch ausließen.

Mit dem schaumigen Nass schien auch die Verlegenheit von vorhin weggespült zu werden. Die Berührungen der

Männer wurden immer leidenschaftlicher, und auch ihre Erregung war nicht mehr zu übersehen.

»Du könntest uns auch behilflich sein«, sagte Tom mit rauer Stimme, als er sich kurz von ihr löste.

Inzwischen war auch ihre Zurückhaltung ganz verschwunden, und sie lächelte. »Das werde ich ganz bestimmt...« Sie griff ebenfalls nach dem Duschgel, drückte etwas davon in ihre Hand und drehte sich dann zu Tom um. Mit beiden Händen verrieb sie es auf seinem Körper. Danach widmete sie sich gleichermaßen dem muskulösen Körper von Jonas.

58

Während er bei ihrem ersten Dreier eine große Scheu hatte zu sehen, wie sie Jonas berührte, machte es Tom heute an, sie zu beobachten.

Es war absoluter Wahnsinn, was sie taten, aber es war ein absolut erotischer Wahnsinn.

»Vielleicht sollten wir doch lieber im Bett weitermachen!«, schlug Jonas vor und drehte das Wasser ab.

Er öffnete die Tür der Dusche und griff nach einem weißen Handtuch, das griffbereit auf einer kleinen Kommode lag. Einerseits reizte es Tom, unter dem laufenden Wasser Sex zu haben. Zu dritt in der Dusche waren ihre Möglichkeiten jedoch ziemlich begrenzt.

»Komm!«, sagte er und reichte Melanie die Hand. Bevor sie aus der Kabine stiegen, gab er ihr einen verlangenden Kuss. Er hatte sich in den letzten Tagen und Wochen danach verzehrt, sie zu berühren und zu spüren. Jetzt war es endlich soweit. Auch wenn die Situation völlig anders war, als er es sich immer vorgestellt hatte.

Er löste sich von Melanie und reichte ihr ein Badetuch, in das sie sich einwickelte, ohne sich abzutrocknen. Er selbst schlang sich ein Handtuch um die Hüften.

Als sie ins Zimmer kamen, schlüpfte Jonas eben in eine Jeans. Wollte er doch jetzt schon zum Essen gehen? Oh nein! Nicht jetzt! Tom wünschte sich nichts anderes, als Melli endlich zu spüren.

»Warum ziehst du dich an?«, fragte Melanie verwundert.
Jonas hatte ein seltsames Lächeln im Gesicht.
»Ihr beide hattet noch keine Gelegenheit, alleine Zeit miteinander zu verbringen. Deswegen verschwinde ich jetzt für eine Weile«, sagte er ruhig und schlüpfte in ein T-Shirt.
»Aber ich dachte, wir wollten zu dritt...«, begann Melanie.
Jonas unterbrach sie. »Keine Sorge, ich werde später dazukommen.«
Tom schluckte. Damit hatte er absolut nicht gerechnet. Jonas würde ihn mit Melli alleine lassen! Und zwar nicht, damit sie reden konnten. Das war klar.
Bevor noch jemand etwas sagte, war Jonas bereits in die Schuhe geschlüpft und ging aus der Tür.
»Bis dann...«
Und damit war er verschwunden.
Tom drehte sich zu Melli. Sein Herz klopfte zum Zerspringen. Er fühlte sich eigenartig befangen.
»Tja, dann sind wir jetzt scheinbar alleine... Zum ersten Mal...«, sagte er und lächelte etwas verlegen.
Melanie strich sich eine nasse Haarsträhne hinter das Ohr. Auch sie wirkte jetzt nervös. »Ja...«, antwortete sie nur.
Tom griff nach ihrer Hand und zog sie an sich. »Davon habe ich die ganzen letzten Wochen geträumt«, sagte er leise und schaute verliebt in ihre bernsteinfarbenen Augen.
Dann legte er eine Hand an ihre Wange und fuhr mit dem Daumen zärtlich über ihre Lippen, die ihn von Anfang an total verrückt gemacht hatten.
»Ich auch...«, flüsterte sie.
Ihre Lippen bewegten sich langsam zueinander und trafen sich zu einem sanften Kuss. Fast vorsichtig streichelten sich ihre Zungenspitzen, kreisten langsam umeinander.

Sie nahmen sich die Zeit, nur den Kuss zu genießen, ohne sich ansonsten zu berühren.

Tom spürte mit all seinen Sinnen, wie sehr er nach ihr verlangte. Schließlich griff er nach ihrem Badetuch und löste es von ihrem Körper. Er trat einen Schritt zurück und schaute sie voller Bewunderung an. Sie war so schön!

»Ich will dich auch ganz sehen.«

»So, so ...!« Tom lächelte, zog sein Handtuch weg und warf es zusammen mit ihrem Badetuch über eine Stuhllehne.

Eine Weile standen sie sich gegenüber und schauten sich einfach nur an.

Und plötzlich gab es kein Halten mehr. Tom riss sie an sich und küsste sie leidenschaftlich. Melanie erwiderte seinen Kuss und schlang ihre Arme um seine Hüften. Ohne sich voneinander zu lösen, taumelten sie zum Bett und ließen sich darauffallen.

Tom konnte nicht genug davon bekommen, sie überall zu berühren und zu streicheln.

Er beugte sich über ihre Brüste und küsste abwechselnd ihre süßen Brustspitzen. Sie stöhnte lustvoll, was ihn noch mehr erregte. Eigentlich konnte er es nicht mehr erwarten, tief in sie einzutauchen. Und doch ließ er sich Zeit. Er wollte diese kostbaren Momente mit ihr alleine genießen und die lustvolle Erfüllung hinauszögern.

»Ich will dich in mir spüren, Tom«, forderte sie heiser und streichelte über seinen Bauch bis zu seinem harten Glied.

»Nicht so hastig, Liebes«, sagte er und hielt ihre Hand fest, die sich auf und ab bewegte. Am Ende wäre es sonst schneller vorbei, als er wollte. Sie ließ ihn los.

Er wandte sich wieder ihren Brüsten zu, sog die rosigen Spitzen zwischen seine Lippen und neckte sie mit der Zungenspitze.

»Du machst mich total verrückt«, sagte sie stöhnend.
Er hob den Kopf und schaute sie an, zitternd vor Lust.
»So wie du mich.«
Und nun gab es für ihn kein Halten mehr. Er griff zum Nachttisch, nahm ein Kondompäckchen und riss es mit den Zähnen auf. Doch bevor er es herausnehmen konnte, nahm Melanie es ihm aus der Hand.
»Lass mich das machen.«
Als er endlich in sie drang und bald darauf mit ihr zum Höhepunkt kam, war der Moment für ihn vollkommen.

Ein wenig später lagen sie nebeneinander unter der Bettdecke. Draußen wurde es langsam dunkel. Tom zog sie an sich und streichelte sanft über ihre Haare, die immer noch nicht ganz trocken waren.
Sein Herzschlag beruhigte sich. Es war so wundervoll, hier mit ihr zu liegen und ihre Nähe zu genießen.
»Was denkst du jetzt?«, fragte er zärtlich und betrachtete dabei aufmerksam ihr Gesicht.
Melanie ließ sich mit ihrer Antwort Zeit und gab ihm einen sanften Kuss auf den Mund. »Eine schwierige Frage«, sagte sie schließlich.
»Warum?«
»Weil mir tausend Dinge gleichzeitig durch den Kopf gehen.«
»Und da kannst du dir nicht vielleicht einen Gedanken rauspicken und ihn mir verraten?«
Melanie lächelte und streichelte gedankenverloren über seine Brust. »Na gut. Es ist wunderschön, mit dir zu schlafen, Tom.«
Er grinste. »Ein guter Gedanke. Jetzt sind nur noch 999 übrig.«

Sie lachte leise. »Du hast ein Auge zu, wenn du kommst.«

»Was?«

»Wenn du kommst, ist ein Auge zu und das andere halb offen.«

Tom schaute sie verblüfft an. »Quatsch.«

»Doch. Das ist mir letztes Mal schon aufgefallen.«

»Na so was.«

Tom war verblüfft. Das hatte ihm noch nie eine Frau gesagt. Ob es diese beiden Male reiner Zufall war? Auf jeden Fall war Melanie sehr aufmerksam.

»Ja. Und ich liebe deinen Duft.«

Wie um es ihm zu demonstrieren, legte sie ihre Nase an seinen Hals und atmete tief ein. Tom spürte sofort ein erotisches Prickeln.

»Hmmm...« Sie schloss lächelnd die Augen.

»Und was denkst du noch?«

Sie öffnete die Augen und schaute ihn an. »Ich weiß, dass du das jetzt vielleicht nicht hören willst. Aber ich frage mich, was Jonas gerade macht.«

59

Jonas war fast eine Stunde lang stramm um den See spaziert, bis es langsam dämmerte. Auf dem Rückweg zum Hotel hatte er ein kleines Café entdeckt, in dem er jetzt saß und versonnen aus dem Fenster schaute.

Es war ihm nicht leichtgefallen, die beiden alleine zu lassen. Und er versuchte, sich nicht vorzustellen, was sie gerade taten. Was ihm jedoch kaum gelang.

Aber wenn er wirklich wollte, dass ein Gleichgewicht in ihrer ungewöhnlichen Beziehung herrschte, dann war er es Tom und Melanie schuldig, es ihnen zu ermöglichen, dass sie auch ein sexuelles Erlebnis ohne ihn hatten. Das war ihm plötzlich bewusst geworden, als sie zu dritt unter der Dusche gestanden hatten. Sie konnten ja auch in Zukunft nicht immer nur gemeinsam Sex haben. Am besten, er gewöhnte sich schon jetzt daran.

Vielleicht war es aber auch eine Art Test, ob Melanie wirklich die Wahrheit gesagt hatte, was ihre Liebe zu ihm betraf. Er hoffte inständig, dass er sich kein Eigentor geschossen hatte und die beiden gerade eben feststellten, dass sie doch zusammengehörten. Ohne ihn.

Jonas schluckte. Womöglich war er der größte Vollidiot auf Gottes Erdboden.

»Darf es noch was sein?«, fragte die Bedienung freundlich und nahm die leere Kaffeetasse vom Tisch.

Er überlegte kurz. »Ja. Ein Bier bitte«, sagte er. Die brü-

nette Frau war schätzungsweise Ende dreißig und hübsch, auf eine unaufdringliche Weise.

»Gerne.«

Sie verschwand, und Jonas schaute wieder aus dem Fenster. Zweifel nagten an ihm. Vielleicht machte er sich ja etwas vor, und Melanie hatte sich innerlich schon längst von ihm entfernt? Womöglich war es ihr selbst noch gar nicht bewusst.

Sein Handy meldete eine Kurznachricht.

»Bitte komm zu uns«, hatte Melanie geschrieben.

Jonas schloss für einen Moment die Augen und atmete tief ein. Ihm fiel ein riesiger Stein vom Herzen.

»Entschuldigung!«, rief er der Bedienung hinterher. Sie drehte sich zu ihm um.

»Ja?«

»Bitte doch kein Bier mehr. Ich möchte gerne zahlen.«

»Ist recht.«

Er gab ihr ein ordentliches Trinkgeld und machte sich auf den Weg zum Hotel.

Als er das Zimmer betrat, erwartete ihn eine Überraschung. Neben dem Bett stand jetzt ein Tisch mit einer großen Platte, belegt mit allerlei Köstlichkeiten, und ein Korb mit Brot.

Tom trug einen Bademantel. Er schenkte eben Wein in drei Gläser.

»Melde mich wieder zurück«, sagte Jonas und grinste in Richtung Tom.

»Perfektes Timing!«, antwortete dieser.

»Jonas!«

Melanie kam aus dem Badezimmer. Sie trug ebenfalls einen Bademantel. Lächelnd ging sie zu Jonas und schlang ihre Arme um seinen Hals. Er drückte sie fest an sich.

»*Hallo, Süße.*«

»*Wir waren schon so hungrig, dass wir bestellt haben.*«

Ihre Augen funkelten. Sie war glücklich. Und genau das war es, was er wollte. Er brauchte sich keine Sorgen zu machen. Melanie liebte ihn immer noch.

Jonas hoffte inständig, dass es ihnen gelingen würde, ihre besondere Beziehung einigermaßen konfliktfrei in den Griff zu bekommen und zu leben.

Er gab ihr einen kurzen Kuss. »*Super Idee. Mein Magen hängt auch schon bis zu den Kniekehlen… Fangt schon mal an. Ich bin gleich da.*«

Er verschwand ins Badezimmer. Er fühlte sich vom Spaziergang verschwitzt. Rasch zog er sich aus und ließ kurz lauwarmes Wasser über seinen Körper laufen. Dann trocknete er sich ab.

Weil kein dritter Bademantel da war, schlang er sich ein Handtuch um die Hüften.

Tom und Melanie saßen im Schneidersitz auf dem Bett und warteten auf ihn. Er setzte sich dazu. Tom reichte ihm ein Glas Wein.

»*Auf uns drei!*«*, sagte Melanie und prostete den beiden Männern strahlend zu.*

»*Auf uns drei!*«*, stimmten Tom und Jonas ein.*

Melanie stellte ihr Glas ab, dann beugte sie sich zu Jonas. Sie legte zärtlich eine Hand an seine Wange und küsste ihn.

»*Ich liebe dich…*«*, sagte sie und drehte sich dann zu Tom.*

»*… und dich.*« *Dann küsste sie auch ihn.*

Jonas bekam plötzlich eine Gänsehaut. Auch wenn er derjenige gewesen war, der den Vorschlag gemacht hatte, so wurde er sich jetzt erst so richtig bewusst, was das eigentlich bedeutete. Nun spielte in ihrem Leben permanent ein ande-

rer Mensch eine Rolle. Ein Mann, den Jonas zudem immer begehrenswerter fand.

»Ich danke euch sehr, dass ihr das für mich tut. Es ist wie ein Wunder für mich.« Melanie strahlte glücklich.

»Es war der einzige Weg, dich nicht zu verlieren«, sagte Jonas.

»Hättest du wirklich uns beide verlassen?«, fragte Tom neugierig und griff nach einem Stück Käse. Jonas bemerkte, dass Tom viel gelöster wirkte als vor seinem Spaziergang. Es war anscheinend richtig gewesen, die beiden eine Weile alleine zu lassen.

Melanie nickte.

»Ja. Ich habe mich innerlich total zerrissen gefühlt. Wenn ich mich für einen von euch hätte entscheiden müssen, wäre der andere immer in meinem Herzen gewesen. Und so kann eine Beziehung nicht funktionieren.«

»Ich glaube, dass es solche Situationen viel öfter gibt, als man denkt«, warf Jonas ein, »und die meisten Menschen in so einer Lage sich dann jedoch für einen Partner entscheiden.«

»Ich habe auch lange hin und her überlegt, ob ich das tun soll«, gestand Melanie. »Aber ich hätte mich nicht entscheiden können. Egal wie, es wäre für mein Empfinden immer falsch gewesen.«

»Vermutlich gibt es deswegen auch Paare, von denen ein Partner oft jahrelang heimlich eine Affäre hat, ohne die Ehe aufzugeben«, sagte Tom.

»Aber das könnte ich nicht! Mit so einer großen Lüge leben, das würde mich total belasten.«

»Das musst du auch nicht, Melanie.« Jonas lächelte liebevoll.

»Insgeheim habe ich es mir so sehr gewünscht, mit euch

beiden zusammen zu sein. Aber ich hätte mich nie getraut, das vorzuschlagen.«

»Ich kann es selber noch nicht glauben, dass ich zugestimmt habe«, meinte Tom und lachte plötzlich.

»Es ist wirklich großartig, dass ihr beide das versuchen wollt. Das ist für euch sicher auch nicht so einfach. Ich frage mich, wie sich das für euch anfühlt.« Melanie schaute die beiden fragend an.

»Eigenartig. Es fühlt sich eigenartig an«, sagte Jonas. »Aber bis jetzt mehr positiv eigenartig als negativ.«

Tom wirkte plötzlich nachdenklich. »Für mich ist das schon noch alles sehr gewöhnungsbedürftig. Auch wenn ich jetzt erst mal wirklich froh bin, dass ich dich nicht verloren habe, Melanie. Und dich schätze ich auch, Jonas. Trotzdem ist das alles ziemlich verrückt, und manchmal denke ich, dass ich bald aus diesem Traum aufwachen werde. Ich weiß auch noch nicht so ganz, wie ich damit klarkommen werde, wenn es um den Alltag geht.«

Jonas war froh, dass Tom so ehrlich war. Es wäre ja auch eher verwunderlich gewesen, wenn so eine Situation für alle drei etwas ganz Selbstverständliches wäre.

»Du hast Recht, Tom. Und in einer Beziehung geht es ja um viel mehr als nur um Sex. Es gibt noch einiges, das wir klären müssen.«

Tom nickte. »Eben. Auch die Frage, wie das räumlich ausschauen wird. Momentan bin ich auf Wohnungssuche. Wenn Melanie in Zukunft auch bei mir sein wird, dann brauchen wir mehr Platz.«

»Du suchst eine neue Wohnung?«, fragte Jonas.

»Ja. Das Appartement, in dem ich zurzeit lebe, gehört einem Freund, der im Ausland ist und bald wieder zurückkommt.«

»Aber dann zieh doch bei uns ein!«, rief Melanie und grinste breit. »Hey! Das ist die beste Lösung überhaupt! Wir benützen unser Büro sowieso kaum. Es ist zwar kein sehr großes Zimmer, aber schön geschnitten und hell, mit großen Fenstern. Oder, Jonas? Was sagst du dazu?«

Jonas war erleichtert, dass dieser Vorschlag von ihr kam. Er hatte sich natürlich auch schon darüber Gedanken gemacht und verschiedene Möglichkeiten erwogen. Zwei Wohnungen würden neben höheren Kosten einen erheblich größeren organisatorischen Aufwand erfordern. Außerdem wäre immer einer der beiden Männer alleine, wenn sie sich nicht zu dritt treffen würden. Das Zusammenleben in einer Wohnung mochte eine Herausforderung sein, aber letztlich wäre es für ihre Form der Beziehung sicher die beste Lösung. Außerdem hoffte Jonas sehr, dass sich so auch leichter eine Möglichkeit ergeben würde, wie er Tom näherkommen könnte.

»Gute Idee. Du kannst gerne bei uns einziehen, Tom.«

Tom atmete tief ein und aus. »Puh … Das geht jetzt aber wirklich alles etwas schnell. Findet ihr nicht? Bitte gebt mir ein paar Tage, damit ich darüber nachdenken kann.«

60

»Ach komm, was gibt es denn da zu überlegen?«

Melanie war begeistert von ihrem Vorschlag. Wenn Tom bei ihnen einzog, dann wären beide Männer ständig in ihrer Nähe. Über diese Frage hatte sie sich bisher noch gar keine Gedanken gemacht. Aber die Ereignisse hatten sich ja auch wirklich überschlagen, und sie musste dieses gewaltige Gefühls-Auf-und-Ab erst einmal verdauen.

»Melanie, du darfst Tom nicht so überfahren. Natürlich muss er erst darüber nachdenken.«

»Aber warum denn?«

»Es könnte ja durchaus sein, dass es nicht funktioniert«, gab Tom zu bedenken.

»Dann kannst du dir immer noch eine Wohnung suchen.«

Melanie sah ihn mit strahlenden Augen an.

Tom lächelte plötzlich. »Du willst unbedingt, dass ich jetzt sofort ja sage?«

»Ja.«

»Du benimmst dich wie ein Kleinkind«, bemerkte Jonas trocken.

Sie zuckte mit den Schultern. »Na und…«

Tom zögerte einige Sekunden, dann sagte er: »Okay. Dann zieh ich zu euch in die Wohnung.«

»Eine gute Entscheidung!«, rief Melanie.

Sie schlang die Arme um ihn und gab ihm einen dicken Kuss.

»Dann hätten wir das ja schneller geklärt als gedacht«, bemerkte Jonas schmunzelnd.

»Sie hat sehr überzeugende Argumente«, witzelte Tom.

Melanie freute sich einfach nur.

Doch da gab es noch etwas, das für sie auch sehr wichtig war und über das sie jetzt reden sollten. Sie wusste nur nicht recht, wie sie das Thema ansprechen sollte, ohne der Stimmung einen Dämpfer zu verpassen. Aber es half nichts. Je früher sie das klärte, desto besser. »Es ist mir ein wenig unangenehm, aber wir müssen noch über etwas anderes sprechen.«

Tom und Jonas schauten sie neugierig an.

»Und das wäre?«, fragte Jonas und runzelte die Stirn.

»Es geht um unsere Gesundheit. Ich möchte, dass wir alle einen HIV-Test machen ... Nicht dass ich denke, dass etwas ist«, warf sie schnell ein. »Aber so hat jeder Gewissheit, und Tom braucht keine Kondome mehr zu benutzen.«

Tom nickte zustimmend. »Ja. Klar. Das ist überhaupt kein Thema. Ich hatte das sowieso vorgehabt, wenn ich mich bei euch in der Praxis nächste Woche durchchecken lasse.«

Melanie lächelte ihm dankbar zu. »Ja. Das ist eine gute Gelegenheit.«

»Natürlich lasse ich mich auch testen«, sagte Jonas. »Aber am besten nicht bei dir in der Praxis. Sonst fragen sich deine Kolleginnen am Ende, ob ich dir fremdgegangen bin.«

»Ja. Lass das besser woanders machen«, stimmte Melanie ihm lachend zu. »Am besten im Gesundheitsamt.«

»Okay. Mach ich, Süße.«

Melanie war erleichtert, dieses Thema so einfach vom Tisch zu haben. Das war leider nicht für alle Menschen selbstverständlich, wie sie immer wieder in der Praxis feststellen konnte.

Plötzlich spürte sie, wie ihr Magen knurrte. Und zwar so laut, dass Jonas und Tom es auch hören konnten.

»Ups«, sagte sie verlegen.

»Hilfe. Das hört sich nach einem Bärenangriff an!«, rief Tom. Sie lachten.

»Wir sollten endlich was essen«, schlug Jonas vor. »Oder gibt es noch etwas Wichtiges zu besprechen?«

Melanie und Tom schüttelten den Kopf. Dann machten sie sich über das Essen her.

Nachdem sie das ganze Tablett verdrückt und eine zweite Flasche Wein geöffnet hatten, lagen sie zufrieden und satt im Bett.

»Uff. Bin ich jetzt voll«, stöhnte Melanie und rieb über ihren Bauch.

Jonas beugte sich über sie. »Genau der richtige Zeitpunkt für etwas Bewegung.«

Und schon spürte sie seine Lippen auf ihrem Mund.

Sein Kuss war leidenschaftlich und drängend. Melanie war immer wieder erstaunt, wie unterschiedlich die beiden Männer küssten. Und doch entzündeten beide jedes Mal ein Feuer in ihr.

Sie spürte, wie Jonas ihren Bademantel öffnete und zur Seite schob.

»Wollt ihr jetzt alleine sein?«, fragte Tom und erhob sich bereitwillig.

Melanie wollte es Jonas überlassen. Doch sie ahnte die Antwort bereits.

»Nein«, sagte er, »ich finde, wir sollten sie jetzt beide verwöhnen.«

Bei diesen Worten prickelte ihr ganzer Körper vor wohliger Aufregung.

»Ja. Das finde ich auch«, stimmte Melanie zu und zog das Handtuch weg, das um Jonas' Hüften geschlungen war.
Tom schlüpfte ebenfalls aus seinem Bademantel.
»Na dann…«

61

Tom war bereits zum dritten Mal um den Block gefahren, bis er endlich einen ausreichend großen Parkplatz für das Wohnmobil gefunden hatte. Doch ansonsten bereitete es ihm keine Schwierigkeiten, mit dem Gefährt umzugehen.

Jonas war vor einer Stunde losgefahren. Er hatte vorher noch versucht, Melanie zu erreichen, aber in der Praxis war die Hölle los gewesen, und sie hatte keine Zeit zum Reden gehabt.

»Sag ihr bitte, sie soll sich melden, wenn sie daheim ist«, hatte Jonas seinen Freund gebeten.

»Klar. Und mach dir keine Sorgen. Wir kümmern uns schon um alles hier. Es reicht völlig, wenn du morgen irgendwann im Laufe des Tages zurückkommst.«

»Danke!«

Sie hatten sich zum Abschied umarmt. Ganz freundschaftlich. Ohne Kuss.

Tom verschloss das Wohnmobil und ging ins Haus. Als er am Briefkasten vorbeikam, bemerkte er, dass dieser heute noch nicht geleert worden war. Er holte die Post heraus und schaute sie durch, während er nach oben ging. Lauter Werbung und eine Postkarte aus der Türkei von einer von Mellis Schwestern, die er immer noch nicht auseinanderhalten konnte.

Die nächsten drei Wochen würde ihre Nachbarin Tamara den Briefkasten leeren. Außerdem würde die junge Studentin die Pflanzen gießen.

Zurück in der Wohnung ging Tom in die Küche und bereitete das Abendessen für später vor. Er putzte den Salat, schnitt Tomaten, Paprika und Gurken und machte ein Dressing an. Dann verstaute er alles samt einem Riesling im Kühlschrank.

Melanie und er würden den Abend heute alleine verbringen. Und trotz der Sorge um Jonas' Vater freute er sich darauf.

Während er den Bioabfall in eine alte Zeitung wickelte, klingelte sein Handy. Seine Agentin.

»Hallo, Maxie!«, grüßte er sie gut gelaunt.

»Hallo, Tom. Sag mal, wann fährst du gleich wieder in Urlaub?«, fragte sie.

»Am Sonntag. Warum?«

»Ach, das ist blöd. Grad eben habe ich einen Anruf von Henners-Film bekommen. Die haben noch drei Wochen bis zum Drehbeginn einer Liebeskomödie. Das Script muss noch mal umgeschrieben werden, und die Autorin wurde heute Mittag ins Krankenhaus eingeliefert. Verdacht auf Hirnhautentzündung. Jetzt brennt bei denen die Hütte. Sie brauchen unbedingt sofort einen zuverlässigen Autor. Scheinbar hattest du mit einem der Producer schon mal Kontakt, denn sie haben nach dir gefragt.«

»Ja, das stimmt. Mit Jörn Pulls. Wir haben mal an einem Treatment für eine Komödie gearbeitet, die dann aber vom Sender abgelehnt wurde.«

»Ach schade. Mensch. So was bekommt man selten angeboten. Und die würden gut zahlen.«

Tom schnaubte. »Das ist echt blöd!«

Er ärgerte sich tatsächlich. Ausgerechnet jetzt musste das sein. Henners-Film war eine der bedeutendsten Produktionsfirmen in München, und dort als Autor hineinzukommen wäre wirklich ein großer Schritt nach vorne für ihn gewesen. Sie wären auch gute Partner für eine mögliche Umsetzung seiner eigenen Ideen. Falls er sie denn endlich einmal ernsthaft in Angriff nehmen würde.

Für einen Moment war er hin- und hergerissen, ob er die Reise nicht kurzerhand absagen sollte. Aber das wollte er natürlich auch nicht tun.

»Am besten sage ich denen, dass du schon unterwegs bist und ich dich nicht mehr erreicht habe. Dann besteht zumindest die Chance, dass sie es bei einem nächsten Mal wieder versuchen.«

Die Wahrscheinlichkeit, dass es in nächster Zeit ein nächstes Mal geben wird, ist eher verschwindend gering, dachte Tom zerknirscht. »Danke, Maxie. Und es tut mir echt leid. Das hätte ich gerne gemacht.«

»Schon gut, Tom. Ich kann ja auch verstehen, dass du deinen Urlaub deswegen jetzt nicht sausen lassen willst.«

»Wir haben das schon so lange geplant ...«

»Kein Thema. Ich habe ja noch andere Leute in meiner Agentur, die sich dafür eignen. Ich hätte es dir einfach gegönnt. Ist ein schönes Projekt.«

»Ja ja. Mach mir nur die Zähne lang«, knurrte er.

Maxie lachte. »Ein wenig ärgern muss ich dich ja schließlich.«

»Brauchst du nicht. Ich ärgere mich selbst am meisten.«

»Stopp! Das lässt du jetzt schön bleiben. Mach Urlaub! Und wenn du zurück bist, dann werden wir uns ganz intensiv um deine Stoffe kümmern. Ich will jetzt endlich mal, dass da was läuft.«

»Danke dir. Und ich melde mich gleich, wenn ich zurück bin.«

»Mach das. Ciao, Tom. Und grüß mir das Meer und die Sonne.«

62

Jonas stand genervt in einem kilometerlangen Stau auf der Landstraße. Eigentlich war er fast da, doch auf dem letzten Streckenabschnitt gab es eine Baustelle. Die Straße war nur einspurig befahrbar, und der Verkehr wurde von einer Ampel geregelt, die immer nur wenige Autos durchfahren ließ, bevor sie wieder auf Rot schaltete. Was waren denn hier für Blindgänger am Werk gewesen?, fragte er sich ärgerlich.

Ungeduldig trommelte Jonas auf das Lenkrad.

Er nutzte die Zeit, um es noch mal bei Melanie zu probieren. Doch ihr Handy war immer noch aus. Und in der Praxis wollte er sie nicht mehr stören.

Jonas überlegte, ob er nicht doch als Erstes zu seinem Vater ins Krankenhaus fahren sollte. Doch er verwarf den Gedanken wieder. Nein. Zuerst wollte er mit Lotte reden und seinen Vater dann gemeinsam mit ihr besuchen.

Seit Jonas sich erinnern konnte, hatte er kaum Zeit alleine mit seinem Vater verbracht. Meistens war dieser ohnehin in der Firma, und wenn er zu Hause war, dann war Lotte fast immer dabei gewesen. Und auch als seine Mutter noch lebte, hatte sein Vater sich nur wenig mit ihm beschäftigt. Ab und zu hatten sie sich eine Sportsendung zusammen angesehen, doch abgesehen davon konnten sie nichts miteinander anfangen.

Warum das so war, konnte Jonas sich nicht erklären. Und er hatte es schon lange aufgegeben, darüber nachzudenken.

Endlich waren nur noch wenige Fahrzeuge vor ihm, und wenn er Gas gab, dann könnte er es bei der nächsten Grünphase schaffen.

Und tatsächlich. Fünf Minuten später fuhr er in die Einfahrt seines Elternhauses, das man eher als Villa bezeichnen konnte.

Das Haus, das sein Vater selbst entworfen und gebaut hatte, hatte sechs Zimmer, drei Bäder, eine große Wohnküche, Wirtschaftsräume und sogar einen Pool im Kellergeschoss neben dem Weinkeller. Außerdem war der Speicher zu einem geräumigen Appartement mit Küche umgebaut. Dieses war seit seinem 18. Geburtstag das Refugium von Jonas, wenn er zu Hause war.

Er holte seine kleine Reisetasche aus dem Kofferraum und betrat das Haus.

»Lotte!«, rief er in der weitläufigen Diele.

»Jonas!«, kam die Antwort, und gleich darauf kam Lotte aus der Küche geschossen.

»Da bist du ja!«

Jonas nahm die Haushälterin, die gut einen Kopf kleiner war als er, fest in die Arme. Sofort hüllte ihn ihr ganz spezieller, vertrauter Duft nach Küche und einem Eau de Toilette ein, das sie immer schon trug. Er fühlte sich sofort wohl.

»Wie gut, dass du endlich da bist!«, sagte sie und wischte sich verstohlen Tränen aus dem Gesicht.

»Ja. Ich bin auch froh. Lass dich mal anschauen.«

Er trat einen Schritt zurück und betrachtete die Frau, die für ihn so etwas wie eine Mutter war.

Sie hatte in den letzten Jahren leicht an Gewicht zugelegt, was der ehemals sehr schlanken Frau jedoch gut stand. Ihr Gesicht war glatt und so gut wie faltenfrei. Und ihre hellgrünen Augen strahlten glücklich.

»Musst du mich so begutachten?«, fragte sie verlegen.

»Du schaust gut aus, Lotte. Wirklich.«

»Ach komm. Du Schmeichler. Dick bin ich geworden«, winkte sie ab.

»Ja. Total! Kugelrund.«

»Frechdachs! So deutlich musst du mir das jetzt auch nicht sagen.«

Sie klopfte ihm spielerisch auf den Arm, und dann lachten beide.

»Willst du gleich was essen?«, fragte Lotte.

»Nein, danke. Vielleicht später.«

Sie schaute ihn an, dann streichelte sie ihm liebevoll übers Gesicht. »Du siehst deinem Vater immer ähnlicher«, sagte sie.

Jonas verdrehte die Augen. »Deine Komplimente waren auch schon mal netter«, entgegnete er feixend.

Sie schnaubte auf. »Eure Beziehung mag nicht die beste sein, aber das liegt daran, dass ihr euch so ähnlich seid.«

»Dagegen protestiere ich aufs heftigste. Wir sind uns absolut nicht ähnlich.«

Lotte schmunzelte nur und sparte sich eine Antwort.

»Gibt es schon was Neues aus dem Krankenhaus?«

»Dein Vater ruft ungefähr alle halbe Stunde an.«

»Warum das denn?«, fragte Jonas verwundert.

»Josef will wissen, ob du schon da bist.«

Bei diesen Worten wurde er auf einmal ernst. Sollte es seinem Vater wirklich wichtig sein, dass er ihn besuchen kam? Das konnte er sich kaum vorstellen. Das Interesse, das Josef Winter seinem Sohn bisher entgegengebracht hatte, war eher minimal gewesen. Doch wenn er ganz ehrlich war, dann hatte er sich auch nie wirklich für seinen Vater interessiert.

»Dann werden wir ihn jetzt besuchen gehen.«

63

Melanie sperrte die Praxis ab und reichte Sandra den Schlüsselbund. Dann gingen sie gemeinsam die Treppen nach unten.

»Mann, war das ein Tag heute«, sagte Melanie und fühlte sich wie gerädert.

»Und wie. Aber jetzt ist für dich erst mal eine Weile Ruhe.«

»Ja. Mein erster längerer Urlaub nach fast zwei Jahren.«

»Den hast du dir wirklich verdient. Viel Spaß, Melanie. Und sag Tom bitte einen Gruß von mir. Falls ihm langweilig wird, kann er sich gerne mal bei mir melden.«

Sandra grinste.

Melanie verkniff sich eine Antwort. Sie hatte ihrer Kollegin nicht erzählt, dass sie zu dritt in den Urlaub fahren würden. Obwohl diese wahrscheinlich überhaupt nicht auf die Idee käme, dass mehr dahinter stecken könnte als eine harmlose Freundschaft. Trotzdem wollte Melanie nicht riskieren, dass man in der Praxis über ihr ungewöhnliches Liebesleben Bescheid wusste. Außerdem kannte sie Sandra nicht lange genug, um ihr Privates anzuvertrauen, auch wenn sie ihr sehr sympathisch war.

Vor dem Haus verabschiedeten sie sich, und Melanie machte sich auf den Heimweg.

Unterwegs schaltete sie ihr Handy ein und sah, dass Jonas mehrmals versucht hatte, sie zu erreichen. Als sie ihn zurückrufen wollte, sprang jedoch sofort die Mailbox an. Na ja. Sie wäre ja gleich zu Hause, und dann konnten sie sich das Telefonieren sparen. Die Bewegung an der frischen Luft tat ihr gut und vertrieb ihre Müdigkeit etwas.

Als sie in ihre Straße einbog und das Wohnmobil stehen sah, lächelte sie. Der Anblick munterte sie zusätzlich auf. Bald würde es losgehen.

»Hallo! Ich bin zu Hause!«, rief sie und schlüpfte aus ihren Schuhen.

Tom kam aus dem Wohnzimmer. »Hi, Melli.« Er gab ihr einen Kuss auf die Wange. »Du siehst erschöpft aus.«

»Es war ein endloser Tag heute. Ich dachte schon, er hört nie auf. Aber jetzt ist er endlich geschafft.«

»Hunger?«

»Und wie.«

»Im Wohnzimmer steht schon alles bereit. Ich brate nur noch die Austernpilze, dann können wir essen.«

»O super!« Melanie genoss es sehr, wie fürsorglich Tom war. Seit er bei ihnen wohnte, hatte er es mehr und mehr übernommen, sich um das Essen zu kümmern. Und er war ein ganz passabler Koch, auch wenn Fleisch seither eher selten auf dem Speiseplan stand. Nur das mit der Kaffeemaschine – das bekam er irgendwie nicht auf die Reihe.

Melanie warf einen Blick ins Wohnzimmer und sah einen für zwei Personen gedeckten Tisch.

»Wo ist denn Jonas?«, fragte sie verwundert. »Er müsste doch eigentlich schon längst hier sein.«

»Komm mit, dann reden wir, während ich koche.«

Sie folgte ihm in die Küche und hatte plötzlich ein mulmiges Gefühl im Magen. Es war doch nichts passiert? »Muss er etwa noch arbeiten?«

Tom schaltete die Herdplatte an und stellte eine Pfanne darauf. »Nein. Jonas ist nach Bad Tölz gefahren. Sein Vater ist im Krankenhaus.«

Melanie erschrak. »Im Krankenhaus? Hatte er einen Unfall?«

»Herzinfarkt. Aber es geht ihm scheinbar schon wieder viel besser. Magst du ein Glas Wein?«

Melanie nickte. Er holte den Wein aus dem Kühlschrank und schenkte ein. Dann reichte er ihr ein Glas. »Danke.«

Das mulmige Gefühl verstärkte sich. »Aber warum hat er mir denn nichts gesagt?«

Tom gab die Austernpilze in die Pfanne. »Du warst so beschäftigt. Und du hättest ja sowieso nichts tun können.«

Trotzdem hätte sie gerne mit Jonas gesprochen. Sie wusste, wie schwierig sein Verhältnis zu seinem Vater war. Nachdem er so schnell in seine Heimatstadt gefahren war, ahnte sie, dass er wirklich sehr besorgt sein musste. »Wann kommt er denn wieder zurück?«

»Morgen. Und du sollst ihn am Handy anrufen.«

»Hab ich schon versucht. Aber es ist aus. Vielleicht ist er gerade im Krankenhaus.«

»Bestimmt. Jetzt mach dir keine Sorgen. Es scheint wirklich nicht so schlimm zu sein… Bring doch bitte schon mal den Wein rüber. Ich komme gleich mit dem Essen.«

Obwohl der Salat und die Pilze ausgezeichnet schmeckten, hatte Melanie lediglich wenige Bissen gegessen. Jetzt stocherte sie nur noch lustlos im Essen herum. Dieses seltsame Gefühl von heute Nachmittag hatte sie wieder überfallen. Das Gefühl, ihr Leben wäre momentan zu schön, um wahr zu sein. Und dass etwas passieren würde. Sollte sie darüber mit Tom reden? Er würde sicher den Kopf über sie schütteln und sie für ihre Gedanken auslachen. Nein, das behielt sie besser für sich.

»Jetzt iss doch bitte, Melli.«

»Tut mir leid, Tom, aber ich bringe einfach nichts mehr runter. Aber es schmeckt wirklich ganz toll.«

Er schaute sie an und zuckte dann mit den Schultern. »Schon gut. Auch kein Eis mehr?«

Sie schüttelte den Kopf und schob ihm dann das Weinglas hin.

»Nein. Nur noch etwas Wein, bitte.«

Er schenkte nach, und sie nahm einen Schluck.

»Hoffentlich meldet Jonas sich bald.« Sie hatte ihn immer noch nicht erreichen können.

»Bestimmt.«

Er rückte zu ihr und legte ihr einen Arm um die Schultern. Sie drückte sich an ihn und genoss seine Nähe, die sie etwas beruhigte.

»Du hattest einen total anstrengenden Tag heute und kaum Schlaf in der Nacht. Ein Wunder, dass du überhaupt noch die Augen offen halten kannst«, sagte er und streichelte zärtlich durch ihre Haare.

»Ja. War alles ein wenig viel in der letzten Zeit.« Sie war wirklich bis an ihre Grenzen gegangen. Emotional und auch beruflich. Sicherlich war das auch verantwortlich für ihre negativen Gedanken, für die es überhaupt keinen Grund gab.

»Der Urlaub wird uns gut tun.«

»Oh ja.« Sie gähnte plötzlich. Nur für ein paar Sekunden die Augen schließen, dachte sie und kuschelte sich noch enger an Tom.

»Stell dir vor, heute bekam ich einen Anruf von meiner Agentin. Ich hätte doch tatsächlich ein Drehbuch für einen Kinofilm...«

Melanie hörte seine Worte nur noch aus weiter Ferne, erfasste ihren Sinn nicht mehr. Sie war eingeschlafen.

64

Tom und Jonas kämpften mit der Aufbauanleitung für den Kleiderschrank.

»Himmel noch mal! Das kann doch nicht wahr sein! Hier müssten doch vorgebohrte Löcher sein!«, *schimpfte Jonas und drehte ein Holzbrett hin und her. Dann beugte er sich über den bereits aufgebauten Korpus, der auf dem Boden lag.*

»Genau deswegen wollte ich die Möbel gleich mit Montage anliefern lassen«, *sagte Tom ruhig.*

Da das Appartement seines Freundes mit Ausnahme seines Schreibtisches möbliert gewesen war, hatte Tom für sein neues Zimmer bei Jonas und Melanie Möbel besorgen müssen. Einen Schrank, ein Bett und einige Regale und Lampen.

»Mit Montage? Soweit kommt's noch!«, *brummte Jonas.*

»Jonas kriegt das schon hin«, *meinte Melanie.*

Das Bett war bereits aufgebaut, und Melanie bezog es mit einer ebenfalls neu gekauften und frisch gewaschenen dunkelgrünen Bettwäsche.

»Klar krieg ich das hin.« *Mit angestrengtem Gesicht drehte Jonas eine Schraube ein.*

»Tut mir leid, dass ich vergessen habe, die Akkus für den Akkuschrauber über die Nacht aufzuladen«, *meinte Melanie zerknirscht.*

»Schon gut. Es geht auch so.«

Doch es dauerte noch eine Weile, bis der Schrank endlich stand und die Regalbretter mit einem feuchten Tuch abgewischt waren.

»Danke! Den Rest schaffe ich alleine«, sagte Tom zu seinen neuen Vermietern.

Er konnte kaum glauben, dass sie erst seit vier Tagen zurück vom Starnberger See waren und er jetzt schon bei Jonas und Melanie einzog.

Das Wochenende mit den beiden erschien ihm im Nachhinein wie ein verrückter Traum. Sie hatten aufregenden Sex gehabt, aber auch einiges unternommen und viel miteinander geredet und Spaß gehabt. Tom war erstaunt, dass seine Eifersucht Jonas gegenüber so gut wie verflogen war. Auch wenn er ab und zu durchaus noch die tiefe Verbundenheit der beiden spürte, die sie im Laufe der letzten Jahre aufgebaut hatten.

Am Anfang hatte er befürchtet, es würde für ihn ein Problem werden, keine gemeinsame Vergangenheit mit Melanie zu haben. Aber inzwischen schien ihm das nicht mehr so wichtig. Er hoffte sehr, dass das Zusammenleben in der Wohnung genau so reibungslos verlaufen würde wie die Tage am Starnberger See.

»Ich ruf den Lieferservice an. Worauf habt ihr Lust? Thailändisch? Griechisch? Oder wollt ihr Pizza?«, fragte Melanie.

»Mir ist alles recht. Aber auf jeden Fall geht das heute auf mich«, sagte Tom.

»Das will ich aber meinen.« Jonas grinste. »Mir wäre heute nach einer riesigen Pizza mit Bier.«

»Oh ja!«, stimmte Melanie zu. »Dann ruf ich beim Italiener an. Jonas, für dich sicher wie üblich Salami mit Oliven, und du, Tom?«

Er überlegte kurz. »Eine Quattro Formaggi mit Rucola, bitte.«

»Mit Fleisch hast du es ja nicht so«, bemerkte Jonas trocken.

»Doch. Aber nicht ganz so oft. Wie machen wir es denn eigentlich mit dem Bezahlen der Einkäufe? Gibt es da so etwas wie eine Haushaltskasse?«

Melanie nickte »Ja. Wir haben da eine Dose in der Küche. Jonas und ich werfen am Monatsanfang jeweils zweihundertfünfzig Euro rein. Davon zahlen wir alle Lebensmittel, Getränke, Klopapier, Duschbäder und Putzmittel und so weiter. Oder wenn wir mal irgendwelche neuen Haushaltsartikel brauchen. Meistens reicht es, und es bleibt was über.«

»Ich schlage vor, dass jeder von uns ab jetzt zweihundert einzahlt. Das reicht bestimmt locker«, überlegte Jonas.

»Okay. Wie sollen wir das künftig handhaben? Sollen wir die Quittungen sammeln?«

Jonas schüttelte den Kopf. »Nein. Soviel Vertrauen muss schon da sein.«

Tom war wieder mal erstaunt, wie unkompliziert das alles ging mit den beiden. Vor allem Jonas schien ein sehr praktisch veranlagter Mensch zu sein. Inzwischen schätzte Tom ihn als Kumpel. Auch wenn er im Umgang mit ihm manchmal noch etwas unsicher war.

»Na dann bestell ich mal.« Melanie ging nach draußen, und man hörte sie im Flur telefonieren.

Jonas packte das Werkzeug zusammen und schaute sich dann im Zimmer um. »Schaut gut aus.«

»Finde ich auch.«

Während Jonas und Melanie in der Arbeit waren, hatte Tom das Zimmer gestern in einem hellen Grauton gestrichen. Am Abend hatten sie dann gemeinsam Lampen aufge-

hängt und einige Regale über dem Schreibtisch angebracht. Da es in diesem Zimmer keine Jalousien gab, spannten sie auf der Fensterseite noch einen speziellen Draht, an dem Melanie Vorhänge befestigte, die sie auf dem Speicher ihrer Mutter gefunden hatte. Sie hatten einen Ton wie mattes Eisen und harmonierten toll mit der neu gestrichenen Wand. Morgen würde er seine restlichen Sachen aus dem Appartement holen, und dann würde das hier sein neues Zuhause sein.

»Danke noch mal für deine Hilfe, Jonas!«, sagte Tom.

»Kein Problem«, antwortete Jonas.

Melanie kam zurück. »Pizzen kommen in einer halben Stunde«, informierte sie die beiden.

»Na, dann spring ich schnell mal unter die Dusche«, sagte Jonas und verließ das Zimmer mit dem Werkzeugkoffer.

»Duschen sollte ich auch«, meinte Tom.

Melanie kam zu ihm und schnupperte an seinem T-Shirt.

»Du müffelst nur ganz wenig«, sagte sie und grinste.

»Ach ... nur ganz wenig?«

Sie nickte.

»Das beruhigt mich aber.«

Tom legte seine Arme um ihren Hals und schaute ihr in die Augen.

»Soll ich dir was sagen?«

»Was denn?«

»Ich fühle mich gerade total glücklich.«

Als er das sagte, begannen ihre Augen zu glänzen.

»Wirklich?«

Er nickte und lachte dann kurz auf. »Ja. Auch wenn ich nie geglaubt hätte, dass ich mich jemals auf so was einlassen könnte.« Dann etwas leiser: »Aber du bist es wert ...«

Er umfasste zärtlich ihr Gesicht und gab ihr einen Kuss.

Ihre Lippen waren so weich und sinnlich! Sanft streichelten sich ihre Zungen.

Dann löste er sich von ihr und schaute sie liebevoll an.

»Vielleicht ist das nicht der richtige Zeitpunkt jetzt... Oder vielleicht ist er es doch. Denn schließlich ziehen wir heute zusammen... Melli, ich liebe dich.«

65

Melanie sah in seine Augen und flüsterte: »Ich dich auch, Tom!«

Es fühlte sich zwar etwas eigenartig für sie an, dass sie das jetzt sagen durfte, ohne Jonas gegenüber ein schlechtes Gewissen haben zu müssen, der nur eine Tür weiter unter der Dusche stand. Aber das war natürlich kein Wunder. Sie war nicht nur in einer Kultur aufgewachsen, in der es normal war, nur mit einem Partner zusammenzuleben, sondern auch in einem katholischen Elternhaus, das sie geprägt hatte.

Sie bedauerte, ihre Beziehung mit Jonas und Tom nicht offen ausleben zu können, aber ihr Umfeld war nicht bereit, eine solche Dreiecksbeziehung zu akzeptieren. Schon gar nicht ihre Eltern, denen es ohnehin schon längst ein Dorn im Auge war, dass Melanie und Jonas noch nicht verheiratet waren. Sie würden darin nichts anderes als eine große Sünde sehen.

Als ihre Mutter mitbekommen hatte, dass sie das Zimmer untervermieten würden, hatte sie missbilligend den Kopf geschüttelt. »Ich finde es nicht gut, wenn ein Mann bei euch wohnt.«

»Mama. Das ist so üblich in einer WG.« Natürlich hatte sie ihr den eigentlichen Grund dafür nicht genannt.

»Wieso WG? Ihr beide habt es finanziell gewiss nicht nötig, dass noch jemand bei euch einzieht! Ihr solltet lieber

endlich heiraten und Kinder bekommen!« Ihrer Mutter gefiel diese Sache ganz und gar nicht.

»Mama! Nicht schon wieder dieses Thema!«

Melanie wollte nicht mit ihrer Mutter darüber reden. In ihrer momentanen Situation an Hochzeit und Kinder zu denken war ohnehin vollkommen ausgeschlossen. Doch auch vorher war es ihr unangenehm gewesen, wenn ihre Mutter mit diesem Thema angefangen hatte. Obwohl Jonas und sie normalerweise über alles Mögliche sprechen konnten, waren weder eine mögliche Heirat noch das Thema eigene Kinder je zur Sprache gekommen. Eine Hochzeit war ihr zwar nie wichtig gewesen, doch tief in ihrem Inneren sehnte sie sich schon seit einiger Zeit nach einem Kind und bedauerte es, dass Jonas von sich aus noch nie gesagt hatte, wie er dazu stand. Ein paarmal hatte sie sich bereits vorgenommen, mit ihm darüber zu sprechen, aber jedes Mal hatte sie vorher kalte Füße bekommen und es dann doch nicht getan.

Seit sie Tom kennengelernt hatte, war ihr Wunsch nach einem Kind in den Hintergrund gerückt. Und auch jetzt war nicht der richtige Zeitpunkt, darüber nachzudenken. Aber irgendwann wollte sie ein Baby haben. Und sie spürte, dass ihre biologische Uhr tickte.

»Ich weiß schon, ich darf ja nie was sagen ... Aber trotzdem. Ein anderer Mann in der Wohnung. Das ist einfach nicht richtig!«, hatte ihre Mutter weitergeschimpft.

Erst als Jonas ihr erklärt hatte, dass Tom ein alter Freund sei, war sie still geworden. Trotzdem ahnte Melanie, dass sie sich deswegen noch öfter Kommentare würde anhören müssen. Ihre Mutter mischte sich zu gern in ihr Leben ein. Und Melanie, die als einzige der Geschwister noch in München wohnte, war es schon immer schwergefallen, der Mutter einmal Kontra zu geben und sie in ihre Schranken zu verweisen.

Doch davon wollte sie sich jetzt die Freude und das Glück nicht nehmen lassen. Es war ihr Leben und das von Tom und Jonas. Und sie wollten es miteinander teilen. Warum ausgerechnet sie sich in zwei Männer verliebt hatte, war Melanie schleierhaft. Aber so war es nun mal.

Ein tiefes Gefühl von Dankbarkeit stieg in ihr auf, diesen wundervollen beiden Männern gegenüber, die es ihr ermöglicht hatten, ihre Liebe zu beiden zu leben.

Eine Stunde später saßen Melanie, Tom und Jonas im Wohnzimmer. Auf dem Tisch standen noch die leeren Pizzaschachteln. Irgendwie hatte keiner so recht Lust, sie wegzuräumen.

Melanie lümmelte faul auf dem Sofa und nahm einen Schluck aus der Bierflasche. Sie hörte Tom und Jonas zu, die sich über ein Bauprojekt in der Münchner Innenstadt unterhielten, das Jonas derzeit in Planung hatte.

Jonas war wie immer in seinem Element, wenn es um seine Arbeit ging, und Tom hörte ihm aufmerksam zu. Es machte Melanie Spaß, die beiden Männer zu beobachten, die vom Typ her so unterschiedlich waren. Und das nicht nur äußerlich. Tom war der sanftere der beiden. Und auch wenn sie miteinander schliefen, hatte Melanie manchmal das Gefühl, dass er sich etwas zurückhielt und sich mehr kontrollierte als Jonas. Und er brauchte immer ein klein wenig Abstand, gleich nachdem er gekommen war. Dann rückte er leicht von ihr ab und schien für ein paar Minuten auch nicht berührt werden zu wollen. Melanie respektierte das, auch wenn sie selbst nach dem Sex am liebsten kuschelte.

Jonas war wild und direkt. Und mitunter hatte Melanie das Gefühl, er schien unersättlich zu sein. Umso mehr erstaunte es sie immer wieder, wie unglaublich liebevoll und zärtlich er danach sein konnte.

Sie fragte sich, wie es um seine Gefühle für Tom stand. Bisher hatte sie nicht mitbekommen, dass er sich ihm im Bett absichtlich körperlich genähert hätte. Hatte er womöglich seine homoerotischen Wünsche aufgegeben? Das konnte sie sich nicht vorstellen. Melanie vermutete, dass Jonas eine passende Gelegenheit abwarten wollte, um Tom näherzukommen. Der Gedanke daran war für sie immer noch etwas ungewöhnlich. Und sie wusste nicht, wie sie damit umgehen würde, wenn es so weit wäre. Irgendwie hatte sie so ihre Zweifel, dass Tom sich darauf einlassen würde. Hoffentlich würde es deswegen zu keinen Konflikten kommen.

Melanie hatte schon ein paarmal überlegt, mit Jonas darüber zu reden, aber sie wusste nicht, wie sie das Thema ansprechen sollte. Außerdem war sie selbst noch ganz überwältigt von der neuen Situation, dass sie es zunächst nur genoss, wie schön ihr Sexleben mit den beiden derzeit war. Und sie war neugierig, wie sich das Zusammenleben in der Wohnung weiterhin entwickeln würde.

Während sie so darüber nachdachte, wie die beiden Männer im Bett waren, spürte sie ein lustvolles Prickeln zwischen ihren Schenkeln.

»Habt ihr vielleicht ganz zufällig Lust auf ein wenig Sex?«, unterbrach sie das Gespräch der beiden.

66

Jonas hörte mitten im Satz auf zu reden und sah Melanie überrascht an. Sie saß mit angezogenen Beinen auf dem Sofa und schaute die beiden Männer mit funkelnden Augen an.

Es war erstaunlich, was aus der ehemals schüchternen und unsicheren jungen Frau geworden war, die er in der Arztpraxis kennengelernt hatte.

Jonas warf Tom einen Blick zu, der amüsiert grinste.

»Ganz zufällig hätte ich gerade Lust«, sagte dieser.

»Ich ebenfalls. Hat die gnädige Frau spezielle Wünsche?«, fragte Jonas.

Sie schüttelte den Kopf. »Da würde ich mich gerne überraschen lassen, was euch beiden so einfällt.«

»Sollen wir vielleicht ausprobieren, wie stabil das neue Bett ist?«, schlug Tom vor.

»Dieser Gedanke ging mir eben auch durch den Kopf«, meinte Jonas und stand auf. Er reichte Melanie die Hand und zog sie vom Sofa hoch.

Ein paar Minuten später lagen sie alle drei nackt in Toms Bett, das er vernünftigerweise größer gekauft hatte. Jonas schaute erregt zu, wie Tom und Melanie sich küssten. Dann löste sie sich von Tom und zog Jonas zu sich heran. Er spürte ihre heißen Lippen auf seinem Mund und küsste sie voller Verlangen. Währenddessen streichelte Tom ihren Körper.

Plötzlich fühlte er Toms Hand an seinem Schenkel, die sich jedoch sofort zurückzog.

Schade, dass Tom ihm im Bett körperlich noch immer nicht näher kam. Jonas fiel es jedes Mal schwerer, seinem Wunsch, Tom zu berühren, nicht nachzugeben. Aber er hatte Angst, dass er ihn damit erschrecken könnte und diese Dreierbeziehung scheitern würde. Er wünschte es sich so sehr, doch da er keinerlei Erfahrungen mit Männern hatte, war er sich noch dazu sehr unsicher, wie er es überhaupt angehen sollte. Jonas musste innerlich lachen. Bei Frauen war es ihm noch nie schwergefallen, sie anzumachen und zu verführen. Und auch wenn er ab und zu auch eine Abfuhr bekommen hatte, so hatte er wenigstens keine Angst davor gehabt, es zu versuchen. Bei Tom jedoch war er völlig ratlos, was er tun sollte.

Er würde noch abwarten, bis sie sich besser kannten, und hoffte darauf, dass er dann irgendwann mutig genug sein würde, einen ersten Schritt zu wagen.

Jonas wachte auf, weil sein Arm eingeschlafen war und schmerzhaft pochte. Langsam zog er ihn unter dem Kopf hervor und streckte ihn aus.

Er lag ganz am Rande des Bettes und war verwundert, dass er in der Nacht nicht rausgefallen war.

Melanie schlief in der Mitte und war eng an Tom gekuschelt. Jemand hatte die Bettdecke nach unten gestrampelt, sodass sie nur bis zu den Schenkeln zugedeckt waren.

Beim Anblick der beiden nackten Körper wurde seine Morgenlatte fast schmerzhaft hart. Er unterdrückte ein Stöhnen. Am liebsten würde er jetzt Melanies Schenkel anheben und sich, ohne sie zu wecken, langsam in sie schie-

ben. Und gleichzeitig Toms Glied in die Hand nehmen und es streicheln.

Doch er ahnte, dass das ein Fehler sein würde.

Leise, um die beiden nicht zu wecken, stieg er aus dem Bett und ging ins Badezimmer.

Mithilfe einer kalten Dusche versuchte er, seine Erregung abklingen zu lassen, was ihm aber nicht gelang. Um sich zu erleichtern, nahm er die Angelegenheit deswegen buchstäblich selbst in die Hand. Danach war er zwar den Druck in den Lenden los, doch er fühlte sich seltsam leer und einsam.

Er ging in das Schlafzimmer, das er mit Melanie teilte, und machte so viele Sit-ups und Liegestützen, bis er völlig außer Atem war. Danach fühlte er sich etwas besser. Völlig verschwitzt stellte er sich erneut unter die Dusche und zog sich dann an. Nachdem er Kaffee gekocht hatte, war es auch schon an der Zeit, Melanie zu wecken.

Als er leise die Tür zu Toms Zimmer öffnete, waren die beiden jedoch schon wach und küssten sich gerade.

Jonas spürte einen Stich der Eifersucht, schalt sich jedoch gleich selbst dafür. Mit Eifersucht würde ihre Beziehung ganz gewiss nicht funktionieren.

Tom löste sich von Melanie und räusperte sich kurz.

»Guten Morgen«, sagte er, und seine Stimme klang noch heiser vom Schlaf. Scheinbar war er noch nicht lange wach.

»Morgen, ihr zwei. Melanie, Zeit aufzustehen. Sonst kommst du zu spät.« Jonas gab sich Mühe, gut gelaunt zu klingen. Was ihm gar nicht so leicht fiel.

Melanie streckte sich und schwang sich dann lächelnd aus dem Bett. »Danke. Guten Morgen, Jonas.« Sie gab ihm einen zärtlichen Kuss und ging dann aus dem Zimmer. Jonas fiel auf, dass sie es vermied, ihn bei einem Kosenamen zu nennen. Bevor Tom in ihr Leben getreten war, hatte sie ihn oft »Schatz« oder »Liebling« oder manchmal auch »Süßer« genannt. Das war wohl jetzt vorbei. Und es bedrückte ihn.

Verdammt! Was war heute nur mit ihm los? Er hatte den Eindruck, als wäre er nach der ganzen Aufregung in den letzten Tagen und Wochen ganz unerwartet in ein tiefes, dunkles Loch gefallen. War es doch unüberlegt und voreilig von ihm gewesen, diesem Arrangement zuzustimmen? Doch – was wäre die Alternative dazu gewesen?

Er versuchte, sich bewusst zu machen, wie viel schlechter es ihm jetzt gehen würde, wenn Melanie sich von ihm getrennt hätte. Und da wusste er wieder, dass es richtig gewesen war, sich so zu entscheiden. Womöglich brauchte seine Seele jetzt einfach ein wenig Zeit, um sich ganz darauf einzulassen.

»Ist alles in Ordnung mit dir?«, fragte Tom. Und erst jetzt bemerkte Jonas, dass er noch immer in der Mitte des Zimmers stand und in eine Ecke stierte.

»Oh ja. Ja klar«, antwortete Jonas. »Ich bin wohl noch etwas müde.«

»Kann ich verstehen«, sagte Tom, der selbst keinerlei Anstalten machte aufzustehen.

Doch Jonas musste sich jetzt beeilen, um pünktlich zur Arbeit zu kommen.

Am Nachmittag stand er neben einem Bauwagen auf der Baustelle und telefonierte. Plötzlich sah er Tom, der auf ihn zuspazierte, die Hände in den Taschen seiner Jeansjacke vergraben. Jonas beendete sein Gespräch.

»Hey! Was machst du denn hier?«, fragte er überrascht.

»Ich habe heute absolut keinen Kopf zum Schreiben, und dann muss ich einfach raus und mich bewegen. Ich dachte

mir, ich nutze die Gelegenheit, um mal zu schauen, wie dein Projekt vorankommt.«

Jonas freute sich. Und dieses seltsame Gefühl, das ihm seit heute Morgen im Nacken saß, löste sich plötzlich in Luft auf. Alles war gut, und er hatte absolut keinen Grund, sich Sorgen zu machen.

»Ich hoffe, ich stör dich nicht«, setzte Tom hinzu.

»Ach was! Gar nicht.«

In der nächsten halben Stunde führte Jonas ihn auf der Baustelle herum und stellte ihn einigen seiner Leute ganz unbefangen als einen Mitbewohner der WG vor. Da seine Kollegen alle von seiner Beziehung mit Melanie wussten, machte er sich keine Gedanken, dass sie auf die Idee kommen könnten, in Tom etwas anderes als einen befreundeten Untermieter zu sehen.

»So ganz uneigennützig bin ich nicht hier, Jonas. Ein Patient in einer der nächsten Folgen hat einen Arbeitsunfall auf einer Baustelle«, gestand Tom plötzlich, und seine blauen Augen blitzten.

Jonas grinste. »Kein Problem. Ich helfe dir gerne weiter, wenn ich kann.«

Tom hörte ihm interessiert zu und stellte einige Fragen, die Jonas ihm gerne beantwortete.

Während der Besichtigung wurden sie jedoch immer wieder unterbrochen, weil Jonas mehrere Anrufe erhielt und von Arbeitern angesprochen wurde.

»Ich glaub, ich geh jetzt mal wieder«, meinte Tom schließlich, »du bist wirklich schwer beschäftigt, und ich will dich nicht länger aufhalten.«

Jonas hätte liebend gerne noch mehr Zeit mit Tom verbracht, aber er musste sich tatsächlich wieder seiner Arbeit zuwenden.

»*Tut mir leid, Tom. Aber wenn du noch was wissen willst, können wir ja auch heute Abend drüber reden.*«

»*Kein Problem. Ich glaube, ich habe jetzt alles. Ach ja, wegen heute Abend. Momentan ist Filmfestzeit in München, da bin ich ziemlich viel unterwegs. Heute ist eine Gesprächsrunde mit Autoren und Regisseuren, bei der ich dabei sein werde.*«

Für Jonas spielten solche Termine normalerweise natürlich keine Rolle, und vom Filmfest bekam er meist nicht viel mit.

»*Na klar. Du brauchst dich doch bei mir nicht abzumelden*«, *sagte er.*

»*Weiß ich schon. Nur damit ihr euch nicht wundert, warum ich nicht so oft daheim sein werde ... Ach ja, falls ihr in den nächsten Tagen Lust habt, mich auf eine Vorstellung zu begleiten, dann sagt mir Bescheid. Für den einen oder anderen Film kann ich bestimmt noch Karten organisieren.*«

»*Hey! Winter! Wir brauchen dich mal hier!*«, *rief ein Maurer Jonas zu.*

»*Ja. Bin schon unterwegs! ... Tom, ich muss. Aber das mit einer Vorstellung ist eine gute Idee. Wir reden noch drüber. Ja?*«

»*Okay. Bis dann.*«

Tom drehte sich um und ging.

Jonas schaute ihm einen Moment hinterher. Er spürte ein seltsames Flattern im Magen. Und jetzt konnte er es nicht mehr länger leugnen: Er hatte sich in Tom verliebt!

67

Tom sperrte die Wohnungstür leise auf. Es war schon weit nach zwei Uhr morgens, als er seine Schuhe abstreifte. Dabei hatte er eigentlich vorgehabt, gleich nach der Gesprächsrunde nach Hause zu gehen. Doch dann hatten ein paar Kollegen ihn überredet, noch auf eine Filmparty mitzugehen. Normalerweise langweilte er sich bei solchen Veranstaltungen, doch er war mit einem österreichischen Regisseur ins Gespräch gekommen, den er schon lange für seine Arbeit bewunderte. Gemeinsam mit einem solchen Mann einen Film zu realisieren – das wäre sein absoluter Traum.

Er schlich sich im Dunkeln leise durch den Flur zum Badezimmer.

»Tom!« Er hatte es fast erwartet und drehte sich um.

»Tut mir leid, wenn ich dich geweckt habe, Melli«, flüsterte er.

Sie stand in einem dunkelblauen Nachthemd und zerzaustem Haar vor ihm. »Ich hab mir Sorgen gemacht.«

»Hat Jonas dir nicht gesagt, dass ich momentan viel unterwegs sein werde?«

Sie nickte. »Doch. Aber dass du so spät nach Hause kommst ...«

Tom lächelte. Auch wenn er es ein wenig seltsam fand, sich in seinem Alter bezüglich der Uhrzeit zu rechtfertigen, zu der er nach Hause kam, so war es gleichzeitig rührend, wie wichtig er anscheinend für Melanie geworden war.

»Wo warst du denn?«

Irrte er sich, oder hörte er einen Anflug von Eifersucht in ihrer Stimme? »Ich hatte ein langes Gespräch mit Franz Steinberg. Das ist ein Regisseur, mit dem ich gerne mal was machen würde.«

»Ach so. Ich dachte schon ...« Sie sprach nicht weiter.

»Doch nicht etwa, dass ich mit einer Frau unterwegs bin?« Tom schüttelte den Kopf. »Melli! Also bitte! Was denkst du denn von mir?«

»Sie wollte noch nicht mal mit Sex abgelenkt werden«, meldete sich jetzt auch Jonas, der in eng anliegenden Shorts grinsend in der Tür zum großen Schlafzimmer stand.

»Oh Mann. Ich fühl mich grade wie fünfzehn.« Tom lachte.

»Und ich mich so alt wie meine Mutter«, sagte Melanie zerknirscht. »Tut mir leid.«

»Schon gut. Hauptsache, ich bekomme morgen keinen Stubenarrest.«

Jonas verschränkte die Arme und meinte mit gespielt ernstem Gesichtsausdruck: »Ich fürchte eher, sie streicht dir das Taschengeld.«

Die Männer lachten. Melanie zog ein verdrossenes Gesicht.

»Ja, ja, macht euch nur lustig über mich. Ich weiß auch nicht, was da heute mit mir los war. Sorry ...«

Tom nahm ihre Hand und schaute sie an. Auch wenn ihm ihre Eifersucht im Grunde schmeichelte, musste er ihr von Anfang an klarmachen, dass sie keinen Grund dazu hatte. »Es ist Filmfest – das ist eine wichtige Zeit für mich. Ich werde die nächsten Tage sicherlich öfter spät heimkommen. Aber das ist rein beruflich. So ist das eben bei mir. Meine Arbeitszeit hört nicht um 18 Uhr auf.«

»Schon gut, ich versteh es ja schon.«

»Aber du und Jonas könnt gerne mal in einen Film mitkommen, wenn ihr Lust habt.«

Melanie nickte.

»Ich habe mir das Programm im Internet angeschaut. Es gibt einige interessante Beiträge«, sagte Jonas.

»Ich sag euch morgen Bescheid, für welche Filme ich noch Karten bekommen kann, dann können wir aussuchen, wo wir gemeinsam hingehen.«

»Schläfst du heute bei uns?« Melanie schaute ihn erwartungsvoll an.

Tom nickte lächelnd.

Jonas und Melanie schliefen tief und fest. Doch Tom konnte einfach keine Ruhe finden. Immer wieder wälzte er sich im Bett hin und her und versuchte, die beiden nicht zu wecken. Eine Idee ließ ihn nicht los. Die Idee für eine Geschichte. Es ging um das Thema, mit dem er sich selbst gerade auseinandersetzen musste. Eine Dreiecksbeziehung. Doch noch fehlte ihm der richtige Ansatz, und das machte ihn ganz verrückt. Normalerweise fiel es ihm leicht, in wenigen Sätzen zu formulieren, um was es in der Geschichte gehen sollte. Doch jetzt war es so, als ob ihm der Konflikt der Figuren wie ein glitschiger Fisch immer wieder entwischte, gerade wenn er dachte, er hätte ihn gefunden. Das bedeutete wohl, dass die Zeit für diesen Stoff noch nicht reif war. Er würde noch weiter darüber nachdenken müssen. Aber nicht mehr heute Nacht.

Tom schloss die Augen und lauschte den gleichmäßigen Atemzügen der beiden Schlafenden. Und irgendwann schlief er dann doch noch ein.

68

Melanie saß zwischen Tom und Jonas im größten Saal des Maxx-Kinos. Das Licht war soeben ausgegangen, und der Film würde gleich beginnen. Tom hatte noch Karten für eine deutsche Komödie ergattern können, die einen so verrückten Namen hatte, den man kaum aussprechen konnte, dass Melanie ihn auch schon wieder vergessen hatte. Die Besetzung war jedoch eindrucksvoll, und so gut wie alles, was in Deutschland Rang und Namen hatte, spielte in dem Episodenfilm mit. Und natürlich waren viele der Schauspieler hier. Doch für Melanie war dies heute weniger beeindruckend als die Tatsache, dass sie zum ersten Mal mit ihren beiden Männern öffentlich unterwegs war. Auch wenn niemand wusste, wie sie zusammengehörten, so war es für sie doch ein ganz besonderer Tag.

Tom griff wie selbstverständlich nach ihrer Hand und drückte sie sanft. Melanie dachte daran, wie sie vor wenigen Wochen ebenfalls in einem dunklen Kinosaal gesessen hatten und wie sie weggerückt war, um ihn nur ja nicht zu berühren. Damals hätte sie sich nicht im Traum vorstellen können, was noch alles Wundervolles geschehen würde.

Sie tastete in der Dunkelheit nach Jonas' Hand und zog sie auf ihren Schoß, auf die Hand von Tom, die auf ihrer Hand lag. Zunächst spürte sie einen leichten Widerstand von Jonas. Doch dann entspannten sich seine Finger, und die Hände umschlossen sich ineinander zu einer Einheit.

Der Film war sehr amüsant und verdiente die Vorschusslorbeeren in der Presse. Melanie lachte, bis ihr die Tränen kamen. Und auch Jonas und Tom hatten viel Spaß mit der frechen Verwechslungskomödie.

Der Regisseur, der gleichzeitig Autor der Geschichte war, und die Filmcrew bekamen am Ende minutenlang begeisterten Applaus der Zuschauer. Melanie würde sich den Film auf jeden Fall noch einmal anschauen.

Als sie den Saal verließen, hörten sie plötzlich eine Frau rufen: »Herr Winter!«

Sie drehten sich um. Nanu. Wer kannte denn hier Jonas?

»Hallo! Warten Sie mal!«

Erst jetzt bemerkte Melanie eine kleine Frau, die hinter einem der Nebendarsteller ging und in ihre Richtung winkte.

»Wer ist das denn?«, fragte Melanie Jonas neugierig.

»Mathilde«, antwortete Tom für ihn.

»Mathilde?«

»Mathilde Sinn. Die Regisseurin von ›Klinik im Walde‹«, erklärte Jonas weiter.

Sie stellten sich an den Rand und ließen die anderen Leute vorbei.

Mathilde kam auf Jonas zu. »Sie sind mir ja ein ganz Schöner!«, wetterte sie gleich vorwurfsvoll. »Da setze ich mich für Sie ein, und Sie sagen ab, ohne einen Grund.«

»Hör mal, Mathilde ...«, begann Tom, doch sie unterbrach ihn resolut.

»Du bist jetzt bitte mal still, Tom ... und jetzt will ich wissen, warum Sie die Rolle nicht haben wollten, Herr Winter!«

Sie musste ihren Kopf ziemlich in den Nacken legen, um Jonas ins Gesicht blicken zu können.

Melanie schaute sie neugierig an und hatte ein schlechtes Gewissen. Schließlich hatte er ihretwegen abgesagt.

»Frau Sinn. Es tut mir wirklich sehr leid, dass ich Sie nicht selbst angerufen habe«, begann Jonas, »aber ich bin eigentlich Architekt. Ich dachte, diese kurze Gastrolle wäre eine einmalige Sache. Das hätte ich mir auch zugetraut. Aber für eine größere Rolle in der Serie halte ich mich nicht für gut genug. Ich finde, dafür sollten Sie lieber einen Profi nehmen, der das wirklich alles richtig beherrscht. Ich habe ja keinerlei Erfahrungen.«

Melanie war ihm dankbar, dass er ihr die wahren Gründe für die Absage nicht genannt hatte.

»Das war mein Fehler, Mathilde. Ich hatte es Jonas nicht gesagt, dass wir die Figur als künftigen Liebhaber der Kardio-Chirurgin angedacht haben«, sprang Tom für ihn in die Bresche.

Mathilde Sinn schaute Jonas weiterhin eindringlich an.

»Ich mag Menschen, die ihre Grenzen erkennen. Trotzdem. Sie haben Talent und kommen auf dem Bildschirm ziemlich gut rüber. Wenn Sie daraus doch noch etwas machen wollen, dann gebe ich Ihnen gerne eine zweite Chance.« Sie holte eine Visitenkarte aus ihrer Tasche und steckte sie ihm in die Hemdtasche. Dann rauschte sie ab.

Etwas später saßen die drei bei einem Bier in einer Kneipe. Die Begegnung mit der Regisseurin hatte Melanies gute Laune etwas getrübt. Denn sie fühlte sich schuldig.

»Jonas, es tut mir echt leid, dass ich dir diese Chance mit der Rolle vermasselt habe«, entschuldigte sie sich schließlich bei ihm.

Jonas schaute sie lächelnd an. »Es hatte seine guten Gründe, und dabei belassen wir es. Okay?«

»Aber du musst tatsächlich gut gewesen sein. Mathilde läuft normalerweise niemandem hinterher.« Tom nahm einen Schluck aus seinem Glas. »Oder sie steht auf dich.«

»Hm. Das kann natürlich auch sein«, meinte Melanie.

»Hey, Leute! Alles ist gut!« Jonas klopfte Tom auf die Schulter und gab dann Melanie einen Kuss auf die Wange.

»Ich will nur, dass du weißt, dass es für mich völlig okay wäre, wenn du dich da noch mal vorstellen willst.«

»Ich hab's verstanden. Danke!«

Plötzlich fiel Melanie etwas ein. »Weißt du jetzt eigentlich, ob das mit deinem Urlaub Ende September klappt, Jonas? Ich muss unbedingt in der Praxis Bescheid sagen, ob ich zwei oder drei Wochen nehmen will.«

»Gut, dass du mich dran erinnerst. Ich klär das gleich morgen. Aber Ende September müsste gehen. Plan dir schon mal die drei Wochen ein.« Er wandte sich an Tom. »Wie schaut es eigentlich bei dir mit Urlaub aus?«

»Urlaub? Was ist das?«, fragte Tom augenzwinkernd.

»Jonas und ich hatten vor, mal länger zu verreisen. Bisher waren wir immer nur eine Woche weg, und das ist einfach zu wenig. Kannst du drei Wochen freimachen?«, fragte Melanie und schaute Tom erwartungsvoll an.

»Drei Wochen? Wo wollt ihr denn hin?«

»Irgendwo in den Süden«, antwortete Melanie, »und du musst natürlich mit!«

»Klar musst du mit, Tom, sonst habe ich drei Horrorwochen in der Sonne«, meinte Jonas.

Sie lachten.

»Das kann ich dir natürlich nicht zumuten. Nun ja. Ich kann schon drei Wochen weg. Ich muss nur vorher Bescheid sagen, damit sie mich für die Bücher nicht einplanen. Ich verdiene eben in dieser Zeit nichts. Aber das geht schon mal.«

»Vielleicht mieten wir uns irgendwo ein Ferienhaus. Um diese Zeit kriegt man schöne Angebote ziemlich günstig. Wir kochen selber, und am Strand liegen kostet ja nichts«, warf Melanie ein. Sie hatte gar nicht bedacht, dass Tom natürlich nur dann Geld verdiente, wenn er schrieb.

»Es ist nicht so, dass ich am Hungertuch nage, wenn ich mal einen Monat lang weniger verdiene.«

»Ein Kollege von mir hat ein Wohnmobil. Ich weiß, dass er es an Bekannte günstig vermietet. Vielleicht leihen wir uns das aus?«

»Ein Wohnmobil?«, fragten Tom und Melanie unisono.

69

Jonas lachte.

»Jetzt schaut nicht so entsetzt. Mit einem Wohnmobil unterwegs zu sein kann echt super sein. Ich war mal vor Jahren mit Freunden unterwegs. Wir sind bis nach Griechenland gefahren.«

»Im Wohnmobil? Ist das nicht eher was für Rentner?«, fragte Tom skeptisch.

»Quatsch.«

»Wenn ich an Urlaub im Wohnmobil denke, dann sehe ich immer so Hobbycamper vor mir, die mit Fernseher und Waschmaschine jedes Jahr an ihrem Stammplatz stehen und auch die gehäkelte Tischdecke von Tante Ilse dabeihaben.«

Melanie lachte. »Ja, genauso geht's mir auch.«

Jonas schüttelte den Kopf. »Was habt ihr nur für Vorstellungen? Keiner von uns ist so drauf, dass er so etwas machen würde. Wir haben ja noch nicht mal eine gehäkelte Tischdecke! Ende September ist es im Süden noch warm, aber es sind kaum mehr Urlauber unterwegs. Stellt euch doch mal vor, wie cool das sein könnte, wenn wir einfach losfahren und dort haltmachen, wo es uns gefällt.«

Jonas hatte schon lange von so einem Urlaub mit Melanie geträumt. Und zu dritt wäre es sicherlich noch spannender. Er brauchte unbedingt mal eine längere Auszeit, aber die Vorstellung, drei Wochen lang an ein und demsel-

ben Ort zu bleiben, war wenig verlockend für ihn. Er wollte Abwechslung haben, Städte anschauen und an verschiedenen Stränden baden.

»Wir können da ja noch mal drüber reden«, lenkte Tom ein. »Bis jetzt hatte ich so eine Art Urlaub halt noch nie auf dem Schirm.«

»Entscheiden wir doch kurzfristig. Ferienwohnungen bekommen wir zu dieser Zeit auf jeden Fall«, sagte Melanie.

»Ja schon, aber fragen kann ich meinen Kollegen trotzdem mal. Ob er es uns überhaupt leihen würde.«

»Ich fände die Kanaren um diese Zeit auch sehr reizvoll«, schwärmte Melanie.

»Oder Zypern«, meinte Tom.

»Mit dem Wohnmobil könnten wir die Côte d'Azur entlang, über Spanien bis nach Portugal fahren. Oder die Via Aurelia entlang nach Rom und weiter nach Sizilien.«

Tom hob sein Bierglas. »Na ja, hört sich nicht schlecht an. Auf jeden Fall machen wir im September Urlaub! Das ist eine super Idee. Darauf trinken wir!«

»Prost!«

Jonas stieß mit Melanie und Tom an. Als Tom sich einen Schaumrest von der Oberlippe wischte, ertappte Jonas sich dabei, wie er sich wünschte, den Schaum von dort wegzuküssen. Er war verwirrt über seine zärtlichen Gefühle. Jonas wusste nicht, wie er damit umgehen sollte. Und er wusste nicht, mit wem er darüber reden könnte. Mit Melanie? Das konnte er sich momentan nicht vorstellen. Er wusste nicht, wie sie darauf reagieren würde. Sie genoss ihre Beziehung zurzeit einfach nur und schien froh zu sein, dass Jonas sich nicht an Tom heranmachte. Nein, vorerst würde er mit niemandem darüber reden.

Jonas verschränkte die Hände unter dem Tisch. Es war,

als könnte er noch immer die Berührung von Toms Hand im Kino spüren.

»Gehen wir tanzen?«, fragte Melanie plötzlich.

»Tanzen?« Tom schaute sie überrascht an.

»Ach, ich weiß nicht.« Jonas schüttelte den Kopf. Eigentlich hatte er keine Lust mehr und wollte lieber nach Hause.

»Ja, bitte. Ich mag noch nicht heim.« Ihre Augen blitzten voller Vorfreude.

»Wenn du unbedingt willst«, meinte Tom.

Jonas seufzte. »Okay. Aber bitte nicht mehr ewig lange.«

Sie zahlten und verließen die Kneipe. Unterwegs zu einem Club hakte sich Melanie bei Tom und Jonas ein. Sie war schon etwas beschwipst.

»Ich bin die glücklichste Frau der Welt!«, rief sie und lachte laut. Ein Passant auf der anderen Straßenseite blieb stehen und drehte sich zu ihnen um.

Tom und Jonas schauten sich über Melanies Kopf hinweg an und grinsten.

Im Club herrschte ein ziemliches Gedränge. Für die Nachtschwärmer in München ging die Party weit nach Mitternacht erst so richtig los. Es war laut, und die Luft war durchzogen von Schweißgeruch und einem Gemisch aus verschiedenen Parfüms, Rasierwässerchen und Haarspray.

Melanie war total aufgedreht und zog Tom und Jonas gnadenlos auf die Tanzfläche. Dabei hätte Jonas sich viel lieber an die Theke gestellt und noch ein Bier getrunken. Obwohl er nicht wirklich Lust darauf hatte, ließ er sich jedoch von Melanie mitziehen.

Melanie bewegte sich zu den Rhythmen der Musik und flirtete dabei abwechselnd Tom und Jonas an. Da es so eng war, berührten sich auch Tom und Jonas immer wieder.

Während Tom ganz offensichtlich sehr viel Spaß hatte, war es für Jonas quälend, ihm so nahe zu sein und doch so zu tun, als wären sie nur gute Kumpels. Schließlich entschuldigte er sich und bahnte sich einen Weg zur Bar.

Der Preis für ein Bier ließ ihn fassungslos den Kopf schütteln. Dafür bekäme er im Supermarkt einen ganzen Bierkasten.

»Lädst du mich auf einen Schampus ein?«, schrie ihm eine flachbrüstige Platinblonde mit Kurzhaarschnitt ins Ohr, die neben ihm auftauchte.

»Nein.« Er schüttelte den Kopf, worauf sie beleidigt abzischte.

Jonas beobachtete Tom und Melanie, die sich prächtig zu amüsieren schienen.

Doch ihm gingen die laute Musik und das grell blinkende Licht der Spots inzwischen gehörig auf die Nerven. Mit einem letzten tiefen Zug trank er sein Bier aus und ging dann zur Tanzfläche. Er nahm Tom am Arm und rief ihm zu: »Ich geh nach Hause. Ihr könnt aber gerne noch hierbleiben.«

Tom schüttelte den Kopf. »Mir reicht es auch. Ich komme mit!«

Jonas las seine Worte mehr von den Lippen ab, als dass er sie verstehen konnte. »Melanie, wir gehen!«

Eine Stunde später verließ Jonas das gemeinsame Schlafzimmer und stürzte ins Badezimmer. Nachdem sie nach Hause gekommen waren, hatten sie noch eine Flasche Wein aufgemacht und sie mit ins Schlafzimmer genommen. Melanie hatte abwechselnd beide Männer geküsst und sie ausgezogen. Tom war als Erster an der Reihe gewesen, mit Melanie zu schlafen. Jonas hatte ihnen zugeschaut und war plötzlich von einer wilden Eifersucht überfallen worden. Er war eifersüchtig, weil Melanie mit Tom Sex hatte – und er nicht. Jonas hatte sich nur schwer zurückhalten können, Toms Körper nicht einfach zu berühren. Sicherheitshalber rückte er weit von ihm weg, damit es ihm auch nicht versehentlich passieren konnte. Als Melanie sich später ihm zuwandte, war seine Erregung plötzlich weg. Es war das erste Mal, dass ihm so etwas passierte. Und es war ihm peinlich. Er schwang sich aus dem Bett und murmelte: »Tut mir leid, ich glaube, ich habe mir den Magen verdorben... Sorry, mir ist übel...«

Jetzt stand er an die Wand gelehnt im Badezimmer. Sein Herz pochte wie wild.

»Jonas!?« Tom versuchte, die Tür zu öffnen, aber Jonas hatte abgeschlossen. »Alles okay?«

»Ja!« Warum kam ausgerechnet er, um sich zu erkundigen, wie es ihm ging? Das war doch normalerweise der Job von Melanie.

»Brauchst du irgendwas? Einen Melissengeist für den Magen oder Tee?«

Jonas ballte die Hände zu Fäusten. »Verdammt! Sei nicht so fürsorglich!«, zischte er so leise, dass Tom ihn nicht hören konnte.

»Jonas!«

»Nein. Es geht schon wieder. Du kannst ins Bett gehen, ich komme gleich.«

»Wirklich?«

»Ja. Wirklich!«

»Okay. Aber wenn es dir schlechter geht, dann weck einen von uns auf. Hörst du?«

»Mach ich.« Jonas strich sich über das Gesicht. Er wusste

nicht, was er tun sollte. Wie er mit all dem klarkommen würde. Für Tom war er anscheinend ein guter Kumpel in einer besonderen Beziehungskonstellation. Aber mehr sicher nicht. Zumindest hatte Jonas noch nichts in dieser Richtung bei ihm bemerkt. Würde er auf die Dauer mit seinen heimlichen Gefühlen und unerfüllten Träumen leben können? Das musste er wohl! Sonst würde er beide verlieren.

70

Tom saß in einem Café in der Nähe seines neuen Zuhauses und wartete auf Lissy. Sie hatte ihn heute Morgen aufgeregt angerufen und um ein Treffen gebeten. So euphorisch, wie sie sich anhörte, musste sie gute Neuigkeiten haben.

Pünktlich auf die Minute öffnete sich die Tür, und Lissy kam herein. Sie stellte ihren Regenschirm ab und schaute sich dann um. Als sie ihn entdeckte, steuerte sie lächelnd auf ihn zu.

Tom stand auf und umarmte sie zur Begrüßung. »Hi, Lissy.«

»Hallo, Tom ... Einen Schwarztee bitte!«, rief sie der Kellnerin zu, die in der Nähe des Tisches stand. Dann schlüpfte sie aus ihrer Jacke und setzte sich an den Tisch.

»Warum hast du eigentlich dieses Café als Treffpunkt vorgeschlagen?«, fragte Lissy ihn und schaute sich um. »Hier war ich noch nie!«

»Ich wohne jetzt ganz in der Nähe«, antwortete Tom. Bisher hatte er außer seiner Mutter und der Agentin noch niemandem davon erzählt, dass er vor vier Wochen umgezogen war.

»Was?« Lissy schaute ihn erstaunt an.

»Ja. Ich musste aus dem Appartement raus, und Jonas und Melanie haben mir angeboten, bei ihnen in der WG zu wohnen.«

»Warum hast du mir das nicht erzählt?«

Sie hatten sich zwar ein paarmal während des Filmfestes gesehen, aber es hatte sich keine Gelegenheit ergeben, mit ihr darüber zu reden.

»Ich erzähle es dir jetzt«, sagte er und lächelte.

»Bei Melanie und Jonas? Da hattest du ja Glück, dass sie noch ein Zimmer für dich frei hatten. Und wie läuft es mit dem Zusammenleben?«

»Oh, ganz gut«, versicherte Tom. Wobei es nach der Euphorie der ersten Wochen auch schon die ein oder andere Situation gegeben hatte, die ihm etwas unangenehm war. Vor allem Jonas schien seit einiger Zeit leicht gereizt zu sein. Und auch wenn er sich bemühte, es zu vertuschen, so konnte Tom doch deutlich spüren, dass ihn etwas beschäftigte. Melanie hatte versucht, es mit seiner Arbeit zu erklären. Und tatsächlich schien Jonas momentan ziemlich unter Stress zu stehen. Vielleicht steckte ja auch wirklich nichts anderes dahinter, und Tom bildete sich nur ein, dass es mit ihrer Dreierkonstellation zu tun hatte. Zwischen ihm und Melli lief alles sehr gut, und er verliebte sich jeden Tag mehr in die wunderbare Frau, die sie war. Doch er schweifte gerade gedanklich ab.

»Ich könnte das ja nicht. Ich meine, mit anderen zusammenzuleben. Darauf warten zu müssen, dass das Badezimmer frei ist. Und womöglich noch den Dreck der anderen Leute wegräumen.« Lissy schüttelte den Kopf. »Und wenn ich mir vorstelle, dass ich mich schon früh am Morgen darüber unterhalten muss, wer an der Reihe ist, das Klopapier einzukaufen – nein, danke!«

Tom musste plötzlich lachen. »So schlimm ist es jetzt auch wieder nicht.«

Lissy zuckte mit den Schultern und grinste dann. »Ich bin meine Eigenständigkeit schon so gewöhnt. Wahrschein-

lich lebe ich deswegen auch immer noch alleine und habe noch nicht mal einen Freund.«

In ihrer Stimme lag ein Hauch von Wehmut.

»Der Richtige wird schon noch kommen, und dann ist es dir auch egal, wer das Klopapier einkaufen muss«, versuchte Tom, sie aufzumuntern.

»Klar. Mein Traumprinz steht schon in der Warteschleife.« Sie lachte.

»Sicher. Aber jetzt erzähl doch. Was gibt es denn Neues?« Ihre Augen blitzten plötzlich aufgeregt, und sie strahlte ihn an.

»Ich hab dir doch mal das Drehbuch für die romantische Komödie ›Jeden Dienstagnachmittag‹ gezeigt.«

Tom nickte. Soweit er sich erinnern konnte, war es eine Geschichte über eine alleinerziehende Mutter, die immer dienstags in der Wohnung eines Ärzteehepaares putzte. Eines Tages verliebte sie sich in einen der Nachbarn. Und weil sie sich für ihren Beruf schämte, gab sie sich als Kollegin ihrer Chefin aus, wodurch dann ein verrücktes Liebesabenteuer mit allerlei Verwirrungen seinen Lauf nahm.

»Ja. Ich kann mich erinnern. Eine schöne Geschichte.«

»Ein Fernsehsender will das Buch verfilmen, und sie führen bereits ernsthafte Verhandlungen mit der Produzentin, die eine Option auf den Stoff hat.« Lissy war ganz aus dem Häuschen, als sie das sagte. Und Tom konnte sie nur zu gut verstehen.

»Wow! Gratuliere, Lissy! Das hast du dir aber auch echt verdient.«

»Ich bin so aufgeregt, Tom. Es ist das erste Mal, dass es wirklich so aussieht, als ob es was werden würde. Sie reden sogar schon über eine mögliche Besetzung.«

»Ich freu mich echt für dich!«, sagte Tom.

In einer spontanen Regung umarmte er sie und drückte ihr einen Kuss auf die Wange. Lissy drückte sich fest an ihn.

»Ich wollte echt schon aufhören«, sagte sie leise, »ich war so kurz davor, alles hinzuschmeißen. Und jetzt das.«

Tom löste sich langsam von ihr und schaute sie an. »Du packst das, Lissy!«

Er freute sich sehr für sie. Doch gleichzeitig spürte er einen kleinen Anflug von Neid, den er nicht unterdrücken konnte, auch wenn er gar nicht missgünstig sein wollte. Er war eindeutig der bessere Autor. Doch so, wie es aussah, hatte sie es scheinbar noch vor ihm geschafft, einen eigenen Langspielfilm durchzubringen. Während er immer noch nur ein Serienschreiber war.

»Das habe ich auch dir zu verdanken, Tom. Du hast mich immer wieder ermuntert weiterzumachen.«

»Schon gut.« *Tom winkte ab.*

»Nein wirklich ... Das vergesse ich dir nie!«

»Wenn du meinst.«

»Sag mal, du hast doch Bücher über das Schreiben von Komödien. Darf ich mir da was ausleihen?«

»Klar. Soll ich dir was vorbeibringen?«

»Wenn es dir nichts ausmacht, würde ich sie am liebsten gleich mitnehmen. Ich muss den Stoff noch mal überarbeiten, und da würde ich mich gerne noch ein wenig intensiver mit Dialogen befassen. Du wohnst doch jetzt in der Nähe, da könnten wir doch kurz vorbeigehen.«

Tom nickte zögerlich. Irgendwie widerstrebte es ihm, Lissy mit in die neue Wohnung zu nehmen. Dabei gab es keinen vernünftigen Grund dafür. Melanie und Jonas waren beide in der Arbeit. Und auch wenn er mit ihnen in einer ungewöhnlichen Beziehung lebte, durfte das nicht bedeuten, dass er es zukünftig vermied, Freunde oder Kollegen zu sich einzuladen.

»Okay. Dann lass uns losgehen. Ich muss später noch einiges erledigen.«

Tom sperrte die Wohnungstür auf, und sie traten ein. Lissy sah sich neugierig um.

»Schön ist es hier«, sagte sie.

»Ja. Find ich auch. Geh doch schon mal ins Wohnzimmer, ich hole inzwischen die Bücher.«

»Ich komm gleich mit, dann kann ich mir aussuchen, was ich brauche.«

»Na gut.«

Jonas überlegte blitzschnell, ob irgendetwas im Zimmer war, das Lissy etwas über die Dreierbeziehung verraten könnte. Mit einem unbehaglichen Gefühl öffnete er die Tür. Doch er hatte sich umsonst Sorgen gemacht. Ein rascher Blick durch das Zimmer zeigte ihm, dass alles okay war und nichts Auffälliges herumlag.

Nachdem sie anfangs fast ausschließlich zu dritt im Bett gewesen waren, kam es inzwischen immer öfter vor, dass Melanie abwechselnd bei einem der Männer übernachtete. In den Nächten, in denen Melanie bei ihm war, freute Tom sich darüber und genoss es, sie für sich alleine zu haben. Doch wenn sie bei Jonas war, hatte er Probleme einzuschlafen. Dann nagte auch die Eifersucht ein wenig an ihm. Letzte Nacht hatte Melanie bei ihm geschlafen, weil Jonas sich mal wieder sehr früh zurückgezogen hatte. Überhaupt ging es meist von Jonas aus, dass sie in getrennten Betten schliefen.

Doch auch wenn er mit Melanie beim Sex am liebsten alleine war, so war seltsamerweise die Stimmung insgesamt besser, wenn sie zu dritt im Bett waren. Melanie wirkte dann auch gelöster. Und das nicht nur in der Nacht, sondern auch am folgenden Tag.

Es war eine ziemlich verrückte Situation, und Tom war verunsichert, wie er damit umgehen sollte.

Er überlegte schon, ob er den beiden vorschlagen sollte, dass sie wieder öfter alle in einem Bett schliefen. Doch er hatte eine gewisse Scheu davor. Am Ende dachten sie noch, er würde auf Jonas stehen und ihn deswegen dabeihaben wollen. Das war natürlich völliger Quatsch – er stand nicht auf Jonas! Und doch – manchmal ertappte er sich bei der Vorstellung, wie es wäre, dessen muskulösen Körper zu berühren. Diese Vorstellung hatte inzwischen zugegebenermaßen etwas Aufregendes an sich. Auch wenn es für ihn sehr eigenartig war, weil er noch nie Phantasien in dieser Richtung gehabt hatte. Doch je öfter er den nackten Körper von Jonas sah, desto häufiger dachte er darüber nach. Vielleicht war es ja tatsächlich so, dass sich in einer veränderten Situation das Begehren plötzlich verändern konnte?

Doch das würde er natürlich nie offen sagen, weil er wusste, dass Jonas nur auf Melanie stand. Und überhaupt. Er war ja schließlich nicht schwul!

Bisher hatte er immer sehr darauf geachtet, dass er Jonas nicht versehentlich berührte. Und wenn es im Eifer des Gefechtes zufällig doch geschehen war, hatte er sich sofort zurückgezogen und immer gehofft, dass es für Jonas nicht unangenehm gewesen war. Aber womöglich war das der Grund, warum Jonas es immer öfter vermied, mit Tom und Melanie gemeinsam im Bett zu sein?

Diese Gedanken gingen Tom durch den Kopf, und er hatte fast vergessen, dass Lissy hier war. Bis sie ihn wieder in die Realität zurückholte.

»Die beiden würde ich mir gerne mitnehmen.« Er hatte gar nicht mitbekommen, dass sie bereits die Bücher im Regal inspiziert hatte.

»Klar. Nimm dir ruhig, was du brauchst.«

»Danke.«

Lissy legte die Bücher auf seinen Schreibtisch und kam auf ihn zu. »Sag mal«, begann sie und legte ihre Hände auf seine Brust, »hättest du nicht Lust, das Filmprojekt ein wenig mit mir zu feiern?« Ihre Stimme klang verführerisch.

Tom musste sich zusammenreißen, um nicht einen Schritt nach hinten zu gehen. Oh nein! Er hatte jetzt keine Lust auf eine Diskussion, weil er nicht mit ihr schlafen wollte. Denn genau darauf schien Lissy es abgesehen zu haben.

»Lissy… ich glaub, das ist jetzt keine so gute Idee.«

Sie drängte sich noch näher an ihn und schlang die Arme um seinen Hals.

»Ach, komm schon…«

Sie hob den Kopf und versuchte, ihn zu küssen.

71

Melanie sperrte die Haustür auf, stellte ihre Handtasche auf der Kommode ab und hängte den Regenschirm an die Garderobe. In der Praxis war es heute so ruhig gewesen, dass ihre Chefin sie schon vor Mittag nach Hause geschickt hatte, damit sie ein paar ihrer unzähligen Überstunden abbauen konnte.

Sie war absolut nicht böse darüber, denn hinter ihrer Stirn pochte schon seit dem frühen Morgen ein dumpfer Kopfschmerz, den auch eine Schmerztablette nicht ganz hatte vertreiben können.

Melanie machte sich Sorgen um Jonas. Seit Tagen war er sehr seltsam und zog sich immer mehr von ihr und Tom zurück. Anfangs dachte sie noch, es hätte mit seiner Arbeit zu tun. Doch sie ahnte, dass das nicht der alleinige Grund war. Inzwischen befürchtete sie, dass Jonas eifersüchtig war und nicht damit klarkam, dass Tom bei ihnen wohnte. Er war derjenige, der vorgeschlagen hatte, dass sie nicht mehr ständig zu dritt ins Bett gingen, sondern dass Melanie jeweils entschied, mit wem und bei wem sie schlafen wollte. Doch egal, bei welchem der Männer sie war, sie vermisste den anderen, der alleine in seinem Bett lag, und wurde von einem schlechten Gewissen geplagt.

Nach der Euphorie der ersten Tage und Wochen fand Melanie diese Situation jetzt oft bedrückend. Klar. Sie liebte beide Männer und hatte die Möglichkeit, mit ihnen zusammen zu sein. Aber so glücklich wie am Anfang war sie nicht mehr. Sie versuchte, sich vor allem vor Tom nichts anmerken zu lassen. Dieser schien froh zu sein, dass er inzwischen einen Teil der Nächte mit ihr alleine verbringen konnte. Und da Jonas kein einziges Mal versucht hatte, sich Tom zu nähern, ging Melanie inzwischen davon aus, dass er sein Interesse an ihm verloren hatte.

Melanie musste unbedingt mit Jonas reden. Und zwar alleine. Doch das war nicht so einfach, denn Tom war eigentlich fast immer zu Hause. Und Melanie wollte das Gespräch mit Jonas nicht heimlich in der Nacht in ihrem gemeinsamen Zimmer führen. Vielleicht sollte sie ihn heute von der Arbeit abholen und mit ihm essen gehen? Dann könnten sie in Ruhe reden. Doch was sollte sie Tom sagen, wenn er fragte, wo sie waren?

Puh. Das war alles gar nicht so einfach, wie sie es sich anfangs vorgestellt hatte.

Am besten schenkte sie Tom jetzt gleich reinen Wein ein und sagte ihm, dass sie heute mit Jonas reden wolle. Sie hoffte, dass er es verstehen würde.

Ohne anzuklopfen, öffnete sie die Tür zu seinem Zimmer. Tom und Lissy schraken auseinander! Melanie blieb wie angewurzelt stehen. Für sie war klar, dass sie die beiden soeben beim Küssen gestört hatte. Es war das erste Mal in ihrem Leben, dass sie einen Partner mit einer anderen Frau in flagranti ertappte. Sofort pochte ihr Herz wie verrückt, und ihre Beine fühlten sich an wie Wackelpudding.

»Melanie! Du bist schon daheim?«, fragte Tom unnötigerweise und wirkte ziemlich schuldbewusst. Wahrscheinlich hatten die beiden gerade eine flotte Nummer vor sich – oder auch schon hinter sich, dachte Melanie bitter und erblasste.

»Entschuldigung, ich wollte nicht stören!«, sagte sie fast atemlos.

»Hallo, Melanie!«, sagte Lissy und lächelte freundlich. »Schön, dich auch mal wieder zu sehen.«

»Äh, ja. Ich freu mich auch.« Melanie versuchte, so höflich wie möglich zu bleiben. Doch sie würde das nicht lange durchhalten. Dafür war sie zu enttäuscht von Tom.

»Und jetzt muss ich mich noch schnell umziehen«, sagte sie und verschwand aus dem Zimmer.

Sie lag auf dem Bauch im Bett und versuchte, sich wieder zu beruhigen. Was ihr jedoch nicht gelang. Sie hörte, wie Tom und Lissy sich im Gang voneinander verabschiedeten. Dabei taten sie so, als ob nichts gewesen wäre.

Wenige Sekunden, nachdem die Wohnungstür ins Schloss gefallen war, klopfte es an der Tür.

»Melli!«

»Lass mich in Ruhe!«, rief sie.

Sie hörte, wie die Türklinke heruntergedrückt wurde und Tom ins Zimmer kam.

»Ich hab gesagt, du sollst mich in Ruhe lassen!«, grummelte sie in die Kissen.

Er setzte sich ans Bett. »Melli! Was auch immer du jetzt denkst, es ist nicht so, wie es ausgesehen hat.«

Ha! Der Standardspruch von Fremdgehern!

Sie hob den Kopf und schaute ihn wütend an. »So? Was denkst du denn, was ich denke?«, fragte sie.

Er versuchte zu lächeln, doch es kam nur ein schiefes Grinsen dabei heraus.

»Du denkst, Lissy und ich haben was miteinander. Aber das stimmt nicht.«

Melanie setzte sich im Bett hoch.

»Ach nein? Vielleicht weil ich euch gestört habe, bevor ihr loslegen konntet?« Zumindest hoffte sie, dass dem so war. Die Vorstellung, dass Tom mit Lissy geschlafen hatte, war unerträglich für sie.

»Ich wollte ganz sicher nicht mit Lissy loslegen!«

»Und warum seid ihr dann so plötzlich auseinander, als ich ins Zimmer kam?«, giftete sie ihn an.

»Okay. Lissy hat tatsächlich versucht, mich zu küssen.«

Das saß! Sie hatte es gewusst! Und er wollte ihr weismachen, dass es anders war, als es ausgesehen hatte?

»Ach ja? Und was wäre passiert, wenn ich nicht zufällig früher nach Hause gekommen wäre?«

»Nichts, Melli, da wäre überhaupt nichts passiert. Sie wollte es. Ja, das stimmt. Aber ich nicht.«

Sie wollte ihm so gerne glauben, aber die Situation war eindeutig gewesen. Er versuchte doch bestimmt nur, sich jetzt herauszureden.

»Vielleicht hast du dir gedacht, wenn Melanie mit zwei Männern schläft, dann kannst du auch mit zwei Frauen schlafen?«, rutschte ihr heraus. *Denn das war genau ihre Befürchtung.*

»Melanie!«, sagte er eindringlich und nahm ihre Hand.

»Jetzt schau mich mal an ... Zwischen Lissy und mir war mal was, aber das ist vorbei. Und zwar deswegen, weil ich nicht will. Ich liebe dich. Und glaub mir, mit dir bin ich völlig ausgelastet. Auch wenn ich dich mit Jonas teilen muss.«

Sie sagte nichts.

Ihr Kopf fühlte sich an, als würde er gleich zerplatzen, und jeder Pulsschlag pochte schmerzhaft an ihren Schläfen. Sie fühlte sich erschöpft.

Er legte einen Arm um sie und zog sie an sich. Sie ließ es geschehen.

»*Bitte glaub mir … Lissy weiß ja nicht, dass wir zusammen sind. Sie denkt, ich bin Single – und sie hat es eben mal wieder versucht. Mehr war da nicht. Wenn du ein paar Minuten später gekommen wärst, dann wäre sie dir im Treppenhaus begegnet. Mit den beiden Büchern unter dem Arm, die sie sich von mir ausgeliehen hat.*«

Es lag am Tonfall seiner Stimme, der so ehrlich klang, dass sie ihm plötzlich glaubte. Müde schloss sie die Augen.

»*Okay*«, *flüsterte sie*, »*es tut mir leid.*«

»*Es muss dir nicht leidtun, Melli. Für dich muss es ja seltsam ausgesehen haben.*«

»*Allerdings.*«

»*Ist was los mit dir? Du bist so blass!*«

»*Mein Kopf. Ich hab so Kopfschmerzen heute.*«

»*Hast du genug Wasser getrunken?*«

»*Hmm … irgendwie nicht, nein.*«

»*Ich glaub, heute bin ich mal dran, mich um dich zu kümmern*«, *sagte Tom und streichelte zärtlich über ihre Wange. Dann stand er auf und ließ die Jalousien herunter, sodass das Zimmer im Halbdunkel dalag. Sofort fühlte sie sich ein wenig wohler.*

»*Und jetzt hole ich dir Wasser, und dann versuchst du, ein wenig zu schlafen.*«

Sie hob den Kopf.

»*Tom?*«

»*Ja?*«

»*Ich muss noch etwas mit dir besprechen. Es geht um Jonas.*«

»*Später, Liebes. Jetzt schläfst du erst einmal.*«

72

Jonas verließ das Bürogebäude, blieb dann stehen und schaute sich um. Melanie hatte ihm eine SMS geschickt, dass sie ihn abholen wolle. Er schaute auf die Armbanduhr. Es war kurz vor 17 Uhr.

Der Tag heute im Büro war endlich mal wieder erfreulich gewesen. Sein Entwurf für einen Bürokomplex in Augsburg war in die engere Auswahl der Auftraggeber gekommen, und Jonas hatte dafür viel Lob von seinem Chef bekommen. Seit Tagen hatte Jonas auf die Bekanntgabe der Ergebnisse hingefiebert. Es war ein wichtiges Projekt, in das er neben seiner anderen Arbeit viel Zeit und Leidenschaft gehängt hatte. Nun waren neben ihm nur noch zwei Architekturbüros im Rennen. Doch schon jetzt hatte er sich mit seinem außergewöhnlichen Entwurf einen guten Stand in der Firma verschafft.

Seit Tagen fühlte er sich endlich wieder besser, und dass Melanie ihn abholen kam, freute ihn zusätzlich. Auch wenn er sich wunderte, warum sie das machte.

Gerade als er nach seinem Handy greifen wollte, um sie anzurufen, kam sie um die Ecke. In ihrer Jeans und dem enganliegenden T-Shirt war deutlich zu erkennen, dass sie in den letzten Wochen einige Kilos abgenommen hatte. Mehr durfte es auf keinen Fall werden, denn Jonas liebte ihre Rundungen.

»Entschuldige, Schatz. Aber die Straßenbahn hatte mal

wieder Verspätung«, *sagte sie atemlos, und er freute sich über das unerwartete Kosewort.*

Er umarmte sie und gab ihr einen Kuss.

»Schon gut. Ich bin gerade erst runtergekommen«, sagte er und drückte sie an sich. »Was hast du denn mit mir vor?«

»Ich würde gerne mit dir essen gehen.«

»Nur wir beide?« Jonas war überrascht.

Sie nickte. »Nur wir beide.«

Melanie hatte einen Tisch in der kleinen Pizzeria für sie reserviert, in der sie bei ihrem ersten Date waren. Eben hatten sie ihre Bestellung beim Ober aufgegeben.

»Du nimmst keinen Wein?«, fragte Jonas, nachdem der Ober weg war.

»Nein. Ich hatte heute ziemliche Kopfschmerzen und hab Tabletten genommen. Das verträgt sich nicht so gut mit Alkohol.«

Jonas schaute sie besorgt an. »Dann wären wir doch lieber zu Hause geblieben.«

Sie schüttelte den Kopf. »Es geht mir schon wieder gut, Jonas. Ich will eben nur nichts trinken.«

Melanie wirkte etwas fahrig, und sie war blass. Jonas machte sich langsam ernsthaft Sorgen um sie.

»Sagst du mir jetzt, was los ist? Du bist doch nicht krank, oder?«

Sie zupfte an der Serviette, dann schaute sie ihn an. »Nein. Keine Sorge ... Jonas, ich merke, dass du eifersüchtig bist auf Tom und ...«

Ach, darum ging es.

»Melanie, das ist ...«, unterbrach er sie. Doch sie ließ ihn nicht weiterreden.

»Nein. Bitte hör mir jetzt zu. Ich weiß, dass ich euch eini-

ges abverlange. Und es ist bestimmt nicht so einfach – nicht für dich, und auch nicht für Tom. Aber da es am Anfang so gut lief, dachte ich, es könnte funktionieren. Am ehesten habe ich mir noch Sorgen um Tom gemacht. Doch der kommt damit besser klar als du. Ich merke, dass du Probleme damit hast. Es darf aber nicht sein, dass es einem von uns schlecht geht. Dann macht das Ganze keinen Sinn.«

Sie schaute ihn mit ihren großen Augen an, in denen Tränen schimmerten. »Ich liebe euch beide. Bitte sei nicht eifersüchtig auf Tom!«

Jonas nahm ihre Hand. Er hatte ein schlechtes Gewissen. Nur weil er seine Gefühle für Tom nicht unter Kontrolle hatte, ging es Melanie schlecht.

»Wir müssen darüber reden. Bitte, Jonas. Rede mit mir«, verlangte Melanie. Doch das war nicht einfach für ihn.

Wenn er ihr jetzt sagen würde, was ihn wirklich beschäftigte, konnte er nicht einschätzen, wie sie darauf reagierte. Vielleicht würde Melanie sogar darauf bestehen, dass sie mit Tom darüber sprachen. Doch wenn er erst einmal ausgesprochen hätte, dass er Gefühle für Tom hatte, die über eine reine Freundschaft hinausgingen, dann könnte er es nicht mehr zurücknehmen. Jonas war sicher, dass Tom kein Interesse an ihm hatte und sie danach alle befangen wären, wenn sie wieder gemeinsam im Bett lägen. Und das würde über kurz oder lang das Aus ihrer Dreierbeziehung bedeuten.

Er konnte Melanie nicht die Wahrheit sagen, doch er musste sie unbedingt beruhigen, und er wusste, dass er das nicht alleine dadurch schaffen konnte, alles auf die Arbeit zu schieben.

»Es tut mir leid, dass ich in der letzten Zeit vielleicht etwas seltsam war. Vielleicht bin ich tatsächlich ein klein wenig eifersüchtig.« Das war zumindest keine Lüge.

»*Aber ich…*«, *begann Melanie. Doch diesmal ließ er sie nicht aussprechen.*

»*Ich mag Tom. Ehrlich. Aber an manchen Tagen hätte ich dich einfach doch am liebsten für mich alleine. Und ich dachte, dass Tom das auch will. Das ist doch gar nicht so ungewöhnlich, oder? Deswegen habe ich vorgeschlagen, dass du abwechselnd bei mir oder ihm schläfst.*«

»*Wolltest du nicht auch mal mit ihm…?*« *Melanie konnte nicht aussprechen, was ihr durch den Kopf ging, was Jonas deutlich machte, wie schwer sie sich mit dieser Vorstellung noch immer tat.*

»*Ich glaube nicht, dass Tom daran interessiert ist. Deswegen lass ich es*«, *sagte Jonas und grinste schief.*

Melanie nickte schwach. »*Ich kann es mir auch nicht vorstellen. Und ich glaube auch, dass es besser ist, wenn du es gar nicht erst versuchst oder ansprichst. Ich meine, es könnte ihn vielleicht… nun ja, verwirren.*«

Sie traf genau den Punkt.

»*Keine Sorge, Melanie, ich werde nichts tun, das unsere Beziehung in Gefahr bringt. Das verspreche ich dir.*«

Sie versuchte offensichtlich, sich ihre Erleichterung nicht anmerken zu lassen. Doch Jonas kannte sie gut genug, um zu wissen, wie froh sie über sein Versprechen war.

»*Es tut mir leid, Jonas… Verlange ich euch zu viel ab?*«, *fragte Melanie und schaute ihn traurig an.*

»*Nein. Das tust du nicht. Wir kommen schon klar damit. Ich komme klar damit. Glaub mir, es wird ab jetzt wieder besser werden, weil wir darüber geredet haben. Und ich hatte in der letzten Zeit auch wirklich total viel um die Ohren in der Arbeit. Das hat mich ziemlich belastet. Vielleicht habe ich mich auch deswegen etwas zurückgezogen.*« *Er nahm ihre Hand.* »*Aber es gibt gute Neuigkeiten. Stell dir vor, mein Entwurf für Augsburg ist in die engere Auswahl gekommen.« Er strahlte sie an.*

»Wirklich? Das sind ja wundervolle Nachrichten!« Auch sie lächelte jetzt.

»Ja. Jetzt, wo ich den größten Stress damit hinter mir habe, geht es mir schon wieder besser. Alles wird gut, Süße. Ganz bestimmt.«

»Aber warum hast du uns denn nicht gesagt, dass dich das so beschäftigt?«

»Ach, weißt du, ich rede da nicht so gerne drüber. Das ist vielleicht ein Fehler.«

»Ja. Wir müssen über solche Dinge wirklich mehr miteinander reden, Jonas. Gerade, wenn dich etwas beschäftigt, das unsere Beziehung betrifft. Das musst du mir sagen!«

Er streichelte mit dem Daumen über ihre Hand.

»Okay. Versprochen!«, sagte er, obwohl er wusste, dass er sein Versprechen nicht einhalten würde. Doch wenigstens hatte er es geschafft, sie fürs Erste zu beruhigen.

Sie lächelte ihn an. »Für mich ist es am schönsten, wenn ich mit euch beiden zusammen bin. Ich meine, ich genieße es schon, auch mal mit dir oder Tom alleine zu sein. Aber dann frage ich mich immer, wie es dem anderen geht. Und habe ein schlechtes Gewissen.« Sie biss sich auf die Unterlippe.

»Das brauchst du nicht zu haben.«

Jonas beugte sich über den Tisch und gab ihr einen Kuss.

Dann schaute er sie liebevoll an. Sie war eine wundervolle Frau, und er würde alles tun, damit sie glücklich war.

73

Bevor sie das Zimmer betraten, desinfizierten Jonas und Lotte sich mit einer speziellen Lösung aus einem Spender neben der Tür die Hände. Dann griff Jonas nach der Türklinke. Doch plötzlich zögerte er. Er hatte Angst vor dem, was ihn in diesem Zimmer erwartete. Ein kranker Vater war für ihn etwas absolut Fremdes, er wusste nicht, wie er sich verhalten, was er tun oder sagen sollte.

»Keine Sorge, Jonas«, sagte Lotte leise und drückte seinen Arm, als hätte sie seine Unsicherheit gespürt. »Er wartet auf dich.«

Jonas nickte und öffnete dann beherzt die Tür. Sie betraten das Einzelzimmer. Josef Winter lag halb aufrecht im Bett.

»Grüß dich, Josef«, sagte Lotte bemüht fröhlich.

»Na endlich! Ich dachte schon, ihr kommt nicht mehr!« Sein Ton war harsch, wie üblich. Und doch wirkte er etwas kraftloser als sonst.

»Hallo, Vater!«

Auch wenn Jonas es nicht gerne hören wollte, so sah er seinem Vater tatsächlich ähnlich. Die gleichen dunklen Augen, dunkle Haare, die bei seinem Vater nur von wenig grauen Strähnen durchzogen waren, ähnlich markante Gesichtszüge und eine durchtrainierte Figur. Allerdings war Josef etwas kleiner als sein Sohn. Doch trotz der Sonnenbräune, die er den vielen Stunden auf Baustellen und dem Tennisplatz verdankte, wirkte sein Gesicht heute fahl und etwas eingefallen. Josef sah mitgenommen aus.

Langsam trat Jonas neben das Bett. Er zögerte, nach der Hand seines Vaters zu greifen. Und da dieser ebenfalls keine Anstalten machte, ließ er es bleiben.

»Wie geht es dir?«

»Was ist das denn für eine dumme Frage? Wie soll es mir schon gehen, nach einem Herzinfarkt?!«, antwortete sein Vater trocken.

»Ich weiß es nicht, deswegen frage ich ja.« Jonas bemühte sich, freundlich zu bleiben. Obwohl ihm natürlich nicht entging, dass sein Vater schon wieder auf Konfrontationskurs war. Wie üblich. Und das war fast schon wieder beruhigend.

»Ich will nach Hause!«

Das war zwar keine Antwort auf seine Frage, aber Jonas beließ es dabei. »Was sagen denn die Ärzte?«

»Wenn es keine Komplikationen gibt, erlauben sie mir, morgen heimzugehen.« Bei dem Wort *erlauben* verdrehte Josef genervt die Augen.

»Eigentlich wollten sie dich doch noch zwei Tage zur Beobachtung hierbehalten«, bemerkte Lotte besorgt.

»Na klar. Weil ich ein Privatpatient bin, mit dem sie kräftig abkassieren können. Aber ich habe keine Zeit, hier herumzuliegen. Die Arbeit wartet nicht auf mich.«

Jonas wusste, dass er sich die Frage sparen konnte, ob er ihn im Betrieb irgendwie unterstützen sollte. Sein Vater hatte von Anfang an unmissverständlich klargemacht, dass Jonas seine Erfahrungen in anderen

Firmen machen musste. Außerdem – sein Vater und er zusammen in einem Betrieb, das würde keinen Tag gutgehen.

»Du musst dich aber schonen, hat die Ärztin gesagt!« Lotte ließ nicht locker mit ihrer Fürsorge.

»Schonen kann ich mich, wenn ich im Grab liege«, brummte Josef.

Bei seinen Worten schüttelte Lotte verständnislos den Kopf. »Du bist ein unvernünftiger Dickschädel!«

»Ich bin eben kein Weichei!«

Je länger Jonas im Zimmer war, desto weniger Sorgen machte er sich um den Zustand seines Vaters. Wer so herumpoltern konnte, der war bald wieder auf den Beinen. Etwas anderes erschreckte ihn jedoch wirklich – er wusste nicht, worüber er sich mit seinem Vater unterhalten sollte.

»Lotte, lass uns bitte mal alleine. Ich muss etwas mit Jonas besprechen.«

Jonas sah Lotte an, dass sie das Zimmer nur ungern verließ. Und auch ihm wäre es lieber gewesen, wenn sie bleiben würde. Was wollte sein Vater von ihm?

Als sie draußen war, forderte Josef ihn auf, sich zu setzen. Jonas zog sich einen Besucherstuhl neben das Bett und nahm Platz.

»Wie läuft es beruflich bei dir?«, fragte Josef. Jonas war verwundert. Danach hatte sein Vater ihn noch nie gefragt.

»Alles läuft gut, danke.« Und bevor er es sich anders überlegen konnte, platzte er heraus: »Leermann hat mir heute die Leitung des Büros in Berlin angeboten.«

Josef schaute ihn mit undurchdringlicher Miene an. Und in diesem Moment wünschte sich Jonas nichts auf der Welt mehr, als dass sein Vater stolz auf ihn war. Und dass er es ihm sagte. Doch er hätte es besser wissen müssen.

»Und? Gehst du hin?«

»Ich hatte noch keine Zeit, darüber nachzudenken.«

»Über so ein Angebot muss man nicht nachdenken. Wenn man es will, nimmt man es an. Oder lässt es bleiben, weil man etwas Besseres in Aussicht hat!«

Jonas versuchte, ruhig zu bleiben. Er wollte seinen Vater nach dem Herzinfarkt nicht unnötig aufregen.

»Ich habe mir heute Gedanken über dich gemacht, und nicht über meine Arbeit, Vater«, sagte er leise.

»Willst du damit sagen, dass ich Schuld habe, dass du keine Entscheidung treffen kannst?«

Jonas sah seinen Vater irritiert an. Was sollte das denn jetzt? »Nein, du hast natürlich keine Schuld daran. Aber ich brauche einfach Zeit und einen freien Kopf, um es mir zu überlegen. Und meine Entscheidung hängt auch davon ab, was Melanie will. Ich habe eine Beziehung, und ich kann nicht so ohne Weiteres etwas über den Kopf von Melanie hinweg entscheiden!« Und über den Kopf von Tom, setzte er im Stillen hinzu.

»Mach deine beruflichen Entscheidungen niemals von einer Frau abhängig, Junge. Das tun nur Schwächlinge. Du musst für dich selbst entscheiden, was richtig ist, und wenn die Frau dich wirklich liebt, dann wird sie deine Entscheidung mittragen.«

Jonas atmete tief ein. Dieser alte Macho! Er konnte sich nicht mehr länger beherrschen. Herzinfarkt hin oder her.

»Ach ja? So siehst du das also? Klar. Warum wundert mich das auch nicht? Dich hat doch niemals interessiert, was Mutter wollte. Sie hatte immer nur das zu akzeptieren, was du beschlossen hattest.«

Josef schaute ihn böse an. »Komm mir jetzt nicht mit deiner Mutter!«

»Doch. Irgendwann müssen wir mal über sie reden.«
»Nicht jetzt!«
»Wann dann, Vater? Du redest nie über sie. Sie war deine Frau!«

»Deine Mutter...« Plötzlich hörte Josef auf zu sprechen und drehte den Kopf von Jonas weg.

»Schau mich an!«, forderte Jonas ihn auf. »Du sollst mich anschauen!« Es war das erste Mal, dass er so mit seinem Vater sprach.

Josef drehte den Kopf langsam zu seinem Sohn und schaute ihn mit einem Blick an, den Jonas noch nie an ihm gesehen hatte. Ein Blick voller Schmerzen, die nichts mit seinem Herzinfarkt zu tun hatten, sondern von seelischen Verletzungen herzurühren schienen.

»Du denkst, ich habe deine Mutter nie geliebt, nicht wahr?«, fragte Josef leise.

»Ich weiß es nicht. Sag du es mir!« Jonas hatte das Gefühl, seinem Vater emotional noch nie so nah gekommen zu sein wie in diesem Augenblick. Vielleicht lag es daran, dass Josef nur wenige Stunden zuvor fast gestorben wäre. Es war, als ob beide eine Grenze überschreiten würden, vor der sie bisher immer umgekehrt waren.

»Ich habe sie geliebt!«

Jonas lachte auf, doch gleichzeitig musste er seine Tränen zurückhalten. »Das war also Liebe für dich? Ja? Das glaube ich dir nicht! Du hast zugeschaut, wie sie sich zu Tode gefressen hat. Und du hast nichts dagegen getan. Das ist keine Liebe!«

»Deine Mutter hat sich von mir zurückgezogen...«

»So ein Unsinn. Als sie nicht mehr das hübsche Püppchen war, das du geheiratet hattest, da hast du sie alleine gelassen. Du hast dich geschämt, dich mit ihr zu zeigen. Weil sie zu...«, Jonas hatte Schwierigkeiten, das Wort auszusprechen, »...fett war.«

»Du glaubst, deine Mutter war eine schwache Frau, die ich unterdrückt habe, oder?«

»Ja. Das glaube ich, Vater, und...«, plötzlich brach es wild aus ihm heraus, »...du hast mich mit ihr alleine gelassen, hast dich in der Firma verkrochen. Tag und Nacht! Du hast zugelassen, dass ich ihr dabei zuschauen musste, wie sie täglich ein wenig mehr starb. Bis es schließlich vorbei war...« Endlich war es ihm über die Lippen gekommen. Das war es, was er seinem Vater einfach nicht verzeihen konnte. Er hatte ihm nicht beigestanden, als er ihn am meisten gebraucht hätte. Trotzig wischte sich Jonas ein paar Tränen aus dem Gesicht.

Bei seinen Worten war Josef noch blasser geworden. Plötzlich griff er nach der Hand seines Sohnes. Jonas wollte sie wegziehen, aber sein Vater hatte erstaunlich viel Kraft und hielt sie fest. »Ja. Das war mein Fehler. Doch ich konnte dich ihr nicht wegnehmen, weil sie dann ganz alleine gewesen wäre. Ich war froh, dass sie dich hatte. Sie wollte meine Hilfe nicht, Jonas... es tut mir so leid.«

Josef lockerte den Griff und schloss erschöpft die Augen. Man konnte seinem Vater einiges vorwerfen, doch lügen gehörte nicht zu seinen negativen Eigenschaften.

Jonas kam plötzlich der Gedanke, dass manche Dinge

vielleicht anders waren, als er sie während seiner Kindheit und Jugend wahrgenommen hatte. Er bekam Angst. Angst davor, etwas zu erfahren, das er vielleicht gar nicht wissen wollte. Und doch wusste er, dass er es wissen musste.

»Was war da los zwischen euch beiden?«, fragte er leise.

»Jonas, bitte nicht jetzt...«

»Doch, das bist du mir schuldig, Vater. Jetzt!«

Zwei dunkle Augenpaare, die sich so ähnlich waren, starrten einander ernst an. Das war die Stunde der Wahrheit.

»Sie wollte mich mit ihrer Fresserei dafür bestrafen, dass... dass...«, es fiel Josef sichtlich schwer, mit seinem Sohn darüber zu reden.

»Dass was?«

»Dass sie nicht die einzige Frau war, die ich geliebt habe.«

Es fiel Josef sichtlich schwer, den Blickkontakt zu seinem Sohn aufrechtzuerhalten.

In diesem Moment öffnete sich die Tür, und eine junge Ärztin betrat das Zimmer.

Nein, nicht ausgerechnet jetzt!, dachte Jonas.

»Herr Winter, wir müssen noch ein paar Tests machen.« Sie nickte Jonas freundlich zu. »Sie können gerne hier warten, es dauert nicht lange.«

Doch Jonas wollte jetzt mit seinem Vater sprechen. Und Antworten auf die vielen Fragen bekommen, die noch mehr geworden waren. Josef hatte also seine Frau betrogen. Und deswegen hatte seine Mutter mit essen angefangen? Wer war diese andere Frau? Und warum war sein Vater nach dem Tod der Ehefrau nicht mit ihr zusammen gewesen? Zumindest hatte Jonas nichts davon mitbekommen. Oder hatte es mehrere Frauen gegeben? Wahrscheinlich war es so, denn Jonas hatte seinen Vater immer mal wieder in weiblicher Begleitung gesehen. Dabei hatte er ihm gerade gesagt, dass er eine andere geliebt hatte...

»Können wir bitte noch kurz etwas besprechen, Frau...«, er warf einen Blick auf Ihr Namensschild, »...Doktor Nicklinger?« Seine Stimme klang heiser.

Die Ärztin schaute besorgt zwischen den beiden Männern hin und her. »Ist alles gut bei Ihnen?«, fragte sie.

»Ja, ich möchte nur mit meinem Vater...«

»Nicht mehr heute. Morgen. Wir reden morgen, mein Sohn«, unterbrach Josef ihn.

74

Kaum hatte Tom den Supermarkt verlassen, setzte ein regelrechter Wolkenbruch ein. Es regnete in Strömen, während er den Weg nach Hause eilte. Die Papiertüte, in der er die Einkäufe verstaut hatte, war innerhalb weniger Minuten durchgeweicht, und er musste sie mit beiden Armen festhalten, damit die Einkäufe nicht auf die Straße fielen.

Endlich stand er vor der Haustür. Doch er hatte keine Hand frei, um den Wohnungsschlüssel aus der Hosentasche zu holen. Kurzerhand drückte er mit dem Ellenbogen auf den Klingelknopf der Nachbarwohnung.

»Ja? Hallo!«

»Ich bin's, Tom. Machst du mir bitte auf, Tamara? Ich hab keinen Schlüssel!«, rief er, damit es schneller ging.

»Okay.«

Sobald der Summer ertönte, drückte Tom die Haustür auf und eilte nach oben.

Er konnte die Sachen gerade noch abstellen, bevor ihm alles aus den Händen rutschte.

Tamara kam aus der Tür und schaute ihm neugierig zu.

»Willst du inzwischen bei mir warten, bis die anderen nach Hause kommen? Du kannst gerne auch bei mir duschen«, bot sie an und lächelte ihm aufreizend zu. Sie hatte schon ein paarmal versucht, sich an ihn ranzumachen.

Tom grinste und holte den Schlüssel aus der Hosentasche.

»Danke. Das ist nett von dir. Aber ich habe den Schlüssel,

ich hatte vorhin nur beide Hände voll und wollte schnell ins Trockene.«

»Schade. Aber das Angebot gilt auch dann, wenn du mal nicht nass geregnet bist«, sagte sie und ging wieder zurück in ihre Wohnung.

Tom schüttelte lächelnd den Kopf. Dann trug er die Sachen in die Küche und ging rasch unter die Dusche.

Es war früher Nachmittag, und er wollte Melli und Jonas heute Abend mit einem Essen überraschen. Und es gab auch einen Grund dafür. Er hatte Geburtstag. Den Neununddreißigsten. Er hatte den beiden absichtlich nichts davon gesagt, damit sie sich nicht verpflichtet fühlten, ihm womöglich etwas zu schenken. Er wollte einfach einen schönen Abend mit ihnen verbringen und seinen letzten Geburtstag vor der berüchtigten Vier genießen. In den letzten Wochen lief ihre Dreierbeziehung besser, und sie schliefen auch wieder häufiger in einem Bett. Doch die Leichtigkeit der ersten Tage war noch nicht wiedergekommen, und Jonas zog sich noch immer ab und zu zurück. Inzwischen vermutete Tom, dass Jonas diesen Rückzug einfach brauchte und es nichts Persönliches gegen Tom war. Denn ansonsten kamen sie weitgehend gut klar, bis auf kleinere Meinungsverschiedenheiten, die es schließlich in jeder Beziehung gab. Außerdem arbeitete Jonas momentan auch wirklich sehr hart.

Trotz einiger Vorbehalte von Tom und Melli hatten sie sich darauf geeinigt, mit dem Wohnmobil in den Süden zu fahren. Nur noch fünf Tage, dann würde es losgehen. Tom hatte mit dem Produktionsbüro vereinbaren können, die letzten zwei Wochen vor der Reise und gleich die beiden Wochen danach jeweils eine Serienfolge zu schreiben. Und somit musste er noch nicht einmal finanzielle Ein-

bußen hinnehmen. Alles lief bestens, und auch darauf wollte er heute mit seinen Freunden anstoßen.

Sobald er frische Sachen anhatte, ging er in die Küche. Er hatte zur Feier des Tages drei schöne Filetsteaks vom Galloway-Rind besorgt. Dazu würde er eine Whiskey-Pfeffersoße machen. Als Beilage Bratkartoffeln und einen gemischten Salat.

Als er die Kartoffeln aufsetzte, klingelte es an der Tür. Tom ging in den Flur und drückte auf den Knopf der Gegensprechanlage.

»Ja?«

»Hier ist Melanies Schwester. Lassen Sie mich bitte rein?«

»Klar, natürlich!«

Tom drückte auf den Türöffner. Eine der Schwestern von Melanie? Das war ja eine Überraschung. Mit der er jedoch heute so gar nicht gerechnet hatte. Welche der drei es wohl war? Das war ihm klar, sobald sie mit einer kleinen Reisetasche in der Hand die Treppe hochkam. Denn sie trug die schwarze Schwesterntracht der Benediktinerinnen, zu deren Orden sie gehörte.

Tom streckte ihr lächelnd die Hand entgegen.

»Grüß Gott, ich bin Schwester Agnes.«

»Freut mich.« Es war unverkennbar, dass sie Melanies Schwester war. Sie hatte die gleichen bernsteinfarbenen Augen und diesen unglaublich sinnlichen Mund, der in dem mageren, von der Schwesternkopfbedeckung umrahmten Gesicht etwas befremdlich anmutete. Insgesamt war sie etwas größer und dünner als Melli.

»Sind Sie Jonas? Entschuldigen Sie, dass ich frage, aber auf dem Foto, das Melanie mir geschickt hatte, sehen Sie ganz anders aus.«

Tom lächelte. Tja. Jetzt musste er Fingerspitzengefühl beweisen. »Das liegt daran, dass ich nicht Jonas bin, sondern nur ein guter Freund. Mein Name ist Tom. Jonas und Melanie waren so nett, mich für eine Weile bei sich aufzunehmen, als ich überraschend aus meiner alten Wohnung musste. Aber kommen Sie doch bitte rein.«

Er nahm ihr die kleine Reisetasche ab und stellte sie in den Flur.

»Ach. Sie wohnen auch hier?«

»Nur vorübergehend«, *log er mit einem Anflug von schlechtem Gewissen. Dabei wusste er gar nicht, warum er das tat.*

Er führte sie ins Wohnzimmer.

»Entschuldigen Sie, dass ich so unangemeldet hereinplatze.«

»Das ist doch kein Problem. Melanie wird sich bestimmt freuen. Momentan ist sie noch in der Praxis. Darf ich Ihnen einen Kaffee anbieten?«

»Gerne.« *Schwester Agnes lächelte ihn an und strahlte dabei mindestens genau sosehr wie ihre kleine Schwester.*

Kurz darauf schaute er ins Wohnzimmer.

»Macht es Ihnen was aus, wenn wir statt Kaffee Tee trinken? Ich komme mit dieser Kaffeemaschine einfach nicht klar«, *sagte er und war selbst über seine Unfähigkeit genervt.*

»Aber nein. Gar nicht«, *antwortete sie höflich.*

Etwas später tranken sie zusammen Tee – und aßen von dem spanischen Mandelkuchen, den Tom eigentlich als Nachtisch für den Abend besorgt hatte.

Im Laufe des Gesprächs fiel Tom auf, dass sie eine sehr interessierte, um nicht zu sagen neugierige Frau war. Doch es machte ihm nichts aus, über sich und seine Arbeit zu reden. Solange sie ihn nicht nach seinem Beziehungsstatus fragte, bewegte er sich auf sicherem Terrain.

»Und ich soll Melanie wirklich nicht Bescheid geben, dass Sie da sind? Vielleicht kann sie ja früher heimkommen«, schlug er vor.

Doch Schwester Agnes schüttelte den Kopf. »Oh nein. Sie soll sich lieber auf ihre Arbeit konzentrieren. Und Sie brauchen auch gar nicht Rücksicht auf mich zu nehmen, Tom. Ich habe etwas zu lesen dabei und kann mich gut selbst beschäftigen.«

Tom lächelte. »Ich finde es sehr interessant, mit Ihnen zu plaudern, Schwester Agnes. Gerne können Sie mir noch etwas mehr von ihrer Arbeit in Kolumbien erzählen.«

Dieser Aufforderung kam sie umgehend nach. Genau wie Melanie hatte sie eine Ausbildung als Krankenschwester. Und mit diesem Beruf half sie den Menschen in der kleinen Krankenstation in der Nähe von Cali. Nachdem sie einmal losgelegt hatte, schilderte sie voller Begeisterung, worin ihre Arbeit bestand, die sie ganz in den Dienst von Gott und armen Menschen gestellt hatte.

Tom hörte ihr aufmerksam zu. Viele Leute wunderten sich heutzutage womöglich darüber, dass ein Mensch freiwillig ins Kloster ging, doch er konnte es verstehen. Man suchte sich als Mensch nicht aus, wofür man innerlich brannte. Das ergab sich einfach, fast so, als hätte man es in die Wiege gelegt bekommen. Zumindest sah Tom es so. In Schwester Agnes brannte dieses Feuer. Und Tom war für solche Menschen voller Bewunderung.

75

Der Sommer neigte sich langsam dem Ende zu. Und kaum wurden die Tage kürzer, stieg auch die Zahl der Erkältungspatienten, die in die Praxis kamen.

Es war wieder einmal ein Tag, an dem sie und ihre Kollegin Sandra alle Hände voll zu tun hatten. Wie immer vor einem Praxisurlaub. Und zusätzlich hatten sie diese Woche noch eine Praktikantin da, die in den Beruf der Arzthelferin hineinschnuppern wollte. Melanie musste sich um das junge Mädchen kümmern, das zwar sehr interessiert, aber doch recht schüchtern war.

Als sie nicht mehr wusste, was sie dem Mädchen sonst noch zeigen sollte, druckte sie eine Liste mit den Daten der Patienten aus. »Schau mal, Patrizia. Du suchst jetzt alle durch und schaust, wer ab heute in den nächsten Monaten einen runden Geburtstag ab fünfzig hat und auch alle, die fünfundsiebzig werden. Und die markierst du dann bitte mit einem farbigen Stift.«

Ihrer Chefin war es wichtig, einen persönlichen Bezug zu den Patienten zu haben, und jeder bekam zu einem Jubiläumsgeburtstag eine Grußkarte aus der Praxis.

Damit würde Patrizia eine Weile beschäftigt sein, und sie selbst brauchte sich damit nicht aufzuhalten.

Das junge Mädchen griff nach einem grünen Filzschreiber und schaute auf die Liste.

»Heute hat jemand Geburtstag. Den aber nicht, oder?«

Melanie schüttelte den Kopf und beugte sich über die Liste.

»Nein, erst ab...«, plötzlich stach ihr ein Name ins Auge. Thomas Berthold, Tom, er hatte heute Geburtstag!, »...fünfzig.«

Das konnte doch nicht wahr sein? Er wurde heute neununddreißig und hatte kein Sterbenswörtchen gesagt! Und sie hatte es auch total übersehen. »Ich bin gleich wieder da. Wenn was ist, holst du mich einfach, ja?«

Patrizia nickte.

Melanie verschwand in den Aufenthaltsraum und rief Jonas im Büro an. Kaum war er am Apparat, redete sie auch schon los.

»Stell dir vor, Tom hat heute Geburtstag, und ich habe es nur durch Zufall herausgefunden.«

»Was? Heute?«

»Ja. Was machen wir denn jetzt?«, fragte sie.

»Da bin ich gerade auch überfragt.«

»Aber warum hat er denn nichts gesagt? Ich meine, wir sind doch...«, sie sprach leiser, »...nun ja, wir gehören doch zusammen.«

»Ich vermute mal, dass er es uns heute sicher noch wissen lässt.«

Melanie konnte durch das Telefon hindurch hören, dass Jonas grinste.

»Wir haben jetzt überhaupt kein Geschenk für ihn. Oder fällt dir was ein, das wir noch schnell besorgen können?«

»Vielleicht eine gehäkelte Tischdecke? Die kann er dann in den Urlaub mitnehmen... oder einen Barista-Kurs, damit er endlich lernt, die neue Kaffeemaschine zu bedienen?«

Melanie lachte. »Deine Ideen sind wie immer ganz wundervoll...«

»Sowieso! Süße, ich muss jetzt aber gleich in eine Besprechung. Aber wir überlegen uns was ... okay?«

»Okay ... bis dann.«

Die restliche Zeit war Melanie nicht mehr so richtig bei der Sache, weil sie ständig überlegte, womit sie Tom überraschen könnten. Doch leider fiel ihr absolut nichts ein, von dem sie dachte, dass Tom sich darüber freuen würde. Für Jonas hatte sie immer eine große Auswahl an Ideen. Ihr wurde bewusst, dass sie Tom doch noch gar nicht so gut kannte, auch wenn er jetzt schon einige Wochen bei ihnen lebte.

Ein übergewichtiger Mann um die Fünfzig betrat die Praxis. Keiner ihrer üblichen Patienten. Sein Gesicht war verschwitzt, und er wischte sich mit einem Tuch über die Stirn.

»Guten Tag«, begrüßte sie ihn. »Haben Sie einen Termin?«

»Entschuldigung. Mir ist so übel. Kann ich bitte ...«

Bevor er den Satz zu Ende sprechen konnte, brach er zusammen. Melanie eilte sofort zu ihm und rief: »Patrizia, schnell! Hol die Chefin!«

Sie kniete sich neben den Mann, der scheinbar ohne Bewusstsein war, und fühlte nach seinem Puls. Der war jedoch kaum zu spüren. Wie immer in kritischen Situationen wurde Melanie ganz ruhig und wusste sofort, was sie zu tun hatte.

Sie hob den Kopf des Patienten leicht an und drückte sein Kinn nach hinten. Dann begann sie mit einer Herzdruckmassage.

Obwohl er vermutlich nichts hören konnte, redete sie beruhigend auf den Mann am Boden ein.

»Ich übernehme jetzt, Melanie«, sagte Doktor Binder. »Rufen Sie den Notarzt!«

Müde und deprimiert verließ sie nach der Sprechstunde die Praxis. Der Ärztin war es zwar gelungen, den Mann zu stabilisieren, bis der Krankenwagen eingetroffen war, doch sein Zustand war immer noch kritisch.

Doktor Binder hatte sie für ihr rasches Eingreifen gelobt, trotzdem fragte sie sich, ob sie alles richtig gemacht hatte, und dieser Zwischenfall hatte sie sehr aufgewühlt. An Tagen wie diesem wünschte sie sich, in einem Steuerbüro zu arbeiten oder in einem Blumenladen. Oder an irgendeinem anderen Ort, wo es keine kranken Menschen gab und ihr so etwas nicht passieren konnte.

Auf dem Weg nach Hause holte sie ihr Handy aus der Tasche und rief Jonas an. Sie hatten vereinbart, sich vor einem Kaufhaus in der Nähe zu treffen, um ein Geschenk für Tom zu besorgen.

»Jonas? Ich bin jetzt unterwegs«, sagte sie müde.

»Wie fühlst du dich?«, fragte er. Sie hatte ihm schon erzählt, was heute passiert war.

»Ziemlich besch…eiden. Aber ich möchte zu Hause nicht darüber reden. Tom hat heute Geburtstag…«

»Klar. Ich sag schon nichts. Hör zu, ich habe schon mal eine Flasche Champagner besorgt. Und was hältst du von der Idee, wenn wir ihm einen Kletterkurs in einer Halle schenken? Er hat mal erzählt, dass er das schon lange mal machen wollte.«

»Wenn du meinst, dass das was für ihn ist, warum nicht? Dann brauchen wir ja gar nicht mehr einkaufen gehen, oder?«

Melanie war erleichtert.

»Nein. Ich komme dir jetzt entgegen, und dann gehen wir gemeinsam nach Hause, okay?«

»Danke!«

»Dann bis gleich.«

»Jonas, warte! Können wir uns so lange unterhalten, bis du bei mir bist?«

»Aber klar...« *Jonas schien zu spüren, dass sie jetzt unbedingt eine Ablenkung brauchte. »Ich habe mir heute in der Mittagspause das Wohnmobil mal angeschaut. Ich hab sogar schon die Schlüssel dafür. Es ist noch komfortabler, als ich dachte.«*

»Ach ja? Wirklich?«

»Ja. Es wird euch sicher gefallen.«

»Ich bin jetzt wirklich urlaubsreif«, gestand Melanie.

»Wir werden den erholsamsten, lustigsten, abwechslungsreichsten und erotischsten Urlaub machen, den du dir nur vorstellen kannst, Süße.«

Melanie musste plötzlich lächeln. Jonas war so ein wundervoller Mann. »Ja. Das werden wir.«

»Ich kann dich übrigens schon sehen. Huhu!«

Und tatsächlich. Jonas kam ihr entgegen und winkte.

Bevor sie die Wohnungstür aufsperrten, drückte Jonas Melanie noch mal fest an sich und küsste sie sanft auf die Schläfe.

Melanie fühlte sich wieder besser und würde sich keinesfalls anmerken lassen, dass ihr eigentlich nicht nach feiern zumute war.

Als sie in den Flur kamen, hörten sie Stimmen aus dem Wohnzimmer. Nanu? Hatte Tom Besuch?

Melanie drückte die Tür auf, die nur angelehnt war, und dann fiel ihr vor Überraschung die Kinnlade herunter.

»Franzi!«

»Lani!« Sie sprachen sich ganz automatisch mit ihren Kosenamen aus Kinderzeiten an.

Gleich darauf lagen sich die Schwestern in den Armen, und für einen Moment hatte Melanie vergessen, dass Tom heute Geburtstag hatte. Franzi war da! Sie hatten sich seit fast vier Jahren nicht mehr gesehen! Melanie drückte Franziska fest an sich. Die Nähe ihrer Schwester tat ihr so gut. Vor allem nach einem Tag wie heute.

Langsam löste sich Melanie von Franziska.

»Franzi. Warum hast du denn nicht gesagt, dass du nach Deutschland kommst?«

Ihr neuer Name, Schwester Agnes, mochte für alle anderen gelten, doch für die Familie würde sie immer Franziska oder Franzi bleiben!

»Ich wusste nicht, ob es eine Gelegenheit geben würde, euch zu besuchen. Deswegen wollte ich vorher nichts sagen. Und als ich dich gestern anrufen wollte, habe ich bemerkt, dass ich deine Handynummer vergessen habe. Ich hoffe, es ist kein Problem für dich, dass ich da bin. Euer Mitbewohner Tom...«, sie drehte sich zu ihm um, »...hat sich schon reizend um mich gekümmert. Es gab sogar Kuchen.«

Melanie schaute zu Tom und grinste. »So, so. Kuchen! Da hattest du aber Glück, dass er ausgerechnet heute Geburtstag hat.«

»Geburtstag? Oh! Das wusste ich nicht. Meinen herzlichen Glückwunsch, Tom.«

»Danke.«

Melanie warf ihm kurz einen gespielt bösen Blick zu.

»Ich möchte dir gerne Jonas vorstellen... Jonas, das ist meine Schwester Franziska.«

»Guten Tag, Franziska.«

»Eigentlich heißt sie Schwester Agnes«, warf Tom ein.

»Nein. Das ist schon okay. Für die Familie bleibt es bei Franziska. Und Jonas gehört ja so gut wie dazu, auch wenn

die beiden noch nicht verheiratet sind.« Sie sagte es freundlich, wenngleich ein Hauch des Vorwurfs in ihrer Stimme mitschwang.

Melanie atmete tief ein. So sehr sie sich über den überraschenden Besuch ihrer Schwester freute, so vorsichtig mussten Tom, Jonas und sie jetzt sein, damit sie sich nicht unabsichtlich verrieten. Franziska war nicht weltfremd und konnte mit einer wilden Ehe klarkommen, aber wenn sie erfahren sollte, dass ihre kleine Schwester nicht nur eine wilde Ehe, sondern eine sehr wilde Doppelbeziehung führte, dann hätte sie dafür bestimmt kein Verständnis.

»Jetzt muss ich aber erst einmal Tom zum Geburtstag gratulieren«, lenkte sie vom Thema Hochzeit und Beziehung ab.

Tom grinste, als sie ihm die Hand reichte und sehr sittsam links und rechts ein Küsschen auf seine Wangen hauchte. Dabei hätte sie ihn natürlich am liebsten zärtlich geküsst.

»Ich wünsche dir alles Gute, Tom!«, sagte sie und kniff ihn unbemerkt in die Seite. Er zuckte leicht zusammen, kaschierte es jedoch mit einem Hüsteln.

»Danke, Melanie. Das ist lieb von dir.«

»Auch von mir alles Gute, Alter!«, gratulierte jetzt Jonas, und die beiden klatschten kumpelhaft die Hände ineinander. »Hier! Damit wir ordentlich anstoßen können.« Er reichte ihm den Champagner, sagte jedoch nichts von dem Kletterkurs.

»Vielen Dank, ihr beiden. Ich stelle die Flasche gleich mal ins Gefrierfach.«

»Und ich geh mich mal umziehen«, sagte Jonas und stand ebenfalls auf.

Melanie setzte sich zu ihrer Schwester und nahm ihre Hand.

»*Es ist so schön, dass du da bist. Ist alles gut bei dir, Franzi?*«

Die Klosterschwester strahlte. »*Ja. Alles ist gut. Ich wurde für ein paar Tage nach Deutschland geschickt, um für unser Projekt eine größere Spende von einem Automobilhersteller entgegenzunehmen. Sie haben darauf bestanden, dass jemand kommt, der vor Ort für die Menschen tätig ist, um davon zu erzählen. Und um bei der PR-Aktion dabei zu sein.*«

»*Da haben sie ja genau die Richtige geschickt … Warst du schon bei Mama und Papa?*«, *fragte Melanie.*

Jetzt wurden Franziskas Augen ein wenig traurig. »*Ich wollte so gerne. Aber die beiden haben eine Magen-Darm-Grippe. Das hat Mama mir gesagt, als ich sie heute Vormittag angerufen habe.*«

»*Was? Die beiden sind krank? Und mir haben sie natürlich nichts gesagt*«, *brummte Melanie. Das war wieder mal typisch für ihre Mutter. Die beiden hatten sogar einen anderen Hausarzt. Darüber hatte es schon viele Diskussionen gegeben, doch ihre Eltern wollten nicht, dass die eigene Tochter zu viel Einblick in ihr Leben hatte. Einerseits konnte Melanie das ja sogar verstehen, trotzdem ärgerte sie sich ein wenig darüber.*

»*Du kennst doch Mama. Sie schwört auf ihre Hausmittelchen*«, *warf Franziska ein.*

»*Ja. Und meistens helfen sie nicht weniger als die Medikamente*«, *musste Melanie zugeben.* »*Solange ihnen nichts wirklich Schlimmes fehlt, ist das ja auch okay. Trotzdem könnten sie mir doch Bescheid sagen, wenn sie krank sind.*«

»*Leider kann ich sie deswegen nicht besuchen. Ich will mich nicht anstecken, sonst trage ich die Krankheit am Ende mit nach Kolumbien in unsere Krankenstation. Das will ich nicht riskieren. Wir haben dort drüben schon genügend andere Probleme. Und eine Flugreise nach Südamerika mit Brechdurchfall und Fieber steht auch nicht gerade ganz oben auf meiner Wunschliste.«*

»*Das kann ich gut verstehen. Da wird Mama aber ziemlich unglücklich sein.«*

Franziska nickte. »*Ich hätte die beiden auch so gerne gesehen und habe mich so darauf gefreut, sie zu überraschen. Ich weiß ja nicht, wann ich wieder nach Deutschland komme.«*

»*Wann fliegst du denn zurück?«*

»*Morgen Nachmittag.«*

»*Morgen schon?« Melanie hätte gerne mehr Zeit mit ihrer Schwester gehabt.*

Franziska nickte. »*Eigentlich wollte ich bei Mama und Papa übernachten. Aber das geht ja jetzt nicht. Ist es möglich, dass ich hier schlafe, Lani?«*

Melanie zögerte nur den Bruchteil einer Sekunde. Eigentlich hatte sie sich den Abend anders vorgestellt. Sie wollte mit Jonas und Tom den Geburtstag feiern, von dem sie erst wenige Stunden vorher erfahren hatte. Irgendwie war dieser Tag heute sehr eigenartig und voller Überraschungen. Doch natürlich konnte sie ihrer Schwester die Bitte nicht abschlagen. Und sie freute sich ja auch sehr, dass sie da war.

»*Natürlich kannst du hier schlafen, Franzi! Das ist doch selbstverständlich!«*

»*Ich möchte aber keine Umstände machen.«*

»*Kein Problem. Du schläfst bei mir im Schlafzimmer, und Jonas soll im Zimmer von Tom übernachten.«*

»*Danke!« Franziska drückte ihre Schwester an sich.*

Jonas kam zurück.

»*Ich finde auch, dass du unbedingt bei uns bleiben sollst,*

Franziska«, sagte Jonas, der die letzten Worte der beiden offensichtlich mitbekommen hatte. »Melanie, kommst du bitte mal kurz in die Küche?«, bat er.

»Ja. Klar.«

Sie stand auf. Als sie an ihm vorbeiging, flüsterte er ihr leise ins Ohr. »Ich bin hier.« Dann wandte er sich an Franziska.

»Möchtest du noch etwas trinken, Franziska?«

»Nein, danke, Jonas. Alles ist gut.«

Melanie ging rasch in die Küche. Jonas würde ihre Schwester ablenken, damit sie Tom endlich richtig gratulieren konnte.

Tom stand neben dem Herd und schnetzelte gerade Fleisch.

»Eigentlich wollte ich Steaks machen. Aber ich habe nicht mit einem zusätzlichen Gast gerechnet. Jetzt muss ich improvisieren.« Er legte das Messer weg.

Melanie ging zu ihm und schlang die Arme um seinen Hals.

»Alles Gute zum Geburtstag, Tom.«

Sie legte ihre Lippen auf seinen Mund und küsste ihn. Er erwiderte den Kuss, hielt dabei jedoch die ungewaschenen Hände von sich gestreckt.

Sie löste sich von ihm und schaute ihn ein wenig vorwurfsvoll an. »Eigentlich müsste ich dir böse sein. Warum hast du denn nichts gesagt?«

Er zuckte mit den Schultern und wusch sich dann die Hände. »Ich wollte eine Überraschungsparty für euch machen.«

Melanie lachte. »Läuft das normalerweise nicht umgekehrt? Eigentlich ist es doch üblich, eine Überraschungsparty für das Geburtstagskind zu organisieren.«

»Bei uns ist doch alles ein wenig anders«, schnurrte er und gab ihr noch mal einen raschen Kuss.

»Da hast du auch wieder recht.«

»Ich will nicht recht haben, sondern einfach einen schönen Abend mit euch erleben.«

»Tut mir leid, dass meine Schwester ausgerechnet heute reingeschneit ist.«

»Ach was. Sie passt zwar nicht ganz in das Programm, das ich mir so vorgestellt hatte, aber sie ist sehr unterhaltsam, und wenn sie weg ist, dann können wir ja loslegen.« Er grinste sie frech an.

»Tom. Äh, nun ja, sie wird heute hierbleiben.«

»Oh … okay«, sagte er nur.

»Sie schläft bei mir im Zimmer, und Jonas soll bei dir übernachten. Ich hoffe, das ist okay für dich.«

»Klar. Dann wird es heute wohl eine brave Nacht werden.« Er lachte leise.

Melanie nickte. Doch plötzlich schoss ihr das Bild der beiden Männer allein in einem Bett durch den Kopf. Ob Jonas … Sie wollte den Gedanken nicht weiterdenken. Nein! Jonas wusste, dass Tom nicht auf Männer stand, und er würde es nicht riskieren, ihn anzumachen. Trotzdem … Vielleicht hätte sie lieber vorschlagen sollen, dass Jonas im Wohnzimmer auf dem Sofa schlief? Doch wenn sie ihn jetzt umquartierte, dann würde er denken, dass sie ihm nicht vertraute. Jonas hatte ihr zuliebe so viel auf sich genommen und war immer für sie da, da durfte sie ihn nicht anzweifeln.

»Wir holen den wilden Teil der Nacht einfach morgen nach«, sagte sie und betonte dabei unbewusst das Wort morgen.

»Einverstanden. Das läuft uns ja nicht davon. Außer-

dem mag ich deine Schwester. Man kann sich sehr gut mit ihr unterhalten. Ich beneide dich fast ein wenig darum, dass du drei Geschwister hast. Als Kind habe ich mir immer einen Bruder gewünscht. Oder wenigstens eine Schwester.«

Melanie lachte. »Und ich habe mir gewünscht, ein Einzelkind zu sein. Aber nur manchmal.«

»Sei froh, dass dir dieser Wunsch nicht erfüllt wurde. Also. Wir machen uns heute einen schönen Abend mit deiner Schwester, und morgen feiern wir drei alleine weiter. Sex ist ja schließlich nicht das Wichtigste auf der Welt... Übrigens, ich habe ihr gesagt, dass ich nur vorübergehend hier wohne. Ich hoffe, das ist in deinem Sinn?«

Das war es ganz und gar! Insgeheim hatte sie sich schon Sorgen gemacht, wie sie Franzi das alles erklären sollten. Sie nickte erleichtert und küsste ihn noch mal. »Danke, Tom! Du bist ein Schatz! Übrigens, du bekommst noch ein Geschenk...«

»Einen Kletterkurs«, unterbrach er sie. »Jonas hat es mir eben schon gesagt. Eine super Idee. Vielen Dank! Allerdings ist das viel zu viel. Ihr solltet mir doch kein Geschenk machen. Es ist doch nur ein einfacher Geburtstag.«

»Es ist der erste, den wir gemeinsam feiern. Und deswegen etwas Besonderes!«

»Wenn du meinst. Wann hast du eigentlich?«

»Am 3. Oktober.«

»Hey. Das ist ja bald. Und da sind wir sogar noch im Urlaub.«

»Eine Party am Strand. In einer einsamen Bucht. Nur wir drei. Das wird super!«

»Allerdings!«

»Soll ich dir beim Kochen helfen?«

»Nein. Geh zu deiner Schwester. Dann bin ich wenigstens nicht abgelenkt.«

Sie lachte. »Ich muss ohnehin noch schnell die Betten frisch beziehen.«

76

Seitdem Jonas wusste, dass er heute Nacht mit Tom alleine in einem Zimmer schlafen sollte, hatte er ein Kribbeln im Bauch. Trotzdem versuchte er, vor seiner Schwägerin in spe den perfekten Schwager und Gastgeber zu spielen.

Franziska war wirklich eine beeindruckende Frau, und der Abend mit ihr war sehr amüsant. Da sie nur ganz selten Alkohol trank, war ihr das Glas Champagner, mit dem sie angestoßen hatten, recht schnell zu Kopf gestiegen. Wofür sie sich tausendmal entschuldigte.

»Ach. Jetzt hör auf mit deinen scheinheiligen Entschuldigungen, Franzi. Du tust ja grad so, als ob du noch nie zu viel getrunken hättest«, sagte Melanie vergnügt. »Ich denke nur an die Feier zu deinem 18. Geburtstag…« Sie wandte sich an Tom und Jonas. »Da hat sie um Mitternacht…«

»Melanie Katharina Steiner! Hör gefälligst sofort auf. Was sollen denn die beiden von mir denken?«, protestierte Franziska.

»Ach komm… es war doch gar nicht soo schlimm.« Melanie kicherte.

Scheinbar tat es ihr nach dem anstrengenden Tag in der Praxis gut, so herumzualbern. Jonas war froh darüber.

»Bitte!« Franziska stand auf. »Ich gehe jetzt schlafen. Es ist ja schon fast Mitternacht! Und bevor du noch weiter irgendwelche Dinge über mich erzählst, die niemand wissen soll, kommst du am besten gleich mit!«

Melanie verdrehte die Augen, und Tom und Jonas lachten.

Franziska bedankte sich bei Tom und Jonas für das leckere Essen und den schönen Abend. Dann ging sie ins Badezimmer.

Melanie seufzte und zog einen Schmollmund.

»Jetzt stell dich nicht so an«, munterte Tom sie auf. »Geh ins Bett und schlaf dich richtig aus, damit du für morgen Nacht fit bist!«

»Ich habe sowieso keine andere Wahl. Gute Nacht, ihr zwei!«

Sie gab jedem der beiden einen Kuss auf die Wange.

»Geht ihr auch schon schlafen?«

Tom nickte. »Ich räum hier noch auf, dann verdrück ich mich auch.«

»Ach komm. Trinken wir noch ein Glas, und dann machen wir gemeinsam klar Schiff«, schlug Jonas vor. Ihm war ganz mulmig zumute, wenn er daran dachte, dass er mit Tom allein im Bett sein würde – und er wollte diesen Moment so lange wie möglich hinauszögern.

»Okay. Noch ein Glas.«

Jonas spürte, dass Melanie ihm einen seltsamen Blick zuwarf. Ob sie darüber nachdachte, was er mit Tom im Bett anstellen könnte?

»Du kannst ruhig schlafen gehen, Melanie. Tom und ich kommen schon klar. Es ist alles in Ordnung.«

Sie schaute ihm kurz in die Augen und nickte dann. Er wusste, dass sie ihn verstanden hatte.

Es war nicht bei einem Glas geblieben. Als sie schließlich ins Bett gingen, waren auch Tom und Jonas etwas angetrunken.

Tom schlüpfte aus dem Hemd und der Jeans und stieg nur in seinen Shorts ins Bett. Jonas behielt auch sein T-Shirt an und zog die Bettdecke bis zum Hals, obwohl es im Zimmer sehr warm war.

»Eigenartig, wenn Melanie nicht dabei ist.« Tom kicherte leise.

»Ja«, antwortete Jonas nur und rutschte ganz an den Rand des Bettes, um einen möglichst großen Abstand zu Tom zu bekommen.

Tom drehte sich zu Jonas und stützte seinen Kopf auf den Händen ab. »Findest du nicht, dass die beiden Schwestern sich unglaublich ähnlich sehen?«, fragte er. Scheinbar war er noch in Plauderlaune.

Jonas drehte sich zu ihm. »Ja. Wirklich erstaunlich.«

»Es muss toll sein, Geschwister zu haben.«

»Vermutlich. Ich kann da leider auch nicht mitreden.«

Eine Haarsträhne war Tom ins Gesicht gefallen und Jonas musste sich zurückhalten, damit er sie ihm nicht aus der Stirn strich. Sein Herz pochte hart gegen seine Brust. Es war erregend, neben Tom zu liegen, ohne dass Melanie dabei war. Glücklicherweise war er zugedeckt, sonst würde Tom sehen, was für eine Reaktion er bei ihm hervorrief. Und wahrscheinlich prompt die Flucht ergreifen.

»Ich weiß, es hört sich total verrückt an, aber inzwischen finde ich es wirklich gut, wie es bei uns läuft. Auch mit dir. Ich meine, ich bin fast nicht mehr eifersüchtig.«

Jonas schluckte. »Das freut mich.«

»Ich habe nicht nur eine tolle Frau, sondern auch noch einen super Kumpel gefunden…« Tom grinste. »Sorry, Jonas, heute ist mein Geburtstag, ich habe zu viel getrunken, und da musst du dir diesen Schmäh jetzt einfach anhören.«

Seine Worte freuten Jonas einerseits, machten ihn aber

auch traurig. Er war ein Kumpel für Tom, und mehr würde er niemals sein.

Er bemühte sich zu grinsen. »Dein Geburtstag ist zwar inzwischen schon vorbei, aber egal. Ich halte deinen Schmäh schon aus. Außerdem finde ich dich auch gar nicht so übel, Tom.« *Die Untertreibung des Jahrhunderts!*

»Oh! Danke für die Blumen! Das freut mich. Ab und zu habe ich nämlich schon gedacht, du hast Probleme, weil ich jetzt da bin.«

Jonas ließ sich ein paar Sekunden Zeit, um zu antworten. »Das war nur die Umgewöhnungsphase.«

»Aha. So, so.«

»Genau.«

Er ist reizend! Und albern! Reizend albern, dachte Jonas und seufzte innerlich. Und das machte die Sache für ihn nur noch schlimmer.

»Die Umgewöhnungsphase ist jetzt vorbei. Und unser Urlaub – der wird toll werden, ich sag's dir! Ich war schon einige Jahre nicht mehr weg. Endlich wieder Meer und Strand ... Vielleicht finden wir ja irgendwo eine kleine Bucht, wo wir ganz alleine sind.«

Jonas wollte sich diese Bilder jetzt gar nicht vorstellen.

»Tom, sei mir nicht böse, wenn ich deinen Redeschwall unterbreche, aber ich hab morgen wieder einen harten Tag. Vor meinem Urlaub ist noch so viel zu erledigen. Vielleicht schlafen wir jetzt besser.«

Tom zuckte mit den Schultern. »Okay. Wenn du meinst.«

Tom drehte sich zur Seite, griff nach dem Schalter der Nachttischlampe und knipste sie aus.

Endlich war es dunkel im Zimmer, und Jonas atmete für einen Moment erleichtert auf. Doch die Ruhe war nur von kurzer Dauer.

»Jonas?«

»Ja?«

»Du brauchst keine Angst zu haben, dass ich in der Nacht zu dir rüberrutsche und dich irgendwie unsittlich berühre.«

Jonas' Kehle wurde eng. »Davor habe ich keine Angst, Tom.«

»Das würde ich nie tun!«

Leider! »Ich weiß. Schlaf jetzt.«

»Okay. Gute Nacht!«

»Gute Nacht!«

Eine Weile herrschte Stille. Tom war scheinbar endlich eingeschlafen. Jonas schloss die Augen. Sein Glied war so hart, dass es fast schon schmerzte. In ihm spielte alles verrückt, und er fühlte sich fast wie im Fieber. Er konnte sich nicht erinnern, jemals so erregt gewesen zu sein, und wusste gleichzeitig, dass es keine Erfüllung geben würde. Langsam schob er seine Hand in seine Shorts. Er hatte nicht vor, sich selbst zu befriedigen. Obwohl es völlig widersinnig war, hoffte er, dass seine Erregung durch die Berührung nachließ oder er sie irgendwie unter Kontrolle bringen konnte. Er versuchte krampfhaft, an irgendetwas zu denken, das ihn von Tom ablenkte.

»Jonas?«

Jonas hielt kurz die Luft an und zog seine Hand wieder zurück. Warum schlief Tom denn nicht endlich?!

»Ja?« Seine Stimme war heiser.

»Hattest du schon mit vielen Frauen Sex?«

Jonas stöhnte innerlich auf. Er konnte sich doch in seinem Zustand jetzt nicht mit Tom über sein Sexualleben unterhalten!

»Jetzt sag schon.«

»Wir sind doch keine Vierzehnjährigen im Ferienlager!«

Jonas hörte Tom leise lachen.

»Entschuldige. Das war eine blöde Frage.«

»Ziemlich blöd…«

»Gute Nacht.«

»Gute Nacht.«

Jonas starrte in die Dunkelheit. Er fühlte sich tatsächlich gerade wie ein verliebter Teenager. Es war verrückt!

»Ich habe sie nie gezählt, aber bis ich Melanie kennengelernt habe, waren es genug«, sagte er schließlich.

»Nie gezählt? Das hört sich nach ziemlich vielen an. Bei mir waren es mit Melanie insgesamt nur sechs.«

»Für dein Alter ist das nicht viel«, bemerkte Jonas und musste plötzlich lachen.

77

Tom fiel in sein Lachen ein. Endlich schien Jonas etwas lockerer zu werden. Seitdem sie ins Bett gegangen waren, hatte Tom das Gefühl, dass Jonas nicht ganz wohl war, mit ihm alleine zu sein. Und dann war er auch noch ganz auf die andere Seite des Bettes gerutscht. Worte hätten nicht deutlicher sein können.

Tom hatte versucht, ihn mit seinem Geplauder aufzulockern. Als das nichts half, hatte er seinen ganzen Mut zusammengenommen und ihm direkt, wenn auch auf spaßige Weise, zu verstehen gegeben, dass er ihn in der Nacht nicht begrapschen würde.

Irgendwie hatte er den Verdacht, dass Jonas ihn für einen Typen hielt, der auch auf Männer stand. Ausgerechnet er! Dabei versuchte er doch ohnehin die ganze Zeit, Jonas nicht zu nahe zu kommen.

Jonas war ein absoluter Frauentyp, das war Tom im Laufe der letzten Wochen klar geworden. Für Tom war das natürlich völlig okay, er stand ja selbst nur auf Frauen. Trotzdem wäre der gemeinsame Sex vielleicht noch schöner, wenn er nicht immer so aufpassen müsste, Jonas nicht zu berühren. Und etwas sagte ihm, dass es durchaus eine aufregende Variante sein könnte, wenn Jonas seine Scheu vor ihm verlieren würde. Und wenn die ein oder andere Berührung, ob unabsichtlich oder auch bewusst, zustande käme, wäre er ganz sicher nicht böse.

Tom war nämlich inzwischen tatsächlich neugierig geworden, wie es sich anfühlte, einen anderen Mann zu berühren. Oder besser gesagt, nicht irgendeinen anderen Mann, sondern Jonas. Er war der Einzige, mit dem er sich das vorstellen konnte. Wahrscheinlich auch deswegen, weil er ihn schon so oft nackt gesehen hatte. Tom grinste. Und er war froh, dass Jonas es in der Dunkelheit nicht sehen konnte.

»Nein. Sechs sind wirklich nicht so viele«, bestätigte er.

»Hast du das Gefühl, dass dir was entgangen ist?«, hakte Jonas nach. Seine Stimme klang etwas rau, fast heiser.

Tom drehte sich auf den Rücken und starrte in die Dunkelheit. Er überlegte kurz. Bisher war er mit seinem Sexualleben immer ganz zufrieden gewesen, auch wenn vor allem das letzte Jahr mit Sybille nicht mehr sonderlich spektakulär war. Öfter als ein-, zweimal im Monat waren eine Seltenheit gewesen. Hmm, war ihr das zu wenig gewesen und war sie deswegen auf die Anmache des Schauspielers hereingefallen?

Im Vergleich mit Melli konnte ohnehin keine der anderen Frauen mithalten. Sex mit ihr war einfach anders als alles, was er bisher erlebt hatte. Jede Berührung war unglaublich intensiv und kostbar.

»Nein. Gar nicht«, antwortete er schließlich.

»Dann sind sechs genug gewesen.«

»Kann sein… Und jetzt lasse ich dich schlafen.«

»Danke! Sehr rücksichtsvoll von dir«, kam es etwas sarkastisch von der anderen Seite des Bettes. Wenigstens lag Jonas jetzt nicht mehr ganz an den Rand des Bettes gedrängt.

Tom schloss die Augen und spürte, wie sich eine ange-

nehme Müdigkeit in ihm breitmachte. Die sicherlich auch mit dem Alkohol zu tun hatte. Und langsam dämmerte er in den Schlaf hinüber.

78

Jonas lauschte Toms Atem, der immer gleichmäßiger wurde. Endlich war er eingeschlafen. Doch er selbst war weit davon entfernt, Ruhe zu finden.

Seine Erregung war noch immer nicht abgeklungen. Doch das körperliche Verlangen wurde übertroffen von dem Wunsch, Tom zärtlich zu streicheln und ihm zu gestehen, dass er sich in ihn verliebt hatte. Jetzt konnte er ganz und gar verstehen, was Melanie empfunden hatte, als Tom in ihr Leben getreten war. Nur dass Melanie zumindest wusste, dass beide Männer mit ihr zusammen sein wollten. Er hingegen hatte sich in einen Menschen verliebt, der seine Liebe und das Verlangen niemals erwidern würde.

Es war Jonas, als ob eine eiskalte Faust sein Herz umschließen würde. Und plötzlich war ihm klar, dass er daran kaputtgehen würde, Tom jeden Tag zu sehen, die Nächte zusammen mit ihm und Melanie zu verbringen und ihn doch nicht berühren zu dürfen.

So sehr er sich auf die drei Wochen Urlaub im Wohnmobil gefreut hatte, so groß war nun seine Angst davor, auf diesem engen Raum keine Rückzugsmöglichkeit zu haben, wenn er den beiden nicht mehr zusehen konnte. Die Reise würde ein Fiasko werden. Seine Kehle wurde eng, und er bekam kaum noch Luft. Keuchend setzte er sich im Bett hoch und fasste sich mit der Hand an den Hals.

Seit Wochen hatte er versucht sich einzureden, dass er

mit der Situation klarkommen würde. Dass seine Liebe zu Melanie ausreichte, ein Teil in dieser Dreierbeziehung zu sein. Doch so sehr er sie auch liebte – er konnte seine Gefühle für Tom nicht länger verdrängen, konnte nicht mehr so tun, als wäre er nur ein guter Kumpel für ihn, das war ihm jetzt klar. Er würde diese drei Wochen mit Tom und Melanie nicht überstehen. Er würde noch nicht einmal diese Nacht überstehen! Diese Erkenntnis traf ihn wie ein Schlag ins Gesicht.

Wenn er jetzt bliebe, dann würde er irgendwann seinem Verlangen nachgeben und Tom berühren. Und dann wäre ohnehin alles aus. Er musste weg. Und zwar sofort.

Vorsichtig, um Tom nicht zu wecken, stieg er aus dem Bett und griff nach seiner Hose.

Leise zog er sich an und verschwand aus dem Zimmer. Er überlegte kurz, ob er im Wohnzimmer schlafen sollte. Doch was würde ihm das bringen? Er konnte nicht mehr klar denken, und eine Art Panik überkam ihn, die für ihn nur eines zuließ: Er musste sich aus dieser Beziehung lösen, denn es gab für ihn keine Zukunft. Er würde unglücklich sein und damit auch die anderen unglücklich machen, und das wollte er nicht. Vielleicht hatten ja Tom und Melanie eine Chance zusammenzubleiben, wenn er ging. Für ihn jedoch war es definitiv vorbei. Er schlüpfte in eine Jacke, zog seine Schuhe an und nahm Schlüsselbund und seine Geldbörse. Dann verließ er die Wohnung.

79

Melanie hatte eine unruhige Nacht hinter sich. Immer wieder hatte sie sich im Schlaf von einer Seite auf die andere gedreht. Und jetzt war sie hellwach. Sie warf einen Blick auf die Uhr. Es war kurz vor halb sechs Uhr früh.

Ihre Schwester schlief tief und fest neben ihr.

Am liebsten wäre Melanie aufgestanden. Doch dann würde sie bestimmt auch Franzi wecken. Also schloss sie die Augen und versuchte, tief und gleichmäßig zu atmen, um wieder einzuschlafen.

Ein leises Murmeln weckte Melanie. Sie öffnete die Augen und sah ihre Schwester, die mit verschränkten Händen auf dem Rücken lag und leise betete. Melanie musste sich noch daran gewöhnen, dass Franziska eine Kurzhaarfrisur trug. Früher war ihr dichtes dunkles Haar immer hüftlang gewesen. Ihre Schwestern und Freundinnen hatten sie stets darum beneidet.

Als Franziska gestern ihre Kopfbedeckung abgenommen hatte, hatte Melanie einen überraschten Ausruf nicht vermeiden können. »Franzi! Wo sind denn deine Haare?«

Ihre Schwester hatte nur milde gelächelt. »Glaubst du wirklich, ich habe in Kolumbien Zeit, mich um meine Frisur zu kümmern? Und außerdem sieht sowieso keiner, ob meine Haare lang oder kurz sind.«

Trotzdem fand Melanie es schade, dass sie ihre wunderschönen Haare abgeschnitten hatte.

Ein Blick auf die Uhr sagte Melanie, dass sie nur eine halbe Stunde geschlafen hatte.

Franziska beschloss das Gebet mit einem Amen und schlug ein Kreuz. Dann drehte sie sich zu Melanie um. »Guten Morgen, Lani«, sagte sie liebevoll.

»Morgen, Franzi.«

»Du hast nicht so gut geschlafen.« Das war eine Feststellung, keine Frage.

»Ach doch.« Melanie wandte die Augen ab.

»Irgendetwas bedrückt dich. Ich kenne dich doch.«

»Unsinn. Ich habe gestern nur zu spät gegessen. Das lag mir ein wenig im Magen.«

Franziska griff nach der Hand ihrer Schwester. »Wenn du über irgendetwas reden möchtest, ich bin für dich da.«

»Danke, Franzi. Aber es ist wirklich nichts«, mit diesen Worten versuchte Melanie, ihre Schwester zu beruhigen. Und eigentlich war ja auch nichts. Sie wusste selbst nicht, woher diese Unruhe kam.

Vielleicht hatte sie ja einfach ihrer Schwester gegenüber ein schlechtes Gewissen, weil sie mit zwei Männern zusammen war. Und darüber würde sie ganz bestimmt nicht mit ihr sprechen!

»Sag mal, würdest du mir einen Gefallen tun?«

»Na klar!«, antwortete Melanie.

»Ich weiß, es ist für dich noch gar nicht Zeit aufzustehen. Aber ich würde so gerne die Frühmesse in St. Michael besuchen.«

Es war die Kirche, die sie gemeinsam mit der Familie immer zu besonderen Feiertagen besucht hatten. Melanie schmunzelte. Natürlich erwartete Franziska, dass Melanie sie dorthin begleitete. Und natürlich würde sie ihr diesen Gefallen auch tun.

»Na gut, Schwesterlein. Ich komme mit dir mit. Und dann frage ich in der Praxis nach, ob ich mir bis Mittag freinehmen kann.«

Franziska schüttelte den Kopf. »Das ist nicht notwendig. Ich hole am Vormittag eine Mitschwester ab, die mit mir nach Cali kommt und uns dort unterstützen wird.«

Melanie schluckte. Sie hätte gerne noch ein wenig mehr Zeit mit Franziska verbracht.

Nach dem Gottesdienst hatte Melanie es sich nicht nehmen lassen, Franziska noch auf ein Frühstück in ein Café einzuladen.

Franziska biss genussvoll in die noch lauwarme Breze, die sie mit Butter beschmiert hatte.

»Es gibt nichts Besseres als eine frische Butterbreze«, schwärmte sie mit strahlenden Augen. Melanie lächelte.

»Bestell dir ruhig noch eine«, bot sie an.

Doch Franziska schüttelte den Kopf. »Nein, danke. Das reicht.« Plötzlich griff sie nach Melanies Hand und schaute sie eindringlich an. »Ich halte es für keine gute Idee, dass dieser Tom bei euch wohnt«, sagte sie und klang dabei sehr besorgt.

Melanie hatte geahnt, dass ihre Schwester noch auf dieses Thema zu sprechen kommen würde. »Heutzutage ist das ganz normal mit Wohngemeinschaften. Die Mieten in München sind so hoch und…«

»Darum geht es nicht. Du empfindest etwas für ihn«, unterbrach Franziska sie.

»Tu ich nicht«, kam es wie aus der Pistole geschossen von Melanie. Sie hasste es, ihre Schwester zu belügen, doch es blieb ihr nichts anderes übrig. Sie wollte nicht, dass sie die Wahrheit erfuhr, denn sie würde sie nicht verstehen.

Franziska lächelte nur schwach und schüttelte den Kopf. »Du hast mir noch nie was vormachen können, Lani. Riskiere nicht deine Beziehung zu Jonas. Er ist ein wundervoller Mann.«

Sie benutzte fast dieselben Worte wie Sabine.

»Er liebt dich sehr, das spüre ich. Setze diese Liebe nicht aufs Spiel.«

»Franzi, ich versichere dir, du brauchst dir keine Sorgen zu machen. Zwischen mir und Jonas ist alles ganz wunderbar. Ich liebe ihn sehr. Wirklich.«

Melanie sagte das im Brustton der Überzeugung. Und Franziska schien zu spüren, dass es der Wahrheit entsprach. Sie lächelte plötzlich. »Nun, dann ... solltet ihr vielleicht doch irgendwann mal heiraten«, schlug sie vor.

»Du wirst die Erste sein, die es erfährt, sollten wir uns dazu entschließen«, versprach Melanie und war aufrichtig erleichtert. Damit war dieses Thema glücklicherweise vom Tisch, und sie plauderten noch ein wenig über ihre Eltern und Geschwister.

Doch sehr bald war es an der Zeit, sich zu verabschieden, was den beiden Schwestern nicht leichtfiel.

»Bitte gib Mama und Papa einen Kuss von mir und sage ihnen, wie sehr ich sie liebe«, bat Franziska.

»Mache ich. Und du passt gut auf dich auf, hörst du!« In Melanies Augen schwammen Tränen.

»Der liebe Gott passt auf mich auf, Lani. Und auch auf dich.«

Einige Leute schauten neugierig zu ihnen, als Melanie und Franziska sich innig umarmten, ehe Franziska ihre Reisetasche nahm und ging.

Melanie schaute ihr so lange hinterher, bis sie um die Straßenecke verschwunden war. Dann warf sie einen Blick auf die Uhr. Vom Café aus hatte sie Sandra vorhin eine SMS geschickt, dass sie es nicht pünktlich schaffen würde. Jetzt musste sie sich beeilen, um nicht allzu spät in die Praxis zu kommen. Auf dem Weg dorthin versuchte sie, Jonas zu erreichen. Doch seine Mailbox war an. Sie versuchte es bei Tom.

»Ja?«, meldete der sich verschlafen.

»Oh, entschuldige. Ich habe dich geweckt.«

»Macht nichts.« Er räusperte sich. »Ich muss sowieso aufstehen und arbeiten.«

Tausend Fragen lagen Melanie auf der Zunge, die sie sich sogar in Gedanken erst jetzt zu stellen erlaubte, nachdem Franziska weg war. Doch sie konnte Tom natürlich nicht fragen, wie die Nacht mit Jonas verlaufen war.

»Ich bin heute so früh mit Franzi aus dem Haus, dass ich mich nicht mehr von euch verabschieden konnte. Und Jonas hat sein Handy nicht an«, erklärte sie ihren Anruf in der Hoffnung, dass Tom von sich aus erzählen würde, ob alles gut war.

»Der ist scheinbar schon so früh weg, dass ich es gar nicht mitbekommen habe.« Seine Stimme war zwar noch etwas kratzig, aber nichts in seinem Tonfall deutete darauf hin, dass es irgendwelche besonderen Vorkommnisse in der Nacht gegeben hätte.

Melanie merkte, wie ihre Beine vor Erleichterung leicht zitterten, und sie musste einen Moment stehen bleiben. Sie hatte sich ganz umsonst verrückt gemacht. Alles war gut!

»Ich freue mich schon auf heute Abend«, sagte sie, weil ihr sonst nichts einfiel.

»Ich mich auch, Melli.«

Sie verabschiedeten sich, und Melanie versuchte noch mal, Jonas am Handy zu erreichen. Doch es war immer noch aus. Sie wählte die Nummer von seinem Büro und landete in der Telefonzentrale.

»Leermann und Partner… Sie sprechen mit Sigrun Schneider.«

»Hallo, Frau Schneider, hier ist Melanie. Kann ich bitte Jonas kurz sprechen?«

»Tut mir leid, der ist mit dem Chef auf der Baustelle. Soll er Sie zurückrufen?«

Deswegen war sein Handy aus!

Melanie schüttelte den Kopf. »Bemühen Sie sich nicht. Er sieht ja später den verpassten Anruf. Wenn er Zeit hat, wird er sich bestimmt melden. Schönen Tag noch, Frau Schneider!«

Nun fühlte Melanie sich endgültig erleichtert und beeilte sich, in die Praxis zu kommen.

80

Tom streichelte Melanie zärtlich über den Kopf. Noch immer lag sie eng an ihn gekuschelt auf dem Sofa und schlief tief und fest. Ihre Züge wirkten entspannt und gelöst. Eigentlich sollte er sie wecken und ins Bett bringen. Aber er brachte es nicht übers Herz. Sie hatte vorhin so erschöpft gewirkt. Und es war ja auch kein Wunder, nach all dem, was in den letzten Tagen passiert war.

Plötzlich klingelte ihr Handy, und sie schrak hoch. »Was ist?«, fragte sie mit vor Schlaf heiserer Stimme etwas orientierungslos.

Tom griff nach dem Handy, das auf dem Tisch lag. »Es ist Jonas«, sagte er. »Soll ich rangehen?«

»Nein«, sie griff nach dem Handy, »ich will mit ihm reden... Hallo, Jonas! Wie geht es deinem Vater?«

»Drück den Lautsprecher«, bat Tom und rutschte näher an sie heran. Melli nickte, und gleich darauf konnte er das Gespräch mithören.

»... und jetzt gerade machen sie noch ein paar Untersuchungen, aber er darf voraussichtlich morgen nach Hause.«

»Ach, das ist gut. Und wie kommst du klar mit ihm?«, fragte Melanie.

»Wir... nun ja...«, Jonas sprach nicht weiter.

»Jonas? Ist alles okay bei dir?« Melanies Stimme klang besorgt.

»Ja ... Ich bin nur ziemlich erschöpft und müde. Sag mal, hat Tom das Wohnmobil schon abgeholt?«

»Klar hab ich das gemacht!«, rief Tom.

»Danke ... Ich weiß, ich habe gesagt, dass ich morgen bis Mittag zurück bin, um euch beim Packen zu helfen. Aber ich weiß noch nicht, wann mein Vater genau entlassen wird, und ich würde ihn gerne selbst nach Hause bringen. Wäre es okay für euch, falls es doch ein wenig später wird?«

»Natürlich ist es das ...«, sagte Melanie.

»Jonas, hör mal«, unterbrach Tom sie, »ich habe einen Vorschlag. Melanie und ich machen hier alles klar und packen die Sachen ein. Ist ja nicht mehr so viel zu tun, das schaffen wir beide locker. Und wir kommen dann einfach morgen mit dem Wohnmobil und holen dich ab. Dann sparst du dir das Hin- und Herfahren. Und es liegt ja ohnehin fast auf unserer Urlaubsroute.«

»Willst du denn morgen schon losfahren?«, fragte Jonas überrascht.

»Klar. Warum sollen wir noch bis Sonntag warten?« Tom hatte das Gefühl, dass es für alle am besten wäre, wenn sie möglichst bald losfahren würden. »Es spricht doch nichts dagegen, oder?« Er warf Melanie einen fragenden Blick zu. Sie nickte zustimmend. »Nein, gute Idee«, sagte sie.

»Okay. Und wann kommt ihr dann morgen?«, wollte Jonas wissen.

»Sobald wir am Vormittag alles eingepackt haben, schicken wir dir eine SMS und fahren dann los.«

»Ja super. Danke, dass ihr euch um alles kümmert.«

»Hey. Kein Problem. Dafür musst du im Urlaub den Spüldienst übernehmen«, witzelte Tom.

Jonas lachte. »Darüber reden wir noch.«

»Okay, dann bis morgen.«

»Bitte sag deinem Vater einen lieben Gruß und gute Besserung von mir, ja?«, bat Melanie.

»Das kannst du ihm selber sagen, wenn du da bist... Ich muss jetzt aufhören. Er wird gerade wieder ins Zimmer gebracht. Bis morgen!... Halt! Melanie, noch nicht auflegen!«

»Ja?«

»Solange wir in Bad Tölz sind, sind wir das Paar«, sagte er leise.

»Na klar!«, rief Tom und lachte. »Mach dir keine Sorgen. Ich werde ganz brav sein und deinen guten Freund Tom spielen.«

»Danke!« Jonas' Stimme klang erleichtert. »Tschüss, ihr beiden.«

Bevor Melanie noch etwas sagen konnte, hatte Jonas aufgelegt.

Gleichzeitig klingelte es an der Tür.

Tom warf einen Blick auf die Uhr. Halb zehn. »Wer kommt denn jetzt noch?«, wunderte er sich.

»Keine Ahnung. Ich mach mal auf.«

Melanie stand auf und ging in den Flur. Tom räumte inzwischen das benutzte Geschirr in die Küche.

»Lissy!«, rief Melanie überrascht.

Lissy? Was wollte die denn jetzt hier? Tom stöhnte innerlich. Er ging in den Flur, und da kam sie auch schon zur Wohnungstür herein. Mit einer Flasche Tequila in der einen und ein paar halb verblühten Rosen in der anderen Hand.

»Ich war gerade auf einer Party, und da war deine Exfrau, Sybille. Wir haben über dich gesprochen und...

warum hast du mir denn nicht gesagt, dass du erst vor ein paar Tagen Geburtstag hattest?« Sie redete sehr schnell, und gleichzeitig war ihre Stimme etwas verwaschen. Offensichtlich war sie nicht mehr so ganz nüchtern. »Hallo, Melanie, übrigens...« Sie nickte ihr kurz zu.

»Hallo, Lissy.« Melanie schien über den nächtlichen Besuch nicht sonderlich begeistert zu sein.

Das kann ja heiter werden, dachte Tom.

Lissy kam auf ihn zu.

»Alles Gute, Tom«, und dann lagen ihre Lippen auch schon auf seinem Mund. Er löste sich sofort von ihr und warf Melanie einen entschuldigenden Blick zu. Ihr Gesicht war ausdruckslos. Doch Tom ahnte, dass sie sauer war.

»Äh... danke, Lissy.« Er schob sie von sich weg. Sie hielt ihm die Flasche und die Blumen entgegen.

»Von der Tanke und aus eurem Vorgarten.« Sie kicherte. Melanie nahm ihr die Blumen aus der Hand. »Ich hole eine Vase«, murmelte sie und ging in die Küche.

»Super. Und bring noch Gläser mit. Für den Tequila. Und Orangen – und Zimt!«

Lissy versuchte wieder, Tom auf die Pelle zu rücken, doch er nahm sie am Arm und schob sie ins Wohnzimmer.

»Danke für das Geburtstagsgeschenk«, sagte er bemüht höflich. »Aber du hättest mir nichts schenken müssen.«

»Weißt du, dass Sybille einen Neuen hat?«, fragte sie, ohne auf ihn einzugehen. »Einen Börsenmakler. Da dachte ich mir, ich sollte dich vielleicht ein wenig trösten.«

»Trösten? Lissy, ich bin längst über Sybille hinweg! Mir geht es gut.«

»Aber du bist auch immer noch alleine. So wie ich…«

»Lissy, du bist betrunken.«

Sie zuckte mit den Schultern. »Na und?«

Melanie kam ins Wohnzimmer. Sie hatte zwei Schnapsgläser dabei und einen kleinen Teller mit Zitronenschnitzen.

»Orangen habe ich keine«, sagte sie und stellte die Gläser und den Teller auf dem Tisch ab.

»Macht nichts. Zitronen gehen auch. Hauptsache Obst«, gackerte Lissy vergnügt.

Sie wollte die Flasche öffnen und einschenken. Aber Tom nahm sie ihr aus der Hand.

»Ich glaube, das ist keine gute Idee, Lissy. Willst du nicht lieber Wasser oder Kaffee?«

»Spinnst du? Heute ist der Vertrag gekommen. Da trinke ich doch kein Wasser.«

Melanie stand immer noch neben dem Sofa und machte keine Anstalten, sich zu setzen.

»Na gut. Einen Tequila«, seufzte Tom. »Willst du keinen, Melli?«

Sie schüttelte den Kopf. »Nein, danke!«

Er nahm die Flasche und schenkte ein. Dann trank er gemeinsam mit Lissy.

»Auf deinen Vertrag!«

»Auf deinen Geburtstag.«

Lissy kippte das Glas in einem Zug weg und biss in die Zitrone. Sie verzog ihr Gesicht.

»Brr. Ist die sauer.« Sie stellte das Glas ab und beugte ihren Kopf zu Tom, um ihn zu küssen. Doch er wich ihr aus.

»Ich gehe jetzt schlafen«, sagte Melanie.

»Melanie, bleib doch bitte noch...«, bat Tom sie eindringlich. Er wollte jetzt auf keinen Fall mit Lissy alleine sein.

»Lass sie doch schlafen gehen... Warum schaut sie mich eigentlich so böse an?«, fragte Lissy plötzlich.

»Sie schaut nicht böse.«

»Doch. Das tut sie.«

Lissy wollte nach der Flasche greifen und nachschenken, doch Tom stellte sie außer Reichweite ab.

»Gute Nacht!« Melanie drehte sich um und ging. Lissy schaute ihn fragend an.

»Sag mal, warum ist die so seltsam? Steht die auf dich, oder was?«

»Nein, sie steht nicht auf mich... Und jetzt ruf ich ein Taxi. Ich muss jetzt auch schlafen gehen, ich muss morgen früh raus.« Dass sie morgen in Urlaub führen, sagte er ihr lieber nicht.

»Wo ist Jonas eigentlich?«

»Bei seinem Vater... der ist im Krankenhaus. Nicht, dass dich das was angehen würde.« Tom verlor langsam die Geduld.

Lissy rutschte ein Stück von ihm weg und schaute ihn seltsam an. »Du hast was mit ihr!«, rief sie plötzlich. »Na klar. Und weil er nicht da ist, soll ich verschwinden.«

»Unsinn!« Er griff nach seinem Handy.

Doch sie schüttelte den Kopf. »Ich brauche kein Taxi... Jetzt wird mir einiges klar...« Sie lachte bitter. »Da läuft doch schon länger was. Und Jonas, dieser Idiot, merkt es nicht und lässt euch sogar alleine. Ich verstehe. Deswegen wolltest du auch nichts mehr von mir wissen! Was bin ich für eine blöde Kuh, dass ich das nicht früher gemerkt habe?«

Tom stand auf und zog sie hoch. »Ich glaube, es reicht jetzt, Lissy.«

»Allerdings. Sie sieht gar nicht nach so einem Flittchen aus – so kann man sich täuschen. Betrügt ihren Kerl und macht die Beine für einen anderen breit. Und von dir, Tom, hätte ich was anderes erwartet. Mit der Frau eines anderen herumvögeln! Das geht gar nicht!«

Ihre ordinäre Wortwahl zeigte Tom, wie verletzt – und betrunken – sie tatsächlich war. Das passte so gar nicht zu Lissy. Tom fühlte sich in gewisser Weise für ihr Verhalten verantwortlich, auch wenn er ihr nie Hoffnungen gemacht hatte. Und er ahnte, dass Lissy wegen der Dinge, die sie heute betrunken zu ihm sagte, morgen vermutlich ein ziemlich schlechtes Gewissen haben würde, deswegen versuchte er, ruhig zu bleiben. »Lissy. Wir reden ein anderes Mal darüber. Jetzt ist es besser, wenn du gehst.«

Sie schaute ihn an und öffnete schon den Mund, um noch etwas zu erwidern. Doch dann drehte sie sich weg und stolzierte hinaus. Tom zuckte zusammen, als die Tür lautstark ins Schloss fiel.

Er strich sich müde mit den Händen durch die Haare. Da stand Melanie in der Tür.

»Es tut mir leid, Melli«, sagte er leise und machte sich auf eine Diskussion gefasst.

»Es ist wirklich gut, wenn wir morgen endlich wegfahren. Wir sind alle urlaubsreif«, meinte sie jedoch nur und lächelte dann. »Kommst du schlafen?«

81

Jonas hätte gerne noch mit seinem Vater gesprochen, aber Josef wirkte nach den Untersuchungen sehr müde, und die Ärztin hatte Ruhe angeordnet. So fuhr er mit Lotte nach Hause. Während der Fahrt war Jonas äußerst wortkarg, Lotte redete dafür umso mehr. Allerdings nur über sehr belanglose Dinge. Doch Jonas wusste, was sich dahinter verbarg. Sie wollte gerne wissen, worüber Vater und Sohn gesprochen hatten, und da es nicht ihre Art war, direkt danach zu fragen, redete sie buchstäblich um den heißen Brei herum. Doch er wollte jetzt nicht über das sprechen, was sein Vater ihm gesagt hatte. Denn das hätte sicherlich ein endloses Gespräch nach sich gezogen, und dem fühlte er sich heute nicht mehr gewachsen. Jonas war froh, als sie endlich zu Hause waren.

»Du musst ja am Verhungern sein«, sagte Lotte. »Wir können gleich essen.« Sie ging in die Küche und er folgte ihr.

Er merkte tatsächlich, dass sein Magen knurrte. Kein Wunder. Er hatte seit Stunden nichts mehr gegessen. Aber er fühlte sich verschwitzt und wollte sich vorher frisch machen.

»Ich verschwinde kurz unter die Dusche, Lotte. Mach aber nicht zu viel!«

»Natürlich ... Frische Handtücher liegen bereit!«, rief sie ihm hinterher.

Als er nach einer Viertelstunde ins Esszimmer kam, war bereits gedeckt. Obwohl er nur um eine Kleinigkeit gebeten hatte, hatte sie aufgetischt, als müsste sie eine Großfamilie verköstigen. Eine riesige Wurstplatte, gekochte Eier, verschiedene Käsesorten, Vollkornbrot und Brezen, Nudelsalat und eingelegtes Gemüse.

Jonas musste lachen. »Wer soll das denn alles essen?«

Lotte zuckte mit den Schultern und lächelte nun ebenfalls.

»Da habe ich es wohl ein wenig zu gut gemeint.«

»Auf jeden Fall schaut es sehr lecker aus.«

»Na dann greif zu, Junge.«

Während er zu essen begann, schenkte sie ihm ein Glas Bier ein.

»Es schmeckt ausgezeichnet, Lotte.«

»Ach, das ist doch nur eine Brotzeit ...«

So viel sie vorhin gesprochen hatte, jetzt war Lotte sehr schweigsam und stocherte nur im Essen herum.

Nach einer Weile legte Jonas sein Besteck zur Seite und schaute sie an. »Vater wird bestimmt wieder gesund«, versuchte er, sie aufzumuntern.

»Aber er wird sich sofort wieder in die Arbeit stürzen, und dann ist der nächste Zusammenbruch vorprogrammiert.«

»Du kennst ihn doch. Die Firma bedeutet ihm alles.«

Lotte schaute ihn an, und er sah Tränen in ihren Augen schwimmen.

»Er schafft das alles nicht mehr alleine, Jonas ...« In ihrer Stimme schwang ein Hauch von Vorwurf mit. »Warum kommst du nicht nach Hause?«

»Lotte, du weißt genau, dass es nicht gutgehen würde, wenn wir zwei zusammenarbeiten. Außerdem hat er es mir noch nie angeboten.«

»Natürlich würde er dich nie fragen!«, rief sie, ein wenig aufgebracht. »Du kennst doch deinen Vater. Eher würde er sich die Zunge abbeißen, als jemanden um Hilfe zu bitten. Aber er braucht dich, Jonas. Er hat diese Firma doch für dich aufgebaut.«

Jonas lachte trocken. »Für mich? Ganz bestimmt nicht. Er war doch schon immer froh, wenn er so wenig wie möglich mit mir zu tun hatte.«

Vielleicht wollte er aber nur meiner Mutter aus dem Weg gehen?, dachte er plötzlich.

»Wie können zwei erwachsene Menschen nur so stur sein!«, schimpfte Lotte. »Ich hatte gehofft, er würde dir heute anbieten, dass du gemeinsam mit ihm in der Firma arbeitest. Oder dass du ihm sagst, dass du nach Hause kommst, um ihm zu helfen. Aber nein! Da ist ja ein Dickschädel größer als der andere... Ach, was ärgere ich mich überhaupt, mich geht es ja gar nichts an.«

Sie stand auf und ging aus dem Zimmer. Jonas schaute ihr verblüfft nach. So einen Ausbruch hatte er bei ihr noch nie erlebt.

»Lotte!«, rief er ihr hinterher, aber sie kam nicht zurück. Und nur wenige Minuten später hörte er die Haustür zufallen. Sie ging nach Hause. Das hatte Jonas nicht gewollt. Aber vielleicht brauchte auch sie nach der Aufregung um den Herzinfarkt seines Vaters ein wenig Abstand und Ruhe.

Jonas versuchte kurz, sich vorzustellen, wie es wäre, zurück nach Bad Tölz zu kommen, um in die Firma einzusteigen. Doch er schüttelte den Kopf. Ganz abgesehen davon, dass das zwischen seinem Vater und ihm Mord und Totschlag geben würde, könnte er auch seine Beziehung zu Melanie und Tom vergessen. Was in München und Berlin funktionieren konnte, würde hier in der Provinz nie und nimmer klappen. Insgeheim war er sogar froh, dass sein Vater ihn nicht darum bat, nach Hause zu kommen.

Es war schon fast neun Uhr, als er am nächsten Morgen aufwachte. In der Diele empfing ihn ein verlockender Kaffeeduft.

Er drückte die Türklinke nach unten. Lotte stand am Herd und briet Pfannkuchen, die sie auf einem Teller stapelte.

»Guten Morgen«, sagte er freundlich.

Lotte drehte sich zu ihm um. Sie wirkte bedrückt.

»Jonas, es tut mir leid, dass ich gestern einfach gegangen bin. Ich wollte nicht...« Sie schüttelte den Kopf und sprach nicht weiter. Ohne weiter nachzudenken, ging er auf sie zu und nahm sie in den Arm.

»Schon gut, Lotte. Es ist nicht leicht für dich. Ich weiß.«

Sie löste sich von ihm und schaute ihn etwas verlegen an.

»Wenn du gefrühstückt hast, dann sollten wir uns langsam auf den Weg zum Krankenhaus machen. Josef hat vorhin angerufen. Wir können ihn gegen halb elf abholen.«

»Ja, aber vorher kaufe ich dir noch ein Handy. Wenn Vater mal ein wenig warten muss, wird ihn das schon nicht gleich umbringen.«

82

Melanie und Tom hatten viel länger geschlafen, als sie eigentlich vorgehabt hatten. Und so war es schon fast halb elf Uhr, als sie endlich in das Wohnmobil einstiegen.

Melanie setzte sich auf die Beifahrerseite und schlug die Wagentür zu. Dann schaute sie zu Tom, und sie lächelten sich zu.

»Dann fahren wir mal.«

»Auf geht's!«

Tom drehte den Zündschlüssel um, und dann ging es los.

»Ich schicke Jonas eine SMS, dass wir jetzt unterwegs sind.«

Melanie tippte die Nachricht in ihr Handy und setzte noch ein »Ich liebe dich« dahinter. Jonas fehlte ihr inzwischen schon sehr, obwohl es gerade mal vierundzwanzig Stunden her war, dass er ihr die Rose in die Praxis gebracht hatte.

Tom hatte sie heute früh mit zärtlichen Küssen geweckt. Doch beide hatten es nicht darauf angelegt, miteinander zu schlafen. Nach einem kurzen Frühstück hatten sie die restlichen Sachen zusammengepackt und in den Wohnwagen geräumt.

»Und was wir nicht dabeihaben, kaufen wir einfach unterwegs«, sagte Tom vergnügt.

»Das Wichtigste sind Geld und Pässe. Alles andere kriegen wir überall«, stimmte Melanie fröhlich zu.

»Der Standardspruch der Reisenden.« Tom zwinkerte ihr zu.

Kaum waren sie jedoch auf der Autobahn, ereignete sich nur wenige hundert Meter vor ihnen ein Auffahrunfall, in den drei Fahrzeuge verwickelt waren. Tom konnte gerade noch bremsen, um dem Vordermann nicht aufzufahren. Sofort schaltete er die Warnblinkanlage ein, und innerhalb von wenigen Minuten hatte sich ein riesiger Stau gebildet.

»Oh nein. Das kann doch jetzt nicht wahr sein!«, rief Tom und schlug auf das Lenkrad. »Melli, was machst du da?«

Melanie öffnete die Tür und stieg rasch aus. Dann eilte sie nach vorne zu den Unfallfahrzeugen.

Doch es waren schon Helfer vor Ort, und die beteiligten Fahrer schienen nicht verletzt zu sein.

Also ging sie wieder zurück zum Wohnmobil. Tom war inzwischen ebenfalls ausgestiegen. So schnell war an Weiterfahrt nicht zu denken.

»Was denkst du denn, wie lange wir hier stehen werden?«, fragte Melanie.

Tom zuckte mit den Schultern. »Keine Ahnung. Ich hoffe, es geht schneller, als ich befürchte.«

»Soll ich Jonas noch mal schreiben, dass wir doch später kommen?«

»Warten wir noch, bis wir ungefähr wissen, wann es weitergeht.«

»Okay.«

Es war das erste Mal seit Tagen, dass sich ein Gefühl der Ruhe in ihr breitmachte. Und das ausgerechnet in einem Stau. Sie dachte über die letzten Tage nach. Tom und sie hatten noch kein Wort über diese eine besondere Nacht verloren.

»Sag mal, wie geht es dir denn eigentlich jetzt damit, dass Jonas und du …?« Sie sprach nicht weiter.

Tom drehte den Kopf zu ihr und grinste. »Was genau willst du denn wissen?«

»Tja, ich weiß auch nicht«, antwortete sie etwas verlegen. »Bis vor ein paar Tagen hätte ich alles darauf gewettet, dass du mit Männern nichts am Hut hast. Wie ist das denn jetzt für dich, wenn … also, wenn ihr euch berührt?«

Das Grinsen verschwand aus seinem Gesicht, und er schaute sie nachdenklich an. »Ich weiß nicht, wie ich es erklären soll. Aber ich bin froh, dass es so ist, wie es jetzt ist.«

Eine eigenartige Antwort, wie sie fand. Und sie reichte ihr nicht. Sie räusperte sich. »Gefällt es dir mit Jonas?«

Er nickte, dann lächelte er wieder. »Ja. Wir haben ja noch nicht sonderlich viel ausprobiert, aber es gefällt mir. Es ist sehr reizvoll. Ungewöhnlich, aber reizvoll … Wie ist es denn für dich, wenn du uns siehst?«, stellte er plötzlich eine Gegenfrage.

Melanie überlegt kurz. Es war für sie nicht einfach, darauf zu antworten. Doch sie versuchte es. »Es ist auch ungewöhnlich. Vor allem, wenn ihr euch küsst«, gab sie zu und lachte kurz.

Tom nickte verständnisvoll, sagte jedoch nichts.

»Aber daran gewöhne ich mich bestimmt.« Sie spielte kurz mit dem Fingernagel an ihrem Daumen, dann schaute sie ihm in die Augen. »Trotzdem ist es schön für mich, weil ich euch beide liebe und uns das irgendwie noch mehr verbindet.«

»Ja. Du hast recht. Es verbindet uns alle noch viel mehr.« Tom beugte sich zu ihr und gab ihr einen Kuss.

»Alles ist gut!«, sagte er dann, und sie lächelten sich zu.

Mehr gab es dazu nicht zu sagen, und beide schwiegen eine Weile, jeder war in seinen eigenen Gedanken versunken.

Überraschenderweise löste sich der Stau schon nach einer halben Stunde auf.

»Ich rufe jetzt bei Jonas an«, meinte Melanie, nachdem sie endlich wieder unterwegs waren. Sie wunderte sich, warum sie noch nichts von ihm gehört hatte.

»Ja. Mach das.«

Melanie wählte die Nummer.

»Ja, hallo?«, meldete sich Jonas.

»Hallo, Jonas. Es wird jetzt doch noch ein wenig länger dauern. Wir hatten einen Stau.«

»Kein Problem. Wir sind jetzt erst auf dem Weg ins Krankenhaus. Treffen wir uns dann bei mir zu Hause. Du findest doch hin, oder?«

»Klar. Und wozu haben wir ein Navi? ... Und, Jonas?«

»Ja?«

»Alles gut bei dir? Du klingst etwas seltsam.«

»Das erzähle ich euch später.«

Melanie hatte sofort gespürt, dass etwas los war. »Was Schlimmes?«

»Nein. Nichts Schlimmes. Bitte mach dir keine Sorgen, Süße. Ich freue mich schon, wenn ihr da seid. Grüße an Tom.«

»Sag ich ihm. Bis dann.«

»Bis dann.«

Melanie legte auf und schaute zu Tom. »Ich soll dich grüßen.«

»Danke. Stimmt was nicht?«

»Keine Ahnung. Ich soll mir keine Sorgen machen, hat er gesagt. Er erzählt es uns später.«

»Dann wird es schon nichts Schlimmes sein«, meinte Tom und drehte das Radio laut auf.

83

Tom war bis nach Mittag über seinem Dialogbuch gesessen. Trotzdem war er nicht so gut vorangekommen, wie er sich das vorgestellt hatte. Seine Figuren unterhielten sich hölzern, und den Dialogen fehlte jeglicher Witz.

»Das ist alles nichts! Verdammt!«, schimpfte er laut. Er musste noch mal ganz von vorne beginnen. Aber zuerst würde er sich einen Kaffee machen. Was einfacher gesagt als getan war. Diese blöde neumodische Maschine! Da er keine Geduld hatte, sich länger damit zu beschäftigen, ging er wieder zurück in sein Zimmer. Er legte eine neue Datei an. Doch es war wie verhext. Wie er es auch drehte und wendete, er kam mit dieser Folge absolut nicht voran. Schließlich saß Tom einfach nur da und starrte auf den Bildschirm. Die Luft im Zimmer war drückend, und auch durch das offene Fenster kam keine Abkühlung. Vielleicht sollte er mal an die frische Luft gehen und sich bewegen?

Er schlüpfte in seine Sportschuhe und drehte eine größere Runde. Auf dem Rückweg holte er sich beim Bäcker ein Glas löslichen Kaffee und ein großes Stück Bienenstich. Frischluft, Koffein und Zucker halfen ihm auf die Sprünge, und er konnte endlich loslegen.

Als zwei Stunden später das Handy klingelte, wollte er zunächst nicht rangehen. Doch als er sah, dass Jonas anrief, griff er doch zum Handy.

»Ja, hallo?«

»*Tom, ich bin's. Hör mal...*« *Jonas machte eine Pause.*
»*Was denn?*«
»*Ich...*«
Jonas' Stimme hörte sich seltsam an.
»*Jonas? Ist was passiert?*«*, fragte Tom, plötzlich besorgt.*
»*Ja. Nein, ich, ähmm... Ich kann nicht mit euch in den Urlaub fahren.*«
»*Was? Wieso? Ist was in der Arbeit? Oder hattest du einen Unfall? Jetzt sag schon!*«
Tom hörte, wie Jonas sich räusperte. Da stimmte doch was nicht!
»*Es geht einfach nicht. Tom... ich... ich komme nicht klar, mit dieser Dreierbeziehung. Ich steige aus.*«
Es dauerte einen Moment, bis Tom erfasste, was er sagte.
»*Wie? Du steigst aus?*«
»*Ja. Ich krieg das alles nicht auf die Reihe.*«
»*Aber warum denn jetzt auf einmal? Es lief doch bisher gut. Ist irgendwas passiert?*«
Tom musste als Erstes daran denken, wie seltsam sich Jonas in der vergangenen Nacht verhalten hatte, obwohl er den Abend über ganz normal drauf gewesen war. Lag es an ihm? Bestimmt lag es an ihm. »*Wenn es wegen mir ist, ich habe dir doch gestern schon gesagt, dass ich absolut kein Interesse daran habe, dich anzufassen! Und wenn ich dich mal irgendwie berührt habe, dann bestimmt nicht mit Absicht. Hörst du?*«
So, das war deutlich genug. Wenn Jonas es jetzt nicht verstand, dann konnte er ihm auch nicht mehr helfen. Falls das überhaupt sein Problem war.
»*Schon klar, Tom...*« *Mehr sagte er nicht.*
»*Verdammt, Jonas, jetzt mach doch keinen Blödsinn! Hast du schon mit Melanie gesprochen?*«

»Nein. Ich kann das jetzt nicht. Sie wird es nicht verstehen.«

»Ich verstehe es auch nicht! Ich dachte, die Umgewöhnungsphase bei dir wäre vorbei und du kämst mit mir klar.«

»Das dachte ich auch. Aber es geht nicht... Ich brauche jetzt ein paar Tage, damit ich ein wenig Abstand bekomme. Bitte rede du mit ihr.«

»Oh nein! Das musst du schon selber machen!«, protestierte Tom heftig. »So geht das nicht.«

»Ich muss jetzt aufhören, Tom. Ciao.«

Und bevor er noch etwas sagen konnte, hatte Jonas aufgelegt. Tom wählte sofort Jonas' Nummer, doch er erreichte nur die Mailbox.

Mit der Konzentration für das Drehbuch war es jetzt erst einmal wieder vorbei! Jonas war ausgestiegen. Und Tom wusste nicht, was das für ihn bedeuten würde. Wie sollte es weitergehen? Was würde Melanie dazu sagen? Für wen würde sie sich entscheiden? Würde sie das überhaupt? Sie liebte Jonas und würde ihn bestimmt nicht verlieren wollen. Aber ihn liebte sie auch. Er wusste nicht, was er denken oder tun sollte.

Bis Melanie nach Hause kam, zerbrach Tom sich den Kopf darüber, was mit Jonas los war und wie es nun weitergehen würde. Als er hörte, wie Melanie die Wohnungstür aufsperrte, rutschte er auf dem Sofa unruhig hin und her. Er hatte richtiggehend Angst vor diesem Gespräch.

»Tom. Sag mal, hast du was von Jonas gehört?«, begann sie sofort, als sie ins Wohnzimmer kam. »Ich versuche heute schon den ganzen Tag, ihn zu erreichen, aber sein Handy ist immer aus, und im Büro hab ich ihn auch ständig verpasst.«

»Ja. Ich habe mit ihm gesprochen, Melli.«

»Puh. Gott sei Dank! Ich habe mir echt schon Sorgen gemacht. Wann kommt er denn heim?«

»Bitte setz dich mal her.« Tom versuchte zu lächeln. Aber er brachte nur ein freudloses Grinsen zustande.

»Was ist denn los?«, fragte Melanie besorgt. Sie war hellhörig geworden. Trotzdem setzte sie sich.

Himmel, wie sollte er ihr das jetzt beibringen?

»Tom? Was ist los?«, wiederholte sie ihre Frage eindringlich. »Jetzt sag schon!«

»Melli, Jonas will aus unserer Dreiecksbeziehung aussteigen!«

»Nein!« Melanie war schlagartig kreidebleich geworden. Sie sprang auf und ging ein paar Schritte auf und ab. »Nein! Das darf er nicht!« Dann stellte sie sich vor Tom und schaute ihn verzweifelt an. »Ist heute Nacht irgendetwas passiert? Hat er ...« Sie sprach nicht weiter. Tom wurde blass. Scheinbar dachte auch sie, dass er Jonas angebaggert hatte. Wie kamen die beiden nur darauf? Es war unmöglich, dass man ihm seine harmlosen, sexuellen Gedankenspiele so ansah!

Tom stand ebenfalls auf und nahm Melanie an der Hand.

»Melanie, ich schwöre dir, ich habe absolut nichts falsch gemacht.«

Sie strich sich fahrig durch die Haare. »Das weiß ich doch. Wenn er versucht hat ... ich meine, wenn er dir zu nahe gekommen ist, dann darfst du ihm deswegen nicht böse sein, Tom, hörst du!« Melanies Stimme klang fast beschwörend.

Was? Wenn Jonas ihm zu nahe gekommen war? Er schaute sie total verwirrt an. Was sollte das denn jetzt bitte-

schön bedeuten? »Moment, Melli, wieso sollte Jonas mir zu nahe kommen? Ich dachte, dass du meinst, ich hätte ihn vielleicht angemacht?«

84

Melanie starrte ihn verblüfft an. »Wieso du? Tom, bitte sag mir jetzt sofort, was letzte Nacht zwischen euch passiert ist!«

»Passiert? Gar nichts ist passiert. Aber scheinbar denkt Jonas, dass ich ihm an die Wäsche will. Ich habe versucht, ihm zu erklären, dass ich nichts Derartiges unternehmen werde, aber ich befürchte, dass er mir nicht glaubt.«

Melanie hörte zwar seine Worte, verstand jedoch ihren Sinn nicht. Sie war zerfressen vor Angst, dass Jonas die Beziehung durch seine homoerotischen Wünsche kaputtgemacht hatte. Und dass er deswegen jetzt endgültig verschwunden war. Doch sie konnte sich ein Leben ohne Jonas nicht vorstellen!

»Ich wusste, es war ein Fehler, dass ihr beide alleine in einem Bett übernachtet«, murmelte sie leise und fing an zu weinen.

Anstatt sie zu trösten, nahm Tom sie fest an den Oberarmen und schaute sie an. »Melanie. Ich habe das Gefühl, dass hier irgendwas läuft, von dem ich nichts weiß. Hat Jonas dir gegenüber gesagt, dass es ihm unangenehm ist, mit mir im Bett zu liegen? Oder dass er Angst hat, dass ich ihn berühren will? Ich muss das jetzt wissen, hörst du!«

Und endlich drang es in ihren Verstand, was Tom eigentlich die ganze Zeit zu ihr sagte.

»Dass DU ihn berühren willst?«, fragte sie nach und wischte sich die Tränen aus dem Gesicht.

»Verdammt. Ich hab schon kapiert, dass er nur auf Frauen steht. Wusstest du davon, dass er deswegen Probleme mit mir hatte?«, fragte er verärgert.

»Probleme? Weil er nur auf Frauen steht?« Melanie hatte plötzlich das Gefühl, im falschen Film zu sein. Tom dachte, dass Jonas nur auf Frauen stand und Angst davor hatte, ihn anzufassen? Jonas hatte also gar nicht versucht...?

Plötzlich musste sie ohne Vorwarnung lachen. Gleichzeitig liefen ihr die Tränen über die Wangen.

»Melanie!« Er nahm sie in die Arme und drückte sie an sich.

»Melanie, was ist los hier?«, fragte er und klang nun besorgt.

Es dauerte eine Weile, bis sie sich beruhigt hatte und reden konnte.

»Tom, ich glaube, es gibt hier ein riesengroßes Missverständnis«, begann sie. Sie wusste noch nicht, wie sie ihm das alles erklären sollte.

»Dann versuchen wir, das zu klären, okay?«

Sie nickte. »Jonas... er hat mir schon vor Längerem gestanden, dass es ihn auch mal reizen würde... nun ja...«, sie zögerte weiterzusprechen.

»Jetzt sag schon«, forderte Tom sie auf. »Ich habe keine Lust mehr, lange um den heißen Brei herumzureden. Denn das haben wir scheinbar schon lange genug gemacht.«

»Okay.« Sie würde ihm alles erzählen. Schlimmer konnte es ja kaum noch werden. »Hör zu. Jonas wäre nicht abgeneigt, auch mal was mit Männern anzufangen... oder besser gesagt mit dir.«

»Jonas will was?«, rief Tom verblüfft. Damit hatte er offensichtlich nicht gerechnet.

»Ja... Ich meine, er ist nicht schwul, aber eben nicht

abgeneigt. Ich glaube, er ist bisexuell. Als du dazukamst, war für Jonas und mich ziemlich schnell klar, dass du mit Männern nichts am Hut hast. Ich hatte Angst, dass du uns verlassen würdest, wenn Jonas sich an dich ranmacht. Das Gleiche dachte er auch, und deswegen wollte er nichts kaputtmachen...« Sie sprach nicht weiter. Den Rest musste er sich selbst zusammenreimen.

Tom schüttelte fassungslos den Kopf. »*Warum habt ihr denn nicht mit mir darüber geredet?*«, fragte er.

»*Weil wir dachten, dass dich das bestimmt abschrecken würde. Und dann hätten wir doch nie wieder ungezwungen Sex haben können. Du bist kein Typ, der auf Männer steht. Was hättest du denn getan, wenn Jonas sich an dich rangemacht hätte?*«

»*Was ich getan hätte? Vielleicht wäre ich gleich am Anfang tatsächlich auf und davon. Aber inzwischen...*« Tom stockte.

»*Inzwischen was?*«

»*Ach, ich weiß auch nicht, vielleicht wäre es ja sogar schön? Keine Ahnung. Zumindest würde ich es auf einen Versuch ankommen lassen.*« Verlegen drehte Tom den Kopf weg.

Melanie schaute ihn verblüfft an. »*Aber Tom, ich dachte immer...*«

»*Was denn?*«, unterbrach er sie barsch. »*Was glaubst du denn, was passieren kann, wenn man sich auf so ein ungewöhnliches Arrangement einlässt und ständig nackt zu dritt im Bett liegt? Natürlich denkt man da irgendwann mal drüber nach! Ich habe mich gefragt, wie es wäre, mal mit Jonas... Aber ich dachte immer, er steht nur auf Frauen.*«

»*Du bist auch bisexuell?*«, fragte Melanie und konnte gar nicht fassen, welche Wendung dieses Gespräch nahm.

»Nein! Oder vielleicht... Ach, ich weiß es doch auch nicht, Melli. Aber ich hätte es auf jeden Fall viel entspannter im Bett gefunden, wenn ich nicht ständig hätte aufpassen müssen, Jonas um Himmels willen ja nicht unsittlich zu berühren.« Plötzlich lachte er auf. »Und ihm ging es wohl genauso!«

Melanie spürte plötzlich, wie ihr ein großer Stein vom Herzen fiel. »Aber das würde ja bedeuten, dass alles gut ist.« Sie strahlte ihn glücklich an.

Doch Tom wurde plötzlich wieder ernst und schüttelte den Kopf. »Vielleicht irren wir uns aber beide. Und es steckt noch viel mehr dahinter. Es kann ja sein, dass er wirklich auf Dauer auch nicht damit klarkommt, dass er dich mit mir teilen muss.«

»Das glaube ich nicht. Wir müssen mit ihm reden! Sofort!«

Melanie griff nach dem Handy und wählte Jonas' Nummer. Doch sein Handy war immer noch ausgeschaltet.

85

Jonas lag in der Schlafkoje über dem Fahrerhaus im Wohnmobil und starrte an die Decke. Er hatte in der Nacht kaum geschlafen und fühlte sich körperlich völlig zerschlagen. Doch im Kopf war er ganz klar. Und er wusste nicht, ob das gut oder schlecht war. Denn eigentlich wollte er jetzt nicht so viel nachdenken. Vielleicht hätte er von dem Wodka trinken sollen, den er sich gestern Abend an der Tankstelle besorgt hatte? Doch nachdem er die Flasche geöffnet und sich ein Glas eingeschenkt hatte, hatte er keinen Schluck hinunterbekommen. Es war eigenartig. Während viele Leute versuchten, ihre Probleme im Alkohol zu ertränken, war er in solchen Momenten eher vorsichtig damit. Vielleicht war es die Angst davor, dann völlig die Kontrolle über sein Leben zu verlieren?

Jonas fühlte sich, als hätte ihm jemand das Herz aus der Brust gerissen. Er liebte und konnte seine Liebe zu Melanie und Tom nicht leben. Er hatte alles kaputtgemacht! Ein paarmal war er in der Nacht versucht gewesen, nach Hause zu gehen. Vor allem, als er das Handy kurz angeschaltet und die vielen Anrufe und SMS-Nachrichten von Tom und Melanie gesehen hatte. Sie hatten auch einige Nachrichten auf der Mailbox hinterlassen, die er sich jedoch nicht anhörte, sondern sofort löschte.

Vielleicht kann ich es ja doch noch mal versuchen?, überlegte er hin und her. Doch er wusste genau, dass es ihm nicht mehr gelingen würde, eine Fassade aufrechtzuerhalten. Er war mit dem Vorschlag zu ihrer Dreierbeziehung ein hohes Wagnis eingegangen. Und jetzt musste er die Konsequenzen tragen.

Jonas schaute auf die Uhr. Es war kurz vor acht Uhr. Er war spät dran. Langsam erhob er sich. Er wusste nicht, wie er diesen Tag überstehen sollte.

Als er eine halbe Stunde später im Büro ankam, winkte Frau Schneider ihn zu sich.

»Melanie hat angerufen. Sie sollen sich bitte dringend zu Hause melden. Es wäre sehr wichtig«, sagte sie und schaute ihn fragend an.

Jonas nickte nur. »Ich weiß. Danke, Frau Schneider.«

»Geht es Ihnen gut?«

Jonas versuchte ein Lächeln. Er wollte auf keinen Fall seine persönlichen Probleme mit in die Arbeit nehmen. »Ja. Alles in Ordnung.«

»Wirklich?«

»Ja. Falls Melanie noch mal anruft, sagen Sie ihr bitte, dass ich heute sehr beschäftigt bin. Ich werde versuchen, sie später zu erreichen.«

Frau Schneider nahm ihm wohl nicht so ganz ab, dass alles in Ordnung war. Trotzdem sagte sie nichts mehr. Und Jonas beeilte sich, in sein Büro zu kommen.

Jonas war froh, dass an seinem letzten Arbeitstag vor dem Urlaub noch so viel zu tun war. So hatte er wenigstens Ablenkung. Er überlegte kurz, ob er den Urlaub nicht vielleicht verschieben sollte. Doch dann beschloss er spontan, dass er alleine mit dem Wohnmobil losfahren würde. Er wollte raus aus München und brauchte unbedingt einen großen, räum-

lichen Abstand zu Melanie und Tom, damit er nicht in Versuchung kam, wieder zurückzugehen.

Allerdings musste er vorher nach Hause, um seine Sachen zu holen. Zumindest einen Teil davon.

Er schaute auf seine Armbanduhr. Es war schon fast sechs Uhr. Wenn er Glück hatte, würde Melanie noch in der Praxis sein, und er würde sie nicht zu Hause antreffen. Und mit Tom alleine würde er klarkommen. Natürlich war es feige von ihm, aber er hatte keine Kraft, ihr in die Augen zu sehen und dabei stark zu bleiben.

Als er die Wohnungstür aufsperrte, klopfte sein Herz wie verrückt. Doch er hatte sich umsonst Sorgen gemacht. Niemand war zu Hause. Er war überrascht, dass noch nicht einmal Tom hier war. Wenn er sich beeilte, konnte er sogar noch duschen. Er ging ins Badezimmer, schlüpfte aus seinen Sachen und stellte sich in dem traurigen Bewusstsein unter die Dusche, dass es wohl das letzte Mal in dieser Wohnung sein würde.

Danach holte er frische Sachen aus dem Schrank im Schlafzimmer und zog sich an. Ein Blick auf die Uhr sagte ihm, dass er sich beeilen musste. Er holte eine große Reisetasche und einen Rucksack vom Schrank. Als er eben einen Stapel T-Shirts einpacken wollte, hörte er, wie die Wohnungstür aufgesperrt wurde.

»Verdammt!« Er schloss kurz die Augen. Hätte er doch nur gleich seine Sachen zusammengepackt und wäre verschwunden! Doch insgeheim wusste er, dass es falsch gewesen wäre, einfach so zu gehen.

Trotzdem hatte er Angst davor, den beiden zu begegnen. Große Angst!

Er verließ das Schlafzimmer – und stand Tom gegenüber.

86

Tom schaute Jonas an und sagte kein Wort.

»Ich möchte nur ein paar Sachen von mir abholen«, erklärte Jonas und wich seinem Blick aus, »dann geh ich auch schon wieder.«

»Nein, das wirst du nicht tun. Du wirst warten, bis Melanie kommt. Und dann wirst du mit uns reden.«

»Bitte, Tom. Ich kann das noch nicht. Ich brauche wirklich ein wenig Abstand zu euch. Versteh mich doch.«

»Ich verstehe dich«, antwortete Tom, und das tat er tatsächlich. »Und gerade deswegen werde ich es nicht zulassen, dass du hier verschwindest.«

»Ich glaube nicht, dass du mich aufhalten kannst, wenn ich gehen möchte.«

Tom sah den schmerzvollen Ausdruck in Jonas' dunklen Augen, den dieser hinter einer grimmigen Miene zu verbergen versuchte.

»Es wird nicht notwendig sein, das herauszufinden.« Tom blieb ruhig.

»Vielleicht doch.«

»Ich musste Melanie heute ein paarmal daran hindern, zu dir ins Büro zu fahren. Und das habe ich nur geschafft, weil ich ihr versichert habe, dass du auf jeden Fall heute vorbeikommen würdest, um mit uns zu reden.«

Jonas schaute ihn kurz an, drehte sich dann ohne ein weiteres Wort um und verschwand wieder im Schlafzim-

mer. Tom folgte ihm und sah ihm zu, wie er seine Sachen in die Reisetasche stopfte.

In aller Seelenruhe nahm Tom sein Handy aus der Hosentasche und rief Melanie an. »Melanie. Er ist hier... und er wird bleiben, bis du da bist.«

»Oh Gott sei Dank!«, rief sie, und Tom konnte ihre Erleichterung deutlich hören.

Jonas schaute ihn an und schüttelte den Kopf.

»Ich bin schon auf dem Heimweg«, sagte Melanie.

»Gut. Bis gleich.« Tom legte auf. »Sie war halb verrückt vor Sorge um dich.«

Jonas setzte sich plötzlich aufs Bett und schlug die Hände vors Gesicht. »Ich will ihr nicht wehtun.«

Tom setzte sich neben ihn und musste grinsen, als Jonas sofort ein Stück von ihm wegrückte. »Ich tu dir schon nichts«, sagte er und hüstelte, um nicht laut aufzulachen. Dabei war er jetzt selbst auch etwas unsicher, wie er sich verhalten sollte, seitdem er von Melanie wusste, dass Jonas auch ihn anziehend fand. Tom war zwar neugierig und offen, sich auf Berührungen einzulassen, aber er konnte nicht sagen, wie es sich für ihn anfühlen würde, wenn es dann tatsächlich soweit war. Vielleicht war es ja absolut nichts für ihn? Es kam auf einen Versuch an, und er war bereit dazu. Auch wenn er insgeheim ein wenig Bammel davor hatte. Schließlich war es etwas ganz anderes, sich Dinge in seiner Phantasie auszumalen, als sie dann tatsächlich in die Tat umzusetzen.

Gestern Nacht hatten er und Melanie noch lange über Jonas gesprochen. Sie wollten beide, dass er bei ihnen blieb. Doch ob das wirklich möglich war, musste sich erst herausstellen. Ein erster Schritt war ein Gespräch zu dritt.

»Jonas!«

Weder er noch Jonas hatten mitbekommen, dass Melanie inzwischen nach Hause gekommen war. Sie stand in der Tür und schaute Jonas voller Liebe an.

Tom spürte, wie ein Anflug von Eifersucht plötzlich an seinen Eingeweiden nagte. Und einen Moment lang hatte er Angst, dass sie viel tiefere Gefühle für Jonas empfand als für ihn, dass er sie verlieren könnte. Denn vielleicht ging es am Ende doch nur darum, dass Jonas Melanie für sich alleine haben wollte? Seine Kehle wurde eng.

Jonas stand auf. »Melanie...« Mehr sagte er nicht.

»Wo warst du letzte Nacht?«, fragte sie, und in ihren Augen schwammen Tränen.

»Im Wohnmobil.«

»Warum bist du nicht ans Handy gegangen?«

»Melanie, bitte. Du weißt doch selbst, wie es ist, wenn man ein wenig Abstand braucht.«

Melanie drehte sich plötzlich zu Tom und griff nach seiner Hand. Er stand auf.

»Aber du hast dich gar nicht gemeldet! Tom und ich, wir haben uns solche Sorgen gemacht!«

Sie schaute zu Tom, und er sah die gleiche große Liebe für ihn in ihren Augen.

87

Melanie spürte, wie Tom ihre Hand aufmunternd drückte. Sie war so froh, ihn an ihrer Seite zu haben. Ohne ihn wäre sie die letzte Nacht vor Sorge um Jonas wahrscheinlich verrückt geworden. Und den Tag in der Praxis hatte sie auch nur überstanden, weil Tom sie immer wieder mit SMS-Nachrichten aufgemuntert hatte und während der Mittagspause mit ihr im Park spazieren gegangen war. Seitdem sie wusste, dass Tom nicht abgeneigt war, sich körperlich auf Jonas einzulassen, hoffte sie inständig, dass sich alles irgendwie einrenken würde.

»Melanie, es tut mir so unendlich leid, aber ich schaffe es einfach nicht mehr, mit euch beiden zusammen zu sein. Ich habe es versucht, wirklich, aber ... es geht nicht.«

»Liebst du mich nicht mehr?«, fragte sie und hatte kurz Angst vor der Antwort.

Jonas schaute sie verzweifelt an. »Doch. Natürlich liebe ich dich«, antwortete er heiser.

Sie atmete erleichtert auf. »Ich liebe dich auch. Und das ist das Wichtigste. Lass uns bitte darüber reden, es gibt sicherlich eine Lösung.«

»Nein. Glaub mir. Die gibt es nicht.«

»Vielleicht aber doch«, sagte Tom und warf Melanie einen komplizenhaften Blick zu, den Jonas jedoch offensichtlich falsch interpretierte.

»Verdammt noch mal, Tom. Du weißt doch gar nicht, wovon du redest! Es hat absolut keinen Sinn, dass wir uns noch weiter unterhalten. Ich will jetzt einfach nur gehen«, rief Jonas aufgebracht. Er ging zu seiner Reisetasche und zog hektisch den Reißverschluss zu.

Tom wollte etwas sagen, aber Melanie schüttelte den Kopf.

Sie ahnte, dass er sich jetzt nicht auf ein Gespräch einlassen würde. Doch sie musste ihn unbedingt davon abhalten zu gehen. Plötzlich öffnete sie die Knöpfe an ihrer Bluse und zog sie aus. Dann schlüpfte sie aus ihrem Rock. Sie nickte Tom zu, der sofort verstand und ebenfalls begann, sich auszuziehen.

»Was macht ihr denn da? Was soll das?«, fragte Jonas.

Sie stellte sich vor Jonas. »Eine letzte Nacht!«

»Was?«

»Ich will eine letzte Nacht mit uns dreien. Das bist du mir schuldig.« Sie wusste, wenn er sich darauf einlassen würde, dann konnten Tom und sie ihn zurückgewinnen.

Er schaute irritiert von Melanie zu Tom, der inzwischen nur noch seine Shorts trug. »Aber ... aber ich kann nicht.«

»Doch. Du kannst. Bitte. Bleib noch diese eine Nacht bei uns, Jonas«, bat Melanie sanft und legte ihre Hände auf seine Brust. Sie versuchte, ihn zu küssen.

Doch Jonas wich ihr aus. Er ging reflexartig einen Schritt zurück und schaute sie verzweifelt an. »Melanie. Was tust du da? Ich ... ich kann es nicht mehr. Und du weißt, warum!«

Melanie wollte ihm antworten, doch Tom kam ihr zuvor.

»Warum kannst du es nicht?«, fragte er und schaute ihn eindringlich an. »Ich will es auch wissen. Jetzt! Sag es mir!«

88

Jonas fühlte sich total in die Enge getrieben. Aber wahrscheinlich war nun die Stunde der Wahrheit gekommen. Er musste seine Karten auf den Tisch legen.

Er blickte an Melanie vorbei zu Tom. »Ich habe mich auf diese Dreiecksgeschichte nicht nur eingelassen, weil ich wollte, dass es Melanie gutgeht. Klar, das war zwar ein wichtiger Grund, aber es gibt noch einen anderen.« Er schluckte und fuhr sich fahrig durch die Haare. Es fiel ihm schwer weiterzureden. »Die ganze Zeit hatte ich gehofft, dass du einen Funken Interesse für mich hast. Dass du vielleicht neugierig werden würdest, wie es wäre, wenn wir nicht nur mit Melanie schlafen, sondern... wenn wir vielleicht auch andere Dinge ausprobieren würden.«

Tom wich seinem Blick nicht aus und zeigte keinerlei Regung. Entweder hatte er nicht verstanden, was er ihm eben gesagt hatte, oder er war vor Schreck starr geworden.

»Aber für dich gibt es nur Melanie. Und dafür kannst du auch nichts. Es ist mein Problem, nicht deines!«

Jonas konnte seinem Blick nicht länger standhalten. Er drehte sich müde weg. Doch Tom packte ihn am Arm und hielt ihn fest.

»Warum hast du nicht einfach versucht, es herauszufinden?«

»Warum ich es nicht versucht habe? Soll das ein Witz sein? Du hast dich jedes Mal entschuldigt, wenn du mir

versehentlich nahe gekommen bist. Und du hast mir laufend zu verstehen gegeben, dass du mich nicht berühren willst. Und ...«, er lachte trocken, »dass ich nichts zu befürchten habe, wenn ich mit dir im Bett liege.«

Jonas vermied es, Tom und Melanie anzuschauen. Dass die beiden nur in Unterwäsche vor ihm standen, machte ihn mehr und mehr nervös. Wie gerne würde er seinen Kopf ausschalten und sich ebenfalls die Kleider vom Leib reißen. Aber dann würde hinterher alles nur wieder von vorne losgehen.

Plötzlich verzog Tom das Gesicht. Was war denn jetzt los? Er würde doch nicht anfangen zu heulen?!

Doch Tom heulte nicht, er lachte. Er lachte ihn aus!

Das saß! Jonas fühlte sich getroffen. Jetzt war es endgültig Zeit zu verschwinden.

Aber Tom hielt ihn wieder am Arm fest. »Warte ... Entschuldige ...«, brachte er zwischen seinen Lachern hervor. »Aber das ... das alles ist einfach viel zu verrückt.«

Sein Lachen wirkte ansteckend, und nun fiel auch Melanie ein.

»Amüsiert euch nur auf meine Kosten«, blaffte Jonas sie an.

»Du hast versucht, mich nicht zu berühren, und ich ... ich ... ich habe immer so aufgepasst, dass ich dir ja nicht zu nahe komme, weil ich dachte, dass du so ein richtiger Weibertyp bist ... und du womöglich ... vor Schreck aus dem Bett springst«, platzte Tom heraus und lachte noch mehr.

Jonas schaute ihn perplex an und versuchte zu verstehen, was Tom ihm da gerade sagen wollte. Und plötzlich fiel der Groschen bei ihm. »Du hättest also gar keine Probleme damit, wenn ich ...«, er sprach nicht weiter, da er immer noch nicht völlig sicher war, ob er das alles richtig verstand.

Tom beruhigte sich wieder und wischte sich Lachtränen aus den Augenwinkeln. Er grinste ihn an und sagte: »*Ich hatte noch nie was mit einem Mann. Und hey, ich hatte auch nicht vor, jemals etwas mit einem Mann anzufangen.*«

Plötzlich verschwand sein Grinsen, und er wurde ernst. »*Aber wenn wir drei zusammen waren, dann habe ich deinen tollen Körper bewundert und mit der Zeit gemerkt, dass ich dich auch gerne mal anfassen würde.*«

Jonas schluckte. »*Das ist jetzt nicht dein Ernst, oder?*«

89

Tom nickte. Sein Puls beschleunigte sich, und er wusste, wenn er jetzt weitersprach, dann würde er einen Weg einschlagen, den er nicht mehr zurückgehen konnte. Trotzdem wollte er es versuchen, um ihnen allen eine Chance zu geben. Auch, weil er inzwischen tatsächlich sehr neugierig war.

»Mein völliger Ernst. Ich habe keinen blassen Schimmer, ob es mir gefallen wird. Aber mit dir würde ich mich auf dieses Wagnis einlassen.«

Er schaute Jonas in die Augen und sah, wie diese vorsichtig zu strahlen begannen.

»Dann sollten wir es riskieren. Auch auf die Gefahr hin, dass es dir womöglich doch nicht gefällt«, sagte Jonas, und zum ersten Mal heute zeigte sich ein Lächeln auf seinem Gesicht.

Tom war erleichtert, aber er wurde jetzt auch mehr und mehr nervös. »Okay. Sollte es nicht funktionieren, wirst du aber nicht sofort wieder verschwinden, sondern wir werden reden! Versprochen?«

Jonas nickte und grinste dann schief. »Die Reisetasche kann ich ja gleich für unseren Urlaub gepackt lassen, oder?«

»Sowieso!« Tom musste schmunzeln. »Auch wenn du viel zu viel eingepackt hast.«

»Hallo! Ich bin auch noch hier!«, rief Melanie und wedelte mit der Hand zwischen den beiden Männern hin und her.

»Klar!«, sagte Tom und lächelte.

»Du bist nicht zu übersehen, Süße.« Jonas zog sie an sich und gab ihr einen Kuss.

Tom schaute den beiden zu. Alles war gut. Es gab keinen Grund mehr, eifersüchtig zu sein.

»Und jetzt?«

Melanie löste sich von Jonas und zog ihn ungeduldig aus. Dann dirigierte sie ihn zum Bett und drehte sich zu Tom um.

»Komm!«, sagte sie.

»Ist es okay, wenn wir trotzdem die Sache erst mal langsam angehen lassen?«, fragte Tom, dem es vor Aufregung gleichzeitig heiß und kalt über den Rücken lief.

»Ja, natürlich. Für mich ist das doch auch alles ganz neu«, versicherte Jonas und streckte ihm die Hand entgegen. »Jetzt komm schon.«

Tom ergriff seine Hand und gesellte sich zu den beiden. Und zunächst war es so, wie es immer gewesen war. Sie küssten Melanie abwechselnd und streichelten sie am ganzen Körper. Und doch war es diesmal ganz anders. Tom legte es zwar noch nicht direkt drauf an, aber er vermied es auch nicht mehr, Jonas näherzukommen. Immer wieder lächelten sie sich zu. Und die anfangs noch unbeabsichtigten Berührungen zwischen den beiden Männern wurden mehr und brachten Toms Hormone auf eine ganz neue Weise in Wallung.

Jonas und Melanie waren inzwischen ganz nackt, nur er hatte noch seine Shorts an.

Plötzlich spürte er eine Hand an seiner Hüfte.

»Darf ich?«, fragte Jonas und schaute ihn unsicher an.

Tom nickte.

Langsam streifte Jonas ihm die Shorts ab und warf sie auf den Boden.

Toms Herz klopfte fast zum Zerspringen. Es war eine unglaublich sinnliche Situation.

Melanie legte die Arme um seinen Hals und fing an, ihn zu küssen. Ihre Zunge spielte um seine, und gleichzeitig spürte Tom, wie Jonas sanft über seinen Bauch streichelte. Sein Glied pulsierte vor Erregung, und er stöhnte leise. Melanie löste sich und machte Jonas Platz. Sein Gesicht kam ihm ganz nah, und Tom spürte Jonas' Lippen an seinem Hals.

»Trau dich, Tom«, flüsterte Jonas und streichelte durch seine Haare.

Tom musste jetzt einfach wissen, wie Jonas sich anfühlte. Noch etwas zögerlich fuhr er mit dem Handrücken an Jonas' hartem Penis entlang. Es fühlte sich eigenartig an, ein Glied zu berühren, das nicht sein eigenes war, gleichzeitig weckte es aber auch ein tiefes Verlangen. Vorsichtig streichelte er mit der Fingerkuppe über die Eichel. Da er wusste, wie sich das anfühlte, zuckte sein eigenes Glied, als ob er sich gerade selbst berührt hätte. Jonas stöhnte leise, biss sich auf die Unterlippe und schloss kurz die Augen. Und dann umfasste er Toms Erektion.

Tom zog scharf die Luft ein. Es war ganz anders als die Berührung einer Frau. Nicht besser, nicht schlechter, aber anders.

»Alles gut?«, fragte Jonas und klang ein wenig besorgt.

»Ja!« Tom lachte leise. »Alles gut!«

90

Melanie schaute den beiden Männern mit trockener Kehle zu. Es war etwas völlig Neues für sie zu sehen, wie Tom und Jonas sich gegenseitig streichelten. Es war erregend, gleichzeitig aber auch ein wenig beängstigend. Bisher war sie immer im Zentrum der Begierde der beiden Männer gestanden. Jetzt war Melanie sich nicht sicher, ob es den beiden nicht lieber wäre, alleine zu sein. Sie fühlte sich ein wenig verunsichert, wusste nicht genau, was sie nun tun sollte.

Doch sie hätte sich keine Gedanken machen müssen, dass die beiden Jungs sie vergessen würden. Während Jonas mit der einen Hand noch immer Toms Glied festhielt und es langsam auf und ab streichelte, fasste er mit der anderen Hand nach ihrer Brust und drückte sie sanft. Dabei schaute er sie zärtlich an.

Die Angst, dass Jonas sie wirklich verlassen würde, hatte sie schrecklich mitgenommen. Und auch wenn es jetzt so aussah, als ob alles gut werden würde, konnte sie sich noch nicht so richtig entspannen. Sie liebte diese beiden Männer, mehr als mit Worten auszudrücken war. Und doch war dieses Glück so zerbrechlich wie Glas. Das war ihr durch die Ereignisse der letzten Tage mehr als bewusst geworden. Und noch dazu diese Geheimniskrämerei! Vor ihrer Schwester, vor den Eltern, vor ihrer besten Freundin Sabine und natürlich in der Arbeit! Was zunächst so beschwingt angefangen hatte, war im Alltag alles andere als einfach zu leben.

»Ssst«, sagte Jonas und streichelte über ihr Gesicht. »Es gibt keinen Grund mehr zu weinen, Süße.«

Melanie hatte gar nicht bemerkt, dass ihr Tränen über das Gesicht liefen. Ihre Augen waren immer noch geschlossen.

»Ich glaube, wir müssen uns jetzt um Melanie kümmern«, sagte Tom.

»Ja. Das werden wir.«

Tom und Jonas nahmen sie in die Mitte, und Melanie spürte ihre beiden Körper ganz dicht an ihrem. Und plötzlich fühlte sie sich völlig geborgen und sicher. Egal, was passieren würde, sie waren zusammen.

Jetzt öffnete sie die Augen. Die Gesichter der beiden Männer waren ihrem ganz nah. Tom beugte sich zu ihr und küsste sie sanft.

91

Dann rückte auch Jonas näher und drückte seine Lippen auf die Lippen der beiden. Sein Herz pochte schnell und dumpf gegen seine Brust. Er war aufgeregt, erregt, voller Neugier und Liebe für diese beiden Menschen. Es war die Nacht, auf die er schon so lange gewartet hatte und von der er gleichzeitig gedacht hatte, dass sie nie stattfinden würde. Jonas konnte immer noch nicht so ganz glauben, dass Tom auch an ihm interessiert war. Er wollte nichts überstürzen und Tom alle Zeit der Welt lassen. Und er würde ihm auch noch nicht heute sagen, dass er sich in ihn verliebt hatte. Obwohl es ihm sehr in der Seele und auf der Zunge brannte. Noch war nicht der richtige Moment dafür. Vor allem nicht für Melanie. Es tat Jonas leid, dass er ihr mit seinem Verschwinden einen solchen Schreck eingejagt hatte, aber ihm war alles so aussichtslos erschienen, dass er keine andere Möglichkeit gesehen hatte. Ihre Tränen hatten ihm gezeigt, wie groß ihre Angst war, ihn zu verlieren. Doch er würde alles wiedergutmachen. Nie wieder würde er sich einfach so aus dem Staub machen!

Nun waren sie sich alle drei ganz nah und küssten einander zärtlich und doch mit zunehmendem Verlangen. Drei Zungen spielten miteinander und schienen sich zu necken. Ihre Hände streichelten sich gegenseitig, und die Lust der drei wurde immer größer.

Jonas löste sich etwas von den beiden und drückte Melanies Schenkel sanft auseinander.

»Ich will ganz tief in dir sein«, sagte er mit heiserer Stimme.

»Ja ... ich brauche deine Nähe, Jonas!«, flüsterte sie.

Jonas warf Tom einen kurzen Blick zu. Der nickte ihm mit glänzenden Augen zu.

Vorsichtig glitt Jonas über sie und drang langsam in sie ein.

Sie schaute ihn mit weit geöffneten Augen an, in denen Liebe und noch etwas anderes zu sehen war. Angst. Die Angst, ihn zu verlieren.

»Du darfst nie wieder gehen, Jonas. Du darfst uns nicht verlassen!«

Sie bezog Tom ein und festigte durch ihre Worte ihre besondere Gemeinschaft.

»Ich bleibe bei euch«, versprach Jonas und hoffte, dass er dieses Versprechen niemals brechen musste.

Er stützte sich mit einem Arm ab, mit der anderen Hand umfasste er Melanies Hand und zog sie zu Toms Unterleib. Melanie griff nach Toms Glied, und Jonas legte seine Hand über ihre Finger. Und während er nach und nach immer tiefer und fester in sie stieß, bewegten sich auch ihre Hände schneller. Melanies innere Muskeln massierten zuckend sein hartes Glied, und Jonas stöhnte. Er spürte, wie sein Saft hochstieg. Er warf einen Blick zu Tom, der ihn mit halbgeschlossenen Augen anschaute und lächelte.

Jonas fühlte sich nicht nur eins mit Melanie, sondern auch mit Tom, und er hatte das Gefühl, vor Lust zu vergehen.

»Bitte nicht so schnell, ich komme sonst gleich«, keuchte Tom plötzlich.

»Lass dich einfach gehen!«, flüsterte Jonas, und es dauerte nur noch wenige Momente, bis Tom, Jonas und Melanie im Abstand von nur wenigen Sekunden kamen. Ihr Orgasmus war eine Symbiose der Lust, des Glücks und der Liebe.

92

Tom hörte den gleichmäßigen Atem der beiden, die ruhig und eng aneinandergekuschelt neben ihm schliefen. Es war unglaublich, was in den letzten Stunden passiert war. Nachdem sie zum ersten Höhepunkt gekommen waren, hatten sie einen Moment eng beieinander im Bett gelegen. Das Gefühl, körperlichen Abstand zu brauchen, das ihn normalerweise nach dem Sex immer überkam und das er sich selbst nicht erklären konnte, hatte er heute zu unterdrücken versucht. Und tatsächlich war es ihm gelungen, sich zu entspannen, obwohl Melanie und Jonas ihn nach dem Orgasmus berührten.

Nach einer Weile hatten sie Wein und etwas zu essen geholt. Doch es hatte nicht lange gedauert, bis sie sich wieder streichelten, küssten und sich gegenseitig verwöhnten. Dabei erkundeten Tom und Jonas sich noch zögerlich, so als ob sie sich gegenseitig Zeit geben wollten. Tom war sehr froh darüber. Auch wenn es für ihn sehr aufregend war, Jonas zu berühren und von ihm angefasst zu werden, wollte er noch nichts überstürzen. Jedenfalls stand fest, dass er dieser Spielvariante gegenüber nicht abgeneigt war – warum auch immer das mit einem Mal so war, schließlich hatte er sich nie zuvor mit diesem Gedanken befasst. Und wie es sich weiterentwickeln würde, das würde die Zukunft zeigen. Im Mittelpunkt stand für ihn nach wie vor Melanie, die er liebte. Und doch war diese Nacht die schönste, die er bisher mit den beiden erlebt hatte. Sie war intensiv, leidenschaftlich, voller Zauber, zärtlich und gleichzeitig unendlich lustvoll. Er hatte das Gefühl, dass sich in ihrer ungewöhnlichen Beziehung erst jetzt alles so richtig entwickelte.

Und plötzlich war ihm klar, warum er diese Idee für eine Dreiecksgeschichte, über die er schon eine Weile nachdachte, bisher noch nicht hatte weiterspinnen können. Die Beziehung der drei war noch nicht ausgereift, und es gab noch zu viele offene Fragen. Und auch jetzt war ihm noch nicht völlig klar, wie sich alles weiterentwickeln würde. Doch eines wusste Tom: Es würde sich weiterentwickeln. Und irgendwann würde der Punkt kommen, an dem er genau sagen konnte, was für eine Geschichte er erzählen wollte. Und dann würde er sie aufschreiben, weil sie etwas Besonderes war.

Tom starrte in die Dunkelheit, die nur vom Licht der hereinfallenden Leuchtreklame unterbrochen wurde. Die Luft im Zimmer war schwül und stickig.

Plötzlich war das leise Summen eines Handys zu hören. Tom sah, wie Jonas sich bewegte. Doch bevor er nach dem Handy greifen konnte, war das Summen vorbei.

»Ist alles okay bei dir?«, fragte Tom leise.

»Ja, sorry. Ich wollte dich nicht wecken.«

»Hast du nicht, ich war schon wach. Und ich muss sowieso bald raus, sonst schaffe ich mein Pensum heute nicht.«

»Sie schläft wie eine Tote«, bemerkte Jonas amüsiert und streichelte über Melanies sanft geschwungene Hüften.

»Kein Wunder, nach der wilden Nacht.«

Tom lächelte und begann ebenfalls, den kurvigen Körper von Melanie zu streicheln. Dabei berührten sich die Hände der Männer immer wieder. Bis ihre Finger sich schließlich wie von selbst ineinander verschränkten. Sie schauten sich in die Augen.

»Sollen wir sie wecken?«, fragte Jonas heiser.

»Hm, ja. Sonst beschwert sie sich später, dass wir uns ohne sie vergnügt haben.« Tom lachte leise und strich sich eine dunkelblonde Strähne aus dem Gesicht.

Doch bevor die Männer sich daran machten, den Körper ihrer Freundin gemeinsam auf eine lustvolle Reise zu schicken, nahmen sie sich Zeit für einen Kuss.

93

Jonas und Lotte stiegen aus dem Aufzug und gingen den Flur entlang zum Zimmer seines Vaters. Die Zimmertür stand offen, und von drinnen drangen aufgeregte Stimmen nach draußen.

»Kammerflimmern! Rea-Brett! Schnell!«

Jonas bekam es mit der Angst zu tun, und seine Schritte wurden schneller.

»Was ist denn da los?«, fragte Lotte und eilte ihm hinterher. Sie betraten das Zimmer, in dem Hektik herrschte. Geräte piepten, und Leute warfen sich gegenseitig Anweisungen zu. Josef wurde von zwei Ärzten seitlich angehoben. Dann wurde ein Brett unter seinen Körper geschoben.

Eine junge Krankenschwester reichte einem grauhaarigen Arzt die Paddles eines Defibrillators.

»Aufladen!… Und alle weg!«, rief der Arzt, und alle traten einen Schritt zurück. Dann legte er die Paddles an die Brust von Josef. Gleich darauf war ein schnalzendes Geräusch zu hören, und der Körper von Josef bäumte sich durch den Stromstoß auf.

»Josef! Um Himmels willen!«, schrie Lotte da aufgebracht.

»Sofort raus mit Ihnen!«, wies der Arzt sie mit barschem Ton an und setzte die Paddles noch mal an. »Und alle weg!«

»Was ist mit meinem Vater?«, rief Jonas, und seine Eingeweide zogen sich schmerzhaft zusammen.

»Wir müssen sofort in den OP!«

»Machen Sie bitte Platz«, bat die Krankenschwester in einem freundlicheren Ton, und gleich darauf wurde Josef im Eiltempo hinausgeschoben. Jonas hielt die Schwester am Arm zurück.

»Er wird doch nicht sterben?«, fragte er sie angstvoll.

»Sag doch so was nicht!«, keuchte Lotte erschrocken.

Die Krankenschwester schaute sie mitfühlend an. »Die Ärzte werden alles versuchen, um Ihren Vater zu retten. Aber es sieht sehr ernst aus.«

Lotte begann zu weinen. Jonas nahm sie in den Arm und drückte sie fest an sich.

»Er darf nicht sterben!«, schluchzte sie erschüttert. »Josef darf nicht sterben. Was soll ich denn ohne ihn tun?« Ihr ganzer Körper bebte.

Und in diesem Moment fiel es Jonas wie Schuppen von den Augen. Lotte war die Frau! Die Frau, die sein Vater neben der Mutter geliebt hatte! All die vielen Jahre hatten die beiden es geschickt vor ihm verborgen. Oder hatte er es einfach nur nicht sehen wollen? Dabei war es im Nachhinein so offensichtlich.

Jonas hätte wohl Zorn verspüren müssen, dass er so lange belogen worden war. Doch es war Mitleid, das ihn plötzlich überkam. Großes Mitleid mit seiner Mutter, seinem Vater und Lotte. Gerade durch das, was er selbst in den letzten Wochen erlebt hatte, konnte er erahnen, was sie alle durchgemacht hatten.

Er drückte Lotte noch fester an sich und streichelte ihr über den Kopf. »Er wird es schaffen. Ganz bestimmt wird er das«, bemühte er sich, ihr Zuversicht zu geben, die er selbst jedoch nicht verspürte.

Es war die längste Stunde seines Lebens, die Jonas mit Lotte im Flur vor dem OP wartete. Bis schließlich der Arzt kam. An seiner Haltung und dem Gesichtsausdruck konnte Jonas schon erkennen, dass sein Vater tot war. Eine eiskalte Faust umschloss sein Herz. Sie standen gleichzeitig auf, er legte einen Arm um Lotte und hielt sie ganz fest.

»Es tut mir leid, Herr Winter. Aber wir konnten nichts mehr für Ihren Vater tun.«

Jonas sah die Mundbewegungen des Arztes, der wohl versuchte, ihnen die näheren Umstände des Todes zu erklären, aber er verstand kein Wort, so laut rauschte das Blut in seinen Ohren.

»…ein seltener Fall. Es tut mir wirklich sehr leid«, schloss der Mediziner und drehte sich dann weg.

Jonas spürte, wie Lottes Körper vom Weinen geschüttelt wurde. Doch er selbst war wie erstarrt. Sein Vater war tot! Und es hatte keine Aussprache mehr zwischen ihnen gegeben. Jetzt begannen ihre Beine heftig zu zittern.

Warum waren sie nicht früher in die Klinik gefahren? Vielleicht, wenn er rechtzeitig da gewesen wäre, hätten die Ärzte Josef doch noch helfen können? Aber nein! Er musste ja mit Lotte durch zwei Elektrofachmärkte marschieren, um ein passendes Handy für sie zu finden. Und er hatte sich sogar noch genüsslich Zeit genommen und sich diebisch darüber gefreut, seinen Vater warten zu lassen.

Jonas spürte plötzlich, wie ihm übel wurde. Er ließ

Lotte los, doch noch bevor er sich nach einer Toilette umschauen konnte, musste er sich auch schon übergeben.

94

Melanie drückte ein zweites Mal auf die Klingel an der Haustür, dann drehte sie sich zu Tom um, der in der Einfahrt vor dem Wohnmobil stand.

»Keiner da.«

»Versuch's noch mal auf seinem Handy.«

»Hab ich doch eben. Es ist aus.«

»Na ja, wenn sie noch im Krankenhaus sind, dann kann es schon sein, dass er nicht rangehen kann.«

Melanie warf einen Blick auf die Uhr. Es war kurz vor halb eins. »Was machen wir denn jetzt? Sollen wir hier warten?«

Tom zuckte mit den Schultern. »Wir könnten auch in ein Café oder in ein Restaurant gehen. Vielleicht ist es ja auch gar keine so gute Idee, wenn wir hier sind, wenn sein Vater nach Hause kommt.«

Melanie nickte. »Du hast recht. Suchen wir uns ein nettes Wirtshaus. Dort warten wir auf Jonas. Inzwischen hab ich nämlich auch schon Hunger.«

»Ich auch. Na, dann steig wieder ein!«

Doch gerade als Melanie die Tür öffnen wollte, fuhr das Auto von Jonas neben sie in die Einfahrt.

»Da sind sie ja!«, rief sie erfreut.

»Sein Vater ist nicht dabei«, bemerkte Tom sofort.

»Stimmt. Hmm... Vielleicht muss er doch noch im Krankenhaus bleiben«, überlegte sie laut.

Doch plötzlich hatte sie wieder dieses seltsame Gefühl im Magen, das sie schon gestern ein paarmal überfallen hatte. Das Gefühl, dass etwas passieren würde.

Und als Jonas aus dem Wagen stieg und sie sein Gesicht sah, wusste Melanie sofort, dass tatsächlich etwas Schreckliches passiert war.

Sein Gesicht war fahl, und seine Schultern hingen herab. Er nickte ihr und Tom kurz zu, ging dann jedoch um den Wagen herum und öffnete die Beifahrertür.

Lotte stieg aus. Sie wirkte total erschüttert. Jonas legte einen Arm um sie und kam mit ihr auf Tom und Melanie zu.

»Jonas«, sagte Melanie leise, »dein Vater...?«

Jonas schluckte und schloss für eine Sekunde die Augen.

»Er ist tot.«

»Oh, nein. Das tut mir so leid«, sagte Tom mit kratziger Stimme und räusperte sich.

Melanie spürte, wie Tränen über ihre Wangen kullerten. Sie wollte Jonas am liebsten in die Arme schließen und trösten. Doch sie wusste nicht, ob er das wollte, und zögerte deswegen.

Jonas schaute sie an, und sie sah seine Verzweiflung und seinen Schmerz. Trotzdem versuchte er wohl, für Lotte stark zu sein. Melanie überlegte nun nicht mehr lange. Sie ging zu ihm und schlang die Arme um seinen Hals. Und es schien genau das zu sein, was er jetzt brauchte. Ohne Lotte loszulassen, drückte er Melanie mit seinem freien Arm so fest an sich, dass es fast wehtat.

Es war unglaublich, wie schnell sich Pläne und Lebensumstände ändern konnten. Noch vor wenigen Stunden waren sie fast auf dem Weg in den Urlaub gewesen. Und jetzt stand Melanie in der Küche und kochte Kaffee für die Gäste, von denen immer mehr kamen, nachdem sie vom Tod des in der Gegend allseits bekannten und geschätzten Unternehmers Josef Winter gehört hatten.

Mit der Kaffeekanne in der Hand kam sie zurück ins Wohnzimmer.

Jonas und Lotte schlugen sich tapfer, doch es war hauptsächlich Josefs langjährige Sekretärin Inge, die sich um die Leute kümmerte. Melanie sah immer wieder besorgt zu Jonas. Sie spürte, dass noch viel mehr als Trauer in ihm schlummerte.

Melanie schenkte Kaffee nach und ging dann zu Tom, der sich ständig in Jonas' Nähe aufhielt.

»Er hält das nicht mehr lange durch hier«, flüsterte Tom ihr zu. Melanie nickte. Genau das Gleiche dachte sie auch. Und sie machte sich große Sorgen.

Wieder klingelte es draußen, und kurz darauf betrat ein brünetter Mann das Wohnzimmer. Er war sehr schlank, fast schon hager, und etwa so groß wie Jonas, auf den er geradewegs zusteuerte.

»Mein aufrichtiges Beileid«, sagte er und reichte Jonas die Hand.

»Danke, Robert.«

»Wer ist das?«, fragte Tom leise.

Melanie schüttelte den Kopf. »Keine Ahnung.«

Melanie ging langsam auf die beiden Männer zu. Jonas sah sie an und winkte ihr. Als sie neben ihm stand, griff er nach ihrer Hand.

»Robert, das ist meine Freundin Melanie. Melanie, das ist Robert Mayer. Er ist Architekt in Vaters Firma.«

»Tut mir leid, dass wir uns unter diesen Umständen kennenlernen müssen«, sagte Robert höflich, doch in seinen Augen sah Melanie alles andere als Freundlichkeit. Obwohl er ein attraktiver Mann war, war er ihr von der ersten Sekunde an nicht sonderlich sympathisch.

»Tut mir auch sehr leid«, antwortete sie.

»Jonas. Es gibt einiges, das wir besprechen müssen.«

Jonas nickte. »Ja. Aber nicht heute, Robert.«

Jonas drehte sich weg, und Melanie wusste instinktiv, dass er den Architekten auch nicht sonderlich gut leiden konnte. Melanie schaute Jonas liebevoll an. Er war blass, und seine Wangen zuckten leicht. So, als ob er mit seinem Kiefer mahlen würde. Sie drückte sanft seine Hand, die sie noch immer festhielt. Er schaute sie an und lächelte mit müdem, traurigem Blick.

»Ich liebe dich«, formte sie mit den Lippen. Er schloss kurz die Augen und nickte dann leicht.

Ganz plötzlich drängte sich ihr die Frage auf, was der Tod von Jonas' Vater für sie alle bedeuten würde. Den Urlaub konnten sie jedenfalls vergessen. Doch weiter wollte sie nicht nachdenken.

95

Jonas und Melanie hatten Tom als guten Freund vorgestellt, doch in dieser Rolle fühlte er sich gar nicht wohl. Er kam sich vor wie das sprichwörtliche fünfte Rad am Wagen. Keiner schien ihn sonderlich zu beachten, was ihm einerseits ganz recht war. Trotzdem gefiel es ihm nicht, dass er seine wahren Gefühle verbergen musste. Außerdem machte er sich große Sorgen um Jonas.

Melanie war inzwischen wieder in die Küche gegangen, und Jonas unterhielt sich mit einem älteren Herrn. Soweit Tom das verstanden hatte, war es der Bürgermeister von Bad Tölz.

Plötzlich nickte Jonas dem Mann kurz zu und verließ das Zimmer. Tom folgte ihm.

»Jonas!«, rief er ihm hinterher, als dieser die Treppe nach oben ging.

Jonas blieb stehen und drehte sich um. »Ich muss ein paar Minuten weg von all dem.« Er klang sehr erschöpft.

»Soll ich mitkommen?«

Jonas nickte, und sie gingen beide schweigend nach oben. Sie betraten das geräumige Appartement unter dem Dach. Mit einem Blick erfasste Tom, dass der Raum das ehemalige Jugendzimmer seines Freundes sein musste. Es war hochwertig, wenngleich nicht sonderlich modern eingerichtet und doch sehr gemütlich.

Jonas ging zu einem Schrank in der kleinen Kochecke und holte eine Flasche Whiskey heraus.

»Willst du auch einen?«, fragte er Tom.

Der schüttelte den Kopf. »Nein, danke.«

Jonas schenkte sich großzügig ein, trank dann jedoch nur einen kleinen Schluck, stellte das Glas wieder ab und senkte den Kopf.

Tom ging zu ihm und legte vorsichtig eine Hand auf seinen Arm. »Es tut mir so leid, Jonas. Und ich möchte dir so gerne helfen, aber ich weiß nicht, wie ...«

Jonas hob den Kopf und schaute ihn an. »Bleib einfach eine Weile hier bei mir«, sagte er leise.

»Na klar. Willst du dich setzen?«

Jonas reagierte nicht auf seine Frage, sondern lehnte seinen Kopf an Toms Schulter. Tom legte einen Arm um Jonas und streichelte ihm über den Rücken. Er konnte nur ahnen, wie schlecht es Jonas in diesem Moment gehen musste. Er selbst hatte bisher noch nie einen engen Angehörigen oder Freund verloren.

»Bitte halte mich!«, sagte Jonas plötzlich. Und abseits der vielen Leute kam die ganze Trauer endlich aus ihm heraus.

Tom spürte, wie Jonas von Schluchzern geschüttelt wurde. Er schlang die Arme fest um ihn und drückte ihn an sich.

Er wollte ihm so gerne etwas Tröstendes sagen, aber er fand nicht die richtigen Worte. Doch es schien Jonas zu genügen, dass er einfach bei ihm war.

Tom hatte keine Ahnung, wie viel Zeit inzwischen vergangen war. Es hätten Minuten, aber auch Stunden sein können, die sie schon hier standen. Plötzlich löste Jonas sich von ihm und wischte sich die Tränen aus dem Gesicht.

96

Jonas schaute Tom in die Augen. Auch wenn es absolut nicht der richtige Zeitpunkt war – er musste es ihm jetzt sagen. Er wollte nie wieder ein wichtiges Gespräch hinausschieben, weil es sein konnte, dass es dann zu spät war. So wie bei seinem Vater. Er hatte ihm noch so viele Fragen stellen wollen und auf Antworten gehofft. Gerade jetzt, wo er durch seine neue Erkenntnis das Verhalten seines Vaters ein wenig besser verstehen konnte. Josef hatte zwei Frauen geliebt. Doch anders als bei Jonas, Tom und Melanie war es eine tragische Liebe gewesen und hatte zum Tod der Mutter geführt. Und jetzt war auch sein Vater tot. Jonas hatte die Chance unwiderruflich verpasst, sich mit ihm auszusprechen. Mit Tom durfte ihm das nicht passieren. Deshalb nahm er jetzt seinen ganzen Mut zusammen.

»Ich habe mich in dich verliebt, Tom.« Es kam wie selbstverständlich über seine Lippen. »Und du musst gar nichts dazu sagen. Ich will nur, dass du es weißt.« Endlich hatte er es gesagt. Und diese Worte linderten die brennende Trauer in ihm ein wenig.

Tom schaute ihn mit einem seltsamen Blick an. »Du, du liebst mich?«, fragte er heiser.

Jonas nickte. »Ja. Schon lange. Deshalb bin ich auch gegangen. Ich hätte es nicht mehr ausgehalten, dich täglich zu sehen und es doch verheimlichen zu müssen.«

»Ich... ich weiß nicht...« Tom sprach nicht weiter.

»Ich musste es dir jetzt sagen.«

Tom sah ihn an und lächelte schwach. »Ich verstehe.«

Jonas bemerkte plötzlich eine Bewegung und drehte sich etwas zur Seite. »Melanie...?«

Sie stand in der Tür und schaute die beiden an.

Wie lange hatte sie schon zugehört? Er streckte die Hand nach ihr aus.

»Komm her«, bat er leise.

Melanie ging langsam auf die beiden zu.

Jonas ergriff ihre Hand und die von Tom.

»Ich liebe euch beide«, sagte er schlicht.

»Das tue ich auch«, flüsterte Melanie.

Tom schaute zwischen Melanie und Jonas hin und her.

»Du weißt, dass ich dich liebe«, sagte er zu ihr. Dann wandte er sich an Jonas. »Ich weiß nicht, was es ist, das ich für dich empfinde, aber du bist mir wichtig, Jonas.«

»Danke«, flüsterte Jonas, und er spürte, wie seine Augen brannten. Plötzlich fiel ihm ein, warum Tom und Melanie eigentlich in Bad Tölz waren.

»Es tut mir leid, aber ihr müsst die Reise jetzt ohne mich machen«, sagte er und schaute die beiden unglücklich an.

»Spinnst du?!«, rief Melanie. »Wir lassen dich doch hier nicht alleine.«

»Aber wirklich«, protestierte Tom. »Was denkst du denn von uns? Wir gehören zusammen, und natürlich werden wir für dich da sein. Dieser Urlaub ist doch nicht so wichtig jetzt. Wir holen ihn nach.«

Jonas schluckte. »Aber ich weiß doch gar nicht, wie

das hier alles weitergehen wird«, warf er ein. Er hatte Angst vor dem, was die Zukunft bringen würde.

»Das werden wir dann schon sehen. Auch wenn wir kein Paar sind, sondern ein... ein...«, Tom suchte nach dem passenden Wort, »... ein Trio, oder eine Terz, oder was auch immer. Auf jeden Fall haben wir eine Beziehung und stehen das alle zusammen durch, hast du verstanden?«

Jonas nickte dankbar.

Tom und Melanie nahmen Jonas in die Mitte und schlangen ihre Arme fest um ihn. Das vermittelte Jonas ein wunderschönes Gefühl der Geborgenheit. Er hatte seinen Vater verloren, doch er hatte seine eigene kleine Familie gefunden, die für ihn da war.

Egal, was kommen würde, sie würden das gemeinsam schaffen.

In der Liebe ist alles erlaubt …
Oder?

320 Seiten. ISBN 978-3-442-38201-9

Single-Frau Anfang 40 mit zwei kleinen Kindern sucht Mann – zieht man damit seinen Traumprinzen an Land? Eher nicht. Zu dem Schluss kommt zumindest Sophie, nachdem der jüngste potenzielle Liebhaber vor ihrem Nachwuchs Reißaus genommen hat. Als die Münchner Lokalreporterin bei einem Auffahrunfall den schicken Anwalt Roland kennenlernt, verschweigt sie die lieben Kleinen daher kurzerhand – ganz à la Suppenschildkröte, die ihre Brut allein am Strand zurücklässt. Sobald Roland sich in sie verliebt hat, wird Sophie ihm reinen Wein einschenken. Eine winzige Schwindelei, die spektakulär nach hinten losgeht …

Lesen Sie mehr unter: **www.blanvalet.de**

DAS IST MEIN VERLAG

... auch im Internet!

 twitter.com/BlanvaletVerlag

 facebook.com/blanvalet